PRISMA JUGENDBIBLIOTHEK

Gabriel Ferry

Costal der Indianer

Der letzte Kazike

Gabriel Ferry

Costal der Indianer

Der letzte Kazike

Moewig Verlag KG, München

Herausgegeben von R.W. Pinson und Heinz Reck
Neubearbeitung unter Verwendung einer Übersetzung aus dem 19. Jahrhundert. Orthographie und Interpunktion wurden dem heutigen Stand angepaßt. Illustrationen von Franz Berthold.
Titel der Originalausgabe: »Costal l'Indien«

Neuausgabe
Moewig Verlag KG, München
September 1976

Gesamtausstattung: Creativ Shop, München
Druck und Bindung: Salzer-Ueberreuter, Wien
Printed in Austria

Inhalt

Buch 1

Buch 2

Buch 3

Buch 4

Buch 1

1

Die beiden Reiter

Die Gedanken der französischen Revolution, die sich im Jahre 1789 über ganz Europa verbreiteten, fanden ein Echo auch jenseits der Meere im spanischen Teil Amerikas. Es gilt als sicher, daß Spaniens Kolonien schon früher dem Beispiel der nordamerikanischen Staaten folgen und ihre Unabhängigkeit vom Mutterland erklären wollten. Zu Beginn des 19. Jahrhunderts schüttelte dann auch ganz Südamerika das Joch des Madrider Hofes ab, der von da ab nur noch Mittelamerika und Mexiko beherrschte.

Um jegliche Ansätze zu einem Aufstand nach Möglichkeit im Keim zu ersticken, hatte Don José Iturrigaray, der Vizekönig von Neuspanien, den Mexikanern politische Konzessionen und auch den mexikanischen Kreolen Rechte eingeräumt, die ihnen bis dahin vorenthalten worden waren. In diesen Zugeständnissen hatten die in Mexiko angesiedelten Spanier freilich das Ende ihrer weitreichenden Privilegien gesehen und sich gegen Iturrigaray gestellt, sich seiner bemächtigt und ihn nach Spanien geschickt, damit er dort seine Handlungsweise verantworte. Alle durch ihn verfügten Gesetze wurden wieder aufgehoben, und Mexiko erhielt seine „alte Ordnung“ zurück.

Das geschah im Jahre 1808. Nahezu jeden Tag war damit zu rechnen, daß die Kolonien einen weiteren Versuch unternehmen würden, ihre Rechte, um die man sie betrogen hatte, zurückzuerobern. Die Ruhe hielt jedoch zwei Jahre an, und die Gemüter hatten sich soweit beruhigt, daß die Empörung des Pfarrers Hidalgo und der Aufstand, zu dem er im September 1810 aufrief, unter den spanischen Siedlern einen regelrechten Schock auslöste.

Ungefähr dreihundert Jahre lang hatten die Priester Mexiko beherrscht – und nun waren es wieder die Priester, die – vielleicht ein Ausgleich irdischer Gerechtigkeit – Mexiko von der spanischen Herrschaft befreien sollten.

Bis Anfang Oktober hatte Hidalgo angeblich an die hunderttausend Streiter um sich geschart. Beeindruckend war indessen nur die Zahl, denn die Bewaffnung war ziemlich unbefriedigend. Diese Masse von Aufständischen, die sich überallhin wie ein reißender Fluß ausbreitete und noch mehr anzuwachsen drohte, stiftete nicht nur Verwirrung bei der Kolonialregierung in der Hauptstadt Mexiko, sondern auch unter den Kreolen selbst. So bildeten sich zwei Lager: Die einen dachten, die Blutsbande verpflichteten sie, den Aufstand zu bekämpfen, die anderen sahen in dem Aufstand nur die Chance, ihr Land, in dem sie geboren waren, zu befreien, weshalb sie es für ihre Pflicht hielten, sich auf die Seite der Aufständischen zu schlagen. Die unterschiedlichen Meinungen gingen quer durch die ganze Bevölkerung. Auf Hidalgos Seite standen nicht nur Weiße, Mestizen oder Indianer armer Volksschichten, sondern ebenso die mächtigen, reichen Kreolenfamilien des Landes.

Besonders die Indianer, noch mehr unterdrückt als die Kreolen, begannen zu hoffen, daß für sie bald ein neues Zeitalter anbrechen würde, und nicht wenige träumten von der Rückkehr der alten, glanzvollen Herrlichkeit.

Eines Morgens Anfang Oktober 1810 – es war gegen neun Uhr, also eine Zeit, wo in tropischen Breiten die Hitze des Tages schier unvermittelt der Kühle der Nacht folgt – ritt ein einsamer Reiter durch die endlose Ebene zwischen den Provinzen Vera Cruz und Oaxaca. Für ein Land, in dem der Bürgerkrieg herrschte und überall Banditen auf der Lauer lagen, die unterschiedslos jeden überfielen und ausplünderten, war der Mann schlecht bewaffnet und noch schlechter beritten. Zwischen seinem Bein und dem Leder des Sattels steckte in einer verrosteten eisernen Scheide ein Krummsäbel, wohl damit die schwere Waffe beim Reiten nicht seine Hüfte aufscheuerte. Der Säbel war die einzige Waffe, deren sich der Reiter bedienen konnte – vorausgesetzt, die Klinge war nicht in der Scheide eingerostet.

Immer wieder trieb der Reiter sein Pferd mit kräftigen Sporenstößen an, doch die zahlreichen Narben an der Flanke des Tieres ließen die Vermutung zu, daß es einen beträchtlichen Eigensinn entwickelt hatte, dem so nicht beizukommen war. Möglich, daß es einmal einem Stierkämpfer gehört hatte. Jedenfalls war es ein altes, mageres, phlegmatisches Pferd, das, für fünf Piaster gekauft, mindestens um das Doppelte im Preis überbezahlt war.

Der Reiter trug eine enganliegende weißgraue Baumwolljacke,

eine olivfarbene Samthose und Halbstiefel aus gegerbtem Ziegenfell. Er war eher kleinwüchsig, mager und ärmlich gekleidet und nicht älter als zweiundzwanzig Jahre. Sein breitkrempiger Hut, aus Palmblättern gefertigt, beschattete ein sanftes, sympathisches Gesicht, in dem mancher eine gewisse Naivität, vielleicht auch Unschuld zu lesen glaubte; freilich hob ein Blick in die lebhaften, wachen Augen diesen Eindruck schnell wieder auf. Manchmal verzog sich sein Mund zu einem feinen, spöttischen Lächeln, was darauf schließen ließ, daß er sehr wohl fähig war, das, was er sah, mit einer gewissen Ironie auszusprechen.

Obgleich er seinem Pferd in regelmäßigen Abständen die Sporen gab, war es nur zu einem kurzen Trab zu bewegen, bevor es nach wenigen Minuten wieder in die alte, langsamere Gangart fiel. Die Mühen des Reiters zeitigten als Ergebnis allenfalls, daß ihm der Schweiß auf der Stirn ausbrach, den er mit seinem Taschentuch zu trocknen versuchte.

„Du verdammte Mähre!“ rief er einige Male voller Wut. „Der Teufel soll dich holen, wenn du nicht endlich auf mich hörst!“

Doch das Tier zeigte sich gegen die Flüche seines Herrn mindestens ebenso unempfindlich wie gegen die Sporen. Der junge Mann verglich die Strecke, die er hinter sich hatte, mit der, die er noch zurücklegen mußte. Schließlich fügte er sich in stiller Resignation der lahmen Gangart seines Pferdes.

So ritt der junge Mann noch eine Zeitlang mißmutig dahin, bis zu dem Augenblick, wo die fast senkrecht über ihm stehende Sonne die Mittagsstunde anzeigte. Je höher die Sonne stieg, desto unerträglicher wurde die Hitze. Und um das Unglück voll zu machen, legte sich auch der leichte Wind, der bisher den Staub vor sich hergetrieben, aber auch für ein bißchen Kühlung gesorgt hatte. Die ausgedorrten Stengel der Gräser standen reglos in der sengenden Sonne, und das erschöpfte Pferd drohte ebenso wie sie in Bewegungslosigkeit zu verharren.

Von Durst gepeinigt und von Müdigkeit erschöpft, stieg der Reiter ab. Nachdem er dem Tier den Sattel abgenommen hatte, ging er zu einem nahen Nopalgehölz, weil er hoffte, dort einige Früchte zu finden, die seinen Durst lindern könnten.

Der Zufall wollte, daß seine Hoffnung nicht getäuscht wurde, und nachdem er ein Dutzend wilder Feigen gepflückt und von ihrer stacheligen Umhüllung befreit hatte, sattelte er sein Pferd erneut, stieg auf und setzte seinen Weg fort.

Es war fast drei Uhr, als der Reiter endlich ein kleines Dorf erreichte, das am Rand der endlos weiten Ebene lag, durch die er geritten war. Doch auch hier waren die Hütten – wie alle übrigen, an denen er in diesen Tagen vorübergekommen war – leer, verlassen. Er mußte seinen Weg fortsetzen, ohne daß er eine Erklärung für diese allgemeine Flucht fand.

Weit entfernt von jedem Fluß oder irgendeinem anderen Gewässer, fand er von Zeit zu Zeit zu seinem nicht geringen Erstaunen Kanus und Pirogen, die auf die Gipfel der Bäume hinaufgezogen oder an den stärksten Ästen aufgehängt worden waren.

Endlich wurde das traurige Schweigen dieser Einöde von Hufschlag unterbrochen. Der ausgedörrte Boden erdröhnte hinter ihm. Er wußte, daß ihn der unsichtbare Reiter bald einholen mußte. Noch verbarg ihn freilich eine Biegung des Pfades.

Nach wenigen Minuten schloß der Reiter tatsächlich zu ihm auf.

„Santos dias!“ sagte der Fremde, indem er die Hand an seinen Hut legte.

„Santos dias!“ grüßte der andere höflich und zog seinen Hut.

Das Zusammentreffen von zwei Reitern mitten in der Wildnis war immer ein Ereignis, und beide musterten sich denn auch mit einiger Neugier.

Der andere Reiter war ein junger Mann von höchstens zweiundzwanzig Jahren. Das Alter war auch das einzige, was die beiden Männer gemeinsam hatten. Der Fremde war groß und stark und elegant. Seine regelmäßigen, ausdrucksvollen Züge, das Feuer seiner schwarzen Augen, sein dichter Schnurrbart und sein dunkelbrauner Teint ließen auf einen leidenschaftlichen Charakter schließen. Sicher floß arabisches Blut in seinen Adern, wie in so vielen spanischen Familien.

Er ritt ein dunkelbraunes Pferd, dessen feine und doch kräftige Formen gleichfalls auf orientalische Abkunft hinweisen. Der Reiter führte es mit Leichtigkeit, und er saß ziemlich sicher im Sattel, an dessen Knauf eine Muskete hing. Ein zweischneidiger Degen, der in einer Lederscheide steckte, war mit einem Haken an seinem Gürtel befestigt. Gewaltige spanische Stiefel mit ungeheuren Sporen und weite Beinkleider aus violettem Samt bedeckten Füße und Beine. Eine Batistjacke und ein mit Goldtressen verzierter Hut vervollständigten die halb bürgerliche, halb militärische Kleidung.

„Haben Sie noch einen weiten Ritt auf diesem Pferd zu machen, Señor?“ fragte er und blickte auf die erbärmliche Mähre des Reiters, den er eben begrüßt hatte.

„Gott sei Dank, nein. Wenn ich mich nicht täusche, kann ich von der Hazienda San Salvador, die das Ziel meiner Reise ist, nur noch höchstens sechs Stunden entfernt sein.“

„Liegt sie nicht in der Nähe der Hazienda Las Palmas?“

„Sie ist kaum zwei Stunden davon entfernt.“

„Dann haben wir denselben Weg“, sagte der Neuankömmling. „Nur fürchte ich, daß wir außerordentlich langsam vorankommen, denn Ihr Pferd scheint keine große Eile zu haben.“

„Das ist wahr“, sagte der junge Mann mit einem Lachen. „Während meines Rittes habe ich mehr als einmal die Sparsamkeit verwünscht, mit der mein Vater es für gut hielt, mich mit einem Pferd auszurüsten, das nur durch einen unglücklichen Zufall den Hörnern der Stiere im Zirkus von Valladolid entgangen ist. Daher kann das arme Vieh nicht einmal eine Kuh am Horizont auftauchen sehen, ohne die Flucht zu ergreifen.“

„Sie sind von Valladolid bis hierher auf dieser abscheulichen Mähre geritten?“

„Ja, Señor, ich bin aber schon zwei Monate unterwegs.“

„Vertrauen gegen Vertrauen“, sagte der Neuankömmling. „Sie haben mir gesagt, daß Sie von Valladolid kommen. Ich komme von Mexiko. Mein Name ist Don Rafael Tres-Villas, Kapitän bei den Dragonern der Königin.“

„Ich heiße Cornelio Lantejas, Student an der Universität von Valladolid.“

„Ah, vielleicht können Sie mir die Lösung eines Rätsels verschaffen, nach der ich niemand fragen konnte, da ich in diesem verwünschten Land seit zwei Tagen keiner lebenden Seele begegnet bin. Wie erklären Sie sich diese vollständige Einöde, diese Dörfer ohne Einwohner und diese an den Zweigen der Bäume aufgehängten Kanus in einer Gegend, in der man zehn Stunden weit reiten kann, ohne einen Tropfen Wasser zu finden?"

„Diese Tatsache kann ich mir so wenig erklären wie Sie, Don Rafael. Ich begnüge mich damit, vor dieser entsetzlichen Einöde Furcht zu haben", sagte der Student ernst.

„Furcht!" rief der Dragoner. „Wovor?"

„Ich habe die üble Gewohnheit, vor Gefahren, die ich nicht kenne, fast mehr erschrocken zu sein, als vor solchen, die ich kenne. Ich fürchte, daß der Aufstand auch in dieser Provinz ausgebrochen ist, obwohl man mir versicherte, daß die erschrockenen Einwohner ihre Wohnungen nur verlassen hätten, um irgendwelchen Aufständischen zu entgehen, die im Land herumstreifen."

„Die armen Teufel sind nicht gewohnt, vor Plünderern zu fliehen", erwiderte der Kapitän. „Dann haben auch die Landleute diejenigen gar nicht zu fürchten, die den Aufständischen folgen. So viel aber ist gewiß, daß diese Kanus und Pirogen nicht an den Zweigen befestigt sind, um mitten in dieser Sandebene herumzuschiffen. Es muß daher eine andere Ursache für diesen allgemeinen panischen Schrecken vorliegen, den ein teuflischer Geist in dieses Land gebracht zu haben scheint. Ich wiederhole nochmals, daß mir das ganz unbegreiflich ist."

Die beiden Reiter setzten für einen Augenblick ihren Ritt schweigend fort und versuchten vergeblich, eine Erklärung für ihre menschenleere Umgebung zu finden.

Der Dragoner nahm zuerst das Gespräch wieder auf.

„Könnten Sie mir, Señor Don Cornelio, da Sie doch von Valladolid kommen, nicht einige neuere Nachrichten über den Marsch und die Fortschritte Hidalgos und seiner Armee geben?"

„Keine", erwiderte Lantejas. „Sie vergessen, daß ich, durch die Langsamkeit meines Pferdes, schon seit zwei Monaten unterwegs bin. Bei meiner Abreise von Valladolid dachte man nicht öfter an den Aufstand als an die Sintflut, und ich weiß weiter nichts davon, als ich aus dem öffentlichen Gerede erfahren habe. Das ist aber so wenig, daß man es ohne Furcht vor der sehr heiligen Inquisition unter die Leute bringen darf. Kann man den Anweisungen des Herrn Erzbischofs von Oajaca Glauben schenken, so soll der Aufstand nicht viele Anhänger finden."

„Und warum?" fragte der Dragoner mit einem Anflug von Hochmut, der bewies, daß er die Befreiung des Landes keineswegs mißbilligte, ohne jedoch seine politische Meinung offen auszusprechen.

„Warum?" wiederholte der Student unbefangen. „Weil der ehrwürdige Señor Bergosa y Jordan sie exkommuniziert und behauptet, daß innerhalb kurzer Zeit jeder Aufständische an den Hörnern und den gespaltenen Klauen erkennbar sein würde, die ihm ohne Zweifel wachsen müßten."

Weit davon entfernt, über die einfältige Leichtgläubigkeit des jungen Mannes zu lachen, senkte der Kapitän mit unzufriedener Miene den Kopf.

„Ja", sagte er leise, wie zu sich selbst, „das ist die Art und Weise, wie unsere Priester zu kämpfen verstehen, durch Verleumdung und Lüge und dadurch, daß sie die Gemüter der Kreolen mit Fanatismus und Aberglauben verwirren."

Dann fügte er laut hinzu: „Sie werden sich also hüten, Señor Lantejas, sich in die Scharen der Aufständischen einreihen zu lassen, damit Ihnen nicht auch der teuflische Schmuck wächst?"

„Davor bewahre mich Gott!" rief der Student. „Außerdem bin ich auch viel zu friedliebend und bereite mich darauf vor, in einen heiligen Orden zu treten. Die Kirche verabscheut Blutvergießen."

„Sie gehen nach Oajaca, um Ihr Studium zu vollenden?" fragte der Dragoner.

„Das eben nicht", erwiderte Lantejas. „Wenn ich die Hazienda von San Salvador besuche, dann erfülle ich damit nur einen Teil des väterlichen Willens. Dieses reiche Gut gehört meinem Onkel, einem Bruder meines Herrn Vaters. Dieser schickt mich zu ihm, um seinen Bruder daran zu erinnern, daß er Witwer, reich und ohne Kinder ist und daher leicht ein halbes Dutzend Neffen versorgen könnte. Was soll ich machen? Mein verehrter Herr Papa hat die Schwäche, mehr an den Gütern dieser Welt zu hängen, als vielleicht gut ist. Übrigens wird sich wohl nie ein hungrigerer Neffe seinem Onkel vorgestellt haben. Denn dank dieser unerklärlichen Verödung der Dörfer, durch die ich gekommen bin, und der Mühe, die sich die Einwohner gemacht haben, alles, selbst das armseligste Hühnchen mitzunehmen, gibt es in dieser Gegend nur wenige Schakale, die hungriger sind als ich."

Der Dragoner befand sich in derselben Lage wie der Student. Auch er hatte sich seit zwei Tagen nur von den wilden Früchten dieser verlassenen Ebene ernähren können, während sein Pferd sich wenigstens an den spärlichen Gräsern, den jungen Maistrieben oder an den seltenen Baumblättern schadlos hielt.

Im Verlauf des weiteren Gesprächs erfuhr der Student noch von dem Dragoner, daß seit der Gefangennahme des Vizekönigs Iturrigaray sein Vater, ein spanischer Edelmann, sich auf sein Landgut des Valle zurückgezogen habe. Der Kapitän selber verschwieg jedoch hartnäckig den eigentlichen Zweck seiner Reise.

Unterdessen hatte sich die Gangart des Pferdes Don Cornelios immer mehr verlangsamt, so daß der Student seine ganze Aufmerksamkeit darauf verwenden mußte, es mit Peitsche und Sporen zu ermuntern. Darüber schlief die Unterhaltung ein, mit deren Hilfe man die Langweiligkeit der Reise gemildert hatte.

Der Durst, bekanntlich ein quälenderes Gefühl als der Hunger, verdoppelte die Unbehaglichkeit der beiden Reiter. Von Zeit zu Zeit warf der Dragoner einen Blick der Ungeduld auf das Pferd des Studenten. Er bemerkte, daß das arme Tier, durch den Mangel an Wasser erschöpft, immer weniger im Stand war, mit dem seinen Schritt zu halten.

„Señor Studiosus", sagte der Kapitän endlich, „haben Sie manchmal in den Erzählungen von Schiffbrüchigen gelesen, daß die armen Teufel, vom Hunger gequält, unter sich das Los gezogen haben, um zu entscheiden, wer von den übrigen verspeist werden sollte?"

„O ja!" erwiderte Lantejas mit einem gewissen Schauder.

„Aber ich glaube nicht, daß wir diese schreckliche Methode schon anwenden müssen."

„Caramba!" antwortete Tres-Villas sehr ernst. „Ich fühle mich so hungrig, daß ich einen nahen, sehr reichen Verwandten verspeisen könnte. Zumal wenn ich ihn beerbte, wie Sie Ihren Onkel in der Hazienda San Salvador."

„Wir befinden uns aber nicht auf dem Meer, Señor Capitano, und auch in keinem Kanu, aus dem wir nicht heraus könnten."

Der Kapitän hatte geglaubt, sich einen Augenblick auf Kosten des jungen, ziemlich leichtgläubigen Mannes, der sogar den vom Erzbischof Bergosa y Jordan in einem allgemein bekannt gemachten Hirtenbrief ausgesprochenen Drohungen Glauben schenkte, belustigen zu können. Aber er war weit davon entfernt zu erwarten, daß sein Reisegefährte einen Scherz, der ihm die Notwendigkeit ihrer Trennung verdeutlichen sollte, so ernst auffassen würde. Der Dragoner wollte nämlich vorausreiten und dem Studenten von der nächsten Hazienda aus ein besseres Pferd, einige Nahrungsmittel und Wasser schicken.

Don Cornelio warf einen ängstlichen Blick um sich und rief beim Anblick der ungeheuren Einöde, die ihn umgab, und beim Vergleich des Mißverhältnisses seiner Kräfte und der des robusten Kapitäns, verzweifelt aus: „Ich hoffe, Señor Capitano, daß Sie noch nicht auf diesem Punkt der Verderbtheit angelangt sind. Was mich betrifft, ich würde, wenn ich so gut beritten wäre wie Sie, meinem Pferd die Sporen geben und sofort zu der Hazienda Las Palmas oder San Salvador galoppieren. Von dort aus würde ich meinem Reisegefährten, den ich hinter mir gelassen habe, Hilfe schicken."

„Ist das Ihre Ansicht?"

„Ich würde es so machen."

„Nun", sagte der Dragoner, „ich werde Ihren Rat befolgen, obwohl ich mir Vorwürfe mache, so bald Eure Gesellschaft wieder aufzugeben."

Don Rafael reichte dem jungen Studenten seine Hand.

„Señor Lantejas", fuhr er fort, „wir scheiden als Freunde, mögen wir uns nie als Feinde begegnen! Wer kann den Schleier der Zukunft lüften? Sie scheinen geneigt, die Befreiungsversuche eines seit dreihundert Jahren geknechteten Landes mit mißtrauischen Blicken zu betrachten. Ich werde ihm aber vielleicht einst meine Kräfte, und wenn es sein muß, mein Leben widmen, um ihm seine Freiheit wieder erobern zu helfen. Leben Sie wohl! Ich werde nicht vergessen, Ihnen Hilfe zu schicken."

Bei diesen Worten drückte der Offizier die zerbrechlichen Finger des Studenten der Theologie mit aller Kraft, gab dann seinem Pferd einen leichten Schlag mit der Hand und verschwand mit Blitzesschnelle in einer gewaltigen Staubwolke.

„Schütze mich Gott!" sprach Lantejas zu sich mit einem Seufzer der Erleichterung. „Dieser hungrige Kapitän hätte es fertiggebracht, mich zu verschlingen. Was aber das Kämpfen auf dem Schlachtfeld betrifft, so fordere ich den Teufel mit seinen Hörnern heraus. Den möchte ich sehen, der mich zum Soldaten macht, sei es für oder gegen den Aufstand."

Rote Wolken färbten den Horizont schon im Westen, als der Reiter plötzlich in einer beträchtlichen Entfernung einen Indianer erblickte. Er versuchte nun in der Hoffnung, von ihm einige Lebensmittel zu erhalten oder doch wenigstens eine Erklärung der unheimlichen Einöde zu bekommen, sein Pferd anzuspornen.

Der Indianer trieb zwei schöne Milchkühe vor sich her.

„Holla, José!" rief Don Cornelio aus Leibeskräften.

Bei dem Namen José, auf den ein Indianer immer antwortet wie ein Irländer auf den Namen Paddy, wendete sich der Indianer erstaunt um.

Unglücklicherweise setzte sich das Pferd, als es die Kühe erblickt hatte, in Trab und schlug schnurstracks eine Richtung ein, die der entgegengesetzt war, wohin es getrieben wurde.

Dennoch hörte Don Cornelio nicht auf, den Indianer mit allen Kräften herbeizurufen. Dieser aber ergriff beim Anblick des Reiters, der ihn aufforderte, näher zu kommen, und sich doch dabei immer mehr entfernte, aus Leibeskräften die Flucht, gefolgt von seinen beiden Kühen. Lantejas verlor sie bald aus den Augen, und nun konnte er sein Pferd auf den rechten Weg bringen.

Gegen Abend erreichte er endlich eine Gruppe von zwei oder

drei Hütten, die wie alle übrigen, die er bis jetzt angetroffen hatte, verlassen waren. Von Hunger erschöpft wie sein Pferd, beschloß der Student, an diesem Ort haltzumachen, um dort die Hilfe zu erwarten, die der Offizier ihm zu schicken versprochen hatte.

Eine breite Hängematte schien für ihn etwa sieben bis acht Fuß über dem Boden zwischen zwei Tamarinden aufgehängt worden zu sein.

Da die Hitze noch immer sehr groß war, ging Lantejas in keine der Hütten hinein, sondern kletterte, nachdem er sein Pferd abgezäumt hatte, an einem der Tamarindenbäume in die Höhe. Dort legte er sich in seine Hängematte, wo er es sich so bequem wie möglich machte.

Während dieser Vorbereitungen war die Nacht hereingebrochen. Der Student, dessen Magen beständig vor Hunger knurrte, lauschte gespannt auf irgendein Geräusch, das ihm die Ankunft der Hilfe, auf die er hoffte, anzeigen würde.

Aber alles war still, denn die Natur schlummerte rings um ihn. Statt des Pferdegetrappels, das er zu hören wünschte, vernahm er eine fortwährende Explosion. Sie hörte sich an wie in der Ferne grollender Donner. In diesen mischte sich anderes Getöse, ähnlich dem Rollen des Meeres in einem Sturm. Manchmal glaubte der Student auch, obgleich die Luft ruhig war, entfesselte Winde heulen und sich mit diesem seltsamen Konzert vereinigen zu hören. Von einem namenlosen Schrecken ergriffen, vernahm er das Pfeifen des Windes, diese düsteren Stimmen und diese Gewitterstürme. Endlich siegte die Ermüdung über die Unruhe, und er fiel in einen tiefen Schlaf.

2

Der Nachkomme der Kaziken

Zu derselben Zeit, in der der Student der Theologie sich entschloß, in seiner Hängematte auszuruhen, ungefähr eine Stunde vor Sonnenuntergang, erschienen zwei Männer am Ufer eines kleinen Flusses. Sie befanden sich auf dem halben Weg zwischen dem Ort, wo der Dragoner von dem Studenten Abschied genommen, und der Hazienda Las Palmas, wohin er sich gewandt hatte.

Der Fluß, an dem die beiden Männer angelangt waren, strömte in der Mitte eines engen Tales dahin. Seine Ufer waren von Eschen und Weiden, in deren Zweigen blühende Lianen sich auf und ab schlängelten, beschattet. Nicht weit von dem Ort, an dem die beiden Männer standen, schien der Fluß ein ruhiger Spiegel zu sein, der den klaren Himmel des Tages oder den mit Sternen besäten der Nacht reflektierte. Weiter abwärts aber verwandelte er sich in ein reißendes Gewässer und stürzte schäumend zwischen hochaufgetürmten Uferwänden dahin, die eine üppige Vegetation bedeckte.

Von dem Standpunkt aus, den die beiden Männer eingenommen hatten, vernahm man das imposante Geräusch eines Wasserfalls, den der Fluß bildete.

Die Gesichtsfarbe und die Kleidung des einen dieser beiden Männer, die eine eifrige Unterhaltung zu führen schienen, zeigten deutlich seine indianische Abstammung. Er trug über der Schulter ein gewaltiges Gewehr mit etwas kürzerem und verrostetem Lauf. Zwei dichte Flechten seines schwarzen Haares hingen von seinem Kopf auf eine Art Tunika mit kurzen Ärmeln aus rotgestreifter Leinwand herab, die seine nervigen, kupferfarbigen Arme entblößte. Diese bis auf den halben Schenkel reichende Tunika wurde an den Hüften von einem ledernen Gürtel zusammengehalten. Die nackten Beine des Indianers schauten hier und da aus einer Art Beinkleid, vom Fell irgendeines wilden Tieres kunstlos verfertigt, hervor. Seine Füße waren mit dem gleichen Stoff bekleidet, und seinen Kopf bedeckte ein geflochtener Binsenhut.

Der Indianer war im Vergleich zu den übrigen Männern seiner Rasse von großem Wuchs. Seine feinen und lebhaften Züge besaßen nicht den bei den unterjochten Indianern so verbreiteten Ausdruck der Unterwürfigkeit. Ein ziemlich dichter Schnurrbart und ein Bart, der sein Kinn umschattete, verliehen seinem Gesicht ein Aussehen von wilder Vornehmheit.

Sein Gefährte war ein mit Lumpen bedeckter Neger, der beim ersten Anblick nichts Bemerkenswertes an sich hatte. Auffällig war höchstens die stupide Leichtgläubigkeit, mit der er den Worten des Indianers lauschte. Von Zeit zu Zeit ließ der Ausdruck seines Gesichts einen schlecht verborgenen Schrecken erkennen.

Plötzlich bückte sich der Indianer und ging vorsichtig auf eine Stelle des Ufers zu, die von Gras entblößt und mit einer Schicht Tonerde bedeckt war.

„Als ich dir sagte“, rief er, „daß ich in höchstens einer halben Stunde ihre Fußspuren finden würde, hatte ich da recht? Sieh, hier!“

Während der Indianer diese Worte mit Triumph aussprach, den sein Gefährte nicht zu teilen schien, zeigte er diesem auf dem feuchten Boden noch ganz frische Spuren. Sie waren von solcher Beschaffenheit, daß sie bei einem Mann, dessen Beschäftigung nicht die Jagd wilder Tiere ist, nur Schrecken hervorrufen konnte.

Es waren breite Abdrücke, in denen jede Zehe seine deutlichen Spuren in dem tonigen Boden zeigte. Ihre Anzahl belief sich ungefähr auf zwanzig von verschiedener Größe. Was aber diese Entdeckung besonders furchtbar machte, war, daß das Wasser eines dem Fluß benachbarten Tümpels eine gelbliche Färbung hatte. Es hatte also keine Zeit gehabt, seine frühere Klarheit wieder anzunehmen.

„Es ist kaum eine halbe Stunde her, daß sie hier an der Tränke gewesen sind", fuhr der Indianer fort, „denn das Wasser ist trübe, wie du sehen kannst. Wir wollen jetzt versuchen, ihre Anzahl zu ermitteln."

„Ich würde vorziehen, schleunigst zu verschwinden", antwortete der Schwarze. „Jesus Maria! Eine ganze Prozession von Jaguaren!"

„Du übertreibst. Wir wollen einmal nachzählen. Eins, zwei, drei, vier. Das Männchen, das Weibchen und zwei Junge. Mehr sind es nicht. Das ist ein prächtiger Anblick für einen Jäger. Dennoch aber will ich sie heute in Ruhe lassen, wir beide haben etwas Besseres zu tun."

„Könnten wir uns an dem erwähnten Ort nicht an einem anderen Tag einfinden und jetzt zur Hazienda zurückkehren? Die Neugierde, die ich empfinde, die wunderbaren Dinge zu sehen, die du mir versprochen hast ..."

„Es ist unmöglich, die Sache noch einen Tag zu verschieben", unterbrach ihn der Indianer. „Dann könnten wir unsere Unternehmung erst einen Monat später beginnen. Ich sage dir, es muß gleich geschehen, denn in einem Monat sind wir weit von diesem Land entfernt. Setzen wir uns."

Der Indianer setzte sich einige Schritte von der Stelle nieder, wo die Unterhaltung stattgefunden hatte, und der Schwarze war wohl oder übel gezwungen, ihm zu folgen. Er war jedoch so unruhig, seine Augen irrten mit einer sichtbaren Angst am ganzen Horizont entlang, daß der Jäger es für seine Pflicht hielt, ihn von neuem zu beruhigen.

„Du hast nichts zu befürchten, Clara, ich versichere es dir", sagte er. „Der Jaguar, das Weibchen und die beiden Jungen, die den ganzen Fluß für sich haben, um ihren Durst zu stillen, werden es sich nicht einfallen lassen, in unsere Nähe zu kommen."

„Ich habe mir sagen lassen, daß sie sehr gierig nach Negerfleisch wären", versetzte der Neger, der seltsamerweise mit dem weiblichen Namen Clara angeredet wurde.

„Das ist ein Vorzug, mit dem du dich vergeblich brüstest."

„Sag lieber, vor dem ich eine entsetzliche Angst habe."

„Sei ganz ohne Sorge. Es gibt im ganzen Land keinen so einfältigen Jaguar, der nicht einer schwarzen und harten Haut wie der deinen, das Fleisch junger Kühe oder Füllen, die er sich ohne Gefahr verschaffen kann, vorzöge. Die Jaguare, die hier in der Nähe sind, würden lachen, wenn sie dich hörten."

„Über dich würden sie vielleicht lachen", entgegnete der Neger.

„Und warum das? Laß dir gesagt sein, daß weder Menschen noch Tiere jemals ungestraft über Costal lachen dürfen."

„Warum? Weil sie es gewiß sehr komisch finden würden, daß du, dessen Beschäftigung die Jagd ist und der du vom Señor Don Mariano Silva bezahlt wirst, um die Jaguare zu jagen und auszurotten, daß du dich nicht auf die Verfolgung der Missetäter begibst, zumal du mir ihre Spuren am Ufer dieses Flusses schon gezeigt hast."

„Sei versichert, daß ich sie nicht aus den Augen verlieren werde. Ich werde ihre Spur wieder aufzufinden wissen, und ein Jaguar, dessen Schlupfwinkel ich kenne, ist ein toter Jaguar. Ich will mich aber vor morgen nicht auf die Jagd begeben. Heute ist Neumond und heute erscheint die ‚Sirene mit den geringelten Haaren' all denen, die es wagen, sie mit mutigem Herzen anzurufen."

„‚Die Sirene mit den geringelten Haaren'?" wiederholte der Neger.

„Ja, dieselbe, die die Goldlager in der Ebene oder inmitten der Berge offenbart und die Perlenbänke auf dem Grund des Meeres zeigt."

„Bist du davon überzeugt? Wer hat dir das gesagt?" fragte

Clara in einem Ton, in dem die Leichtgläubigkeit und der Zweifel mitklangen.

„Meine Väter haben mir das Geheimnis hinterlassen“, erwiderte der Indianer mit feierlicher Stimme, und Costal vertraut den Worten seiner Väter mehr als denen der christlichen Priester. Obwohl ich so tue, als ob ich alles glauben würde, was sie lehren.“

„Sprich nicht so laut“, sagte der Neger lebhaft und bekreuzigte sich bei dieser Gotteslästerung seines Gefährten. „Die christlichen Priester haben überall Ohren, und die Inquisition hat Kerker für Männer aller Farben.“

Bei der Erinnerung an die von dem Neger genannte Inquisition dämpfte der Indianer unwillkürlich die Stimme.

„Meine Väter haben mich gelehrt, daß die Gottheit der Gewässer nie einem einzelnen Mann erscheint. Es müssen zwei sein, wenn sie sich zeigen soll. Und zwar zwei Männer, die mutig sind, denn manchmal ist ihr Zorn schrecklich. Willst du der Gefährte sein, den ich dazu brauche?“

„Hm!“ machte Clara. „Ich kann mich zwar rühmen, nicht allzu große Furcht vor einem Menschen zu haben, dasselbe kann ich aber nicht von Jaguaren sagen. Und was deine Gottheiten betrifft, die vielleicht der Teufel in Person sein könnten, wage ich nicht zu behaupten ...“

„Menschen, Jaguare oder Teufel“, erwiderte Costal, „dürfen den, der ein wahrhaft mutiges Herz unter den Rippen schlagen hat, nicht furchtsam machen. Vor allem, wenn der Preis seines Mutes Gold sein wird, das aus einem armen Indianer einen großen Herrn machen kann.“

„Aus einem Schwarzen auch?“

„Ohne Zweifel.“

„Sag lieber, daß das Gold einem Indianer nicht mehr nützen würde, als einem Schwarzen. Beide sind Sklaven, und ihre Herren würden es dem einen wie dem anderen entreißen“, sagte der Schwarze voller Entmutigung.

„Ich weiß es. Aber die Sklaverei der Indianer neigt sich ihrem Ende zu. Hast du noch nicht gehört, daß ein Priester im Innern des Landes die Befreiung aller Rassen, die Freiheit für alle ausgerufen hat?“

„Nein“, erwiderte Clara und verriet damit seine Unwissenheit in politischen Angelegenheiten.

„Es dauert nicht mehr lange, bis der Indianer dem Weißen, der Kreole dem Spanier gleich sein wird, und bis ein Indianer wie ich sie beherrschen wird“, fügte Costal mit stolzem Ausdruck hinzu. „Der Glanz unserer Väter wird wiedergeboren, und das ist der Zweck, wozu ich das Gold brauche und warum ich gegenwärtig daran denke, Gold zu suchen. Bis jetzt habe ich es für ein unnützes Ding in der Hand eines Sklaven gehalten, obgleich es ihm als freier Mensch dazu dienen wird, den Ruhm seiner Vorfahren wieder zu erneuern.“

Clara konnte nicht anders, als auf Costal einen verblüfften Blick zu werfen. Der Ausdruck wilden Stolzes, der sich auf dem Gesicht des Jägers, des Sklaven der Hazienda Las Palmas, zeigte, überraschte ihn nicht weniger als der Ausspruch, den alten Glanz seiner Familie wieder erneuern zu wollen.

Dieser Blick entging dem Indianer nicht.

„Freund Clara“, fuhr er fort, „ich verrate dir ein Geheimnis, das ich seit fünfzig Jahren bewahrt habe. Das können dir alle Leute meines Stammes bestätigen.“

„Du hast fünfzigmal die Regenzeit gesehen?“ rief der Neger erstaunt aus. Aufmerksam betrachtete er den Indianer, den er für höchstens dreißig Jahre alt gehalten hatte.

„Noch nicht, aber bald“, erwiderte Costal lächelnd. „Und ich werde noch fünfzig andere sehen. Man hat mir vorausgesagt, daß ich das Alter des Raben erreichen werde.“

Dann fuhr er fort, indem er mit ausgestreckten Armen einen Kreis um sich beschrieb und sie nach den vier Himmelsrichtungen ausstreckte: „In dem ganzen Gebiet, das ein Reiter vom Aufgang der Sonne bis zu ihrem Untergang von Osten nach Westen, von Süden nach Norden durchjagen könnte, würde er kein Land berühren, das nicht vor vielen Jahren, bevor die Schiffe der Weißen an unseren Küsten gelandet sind, die Kaziken der Zapoteken als unumschränkte Herren beherrscht hätten. Die beiden Meere, die

die entgegengesetzten Ufer der Landenge von Tehuantepec mit ihren Wellen bespülen, waren die einzigen Grenzen ihrer Herschaft. Tausende von Kriegern folgten ihrem Banner. Vom Ozean, der im Norden liegt, bis zum Süden gehörten ihnen die Perlenbänke und die Goldlager. Das Metall, das die Weißen so heiß begehren, glänzte auf ihren Waffen und auf den Sandalen ihrer Füße. Was ist aus den ehemals so mächtigen Kaziken geworden? Ihre Untertanen sind entweder von den Gewehren der Weißen niedergemäht oder in den Minen vergraben worden. Die Sieger haben die Überlebenden unter sich verteilt. Hundert Abenteurer sind mächtige Herren geworden, indem jeder ein Stück der ungeheuren, durch sie eroberten Besitzungen an sich riß. Und heute ist der letzte Abkömmling jener mächtigen Kaziken gezwungen, nur um sein Leben zu fristen, sich zum Sklaven eines Herrn zu erniedrigen. Jeden Tag muß er sein Leben mit den Jaguaren aufs Spiel setzen, die die Herden anfallen, die in den Ebenen und auf den Bergen weiden, die früher das Eigentum seiner Väter waren und auf denen ihm nur noch das Plätzchen, auf dem seine Hütte steht, gehört."

Der Indianer würde noch weiter gesprochen haben, wenn der Schwarze nicht daran gedacht hätte, ihn zu unterbrechen. Dieser hatte vielleicht niemals gewußt, daß ein mächtiges und zivilisiertes Geschlecht durch die spanischen Eroberer aus seinem Besitztum verdrängt worden war. Jedenfalls war er weit davon entfernt, in dem mehr heidnischen als christlichen Jäger, der ihm seinen indianischen Aberglauben einpflanzte, einen Abkömmling der alten Beherrscher des Isthmus von Tehuantepec zu vermuten.

Die Sonne sank mehr und mehr am Horizont, als plötzlich ein langgedehntes Miauen ertönte, das durch ein hohles Brüllen aus einem weit entfernten Dickicht unterbrochen wurde.

Der Indianer blieb unbeweglich und verzog keine Miene, während der Neger erregt aufsprang und rief: „Jesus Maria, der Jaguar!"

„Nun, was ist damit?" fragte der Indianer ruhig.

„Der Jaguar!" wiederholte Clara.

„Der Jaguar? Du bist im Irrtum."

„Gebe es Gott!“ rief der Neger, der kaum zu hoffen wagte, daß er sich getäuscht hatte.

„Du irrst dich in der Zahl, es sind vier, wenn man die beiden Jungen hinzurechnet.“

Von seinem Irrtum überzeugt, wollte Clara zur Hazienda zurücklaufen.

„Nimm dich in acht!“ sagte Costal, der sich über den Schreck seines Gefährten zu belustigen schien. „Man sagt, daß Jaguare sehr lüstern auf Negerfleisch sind.“

„Du hast mir das Gegenteil versichert.“

„Vielleicht bin ich falsch über die Sitten dieser Bestien unterrichtet, das aber weiß ich ganz gewiß, da ich es mehr als hundertmal erfahren habe. Wenn die beiden Alten zusammen sind, heulen sie nie so. Deshalb glaube ich, daß sie getrennt sind. Du läufst also Gefahr, zwischen zwei Feuer zu geraten.“

„Gott behüte mich!“

„Wenn du also etwas Gescheites tun willst, bleib bei einem Mann, der sich auch vor zwei Jaguaren nicht fürchtet.“

Noch war der Neger unschlüssig, als ein zweites dumpfes Heulen aus der entgegengesetzten Richtung ertönte und somit die Vermutung des Indianers bestätigte.

„Du siehst, daß sie auf Beute ausgehen. Sie haben sich das Terrain geteilt und benachrichtigen sich gegenseitig. Jetzt steht es dir frei, wenn dein Herz dich dazu antreibt“, sagte Costal und machte dem Neger mit der Hand ein Zeichen, daß er entfliehen könne.

Von der Gefahr, die vor und hinter ihm lauerte, überzeugt, näherte sich Clara zitternd seinem unerschütterlichen Gefährten, der keine Anstalten gemacht hatte, den auf dem Gras liegenden Karabiner zu ergreifen.

„Mein Gefährte scheint nicht sehr tapfer zu sein“, sagte der Indianer zu sich, „aber ich werde mich mit ihm begnügen, bis ich einen unerschrockeneren gefunden habe.“

Dann fügte er laut hinzu: „Wo gibt es wohl einen Indianer, einen Schwarzen, der nicht seinen Arm gegen die Spanier erheben würde, die aus den Zapoteken, den Mexikanern, den

Azteken Sklaven gemacht haben? Haben sie nicht grausamer gegen uns gewütet als die Jaguare?"

„Ich würde davor weniger Furcht haben", sagte der Neger.

„Morgen werde ich meinem Herrn sagen, daß er sich einen anderen Jäger suchen soll, und wir wollen uns mit den Aufständischen im Westen verbinden."

„Du könntest ihn trotzdem noch vorher von diesen beiden Tieren befreien", sagte Clara, der seinen Ärger nur für diese aufgespart zu haben schien.

Der Neger hatte kaum den Satz vollendet, als ein drittes Miauen, als wenn die Jaguare die Geduld des Jägers auf eine letzte Probe stellen wollten, stromaufwärts ertönte.

„Bei der Seele der Kaziken von Tehuantepec", rief der Indianer, „das heißt die Geduld eines Mannes auf eine harte Probe zu stellen. Ich will diese Schreihälse lehren, sich künftig nicht mehr so laut über ihre Angelegenheiten zu unterhalten. Komm, Clara, du sollst erleben, wie ein Jaguar aus der Nähe aussieht."

„Ich habe aber keine Waffen!" schrie der Neger, vielleicht noch mehr von dem Gedanken erschreckt, Jaguare zu jagen, als von ihnen gejagt zu werden. „Als ich dich aufgefordert habe, die Ländereien um die Hazienda von diesen beiden Dämonen zu befreien, hatte ich nicht die Absicht, dich zu begleiten, das kann ich bei allen Heiligen des Paradieses beschwören."

„Clara, das Tier, das wir das erstemal hörten, war der männliche Jaguar, der sein Weibchen rief. Er muß ziemlich weit von hier entfernt sein und zwar stromaufwärts. Da es nun auf der ganzen Hazienda kein einziges Flüßchen gibt, auf dem ich nicht ein Kanu hätte, so ..."

„Du hast ein Kanu hier?" unterbrach ihn Clara.

„Gewiß. Wir werden nun stromaufwärts fahren. Ich habe einen ganz bestimmten Plan. Du wirst sehen, aber dabei keine Gefahr laufen."

„Man behauptet, daß die Jaguare verteufelt gute Schwimmer sind", sagte der Neger.

„Ich kann das nur bestätigen. Schnell, folge mir!"

Mit diesen Worten eilte der Jäger auf die Stelle des Ufers zu, wo er sein Boot festgemacht hatte. Clara folgte ihm mit schnellen Schritten und verwünschte die Unvorsichtigkeit, mit der er Costal zur Jagd aufgefordert hatte.

Einige Augenblicke später hatte der Indianer die Knoten des Seils, die seinen Kahn an der Wurzel einer Weide festhielten, gelöst. Der Nachen war aus einem dicken Weidenstamm geschnitzt und breit genug, um zwei Menschen aufzunehmen.

Zwei kurze Ruder genügten sowohl im breitesten wie im schmalsten Gewässer. Ein kleiner Mast, mit einer Schilfmatte geziert, die als Segel diente, wenn es notwendig war, lag auf dem Boden des Fahrzeugs. Da der Mast bei dieser Unternehmung nutzlos war, ließ Costal ihn am Ufer zurück. Er setzte sich nach vorn, während der Neger hinten Platz nehmen mußte, stieß dann den Kahn mit einem tüchtigen Ruck vom Ufer ab, so daß er bis mitten in den Fluß schoß. Dann begann er mit kräftigen Schlägen stromaufwärts zu rudern.

Das Kanu folgte den Windungen des Flußufers, das die Aussicht der beiden Männer beschränkte. Manchmal beugten die am Ufer stehenden Bäume ihre Stämme dicht auf das Wasser, und auf jedem von ihnen erwartete der Schwarze, die glühenden Augen einer wilden Katze leuchten zu sehen, bereit, sich auf den Kahn herabzustürzen.

„Por Dios!“ sagte der Neger schaudernd, so oft sie sich in der Nähe eines solchen Baums befanden. „Fahr nicht so nah daran vorbei – wer weiß, ob so ein Vieh nicht im Laub verborgen auf uns lauert.“

„Ich habe eine Idee“, erwiderte Costal.

„Was hast du für eine Idee?“ fragte Clara.

„Eine sehr einfache, die du gleich erfahren wirst.“

„Laß hören!“

„Wie du weißt, sind es zwei Jaguare – ich spreche nicht von den Jungen. Da du keine Waffe hast, mußt du mit den beiden jungen Tieren fertig werden. Du ergreifst je eines von ihnen mit einer Hand, hältst sie bei der Halshaut fest und zerschmetterst ihnen die Hirnschale, indem du ihre Köpfe gegeneinanderschlägst. Das geht ganz einfach.“

„Das scheint mir im Gegenteil recht schwierig zu sein. Außerdem bezweifle ich auch, ob ich schnell genug laufen kann, um sie zu fangen."

„Die Mühe, auf sie loszustürzen, kannst du dir sicher sparen, denn in spätestens einer Viertelstunde haben wir alle vier auf dem Hals."

„Alle vier!" schrie der Neger und zitterte so heftig, daß das zerbrechliche Boot fast umstürzte.

„Ohne Zweifel", erwiderte Costal und neigte sich im selben Augenblick auf die andere Seite, um das Gleichgewicht wieder herzustellen. „Ich habe ein Mittel gefunden, die Jagd abzukürzen. Wie ich dir schon sagte, es sind zwei Jaguare, der eine auf dem linken, der andere auf dem rechten Ufer. Nun wollen die Bestien durchaus wieder zusammen, das zeigt ihr Brüllen. Wenn wir uns aber zwischen sie werfen, ist es klar, daß sie beide auf einmal auf uns losstürzen. Aufgepaßt! Clara, wir wollen diesen Punkt, von dem aus die Bäume den freien Blick über die Ebene versperren, umfahren. Du mußt mir sagen, wenn du das Tier, das wir suchen, siehst."

Als sie weiter ruderten, breitete sich vor ihnen eine unermeßliche Ebene aus, durch deren Mitte der Strom dahinrauschte. Zur Rechten und Linken waren die Ufer mit Bäumen bewachsen. Die Ebene aber war völlig kahl, so daß auch nicht der geringste Gegenstand dem Auge an dem unbegrenzten Horizont ein Hindernis bot.

Ziemlich entfernt von den beiden Jägern teilte sich der Fluß plötzlich und bildete, in zwei fast parallelen Linien strömend, ein grünendes Delta. Von dessen äußerster Spitze führte der Weg zu der Hazienda Las Palmas.

Die Strahlen der untergehenden Sonne hüllten die Landschaft in einen goldenen Nebel. Der Arm des Flusses, den der Indianer und der Neger hinauffuhren, schien rotgolden gefärbtes Wasser zu haben. Plötzlich tauchte, ungefähr zwei Karabinerschußweiten entfernt, auf diesen schimmernden Fluten ein fremder Gegenstand vor den entzückten Augen Costals auf.

„Sieh, Clara", sagte er, während er dem Neger die Ruder zuwarf und sich selbst auf dem Boden des Kanus mit dem Karabiner in der Hand niederkauerte, „haben deine Augen jemals ein herrlicheres Schauspiel gesehen?“

Clara ergriff die Ruder und schwieg. Die Augen weit aufgerissen, den Mund halb geöffnet, starrte er sprachlos auf den Fluß und schien bezaubert wie der Vogel beim Anblick der Klapperschlange zu sein.

An den schwimmenden Kadaver eines Büffels, den er zerfleischt hatte, geklammert, ließ der eine der Jaguare und zwar der, dessen Brüllen die beiden Gefährten zuerst vernommen hatten, sich langsam auf dem Strom dahintreiben. Mit vorgestrecktem Kopf, auf die Vordertatzen gestützt, die hinteren unter den Leib gezogen, die Seiten fortwährend mit dem Schweif peitschend, ließ der König der amerikanischen Ebene sein fahlglänzendes, mit schwärzlichen Flecken gesprenkeltes Fell von den letzten Strahlen der untergehenden Sonne bespiegeln.

Ein dumpfes Knurren, das zuletzt in ein kurzes Brüllen überging, kam aus der Brust des Jaguars und wurde auf der Wasserfläche bis zu den beiden Männern getragen. Er hatte seine Feinde bemerkt und forderte sie heraus. Costal antwortete mit einem Freudenschrei, wie es der Spürhund ausstößt, wenn er die Fanfaren des Jagdhorns im Echo des Waldes sich verdoppeln hörte.

„Das ist das Männchen“, sagte er mit vor Erregung zitternder Stimme.

„Schieß doch!“ schrie der Neger ängstlich.

„Jetzt schießen!“ erwiderte Costal, „so weit reicht mein Karabiner nicht. Außerdem würde ich auch das Weibchen vertreiben, das in einigen Minuten auf dieser Seite hier hervorspringen wird, von ihren beiden Jungen begleitet.“

„Gott schütze mich!“ sagte der Neger, denn ein entferntes Heulen zeigte an, daß der andere Jaguar tatsächlich in einigen Sekunden am Rand der Savanne auftauchen würde.

Nur wenige Sprünge, die das Weibchen mit erstaunlicher Gewandtheit und Leichtigkeit machte, brachten es auf ungefähr zweihundert Schritte an das Kanu heran.

Plötzlich stand sie still und reckte die Nase hoch in die Luft. Wenig später gesellten sich die beiden Jungen zu ihr. Unterdessen verließ das Boot seine ursprüngliche Richtung und begann, sich zu wenden. Es behielt aber immer dieselbe Entfernung von dem auf dem Kadaver des Büffels kauernden Jaguar bei.

„Bei allen Teufeln“, rief der Indianer ungeduldig, „halt doch das Boot in der Mitte des Stroms, sonst bekomme ich diesen Jaguar nie in meine Schußweite. So, so ist’s gut. Es ist unbedingt nötig, daß ich die Bestie mit dem ersten Schuß töte, sonst ist einer von uns beiden verloren. Denn dann würden uns der verwundete Jaguar und das sehr gereizte Weibchen gleichzeitig anfallen.“

Der Jaguar schwamm ruhig auf seiner Beute den Fluß hinunter, der Zwischenraum zwischen dem Boot und ihm wurde immer geringer. Schon konnte man ganz deutlich seine in ihren Höhlen rollenden, feurigen Augen erkennen sowie die Bewegungen des Schweifs, der hin und her peitschte.

Der Indianer zielte nun mit dem Karabiner auf den Rachen des Jaguars, als das Boot plötzlich heftig schwankte.

„Zum Teufel, was machst du denn, Clara?“ schrie der Indianer zornig. „So ist es mir unmöglich, von einer ganzen Herde Jaguare einen einzigen zu treffen.“

Aber sei es, daß Clara mit Absicht gehandelt hatte, sei es, daß der Schrecken seine Sinne verwirrte, die Schwankungen wurden von Sekunde zu Sekunde heftiger.

„Hol dich der Teufel!“ schrie der Indianer voller Wut, legte den Karabiner nieder und riß dem Neger die Ruder aus den Händen.

Es verging wohl eine gute Minute, ehe der Indianer die Ungeschicklichkeit seines Gefährten wieder gutmachen konnte, dann griff er nach seiner Waffe. Der Jaguar stieß ein furchtbares Gebrüll aus und schlug seine scharfen Zähne in den Körper des Büffels. Er riß einen blutigen Fetzen heraus und setzte zum Sprung an. Während der schwimmende Kadaver wirbelnd im Wasser unterging, um zehn Schritt weiter wieder in die Höhe zu kommen, erreichte der Jaguar mit einem mächtigen Satz das Ufer, auf dem sein Weibchen stand.

Vergebens stieß der Indianer einen gottlosen Fluch aus. Zu spät! Längst war das Tier aus der Schußweite seines Karabiners entschwunden.

Das wilde Paar schien einen Augenblick unschlüssig zu sein, dann aber stießen sie ein zweifaches drohendes Gebrüll aus, in das sich die Stimmen der Jungen mischten. Alle vier entfernten sich mit mächtigen Sprüngen und verschwanden aus dem Gesichtskreis der beiden Männer.

„Geht nur! Geht nur! Ihr Schurken, ich werde euch schon wieder finden“ schrie Costal. Dann wandte er sich zu dem Neger und fügte hinzu: „Du kannst dir schmeicheln, mich um ein schönes Paar Jaguare gebracht zu haben.“ Mit allen Kräften ruderte er nun zu dem Ort zurück, wo sie eingestiegen waren.

3

Der Geist des Wasserfalls

Das kleine Boot setzte geräuschlos seine Fahrt flußabwärts fort. Während der Neger sich Glück wünschte, den Klauen der Bestien entgangen zu sein, war der Indianer in Gedanken vertieft.

Ein Rest von Besorgnis mischte sich trotzdem in die augenblickliche Zufriedenheit Claras. Die Jaguare hatten die Flucht ergriffen, das stand fest. Aber in welche Richtung waren sie gelaufen? Er unterbrach daher das Schweigen und stellte diese Frage an Costal. „Du willst wissen, welche Richtung sie genommen haben", erwiderte der Indianer. „Eine sehr einfache Überlegung wird dir das klarmachen. Einen toten Büffel trifft man nicht alle Tage. Du kannst davon überzeugt sein, daß der Jaguar seine Beute nur mit Bedauern verlassen hat. Er weiß, von seinem Instinkt geleitet, zu welcher Stelle der Fluß den Kadaver treibt. Er wird ihn daher stromabwärts erwarten, unterhalb des Wasserfalls, den du von hier aus rauschen hörst."

Tatsächlich wurde das imposante Getöse der Gewässer, das Clara schon vernommen hatte, immer deutlicher, je mehr das Boot stromabwärts gelangte.

Nachdem die Männer wieder an ihrem Ausgangspunkt angelangt waren, stiegen sie aus, und nach wenigen Augenblicken war das Kanu wieder an den Wurzeln der Weide befestigt.

„Also“, begann der Neger, „du glaubst, daß der Jaguar …“

„Ich bin von dem überzeugt, was ich gesagt habe. Wahrscheinlich wird keine halbe Stunde vergehen, und du wirst ihr Gebrüll in der Nähe des Wasserfalls hören.“

„Fürchtest du nicht, daß sie sich an dir revanchieren werden?“

„Ich kümmere mich darum gerade soviel wie um einen Halm Maisstroh. Wir haben uns schon zu lange mit diesen Bestien abgegeben, glücklicherweise aber noch keine Zeit versäumt. Jetzt wollen wir aber an uns denken. Der Neumond muß jeden Augenblick sichtbar werden, laß mich nun den Gott der Gewässer, Tlaloc, anflehen, damit er dem Sohn der Kaziken von Tehuantepec Glück sendet.“

Mit diesen Worten entfernte sich der Indianer einige Schritte von Clara.

„Geh nicht zu weit!“ schrie dieser und dachte dabei an die furchterregenden Raubtiere, die in seiner Nähe umherstreiften.

„Ich lasse dir meinen Karabiner.“

„Ein schöner Vorteil! Caramba! Ein einziger Schuß und vier Jaguare“, sagte der Neger.

Der Zapoteke ging langsam zu dem Flußufer und stieg auf einen Weidenstamm, der über das Wasser geneigt war. Er fing an, hoch aufgerichtet, die Arme vorwärts gestreckt, nach einer bizarren Melodie ein indianisches Gebet zu singen, dessen Worte auch zu dem Neger herüberdrangen, dessen Sinn ihm aber entging.

Clara hörte mit Schrecken die Anrufung der Götter des zapotekischen Heidentums, und seine Angst wuchs, als er ein entferntes Gebrüll vernahm, das aus der Richtung des Wasserfalls kam. Die Zunahme der Finsternis, die wunderlichen Gebete des Indianers und das unheildrohende Gebrüll des Jaguars, alles wirkte auf einen abergläubischen Menschen wie Clara furchterregend. Er glaubte feurige Augen vor sich im Dickicht glänzen zu sehen, der unheimliche Schatten des Wassergeistes schien sich langsam vor ihm über dem Wasser zu erheben, und geisterhafte Stimmen mischten sich in das ferne Tosen des Wasserfalls.

„Bist du bereit?“ erklang plötzlich die Stimme Costals.

„Wozu?“

„Mich zum Wasserfall zu begleiten und dort die Gottheit anzuflehen, die sich dort zeigen wird.“

„Dort unten, beim Wasserfall, wo die Jaguare brüllen?“ fragte der erschrockene Neger.

„Das Gold ist nur um diesen Preis zu haben“, erwiderte Costal.

„Vorwärts!“ rief der Neger nach einem Augenblick des Schweigens. Die Aussicht auf das Gold hatte ihm Mut gemacht.

Der Indianer nahm seinen Karabiner und seinen Hut, Clara hüllte sich in ein Stück grober Leinwand, die ihm als Mantel diente, und heftete sich, von Furcht und Begierde zugleich ergriffen, an Costals Fersen

Beide folgten dem Lauf des Flusses, der sie zu dem Ort hinführte, wo der Wasserfall mit ohrenbetäubendem Donnern herabstürzte.

Je weiter sie vorwärts kamen, desto steiler und zerklüfteter wurden die Ufer, desto geringer ihre Entfernung voneinander. Die auf beiden Ufern stehenden Bäume bildeten, indem ihre Wipfel sich zusammenneigten, eine dichte und finstere Wölbung. Das Wasser, in ein enges, mit Felsen besetztes Bett gezwängt, dessen Strömung immer reißender wurde, spritzte hoch auf. Das Sonnenlicht fand durch dieses dichte Dach keinen Zutritt mehr, der Strom stürzte mit ohrenbetäubendem Geräusch aus einer Höhe von hundertundfünfzig Fuß in eine tiefe Schlucht.

Weiß und fürchterlich wie eine Schneelawine stürzte sich der Wasserfall durch die Wölbung, die zwei ineinander verschlungene Zedern bildeten.

An diesem unheimlichen Ort machten die beiden Männer halt. Der Neger war ruhiger geworden, denn sowohl die Furcht vor den Jaguaren als auch die vor dem Wassergeist waren von der Begierde nach Gold erstickt worden.

„Jetzt“, sagte Costal, „hör aufmerksam den Ratschlägen zu, die ich dir geben will. Vor allem denk daran, daß, wenn der Geist dir erscheint und wenn du einen wirklichen Schrecken dem ersten Schauder folgen fühlst, dessen sich auch der tapferste Mann nicht erwehren kann, so bist du verloren.“

„Gut!“ antwortete der Neger, „die Entdeckung einer Goldmine ist es schon wert, daß man sich der Gefahr aussetzt, sich den Hals umdrehen zu lassen."

Als der Neger diese Worte aussprach, war seine Haltung, wenigstens dem Anschein nach, ebenso entschlossen wie die Costals.

Der Indianer und der Neger setzten sich auf den Rand der tiefen Schlucht, in der der Fluß bald wieder ruhiger dahinfloß, von dicht belaubten Bäumen beschattet, die der Sonne kaum einen Zutritt gewährten.

Wenn die beiden Abenteurer nicht so in ihre Unterhaltung vertieft gewesen wären, hätten sie trotz der Üppigkeit der Baumvegetation und der Lianen, die die Schlucht bedeckten, dennoch bemerken können, was dort geschah.

Ein Mann setzte sich fast zu ihren Füßen an der Stelle nieder, wo die noch vor kurzem so entfesselten, jetzt ruhigen Wasser träge die langen Stiele der Pflanzen, die die Ufer einrahmten, bespülten.

Dieser Mann, der aufmerksam das imposante Schauspiel des Wasserfalls zu betrachten schien, war kein anderer als der uns schon bekannte Kapitän der Dragoner, den ein sonderbarer Zufall an diesen wilden Ort geführt zu haben schien.

Als der Kapitän der Dragoner, Don Rafael Tres-Villas, sich von dem Studenten, der ihn einen Augenblick für einen Menschenfresser gehalten, getrennt hatte, dachte er nicht weiter über die Sonderbarkeiten nach, die ihm auf dem ganzen Weg begegnet waren. Er trieb sein Pferd zur Eile an, um möglichst bald seinen Bestimmungsort zu erreichen.

Unglücklicherweise war der Offizier, obgleich er ein Kreole war, noch niemals in diesen Teil seines ungeheuer großen Vaterlandes gekommen. Als er an einer Weggabelung angelangt war, wußte er nicht, in welche Richtung er weiterreiten sollte, und überließ seinem Pferd die Entscheidung. Das edle Tier hatte ohne Zweifel mehr Durst als Hunger. Es schlug, nachdem es in der Luft geschnuppert und die feuchten Ausdünstungen eines entfernten Flusses eingesogen hatte, die Abzweigung des Pfades nach rechts ein.

Der Weg nach links hätte ihn geradewegs zu der Hazienda Las Palmas geführt, die er möglichst schnell erreichen wollte.

Schon seit einigen Minuten hörte er das dumpfe Geräusch eines Wasserfalls, als nach einer halben Stunde eines äußerst scharfen Ritts der Fußsteig plötzlich vor einem undurchdringlichen Gebüsch endete. Dahinter stürzte das Wasser mit Donnergetöse in die Tiefe.

Obwohl dieser Ort nur wenige Meter von der Stelle entfernt war, an der Costal dem Neger die Spuren der Jaguarfamilie gezeigt hatte, so war doch das Gehölz so dicht, daß er den Fluß nicht so nahe vermutete.

Der Offizier stieg vom Pferd, befestigte den Zügel an den Zweigen eines Baums und ging zu Fuß weiter.

Don Rafael wußte nicht, von welcher Seite er sich diesem dunklen Labyrinth nähern sollte. Endlich entdeckte er eine Art Fußsteig, der durch das Regenwasser oder vielleicht auch durch wilde Tiere gebahnt worden war. Vorsichtig kletterte er auf ihm weiter und hoffte, für sich und sein Pferd irgendeinen Ausweg aus diesem Dickicht zu finden.

Der Abhang war schroff, der Boden aber fest, und der Offizier begann, ihn hinabzuklettern. Lianen, die sich von Baum zu Baum wie Seile hinschlängelten, erleichterten ihm das Weiterkommen. Endlich gelangte er auf den Grund der Schlucht.

Der Offizier teilte das vor ihm stehende Gebüsch leicht auseinander, und jetzt entlockte ihm der Anblick dieses herrlichen Wasserfalls, einer der malerischsten und imposantesten, den man in Amerika antreffen kann, einen Ausruf des Staunens und der Bewunderung.

Er setzte sich auf einen der Felsbrocken, die das Wasser umplätscherte, um die schaumige Masse, die sich vor ihm ausbreitete, betrachten zu können. Aber Wolken von blutdürstigen Moskitos störten ihn bei seiner Beobachtung.

Der Offizier stand auf, um so schnell wie möglich ihren grausamen Stichen zu entfliehen, als ein unvorhergesehenes Schauspiel seine Aufmerksamkeit fesselte und ihn an seinem Platz festhielt.

Mitten in den schimmernden Wogen des Wasserfalls sah er die undeutlichen Umrisse der Wipfel zweier Zedern. Auf dem leicht gebeugten Stamm des einen Baums glaubte er, eine menschliche Gestalt erkennen zu können, die nach seiner Meinung indianische Züge trug.

In einer gabelförmigen Verzweigung der anderen Zeder zeigte sich ein zweites Gesicht, dieses war schwarz wie die Nacht. Er konnte bald nicht daran zweifeln, einen Neger und einen Indianer vor sich zu sehen.

Die Verwegenheit dieser beiden Männer war erstaunlich. Beide kletterten, bald getrennt, bald vereint, über den brausenden Wasserfall. Manchmal klammerten sie sich mit den Händen an die Zweige der Zedern, während ihre Füße im Schaum des Wassers baumelten. Der Anblick dieser tollkühnen Kletterei jagte dem Offizier einen leichten Schauer über den Rücken.

Die Augen fest auf den schäumenden Wasserfall gerichtet, bemerkten die beiden sonderbaren Gestalten Don Rafael nicht. Er glaubte, daß ein ihm unsichtbarer Gegenstand ihre Blicke gefesselt hätte. Der Offizier nahm an, daß dies irgendeine Wassernymphe sei, die der Neger mit seltsamen Gebärden zu erobern versuchte. Sein breiter, fast bis zu den Ohren geöffneter Mund ließ eine doppelte Reihe von Zähnen erkennen, deren Weiß mit der Ebenholzfarbe seines Gesichts kontrastierte.

Der Indianer machte, nur mit mehr Würde, die gleichen Gebärden und Stellungen wie der Schwarze, augenscheinlich zu einem ähnlichen Zweck.

Bald darauf gab Costal, indem er sich mit einer Hand an einem Zweig festhielt und frei über dem Abgrund schwebte, seinem Gefährten ein Zeichen, seine Grimassen einzustellen. Und der Neger zeigte jetzt nur noch sein schwarzes, unbewegliches und ernstes Gesicht.

Der Indianer streckte den Arm aus und begann eine Art Beschwörung, die von einem Gesang begleitet war, den das Toben des Wasserfalls verschlang. Der Offizier erkannte trotzdem deutlich an dem Muskelspiel des Mundes des Indianers, daß er aus voller Brust sang.

So schwer es auch Don Rafael wegen seiner Neugierde fiel, die sonderbare Handlung zu unterbrechen, wollte er doch endlich erfahren, wo er sich befände und welchen Weg er einzuschlagen habe. Er begann, aus Leibeskräften zu rufen, um die Aufmerksamkeit der beiden Abenteurer auf sich zu lenken. So laut er auch rief, der ohrenbetäubende Lärm des Wasserfalls machte es unmöglich, daß seine Stimme bis zu ihnen drang. Nun beschloß er, den Ort zu erreichen, wo er den Neger und den Indianer gesehen hatte, und kehrte auf demselben Weg zurück, den er vorhin gekommen war.

Don Rafael stieg vorsichtig bis zu dem Gewölbe hinauf, das die beiden Zedern oberhalb des Wasserfalls bildeten. Die beiden Männer waren aber verschwunden.

Er kletterte mit großer Vorsicht auf einen der beiden Bäume und betrachtete von hier aus den Wasserfall mit erneuter Aufmerksamkeit. Er hoffte, hier einige Gegenstände zu entdecken, die das wunderliche Benehmen des Schwarzen und des Indianers erklären könnten. Aber er sah nur den schäumenden Wasserfall und lange Wasserfäden, die sich an den Felsspalten hinschlängelten und sich zuletzt wieder mit dem Hauptstrom vereinigten.

Die Sonne sank merklich, ihre letzten Strahlen erloschen in dem gischtenden Wasserfall. Aber trotz der Dämmerung, die sich plötzlich über die Schlucht gelegt hatte, erkannte der Dragoner die beiden Männer, die gleichzeitig aus dem Gehölz unter ihm hervortraten. Ihre Gesichter waren ernst, ja fast feierlich.

„Hol der Teufel diese Narren, die vor mir zu fliehen scheinen!“ rief der Offizier.

Auf einen Wink seines Gefährten legte der Neger auf einen Felsen, der aus dem Wasser ragte, ein Bündel trockener Zweige. Er hatte sie am Ufer gesammelt und zündete nun ein Feuer an.

Bald färbte ein heller Schein das Wasser, das den Felsen umfloß, purpurrot, und sogar der weiße Schaum des Wasserfalls hielt von den Reflexen eine rötliche Färbung.

Während der Neger unbeweglich in den Glanz der glühenden Kohlen starrte, der sich im Wasser spiegelte, nahm der Indianer seinen Binsenhut ab, löste seine Haarflechten und warf eine Art

Mantel, der Brust und Schultern bedeckte, von sich. Seine Haarlocken, schwarz wie das Gefieder des Raben, dessen hohes Alter er zu erreichen behauptete, umflatterten seinen muskulösen bronzefarbenen Körper.

Der Offizier bemerkte jetzt zum erstenmal, daß der Indianer in ein Horn blies, dessen rauhe und stoßweise hervorgebrachten Töne dem Gebrüll des Jaguars ähnelten.

Als Costal glaubte, den Geist des Gewässers genügend geweckt zu haben, vollführte er um den Felsen herum, auf dem die Kohlen noch glühten, einen wilden, seltsamen Tanz.

Der Indianer fing an, sich immer unsinniger zu gebährden, während der Neger unbeweglich wie eine Statue blieb. Der Glanz des Feuers warf auf beide sonderbare Farben. Der Wasserfall schien feurige Wolken zu treiben. Es war eine wilde und imposante Szene zugleich.

„Beim Leben Gottes!“ sagte der Offizier, „ich möchte gern wissen, welcher heidnischen Gottheit zu Ehren diese beiden Wilden sich so aufführen. Aber noch lieber wäre mir, wenn sie mich auf den richtigen Weg zurückbringen könnten.“

Um sich bemerkbar zu machen, ergriff Don Rafael eine Handvoll kleiner Steine und schleuderte sie in die Richtung der beiden Männer. Dieses Mittel verfehlte nicht seine Wirkung, denn der Indianer warf plötzlich das brennende Reisig von dem Felsen, das sogleich im Wasser erlosch. Die Schlucht war wieder in Dunkelheit gehüllt, der Neger und der Indianer verschwanden in der Finsternis.

4

Die Überschwemmung

Während der Indianer und der Neger ihre wunderlichen Zeremonien abhielten, deren Augenzeuge der Kapitän gewesen war, hatte sich der Mond glänzend am Himmel erhoben und verbreitete eine Helligkeit, wie sie in diesem gesegneten Klima üblich ist.

Don Rafael wußte aus Erfahrung, daß ein geschickter Mann nicht länger als eine Viertelstunde brauchte, um mitten durch die üppige Vegetation der Schlucht zu seinem Pferd zu gelangen. Er hatte bemerkt, daß die beiden Männer, deren seltsames Benehmen er beobachtet hatte, sich auf die gegenüberliegende Seite des Flusses begeben hatten. Er beschloß nun, zu seinem Pferd zurückzukehren, mit ihm zusammen den Fluß zu durchqueren und die beiden Männer in der Nähe des Wasserfalls zu erwarten.

Der Mond beleuchtete den Fluß und seine Ufer mit hellem Glanz. Der Offizier machte einen kurzen Umweg und beeilte sich nun ohne Zeitverlust, sein Vorhaben auszuführen.

Zehn Minuten später zog er sein Pferd am Zügel nach sich und suchte eine Stelle, an der er den Fluß gefahrlos durchschwimmen konnte.

Durch das Gebrüll des Wasserfalls hindurch glaubte er eine Art dumpfen Geschreis zu hören, das von der Seite des Flusses kam, die er erreichen wollte. Diese rauhe Stimme glich mit ihrem dumpfen Klang dem Brüllen des Stiers und verursachte bei dem Reiter ein unbestimmtes Gefühl des Unbehagens. Es war das erste Mal, daß er diese dumpfen Töne vernahm, und ohne die Art der Gefahr eigentlich zu erkennen, fühlte er instinktiv, daß ihn irgend etwas bedrohte.

Sein Pferd schien seine Befürchtungen zu teilen, denn seine Nüstern begannen zu zittern.

Um auf jeden Fall vorbereitet zu sein, schnallte er den Riemen, mit dem seine lange Flinte an dem Sattel befestigt war, los und setzte seinen Weg fort.

Endlich fand er eine geeignete Stelle, um den Fluß zu überqueren. Er schwang sich in den Sattel und trieb sein Pferd in den Strom, das halb watend, halb schwimmend in kurzer Zeit das gegenüberliegende Ufer erreichte.

Entschlossen, noch einige Zeit auf die Ankunft der beiden einzigen lebenden Wesen, die er in dieser Einöde seit seiner Trennung von dem Studenten erblickt hatte, zu warten, ging der Offizier wieder eine Strecke stromaufwärts. Voller Ungeduld blieb er in der Nähe des Wasserfalls stehen.

Um sich bemerkbar zu machen, zündete er sich eine Zigarre an und erwartete so, unbeweglich wie eine zwischen zwei Bäumen aufgestellte Reiterstatue, die Ankunft des Negers und des Indianers.

Die tiefe Einsamkeit, das sonderbare Schauspiel, das der Neger und sein Gefährte ihm geboten hatten, sowie die unbekannten Töne, die er von Zeit zu Zeit hörte, verursachten bei dem Offizier ein unwillkürliches Schaudern. Auch fühlte er manchmal sein Pferd zwischen den Schenkeln zittern, und er konnte sich des Gedankens nicht erwehren, daß er irgendeiner Beschwörung des Fürsten der Finsternis beiwohnte.

Don Rafael war ein Kreole und daher sehr abergläubisch. Er erinnerte sich gehört zu haben, daß die Tiere bei der Anwesenheit eines Geistes aus der anderen Welt ein Zittern empfinden, ähnlich dem, das sich seines Pferdes bemächtigt hatte. Don Rafael war aber zugleich einer jener starken Charaktere, von denen der Indianer gesprochen hatte, die die Furcht zwar für einen

Augenblick empfinden, sich aber nicht auf die Dauer von ihr beherrschen lassen. Er blieb deshalb auf seinem Posten, und nur sein beschleunigter Atem verriet seine innere Anspannung.

Inzwischen kletterten der Indianer und der Neger, die in ihrer Beschwörung des Wassergeistes gestört worden waren, den Abhang der Schlucht hinauf. Mühsam bahnten sie sich durch die üppige Vegetation, die jedes Weiterkommen zu verhindern schien, ihren Weg.

Der Indianer machte seinem Ärger in wilden Drohungen gegen den Eindringling Luft, dessen Gegenwart ohne Zweifel das Erscheinen des Geistes, den er angerufen, verhindert hatte.

Clara fluchte zwar auch, im Grund seines Herzens aber war er weniger unzufrieden.

„Erscheint denn die Sirene nur in dem Augenblick, in dem der Mond aufgeht?" fragte der Neger.

„Ohne Zweifel", erwiderte Costal. „Wenn sich aber ein Weißer in der Nähe befindet, erscheint sie nicht."

„Hat sie vielleicht Furcht vor der Inquisition?" fragte der Neger.

Costal zuckte mit den Schultern. „Du bist ein Einfaltspinsel, Freund Clara. Geh zum Teufel! Glaubst du denn, daß der mächtige Geist der Gewässer vor deinen langröckigen Mönchen Furcht haben soll? Sie würden Furcht vor ihm haben und sich vor ihm auf die Erde werfen."

„Alle Teufel! Wenn sich der Geist schon vor einem einzigen Weißen fürchtet und deshalb nicht zu erscheinen wagt, wie muß er sich dann erst vor einer Masse von Mönchen verbergen."

„Möge ein Blitz des Himmels den Ungläubigen zerschmettern, der den Erfolg meiner Beschwörung zunichte gemacht hat!" schrie der Indianer zornig.

„Du hättest das Feuer nicht so schnell löschen sollen, Costal."

„Ich wollte dem Weißen die Geheimnisse nicht enthüllen, die sich uns zeigen sollten."

„Du bist also davon überzeugt, daß uns jemand beobachtet hat?"

„Ja, das bin ich."

„Und daß er mit Steinen nach uns geworfen hat?“

„Das auch.“

„Nun, ich würde etwas ganz anderes glauben.“

„Was denn?“ fragte der Indianer und lehnte sich an den Stamm eines Baumes, um Atem zu holen.

„Ich glaube“, erwiderte Clara, „daß unsere Beschwörung Erfolg gehabt hätte, wenn du etwas geduldiger gewesen wärst. Ich möchte wetten“, fügte er mit Überzeugung hinzu, „daß ich in dem Augenblick, als der Wasserfall den Glanz des Feuers von den Ufern zurückstrahlte, zwischen zwei Bäumen ein goldenes Diadem habe leuchten sehen. Nun frage ich dich, wer kann hier in dieser Wildnis ein goldenes Diadem tragen, wenn nicht der Wassergeist?“

„Du täuschst dich, Clara, das ist unmöglich.“

„Ich bin meiner Sache sicher und glaube, daß das, was du für Steine hieltest, pure Goldkörner waren, die uns der Geist zuwarf.“

„Und du hast zugelassen, daß wir die Schlucht verließen, ohne nach dem Gold zu suchen!“ schrie der Indianer aufgeregt.

„Wir hatten nichts mehr, um das Holz wieder anzuzünden.“

„Wir hätten es trotzdem versuchen sollen.“

„Ja“, erwiderte der Neger mit einem Anflug von Ironie“, es wäre leicht gewesen, in dieser Finsternis ein Stück Gold von einem Kieselstein zu unterscheiden.“

„Nach dem Gewicht schon.“

„Wir hätten aber bei der Suche nach dem Gold den Jaguaren begegnen können, die sicher erfreut gewesen wären, uns dort zu finden.“

„Was kümmern mich die Jaguare?“ rief der Indianer.

„Mich interessieren sie schon!“ antwortete der Neger.

Der Indianer erwiderte nichts, sondern beschleunigte seine Schritte. Der Neger folgte ihm wie sein Schatten. Plötzlich stand der Indianer still, schlug sich mit der Hand vor die Stirn und rief: „Ich hatte gehofft, morgen die Jaguare zu jagen. Aber morgen ist dazu keine Zeit mehr, und es ist besser, wenn wir diesen Ort schleunigst verlassen.“

„Warum?“ fragte der Neger, erschrocken über die außergewöhnliche Unruhe Costals.

„Wir haben heute Neumond, und ich habe ganz außer acht gelassen, daß dies in dieser Jahreszeit immer der Moment ist, in dem die Ströme in unserem Land anschwellen und weite Teile dieser Gegend überfluten. Du weißt, daß die Überschwemmung wie der Blitz eintritt. Hörst du nicht schon in der Ferne das Rauschen der Gewässer?“

„Gott sei Dank, ich höre nur das Brüllen des Wasserfalls. Beeilen wir uns trotzdem.“

„Oh!“ erwiderte Costal, „wenn wir erst einmal die Schlucht verlassen haben, brauchen wir nichts mehr zu fürchten. Der Gipfel eines Baumes wird uns als Zufluchtsort dienen, sollte uns die Flut überraschen.“

Die beiden Abenteurer kletterten den schroffen Abhang schweigend auf Händen und Füßen hinauf. Bald erreichte Costal den Kamm des Abhangs, und Clara stieß einen Seufzer aus, als er endlich oben anlangte.

Plötzlich packte er Costals Arm und zeigte mit dem Finger auf einen Gegenstand, der ihm fremdartig erschien.

Er wies auf eine schwarze, unbewegliche Gestalt, die am Ufer des Flusses stand und von einem hellen Punkt nur schwach beleuchtet wurde.

„Das Diadem des Geistes!“ sagte der Neger flüsternd.

Costal blickte in die vom Neger bezeichnete Richtung, und er sah tatsächlich etwas wie einen goldenen Reifen inmitten der Finsternis glänzen.

Der Neger und der Indianer sollten bald erfahren, wofür sie beide diese unerwartete Erscheinung zu halten hatten. Bei einer Bewegung, die das Pferd machte, fiel ein Mondstrahl auf den Reiter, dessen Gestalt nun klar hervortrat.

Eine breite goldene Borte, die nach mexikanischer Mode über seinen Hut herabhing, hatte, durch den Schein der Zigarre beleuchtet, den Eindruck eines Diadems hervorgerufen.

„Wie ich sagte“, rief Costal, „ein Ungläubiger verhinderte das Erscheinen des Geistes. Hatte ich unrecht?“

„Nein!“ antwortete der Neger verwirrt.

„Es ist ohne Zweifel ein Offizier“, sagte Costal, als er die militärische Haltung Don Rafaels erkannte.

„Wer ist da?“ rief er.

„Ist hier jemand?“ entgegnete Don Rafael.

In diesem Augenblick wurden zwei Menschen sichtbar, in denen der Dragoner die Männer wiedererkannte, die er erwartet hatte.

„Ich bin froh, daß ich Sie endlich treffe“, sagte der Offizier und ritt den beiden Männern entgegen.

„Vielleicht wollen wir sie gar nicht sehen“, erwiderte Costal in gereizter Stimmung.

„Ich hoffe, Sie sind mir wegen der Steine, die ich auf Sie in die Schlucht hinabgeworfen habe, nicht mehr böse. Entschuldigen Sie bitte, aber ich wußte nicht, wie ich sonst bei dem Lärm des Wasserfalls Ihre Aufmerksamkeit auf mich lenken sollte. Ich habe mich nämlich verirrt.“

Nach diesen Worten zog der Dragoner einen Piaster aus seiner Tasche und bot ihn dem Indianer an.

„Danke schön“, sagte dieser, während Clara hastig nach dem Geldstück griff. „Wohin reiten Sie?“

„Zu der Hazienda Las Palmas. Ist der Weg dorthin noch weit?“

„Das kommt darauf an, welchen Weg Sie nehmen.“

„Ich suche den kürzesten, ich habe es eilig.“

„Der Weg, der Sie am sichersten dorthin führen würde, ohne daß Sie befürchten müßten, sich noch einmal zu verirren, ist der am Fluß entlang“, sagte Costal. Obwohl er sich über den Fremden geärgert hatte, wagte er es dennoch nicht, einem Offizier, der auf dem Weg zur Hazienda Las Palmas war, wo er angestellt war, eine falsche Auskunft zu geben.

„Suchen Sie aber einen noch näheren ...“

Ein rauhes, kurzes Geheul, das der Offizier während dieses Abends schon öfter gehört hatte, unterbrach die Ausführungen Costals.

„Was war das?“ fragte der Offizier.

„Es ist das Gebrüll eines Jaguars, der Beute sucht“, antwortete Costal.

„Ah!“ sagte der Dragoner, „ich fürchtete, daß es irgend etwas anderes wäre.“

„Der kürzeste Weg für Sie geht dort entlang“, fuhr der Indianer fort und zeigte mit dem Lauf seines Karabiners in die Richtung, aus der das Gebrüll kam.

„Sie meinen, das sei der kürzeste?“

„Ja!“

„Nun, ich danke Ihnen, ich werde ihn einschlagen.“

Mit diesen Worten zog der Offizier die Zügel an und wollte in die Richtung davonreiten, die ihm der Indianer gezeigt hatte.

„Hören Sie, Señor Kavalier“, sagte Costal mit mehr Herzlichkeit, als er bis jetzt gezeigt hatte, „es ist nicht immer damit getan, ein mutiger Mann zu sein, wie Sie es offenbar sind. Um einer Gefahr wirkungsvoll begegnen zu können, muß man sie auch kennen.“

Don Rafael Tres-Villas hielt sein Pferd an.

„Sprechen Sie, mein Freund“, sagte er, „ich höre und danke Ihnen im voraus. Was ist das für eine schreckliche Gefahr, die mir droht?“

„Eine Gefahr, gegen die alle Jaguare, die in diesen Savannen heulen und brüllen mögen, ein Kinderspiel sind. Es ist die Überschwemmung, die vielleicht vor Ablauf einer Stunde die Ebenen mit brüllenden Wogen überfluten wird und aus ihnen wütende Meere macht und selbst Jaguare mit sich fortreißt, wenn sie sich nicht auf einen Baum retten können. Der Hirt und seine Herden werden auch verschlungen werden, wenn sie nicht rechtzeitig die Hazienda erreichen, wo Sie hinwollen.“

„Ich werde Ihre Ratschläge beherzigen“, sagte der Offizier, der sich nun an den Studenten erinnerte, den er ungefähr zwei Stunden von hier zurückgelassen hatte.

In wenigen Worten erzählte er dem Indianer von seiner Begegnung mit dem jungen Mann.

„Machen Sie sich wegen ihm keine Sorgen. Wenn er noch lebt, bringen wir ihn morgen in die Hazienda. Denken Sie jetzt nur an sich und an die, die Ihren Tod beweinen könnten. Was die Jaguare betrifft, so haben Sie nichts von ihnen zu befürchten. Wenn Ihr Pferd sich bei ihrem Anblick erschreckt und sich weigert, vorwärts zu gehen, so ermuntern Sie es durch Zurufe. Wenn Sie den Jaguaren zu nahe kommen, schreien Sie sie an, denn die menschliche Stimme vermag allen Tieren Respekt einzuflößen. Die Weißen wissen das nicht, weil sie ihnen nicht so oft begegnen wie wir. Ich könnte Ihnen aus meinen eigenen Jagdabenteuern mit Jaguaren Beispiele dafür ..."

Der Indianer verstummte, denn Tres-Villas war davongeritten, um der Überschwemmung zu entgehen. Er jagte auf der vom Mond mit weißem Licht übergossenen Savanne in Richtung der Hazienda dahin.

„Er ist mutig und offenherzig", sagte Costal, „es wäre schade, wenn ihn ein Unglück träfe."

„Hm!" unterbrach ihn Clara, „ich denke, für heute hätten wir genug Abenteuer erlebt. Vor allem die Nähe der Jaguare ..."

„Pfui, Clara. du solltest dich schämen. Sieh diesen braven jungen Mann, der in seinem Leben noch keinen Jaguar gesehen hat und der sich um sie nicht mehr kümmert als um ein paar Feldratten."

„Mag sein. Nun, was können wir noch tun?" fragte Clara mürrisch. „Was soll nun aus dem jungen Mann werden, von dem der Reiter gesprochen hat?"

„Wir müssen ihn suchen. Inzwischen wollen wir unser Boot auf den Gipfel des Cerro de la Mesa tragen, wo wir für eine Nacht vor den Jaguaren und der Überschwemmung sicher sind."

„Das gefällt mir", sagte Clara, „denn ich bin sehr müde."

Inzwischen sprengte Don Rafael ohne Pause auf die Hazienda zu. In der ersten halben Stunde seines Ritts war die Savanne so friedlich, die Palmen schaukelten sich so sanft unter dem mit Sternen besäten Himmel, daß der Reiter glaubte, der Indianer habe sich über ihn lustig machen wollen. Deshalb mäßigte er fast unwillkürlich die Gangart seines Pferdes und überließ sich jener sanften Träumerei, die den Reiz einer Tropennacht ausmacht.

Dabei erinnerte sich der Offizier unwillkürlich wieder an die verlassenen Hütten, an die Boote, die an den Bäumen in die Höhe gezogen worden waren. Sie konnten das letzte Rettungsmittel für diejenigen sein, die die Überschwemmung überraschte. Seine gute Laune schwand plötzlich, und er trieb sein Pferd wieder an.

Nach einer zweiten halben Stunde hörten wie mit einem Zauberschlag die Grillen auf zu zirpen, die ganze Savanne schien in tiefes Schweigen versunken. Der mit Wohlgerüchen erfüllten Luft, die so regelmäßig ging, daß man sie für den Atem der schlafenden Natur hätte halten können, folgte ein nach Moder riechender Wind, der dem Atem des Schreckens glich.

Die beängstigende Stille war nur von kurzer Dauer. Bald darauf glaubte der Reiter immer noch den dumpfen Lärm des Wasserfalls, den er schon weit hinter sich hatte, zu hören. Nur schien das Getöse an einem anderen Platz, nicht hinter, sondern vor ihm zu sein.

Jetzt schlug sein Herz schneller. Wenn er den Worten des Indianers Glauben schenken durfte, nahte sich nun eine Gefahr, gegen die weder sein Gewehr, noch sein scharfer Degen, noch sein mutiges Herz etwas ausrichten konnten. Die stählernen Sehnen seines Pferdes waren seine einzige Verteidigung, sein letztes Rettungsmittel.

Glücklicherweise waren die Kräfte des edlen Tieres noch von keinem zu großen Weg erschöpft. Es spitzte die Ohren, und mit weit geöffneten Nüstern atmete es den feuchten Wind ein, den die Wasser vor sich hertrieben.

Jetzt sollte ein Wettlauf zwischen dem Reiter und der Wasserflut beginnen, in dem der, der zuerst die Hazienda Las Palmas erreichte, Sieger blieb.

Der Offizier ließ die Zügel fallen, die Räder seiner eisernen Sporen drangen in die Weichen seines Pferdes, der Kampf der Schnelligkeit hatte begonnen. Die Savanne flog an dem Reiter vorüber, zu seiner Rechten und Linken zogen die Büsche und Palmenbäume mit atemberaubender Geschwindigkeit an ihm vorbei.

Die Flut bewegte sich von Osten nach Westen, der Reiter dagegen sprengte von Westen nach Osten dahin. Bei der Schnelligkeit ihrer entgegengesetzten Bewegung mußten sie sich einander begegnen, aber an welchem Ort?

Der Abstand zwischen beiden verminderte sich von Sekunde zu Sekunde. Das zuerst dumpfe und weit entfernte Geräusch näherte sich immer mehr und ähnelte dem Donnern eines aufziehenden Gewitters.

Die Savanne und die Palmen flogen noch immer wie Schatten an dem Reiter vorüber, noch immer war der drohende Wasserschwall nicht sichtbar.

Der Offizier hielt einen Augenblick an, um sein Pferd verschnaufen zu lassen. Aber immer näher und näher drang das Brausen der vorrückenden Flut.

Don Rafael glaubte schon fast nicht mehr an seine Rettung, als er den schrillen Ton einer fernen Glocke vernahm. Er kam von der Hazienda, auf der die Sturmglocke geläutet wurde, um die Menschen vor der Wasserflut zu warnen.

Der Offizier rief sich die Worte des Indianers in das Gedächtnis zurück: „Denken Sie nur an die, die Ihren Tod beweinen würden.“ War auf der Hazienda, auf der er erwartet wurde, jemand, der ihn vielleicht schmerzlicher als die übrigen beweint hätte? Bei diesem Gedanken haderte der Offizier mit seinem Schicksal, das ihm drohte, und er beschloß einen letzten Versuch zu machen, ihm zu entgehen.

Sein Pferd benötigte eine nochmalige Ruhepause, und der Offizier besaß, trotz der drohenden Gefahr, genug Kaltblütigkeit, um anzuhalten. Er stieg ab und schnallte den Sattelgurt loser, um den Flanken des keuchenden Tiers mehr Spielraum zu verschaffen.

Der Reiter zählte mit Angst die Minuten, die verrannen, als er plötzlich Pferdegetrappel hörte, das sich rasch näherte.

Er wandte sich um, ein Mann sprengte auf einem kräftigen Fuchs heran. Nur noch einen Augenblick, und der Reiter, der sein Pferd nicht gerade sanft behandelte, hatte ihn erreicht.

„Was machen Sie da?“ schrie er, „hören Sie denn die Alarmglocke nicht? Wissen Sie nicht, daß die Gewässer bald die ganze Ebene überfluten werden?"

„Ich weiß es", erwiderte der Offizier, „aber mein Pferd braucht ein wenig Ruhe, und ich erwarte ..."

Der Unbekannte warf einen raschen Blick auf den Braunen Don Rafaels und sprang aus dem Sattel.

„Halten Sie mein Pferd", sagte er zum Offizier und warf ihm die Zügel zu. Dann näherte er sich dem Pferd des Dragoners, hob den Sattel auf und legte die Hand auf den Widerrist des Tiers, um das Pulsieren seiner Lungen zu fühlen.

„Gut!" fügte er hinzu, wie ein Arzt, der mit dem Pulsschlag seines Patienten zufrieden war.

Nun ergriff er einen faustgroßen Kieselstein und rieb damit heftig die Brust und die Kniekehlen des Pferdes.

Während dieser Zeit betrachtete Don Rafael den Unbekannten, der sich wenig um sein eigenes Leben zu sorgen schien, und der mit so viel Sorgfalt für das Pferd eines Mannes sorgte, der ihm ganz und gar unbekannt war. Er war wie ein Maultiertreiber angezogen. Er trug einen flachen Hut aus grobem Filz, einen grauen Leinwandkittel mit schwarzen Streifen, darüber war ein kurzes Schurzfell aus dickem Leder gegürtet, weite, flatternde Hosen aus Leinen und ziegenlederne Halbstiefel. Er war klein, sein von der Sonne gebräunter Teint nahm seinem Gesicht nichts von seiner natürlichen Sanftmut, das trotz der großen Gefahr eine unerschütterliche Ruhe ausstrahlte.

Als der Maultiertreiber glaubte, das Pferd genug gerieben zu haben, um ihm seine Elastizität wieder zu geben, sagte er: „Das Tier ist noch nicht völlig erschöpft, denn es läßt sich noch kein Pulsieren der Lungen am Bug spüren. Helfen Sie mir jetzt bei dem, was ich tun muß, und beeilen wir uns, denn das verderbenbringende Geräusch kommt immer näher, und die Sturmglocken läuten mit doppelter Geschwindigkeit. Verbinden Sie Ihrem Pferd die Augen mit Ihrem Taschentuch."

Während der Dragoner sich beeilte, zu gehorchen, zog er aus der Tasche seines ledernen Schurzfells einen Strick, mit dem er die Nase oberhalb der Nüstern umwickelte.

„Halten Sie diesen Strick mit allen Kräften fest“, sagte er zu Rafael.

Nun zog der Maultiertreiber noch ein scharfes Messer aus der Scheide, dessen Klinge er in die Scheidewand zwischen den beiden Nasenlöchern des Pferdes stieß.

Das Blut spritzte hervor, das Tier bäumte sich auf, trotz der Anstrengungen seines Reiters, es zu halten. Kaum berührten aber seine Vorderhufe wieder den Boden, als der Maultiertreiber das blutige Heft des Messers ergriff und es mit einem Ruck aus der Wunde riß.

„Jetzt“, sagte er, „wird Ihr Pferd wenigstens so weit laufen, wie es seine Füße tragen. Das war die einzige Möglichkeit, Sie zu retten.“

„Ihr Name?“ rief Don Rafael dem Maultiertreiber zu und drückte ihm die Hand. „Ihr Name, damit ich ihn nie vergesse.“

„Valerio Trujano, ein armer Maultiertreiber, der hart arbeiten muß, der aber in der Erfüllung seiner Pflicht Trost findet und es im übrigen auf Gott ankommen läßt. Hier war es meine Pflicht, Sie nicht ins Verderben reiten zu lassen“, fügte er hinzu. „Der Name des Allerhöchsten sei gesegnet, wir sind in seiner Hand, flehen Sie ihn an, daß er von uns die schreckliche Gefahr gnädig abwenden möge.“

Bei diesen feierlichen Worten kniete Trujano auf dem Sand nieder, zog seinen Hut ab und sprach, die Augen gen Himmel erhoben, folgende Worte: „Aus der Tiefe rufe ich zu Dir, o Herr! Herr, erhöre meine Stimme!“

Als er den zweiten Vers des Psalms beendet hatte, schwang er sich in den Sattel. Don Rafael bestieg ebenfalls sein Pferd, und so jagten sie zusammen, auf die fliegenden Mähnen ihrer Rosse geneigt, die Savanne entlang. Der feuchte Wind, den die Gewässer vor sich hertrieben, pfiff in ihren Haaren. Das unheildrohende Brüllen der Wassermasse, vermischt mit dem mahnenden Läuten der Glocke, kam ständig näher.

5

Die Hazienda Las Palmas

Bei der Wahl des Bauplatzes für die Hazienda war die jährlich eintretende Überschwemmung berücksichtigt worden. Die Ebene, in der sie erbaut war, dehnte sich von Osten nach Westen und nach Süden unabsehbar aus. An der Nordseite aber war sie von einer hohen Hügelkette eingeschlossen, an deren Fuß sich wieder andere Hügel erhoben und sich unmerklich bis in die Ebene verflachten.

Die Hazienda Las Palmas war an den niedrigen Erhebungen, deren flache Terrassen fast die Höhe der Gebäude erreichten, und deren viereckiger Glockenturm weit ins Land ragte, auf dem äußersten Ende dieses Amphitheaters erbaut worden. Am entgegengesetzten Ende befanden sich große Stallungen und viele Räumlichkeiten für die Arbeiter der Hazienda. Hierzu zählten auch die Viehhirten und die Dienerschaft, die für den ausschließlichen Dienst des Besitzers bestimmt war. Eine hohe, starke Mauer, von mächtigen Gegenpfeilern gestützt, verband die Hazienda mit dem Teil, in dem sich die Arbeiter aufhielten, und zog sich die ganze Länge der Hügel hin. Ein massives Tor in der Mitte der schützenden Mauer diente als Eingang.

Bei dieser Lage war die Hazienda Las Palmas, so genannt wegen der mächtigen Palmen, die in der Ebene wuchsen, eine Zufluchtsstätte bei eintretenden Überschwemmungen und zugleich eine fast uneinnehmbare Festung.

Zu der Stunde, wo der Dragoner und der Student sich auf ihrem Weg trennten und wo der Neger Clara mit dem Indianer Costal auf Tigerjagd gingen, läutete die Glocke der Hazienda zum Abendgebet und signalisierte das Ende des Tagewerks.

Mit fast übertriebener Pünktlichkeit stellten sich beim ersten Schlag die indianischen Arbeiter ein. Die Viehhirten sprengten auf ihren Pferden herbei und eilten in die Ställe oder zu ihren Nachtlagern, während andere ihre Pferde absattelten.

Die entfernter beschäftigten Arbeiter strömten ebenfalls von allen Seiten herbei. Die Felder lagen verlassen da, aber die gemeinsamen Aufenthaltsorte und die Viehställe füllten sich. Alle murmelten beim Ton der Glocke mechanisch ihre Gebete.

In der Hazienda selbst befanden sich in einem fast orientalisch vergitterten Zimmer des ersten Stockwerks drei Frauen. Zwei von ihnen waren Schwestern, was man wegen ihrer großen Ähnlichkeit leicht erkennen konnte. Es waren die Töchter Don Marianos, die dritte war ein bevorzugte Dienerin.

Die beiden Töchter Don Marianos boten in diesem Augenblick das Bild jener gelangweilten Sorglosigkeit, die an einen orientalischen Harem erinnerte, die aber wegen ihrer kindlichen Reinheit jeder Verworfenheit entbehrte.

Die eine von ihnen saß nach orientalischer Sitte mit gekreuzten Beinen auf einer chinesischen Matte, lange schwarze, eben erst geflochtene Haare fielen nachlässig über ihre Schultern. Das junge Mädchen schien sich gleichgültig den Händen ihrer Kammerfrau zu überlassen.

Das sanfte Gesicht des jungen Mädchens vereinigte alle Reize, die die Schönheit einer Kreolin kennzeichnen, ohne die Mängel zu haben, die sie manchmal verunstalten. Der stolze und ruhige Ausdruck ihres Gesichts zeigte, daß sie sehr charakterstark war.

Die elegante Feinheit der spanischen Herkunft dokumentierte sich in den weißen, schlanken Händen und in einem kleinen Fuß, wie ihn nur die Frauen Mexikos und Südamerikas zu besitzen scheinen. Ein leichter Atlasschuh bedeckte ihre reizenden Füße.

Dieses junge Mädchen war Donna Gertrudis, die älteste der beiden Schwestern. Obwohl ihre jüngere Schwester ihr in nichts nachstand, war ihre Schönheit doch von ganz anderer Art.

Ihre lebhaften, glänzenden Augen bildeten einen auffallenden Gegensatz zu den sanften, ruhigen ihrer älteren Schwester. Sie glich einem Vulkan ihres Landes, der immer mit einem Schneemantel verhüllt ist.

Obgleich die älteste erst siebzehn Jahre alt war und die jüngere nicht mehr als sechzehn, hatten beide doch schon jene Entwicklung weiblicher Reize erlangt, die die Männer an einer Frau so sehr schätzen.

Während Gertrudis ihr volles Haar den Händen ihrer Kammerfrau überließ, ordnete Marianita auf ihren seidenen Strümpfen die an den Schuhen befestigten Atlasbänder, die ihre kleinen Füße schmückten.

Die politischen Ereignisse hatten auch in dieser Familie wie in so vielen anderen ihre Spuren hinterlassen.

Vor der mexikanischen Revolution war es der glühendste Wunsch einer Kreolin, irgendeinen Auswanderer aus dem Mutterland zu heiraten. Daher wurde auch eine Heirat zwischen Donna Marianita und einem jungen Spanier der Gegend geplant.

Gertrudis hatte diese Ehre ausgeschlagen, und so war denn die Verbindung zwischen Marianita und dem Spanier zustande gekommen.

Die Ankleidevorbereitungen fanden in Erwartung zweier Gäste statt, von denen der eine der spanische Verlobte, der andere der Kapitän der Dragoner, Don Rafael Tres-Villas, war.

Der erste hatte nur einen Weg von kaum zwei Meilen zu Pferd zurückzulegen, und er konnte jeden Augenblick ankommen. Der andere hatte einen Weg von mehr als zweihundert Meilen zu machen. Obwohl er seinen Besuch an diesem Tag fest versprochen hatte, war es doch nicht ausgeschlossen, daß bei einer so langen Reise irgendein unvorhergesehener Zufall seine Ankunft um einen Tag verzögern könnte.

War das der Grund, warum Gertrudis ihre Toilette noch nicht angefangen hatte, während Marianita sie schon beendete? War

Don Rafael der einzige Mann, in dessen Augen sie im Glanz ihrer Schönheit erscheinen wollte?

Nachdem die Dienerin entlassen worden war, eilte Donna Marianita an das Fenster.

Ihre Augen schweiften am Horizont der Ebene entlang, während ihre Schwester in einem Ledersessel Platz nahm, mit einer heftigen Bewegung des Kopfes und der Hand ihre Haare zurückwarf und unbeweglich und träumerisch sitzen blieb.

„So viel ich mich auch umsehe“, rief Marianita, „die Ebene ist und bleibt leer. Ich sehe weder Don Fernando noch Don Rafael. Meine arme Gertrudis, ich fürchte, umsonst Toilette gemacht zu haben. In einer halben Stunde ist die Sonne untergegangen.“

„Don Fernando wird kommen“, erwiderte Gertrudis mit sanfter Stimme.

„Man erkennt gleich an dem ruhigen Ton deiner Stimme, daß du deinen Verlobten nicht so sehnsüchtig erwartest wie ich meinen. Ich warte mit Ungeduld auf ihn. Du kennst das Gefühl nicht, Gertrudis!“

„An deiner Stelle würde ich mehr Traurigkeit als Ungeduld empfinden.“

„Traurigkeit! O nein! Wenn Don Fernando heute abend nicht kommt, so ist er der Leidtragende. Er wird dann nicht das Vergnügen haben, mich in diesem weißen Kleid, das er so gern hat, zu sehen. Auch die Granatblumen in meinen Haaren, die ich nur genommen habe, um ihm zu gefallen, wird er nicht bewundern können. Ich ziehe die weißen Blumen des Majoran vor, aber ich habe gehört, daß sich eine Frau immer nach dem Geschmack ihres Mannes kleiden soll.“

Bei diesen Worten ließ Marianita ihre Finger wie Kastagnetten gegeneinander schlagen. Sie zeigte nicht den geringsten Anschein von Traurigkeit, sondern im Gegenteil, sie strahlte Zufriedenheit aus.

Gertrudis antwortete nicht, sie erstickte einen Seufzer, während der Abendwind mit ihren Haaren spielte und ihr kleiner nackter Fuß einen Schuh aus schwarzem Atlas hin und her schaukelte.

„Dieses Landleben ist doch ungeheuer langweilig“, sagte Marianita. „Der Tag, das ist wahr, ist nicht zu lang. Aber die Abende! Weiter nichts, als den Nachtwind brausen zu hören und allein im Garten zu promenieren, das ist traurig, höchst traurig. Lieber würde ich singen und tanzen gehen. Wir leben hier wie die gefangenen Prinzessinnen in dem Ritterroman, den ich im vorigen Jahr angefangen, aber noch nicht beendet habe ... Ah! Ich bemerke ganz hinten am Horizont eine kleine Staubwolke ... Endlich ... Ich sehe einen Reiter!“

„Einen Reiter?“ rief Gertrudis lebhaft. „Was für eine Farbe hat sein Pferd?“

„Sein Pferd ist ein Maultier. Leider!“

Gertrudis seufzte.

„Jetzt kann ich ihn erkennen, es ist ein Priester“, fuhr Marianita fort. „Das ist doch etwas. Besonderes wenn er singt und ebensogut auf der Mandoline spielt wie der letzte, der sich zwei Tage auf der Hazienda aufgehalten hat. Er nähert sich im Galopp, das ist ein gutes Zeichen. Doch nein, er sieht traurig und ernst aus. Ah! Er hat mich gesehen, denn er macht ein Zeichen mit der Hand! Ich werde gehen, sie ihm zu küssen ... Ich habe Zeit!“

Bei diesen Worten spitzte die junge schöne Kreolin, deren Erziehung ihr vorschrieb, die Hand jedes Priesters zu küssen, mit mürrischem Gesicht ihre beiden frischen und wie Granatblüten roten Lippen.

„Aber so komm doch und sieh ihn dir an, Gertrudis, er ist soeben am Tor der Hazienda angelangt.“

„Das eilt nicht, Marianita. Sag mir aber, siehst du keinen anderen Reiter? Don Fernando?“ fragte Gertrudis.

„Ach ja! Don Fernando! Wenn er durch irgendeinen Zauber in einen Maultiertreiber verwandelt worden ist, dann sehe ich ihn. Jetzt kommt der Priester. Warum ist eigentlich alles so aufgeregt?“

Das Öffnen und Zuschlagen der Türen auf der Hazienda und der Lärm, der vom Hof aus zu den jungen Mädchen drang, zeigte, daß nicht nur der Priester, sondern auch der Maultierhüter die

Gastfreundschaft Don Mariano Silvas in Anspruch genommen hatte.

Noch wußten die beiden Mädchen nichts von der Gefahr, die den Männern in der Ebene drohte.

Der Lärm auf der Hazienda wuchs ständig an. Die Treppen hallten von den Tritten der Diener wieder, die eilig kamen und gingen.

„Jesus Maria! Was geschieht hier?“ schrie Marianita laut und bekreuzigte sich. „Soll die Hazienda einer Belagerung standhalten? Kommen die rebellischen Räuber aus dem Westen, um uns anzugreifen?“

„Warum nennst du die Männer, die für ihre Freiheit kämpfen und deren Anführer Priester sind, Räuber?“ fragte Gertrudis mit ihrer ruhigen Stimme.

„Warum? Weil sie Feinde der Spanier sind, deren Blut in unseren Adern fließt. Und weil ich einen Spanier liebe!“ rief Marianita mit leidenschaftlicher Erregung.

„Du glaubst zu lieben, Marianita“, erwiderte Gertrudis sanft. „Nach meiner Erfahrung bringt die Liebe Anzeichen hervor, die ich nicht bei dir finde.“

„Und wenn das wirklich der Fall wäre, was schadet es? Wenn er mich nur liebt! Bin ich nicht der Schatz, den er bald sein eigen nennen wird? Soll ich an etwas anderes denken als an ihn?“ fügte das junge Mädchen leidenschaftlich hinzu.

Das plötzliche Läuten im Turm der Hazienda erschreckte die beiden Schwestern und beendete ihre Unterhaltung. Ihr Gespräch drohte in einen Streit auszuarten, der auch vor der engsten Bande des Blutes und der Freundschaft nicht haltmacht.

Als Marianita sich über die Ursache des Tumultes erkundigen wollte, öffnete die Kammerfrau die Tür und rief, ohne eine Frage abzuwarten: „Ave Maria, Señoritas! Die Überschwemmung bricht herein. Ein Viehhirt ist soeben mit der Nachricht gekommen, daß die Flut nur noch drei oder vier Stunden entfernt ist.“

„Die Überschwemmung!“ riefen die beiden Schwestern. Marianita bekreuzigte sich, und Gertrudis stand schnell auf und ging einen Schritt auf die Tür zu.

„Jesus, Señorita", sagte die Kammerfrau zu Gertrudis. Es sieht fast so aus, als wollten Sie sich in die Ebene stürzen, um zu helfen!"

„Don Rafael! Habe Mitleid mit ihm, mein Gott!" schrie Gertrudis außer sich.

„Don Fernando!" rief Marianita schauernd.

„Die ganze Ebene wird bald nur noch ein ungeheuer großer See sein", sagte die Kammerfrau. „Wehe dem, den die Überschwemmung überrascht! Sie aber, Donna Marianita, können sich beruhigen. Der Hirtenjunge, der uns die unangenehme Nachricht brachte, ist von Don Fernando geschickt worden, um seinen Herrn, Don Mariano, zu benachrichtigen, daß er morgen in seinem Kanu ankommen wird."

Mit diesen Worten verließ die Kammerfrau eilig das Zimmer.

„In einem Kanu!" rief Marianita erstaunt und erfreut zugleich. „Das ist prächtig, Gertrudis, wir werden in einem Kanu auf der Ebene spazierenfahren und uns mit Blumen schmücken."

Marianita machte sich aber sofort Vorwürfe wegen ihrer selbstsüchtigen Gedanken, als sie ihre Schwester ansah. Sie war zu den Füßen der Madonna niedergekniet und flehte um die Rettung Don Rafaels.

Jetzt begriff Marianita, was ihr bisher unbekannt gewesen war. Eine Frau kann nur für den Mann mit solcher Inbrust beten, den sie wahrhaft liebt. Sie kniete neben ihrer Schwester nieder und betete, während die Glocke ununterbrochen läutete.

„Ach! Meine arme Gertrudis!" flüsterte Marianita und nahm ihre Schwester zärtlich in ihre Arme. „Verzeihe mir, daß ich nicht bemerkt habe, daß dein Herz brach, als ich aufjauchzte. Du liebst also Don Rafael!"

„Wenn er stirbt, sterbe ich auch! Das ist alles, was ich weiß!" entgegnete Gertrudis.

„Gott wird ihn beschützen, beruhige dich! Vielleicht schickt er ihm einen seiner Boten, um ihn zu retten", fügte Marianita mit kindlicher Frömmigkeit hinzu.

„Geh zum Fenster, während ich hier bete!" sagte Gertrudis. „Beobachte die Ebene, denn die Tränen trüben meinen Blick."

Marianita gehorchte, und Gertrudis kniete abermals vor dem Heiligenbild nieder.

„Das Pferd, das er reitet, muß dunkelbraun sein!“ stieß Gertrudis plötzlich hervor. „Don Rafael weiß, wie sehr ich dieses edle Tier liebe. Es ist sein Kampfpferd, das er in den indianischen Kriegen geritten hat. Und es sollte ihn auch hierher tragen, denn er weiß, daß ich sehr häufig die Blumen aus meinen Haaren genommen habe, um sie an seinem Stirnriemen zu befestigen. O heilige Jungfrau! O Jesus, mein Gebieter! Don Rafael, wer wird dich zu mir geleiten?“ seufzte das junge Mädchen erregt.

Die Ebene nahm eine immer trübere Färbung an. Gertrudis betete mit geschlossenen Augen. Bald darauf beleuchtete der Mond mit seinem blassen Licht die Savanne, ohne daß ein einziges lebendes Wesen seinen Schatten über die bleiche Fläche warf.

„Er wird noch rechtzeitig von der Gefahr benachrichtigt worden sein und angehalten haben“, sagte Marianita.

„Du irrst dich, du irrst dich!“ erwiderte Gertrudis händeringend. „Ich kenne ihn, ich beurteile sein Herz nach dem meinen. Einen Tag länger unterwegs zu sein, wäre ihm unmöglich gewesen. Er wird daher der Gefahr getrotzt haben, um mich einige Stunden eher zu sehen.“

Während die Glocke noch immer läutete und sich mit dem Donner der heranwogenden Gewässer mischte, wurde plötzlich ein rötlicher, anfangs noch schwacher Schein am Horizont sichtbar.

Bald darauf schien dieser Glanz zu erlöschen, ein Prasseln drang an die Ohren der ängstlich lauschenden Schwestern. Der Schein der Flamme hatte plötzlich die Oberhand gewonnen und verbreitete seine Helligkeit bis in die Gipfel der Palmen.

Auf den benachbarten Hügeln der Hazienda wurden auf Befehl Don Marianos große Feuer angezündet, die wie Leuchttürme den Reitern in der Ebene den Weg zu ihrer Rettung weisen sollten.

So wurde Auge und Ohr zugleich von der Gefahr benachrichtigt. Die gigantischen Schatten der Männer, die beauftragt waren, das Feuer zu unterhalten, zeichneten sich auf der Ebene ab.

Diese ungeheuren Schattenbilder, der purpurfarbene Schein, in dem sie auf- und niedertauchten, das Brüllen der Gewässer, das den Klang der Glocke zu übertönen drohte, umfingen die Sinne der beiden Mädchen mit einem lähmenden Schrecken.

Noch einige wenige Augenblicke, und das entfesselte Wasser brach sich schäumend am Fuß der benachbarten Hügel der Hazienda. Gertrudis unterbrach ihr Gebet.

„O Marianita“, sagte sie, „siehst du noch nichts? Die Gewässer nähern sich und gewinnen von Minute zu Minute mehr Boden.“

Marianita erwiderte nichts, aber ihre Augen wanderten rastlos am Horizont entlang. Plötzlich schrie sie auf.

„Ich sehe zwei Reiter! Heilige Jungfrau, gib, daß es nur Schatten sind! Aber nein, die Schatten werden größer ... Mutter Gottes! Es sind tatsächlich zwei Reiter ... Sie fliegen wie der Wind ... Aber so schnell sie auch reiten, sie werden zu spät kommen.“

Beim Anblick der Reiter erhob sich auf der Terrasse der Hazienda, auf die sich der Besitzer und seine Diener begeben hatten, unwillkürlich ein allgemeines Angstgeschrei. Es war ein furchtbares Schauspiel, den beiden Männern im verzweifelten Kampf gegen die ungeheuren Wasserwogen zuzusehen. Im Schein der Feuer waren sie jetzt deutlich zu erkennen.

Sofort warfen die Diener von der Mauer lange Seile hinab, um so den beiden Reitern zu helfen.

Die beiden Schwestern, die angstvoll aus ihrem Fenster blickten, konnten die Vorbereitungen zur Rettung nicht sehen.

Marianita, von einer unbezwingbaren Neugier getrieben, lehnte sich an das Gitter des Fensters.

„Komm, Gertrudis“, sagte sie, ohne die Augen abzuwenden, „komm und sieh sie dir an. Wenn einer von beiden Don Rafael ist, den ich nicht kenne, werden deine Augen ihn sofort entdecken. Du kannst ihn anfeuern und ihm Mut machen.“

„Ach nein, dazu werde ich nicht imstande sein!“ antwortete das junge Mädchen, dessen Stirn den Boden zu Füßen des Madonnabildes berührte. „Ich würde dieses schreckliche Schauspiel nicht mit ansehen können, ohne in Ohnmacht zu sinken.

Wer würde dann für meinen Rafael beten? Nur ich kann es, mein Herz sagt es mir zu deutlich."

„Die beiden Kavaliere reiten Pferde, die schwarz wie die Nacht sind", fügte Marianita nach einigen Minuten hinzu. Der eine sitzt im Sattel wie ein Zentaur, aber er ist klein. Ach! Er ist wie ein Maultiertreiber gekleidet. Du siehst, daß der nicht Don Rafael ist."

„Der andere! Erkennst du den anderen?" fragte Gertrudis mit so schwacher Stimme, daß man sie kaum noch verstehen konnte.

Marianita schwieg eine Zeitlang.

„Der andere", sagte sie dann, „ist größer als sein Begleiter. Er hat sich auf den Hals seines Pferdes niedergebeugt. Ich kann sein Gesicht nicht sehen. Ah! Jetzt hebt er den Kopf, er sitzt ebenso fest im Sattel wie der Maultiertreiber. Er hat ein stolzes Gesicht, einen dichten Schnurrbart, sein Auge scheint unter der goldenen Borte seines Hutes hervorzublitzen. Die Gefahr schreckt ihn nicht. Es ist ein edler und schöner Kavalier."

„Er ist es!" stieß Gertrudis mit einem Schrei hervor.

Sie erhob sich lebhaft, einem unwiderstehlichen Antrieb gehorchend, um an das Fenster zu gehen und den noch einmal zu sehen, der seinem Tod entgegenging. Aber ihre Kräfte versagten ihrem Willen den Dienst, und sie fiel wieder auf die Knie.

„Jesus!" sprach Marianita starr vor Schrecken, „noch eine letzte Anstrengung ihrer Pferde, und sie sind gerettet! Ach, vorbei! Die Fluten! Himmlische Jungfrau! Wie schrecklich sie mit ihren roten Schaumgipfeln und ihrem Gebrüll sind! Jetzt schlagen sie an die Mauer! Mutter Gottes, beschütze diese beiden unerschrockenen Männer! Sie reichen sich die Hand! Sie stoßen ihren Pferden die Sporen in die Flanken. Sie sehen dem Tod kühn ins Gesicht. Sie stürzen sich auf die Gewässer wie Reiter, die den Feind angreifen. Hörst du, Gertrudis? Der eine von ihnen, der kleinere, stimmt einen Gesang an wie die ersten Christen vor den Löwen im Zirkus von Rom."

Die beiden Schwestern hörten wirklich eine singende Männerstimme, die das Getöse des Wassers übertönte. „In Deine Hände, o Herr, lege ich mein Leben."

„Ich sehe sie nicht mehr“, fuhr Marianita atemlos fort, „die Wogen haben Reiter und Pferd verschlungen.“

Einen Augenblick lang herrschte ein beklemmendes Schweigen im Zimmer. Man hörte nur die Gewässer mit ihrem ohrenbetäubenden Gebrüll.

Immer noch kniete Gertrudis nieder, aber sie hatte kaum mehr die Kraft zu beten. Sie blickte nicht auf, als ihre Schwester fortfuhr: „Ach, ich sehe sie noch, da tauchen sie wieder auf. Es ist nur noch einer im Sattel und zwar der größere. Was für starke Arme er hat! Er neigt sich über seinen Sattel, er hält den kleineren an seinen Kleidern fest. Er hebt ihn wie ein Kind in die Höhe und wirft ihn quer über sein Pferd. Es schnauft vor lauter Anstrengung. Es scheint aber ebenso stark und mutig zu sein wie sein Herr. Die doppelte Last, die es nun trägt, hindert es nicht, das Wasser zu durchschwimmen. Gertrudis! Gertrudis! Die Gewalt des Wassers, die die Bäume im Wald entwurzelt, ist an diesem Mann gescheitert! Heilige Jungfrau, kannst du zulassen, daß dieser starke und mutige Kavalier untergeht?“

„O ja! Er allein kann dieses Übermaß an Kraft und Mut besitzen!“ rief Gertrudis, die bei den Worten ihrer Schwester wieder Hoffnung geschöpft hatte.

Sie schwieg aber sofort, als ihre Schwester mit ängstlicher Stimme fortfuhr: „Wehe, wehe! Ein riesiger Baum wird genau auf sie zugetrieben, er wird das Pferd und die Männer zerschmettern!“

„Erzengel, der du seinen Namen trägst, beschütze ihn!“ sagte Gertrudis. „Jungfrau Maria, besänftige den Zorn des Wassers, ich weihe dir mein Haupthaar für sein Leben!“

Dies war das größte Gelöbnis, das sie ablegen konnte. Sie zögerte keinen Augenblick, dieses Opfer zu bringen, da sie glaubte, damit den Zorn des Himmels beschwichtigen zu können.

Als ob der Himmel Ihr Gelübde angenommen hätte, rief Marianita, die den Schwur zitternd mit angehört hatte, nach einer kurzen Pause: „Gelobt sei Gott! Gertrudis! Gesegnet sei er, der ein Werkzeug des Verderbens in ein Werkzeug des Heils umzuwandeln weiß. Zehn Lassos haben sich um die Zweige und Wurzeln des Baumes geschlungen. Die Gewalt des Wassers vermag nichts mehr über ihn, er treibt wie ein schwimmendes Floß dahin. Der schöne Kavalier könnte sich auf seinen Stamm schwingen, aber er will weder das edle Tier, dessen Ausdauer sein Leben gerettet hat, noch den Mann, den er in seinen Armen hält, im Stich lassen. Das Wasser umspült ihn, seine Wellen brechen über seinem Kopf zusammen. Aber er gibt nicht auf."

„Sprich, Marianita, oder ich sterbe!" sagte Gertrudis und seufzte.

„Ein Nebel hat sich vor meine Augen gelegt", antwortete Marianita. „Das Wasser scheint Feuerwellen zu treiben. Sei stolz auf den, den du liebst, Gertrudis. Der edle Kavalier hat nichts mehr zu fürchten. Höre das Triumphgeschrei! Alle sind sie gerettet, die Reiter und das Pferd, auf dem sie saßen."

Ein Freudengeschrei, von dem die Hazienda widerhallte, bestätigte die Worte Marianitas.

Beide Schwestern umarmten sich, dann ergriff Marianita eine Strähne von Gertrudis seidenen Haaren. Sie drückte sie zärtlich an ihre Lippen und sagte mit einem Seufzer des Bedauerns: „Deine armen schönen Haare, die ein Königreich wert wären!"

„Begreifst du nicht", erwiderte Gertrudis mit bezauberndem Lächeln, „nur er wird sie mir vom Kopf schneiden."

6

Der fahrende Ritter und sein Knappe

Ungefähr eine Viertelstunde von dem Wasserfall entfernt, erhebt sich ein kleiner Hügel, dessen Gipfel von Menschenhand abgetragen und geebnet wurde.

Die Altertumsforscher der Provinz behaupteten, daß der Tafelberg einst das Fundament gebildet habe, auf dem vor langen Jahren irgendeiner Gottheit der Zapoteken ein Tempel errichtet worden war.

Aus diesem Grund hatte auch Costal, der treu an den Überlieferungen und den Kulten seiner Väter hing, sich diesen Ort ausgewählt, von wo er seine Jagdzüge unternahm.

Hier hatte er sich eine Hütte errichtet, wie man sie in Mexiko häufig findet. Die Mauer bildete ein Doppelgeflecht aus Bambus, dessen innere Seite mit Tonerde beworfen war. Das Dach war stark geneigt, um dem Regenwasser einen schnelleren Abfluß zu verschaffen. Bei seinen Jagdzügen auf die Jaguare, die in der Provinz Oajaca so häufig sind, daß jeder Haziendabesitzer sich genötigt sieht, zwei oder drei Tigerjäger zum Schutz seiner Viehherden zu beschäftigen, verbrachte der Tigerjäger oft lange Stunden in dieser Einsamkeit.

Costal stammte in gerade Linie von den alten Kaziken von Tehuantepec ab, und immer wieder sprach er von dem vergangenen Glanz seiner alten und mächtigen Familie. Obwohl er sich um die politischen Streitigkeiten der Weißen nicht kümmerte, hatte er mit Enthusiasmus die Nachricht von dem Aufstand Hidalgos aufgenommen. Aus diesem Aufstand wollte er persönlichen Nutzen ziehen. Und er wollte mit dem Gold, das er zu finden hoffte, versuchen, in seiner Person den Titel Kazike wieder aufleben zu lassen und von neuem die Herrschaft seiner Vorfahren antreten. Die heidnischen Vorurteile, mit denen er aufgewachsen war, die Einsamkeit, in der er lebte, der Anblick des unermeßlichen Ozeans, dessen Tiefen er als Taucher erforscht hatte, trugen dazu bei, seinem ohnehin schon seltsamen Charakter eine abergläubische Überspanntheit zu geben.

Eine Stunde, nachdem Don Rafael Tres-Villas davongeritten war, hatten Costal und Clara den Tafelberg erreicht.

Sie waren eben damit fertig, die Piroge Costals ohne große Mühe auf die Plattform des Hügels zu schaffen. Sie legten sie mit dem Kiel nach oben neben die Hütte.

„Uff!" machte der Neger und setzte sich auf das Boot. „Nun, glaube ich, haben wir einen Augenblick Ruhe verdient, nicht wahr, Costal?"

„Bist du schon in der Provinz Valladolid gewesen?" fragte der Indianer, statt eine Antwort auf die Frage des Negers zu geben.

„Gewiß, und auch in der Provinz Acapulco. Ich kenne sie alle beide und andere auch noch, vom unscheinbarsten Pfad bis zur besuchtesten königlichen Heerstraße. Ich bin sie oft genug mit meinem Herrn Valerio Trujano gegangen, den ich nur verlassen habe, um Grundbesitzer in der Provinz Oajaca zu werden.

Clara machte eine Anspielung auf seine Bambushütte, die er auf einigen ihm von dem Eigentümer der Hazienda Las Palmas abgetretenen Fuß Boden erbaut hatte. Bei ihm arbeitete er auch während der Cochenille-Ernte, während er den übrigen Teil des Jahres hindurch ein unabhängiges, müßiges Leben führte.

„Warum richtest du diese Frage an mich?" fragte der Neger.

„Weil es mir ebensowenig wie dir gefällt, als Soldat in die Armee des Priesters Hidalgo einzutreten. Der Nachkomme der Kaziken von Tehuantepec kann wohl als Jäger in den Dienst eines anderen treten, er kann aber nicht zulassen, eine Uniform zu tragen.

„Die würde dir aber gut stehen, rote Mütze, grüner Rock und gelbe Hosen, wie der schönste Papagei unserer Wälder. Übrigens bezweifle ich auch, daß der Señor Pfarrer, Generalissimus und Kapitän von Amerika, Hidalgo, genug Uniformen zur Verfügung hat, um mit dir darüber zu streiten. Aber wenn er uns als Kapitän …“

„Was wir tun wollen“, unterbrach ihn Costal, „wir wollen unsere Dienste als Führer anbieten, da du ja in vielen Teilen des Königreichs jeden Schleichweg kennst. Auf diese Weise können wir gehen und kommen wie es uns gefällt. Und wir haben zugleich auch Gelegenheit, den Wassergeist zu suchen, von dem ich dir erzählt habe.“

„Ist denn der Wassergeist überall?“

„Ohne Zweifel. Er kann seinem treuen Diener überall erscheinen, wo dieser nur eine Lache Wasser findet, um sich darin zu spiegeln, einen Fluß oder einen Wasserfall, um sich zu baden. Oder das Meer, um darin Perlen zu suchen, die seinen langen Haaren als Schmuck dienen.“

„Hast du ihn nie gesehen, wenn du an den Küsten des Golfs von Tehuantepec nach Perlen tauchtest?“ fragte Clara und warf einen Seitenblick auf die vom Mond erleuchtete Ebene, deren feierliche Schweigsamkeit das ferne, dumpfe Brausen der Fluten durchdrang.

Der lauschende Neger dämpfte unwillkürlich seine Stimme.

„Gewiß“, antwortete Costal, „mehr als einmal. In einer Nacht habe ich die Sirene am Strand der Perlenbänke gesehen, als sie im Mondschein mit Gesang ihre langen Haare flocht und ihren Hals mit den Perlen schmückte, die wir vergebens suchten. Mehr als einmal habe ich sie auch angerufen, ohne daß meine Stimme zitterte, sie möge mir die reichen Perlenbänke zeigen. Man darf aber auch sein Herz bei ihrem Anblick nicht erzittern fühlen, darum müssen es zwei Männer sein, wenn sich der Geist zeigen soll.“

„Das ist leicht zu begreifen“, entgegnete Clara. „Ihr Mann ist eifersüchtig und gestattet mir mit ihnen kein Zusammensein unter vier Augen."

„Nun, um aufrichtig zu sein, Freund Clara", fuhr Costal fort, „ich hoffe eigentlich nicht darauf, sie zu sehen, bevor ich fünfzig Jahre alt bin. Wenn ich an die von meinen Vätern überlieferten Erzählungen denke, so wird deutlich, daß sich keine Gottheit je einem Menschen gezeigt hat, um ihm ihre Geheimnisse zu entdecken, der nicht schon ein halbes Jahrhundert gelebt hatte. Der Himmel hat es so beschlossen, daß keiner meiner Vorfahren ein höheres Alter als neunundvierzig Jahre erreichte. Nur ich bin älter geworden, und an mir allein kann sich die bei uns von Vater auf Sohn vererbte Überlieferung bewahrheiten. Der Tag, an dem ich mein fünfzigstes Jahr erreicht haben werde, ist der des Vollmondes, der auf die Sommersonnenwende folgt. Trotzdem will ich schon das Glück im voraus versuchen und auch den Spaniern einen erbitterten Kampf liefern, um mir so meine Unabhängigkeit an dem großen Tag der Sommersonnenwende zu sichern."

„Ach", rief der Neger, „nun kann ich mir erklären, warum wir an diesem Abend vergebliche Anstrengungen gemacht haben, die Göttin zu sehen. Wann wirst du fünfzig Jahre alt?"

„Von heute ab noch zwanzig Mondwechsel", erwiderte der Indianer. „Wie dem auch sein möge, sicher ist, daß wir morgen nach Valladolid gehen. Wir werden mit Hilfe der Piroge zu der Hazienda zurückkehren, um Abschied von Don Mariano zu nehmen, wie es sich für zwei gehorsame Diener gehört."

„Gut! Wir vergessen aber die Hauptsache."

„Welche?"

„Den armen Teufel von Studenten, den die furchtbare Überschwemmung überrascht und den der Offizier bei den Tamarinden verlassen hat."

„Ich habe ihn nicht vergessen. Wir werden ihn zu der Hazienda bringen, wenn er noch lebt. Das wird der Fall sein, wenn er die Geistesgegenwart gehabt hat, auf einen Baum zu steigen, um sich so einen Zufluchtsort vor der Überschwemmung zu verschaffen."

„Ja, wir wollen ihn zu der Hazienda bringen, wenn er noch

lebt. Hörst du, mit welcher Wut die Wasser da unten brüllen? Wer weiß, ob der Offizier selbst noch Zeit gehabt hat, ihnen zu entgehen."

„Er hätte besser die Nacht mit uns hier verbracht, aber er schien es sehr eilig zu haben, zu der Hazienda Las Palmas zu kommen. Vielleicht hatte er seine Gründe dafür. Außerdem habe ich ihm nicht vorgeschlagen, hier zu bleiben."

„Es ist gut, daß wir hier in Sicherheit sind", sagte der Schwarze. „Und wenn du noch etwas zum Abendessen in irgendeinem Winkel deiner Hütte hättest, würde ich damit und mit einem Glas Wasser vorliebnehmen."

„Schweig, ich werde dich zufriedenstellen."

Diese Antwort des Indianers beendete die Unterhaltung, und er trat, gefolgt von Clara, in seine Hütte.

Nicht lange darauf flackerte ein helles Reisigfeuer in dem Herd. Nachdem es niedergebrannt war, legte Costal auf die zurückgebliebenen glühenden Kohlen einige Stücke Fleisch, die er vorher in der Sonne getrocknet hatte. Dann aßen die beiden Gefährten im behaglichen Gefühl ihrer Sicherheit, die sie auf dem Gipfel des Hügels genossen, ihre einfache Mahlzeit.

Danach streckten sie sich auf dem Boden aus und schliefen bald so fest, daß selbst das Gebrüll der Flut, wenn sie in wildem Strudel über die Hütte hinweggestürzt wäre, sie nicht hätte aus ihrem Schlummer wecken können.

Clara bewegte sich nur anfangs manchmal unruhig hin und her, wenn er das Brüllen der Jaguare und das Heulen des Wassers zu hören glaubte.

Wenn er erwacht wäre, so hätte er tatsächlich die Jaguarfamilie mit gewaltigen Sätzen am Fuß des Tafelberges vorüberfliehen sehen.

Die vier Bestien heulten auf, als sie bemerkten, daß zwei Männer in tiefem Schlaf auf dem Boden lagen. Aber von tödlichem Schrecken vor den Gewässern getrieben, die ihnen auf den Fersen waren und denen sie nur durch ihre Schnelligkeit entgehen konnten, stürzten sie vorüber und verschwanden bald in der Dunkelheit.

Noch lag der Student Cornelio Lantejas in der Hängematte, die ihn sein guter Stern hatte finden lassen. Plötzlich fuhr er erschrocken aus dem Schlaf auf. Eine empfindliche Kühle war auf die drückende Hitze gefolgt. Er sah sich in seiner Hängematte über einem entfesselten Gewässer schweben, das seine Wogen nur einen halben Fuß unter ihm dahintrieb. Der Student stieß einen entsetzlichen Schrei aus, dem aus dem Gipfel von zwei Tamarinden ein dumpfes Knurren und ein helles, scharfes Pfeifen antwortete.

Cornelio blickte erschrocken um sich, aber so weit sein Auge reichte, sah er nur eine unermeßliche große See mit schäumenden Wellen. Nun war ihm mit einem mal alles klar: Die Flucht der Landbewohner und die an den Zweigen der Bäume befestigten Kanus.

Das Geräusch, das er im Einschlafen vernommen hatte, rührte von der jährlichen Überschwemmung her, die fast auf den Tag in der Provinz Oajaca eintrifft. Im Hause seines Onkels wäre er ihr entgangen, wenn nicht die Langsamkeit seines Pferdes ihn aufgehalten hätte.

Was sollte nun aber aus dem Studenten werden? Er konnte kaum schwimmen, und hätte er sich wirklich mit einem der Perlenfischer von Tehuantepec messen können, wozu hätte ihm alle seine Geschicklichkeit in diesem unübersehbaren See dienen können? Aus ihm ragten nur die Gipfel der Tamarinden, zwischen denen seine Matte hing, hervor.

Seine entsetzliche Lage sollte aber noch schlimmer werden.

Feurige Augen, die der Student wie glühende Kohlen in dem Laubwerk der Bäume leuchten sah, machten ihm nun die Herkunft des Knurrens klar, das er eben gehört hatte. Einige wilde Tiere, Jaguare ohne Zweifel, hatten sich vor der Überschwemmung auf die Tamarinden gerettet.

Endlich brach der Tag an, und der Student erblickte jetzt deutlich die Familie der Jaguare. Sie bestand aus zwei alten und zwei jungen Tieren, und nicht weit von ihnen schlängelten sich große, häßliche Schlangen um die Zweige.

Unter ihm breitete sich ein heulendes Meer aus, auf dem entwurzelte Bäume mit Blitzesschnelle dahintrieben, gefolgt von Damhirschen, über denen Raubvögel schwebten, die ein durchdringendes Geschrei ausstießen.

Überall sah man ein entsetzliches Schauspiel von Verwüstung und Tod. Häufig kämpfte der wilde Instinkt der hungrigen Jaguare mit ihrem Schrecken beim Anblick einer auf sie zutreibenden Beute. Die Furcht aber siegte, und Lantejas sah die Tiere ihre Augen schließen, wie um der Versuchung, die Beute zu verschlingen, zu entgehen.

Dann wanden die Schlangen ihre klebrigen Körper über ihm um die Zweige. Sie schienen von der Gegenwart des Menschen und der Jaguare verängstigt zu sein.

So verrannen langsam die Stunden, in denen die Gewässer zwar immer noch anschwollen, aber doch schon weniger stürmisch geworden waren.

Plötzlich glaubte der Student auf der Oberfläche des Wassers Lärm zu hören, den er sich nicht erklären konnte. Bald schien es ihm wie das Schmettern einer Trompete, bald wieder wie das Knurren, das seine furchtbaren Nachbarn ab und zu hören ließen.

Costal hatte sich auf den Weg gemacht und versuchte, die Erscheinung der Wassergöttin zu beschwören.

Bald darauf konnte der Student deutlich in der Ferne ein kleines, auf den Wellen tanzendes Booet erkennen, in dem sich zwei Männer befanden.

Es waren der Indianer und der Neger.

Von Zeit zu Zeit ließ der Indianer seine Ruder fallen, um das uns bereits bekannte Instrument an die Lippen zu führen, dessen Töne Lantejas gehört hatte.

In ihr Vorhaben ganz vertieft, hatten weder Costal noch Clara den Studenten Don Cornelio bemerkt, der in seiner Hängematte kauerte und keine Bewegung zu machen wagte.

Plötzlich erreichte der unterdrückte Schrei einer menschlichen Stimme das Ohr der beiden Männer.

„Hast du gehört, Costal?“ fragte der Neger.

„Ja, es kam mir vor wie ein Schrei. Zweifellos ist es der arme Teufel, der Student, der ihn ausstieß. Aber wo steckt er denn?

Ich sehe nur eine Hängematte, die zwischen jenen beiden Tamarindenbäumen befestigt ist. Vielleicht ist er dort."

Costal brach in ein unbändiges Gelächter aus, das dem Studenten wie Sphärenmusik erschien. Man hatte ihn bestimmt bemerkt, und er schickte ein heißes Dankgebet zum Himmel empor.

Clara stimmte in die ausgelassene Fröhlichkeit Costals ein, als eine Musik ganz anderer Art das Lachen auf seinen Lippen ersterben ließ.

„Horch!" rief er voller Schrecken. Er hörte ein lautes Brummen, das von den vier Jaguaren, die sich über dem Kopf des Studenten befanden, ausgestoßen wurde.

Der Schrei Don Cornelios hatte das Geknurr der Tiere veranlaßt, mit dem sich auch noch das Zischen der um die Zweige geringelten Schlangen vereinigte.

„Das ist sonderbar!" sagte der Indianer. „Das Geknurr kommt von derselben Stelle her, von der die Stimme zu uns drang."

„He, Herr Student!" rief er Lantejas zu, „halten Sie Ihre Siesta nicht allein im Schatten dieser Tamarinden ab?"

Der Student beantwortete die Frage Costals nur mit einem unverständlichen Schrei. Er war unfähig, auch nur ein einziges Wort auszusprechen, so sehr hatte der Schreck seine Zunge gelähmt.

Zitternd hob er den Arm hoch, um dem Indianer die schrecklichen Gäste der beiden Tamarindenbäume zu zeigen. Da aber die Dichte des Blätterdachs es Costal unmöglich machte, die Jaguare zu sehen, so blieb ihm diese Zeichensprache des Studenten ebenso unverständlich wie der Schrei, den dieser zuvor ausgestoßen hatte.

„Behutsam, um Gottes willen!" rief Clara, den die Furcht erraten ließ, was er nicht sehen konnte. „Die Jaguare haben sich vielleicht ebenfalls auf diese Tamarindenbäume geflüchtet."

„Das ist ein Grund mehr, näher heranzufahren. Sollen wir denn den jungen Mann in der Hängematte so lange zappeln lassen, bis die Überschwemmung vorüber ist?"

Mit kräftiger Hand ergriff nun Costal die Ruder und steuerte gerade auf den Studenten zu, während Clara mit kläglichem Ton wiederholte: „Wenn die Jaguare unsere Bekannten von gestern sind, wie ich dem Miauen der Jungen nach annehme, so kannst du dir denken, wie scharf diese Bestien auf uns sind.“

„Glaubst du denn, daß ich nicht auch scharf auf sie bin?“ entgegnete Costal, ohne das Rudern zu unterbrechen.

Noch einige Ruderschläge, dann war er so nahe an den Studenten herangekommen, daß er seine gefährliche Lage deutlich erkennen konnte.

Es war ungefähr sieben Uhr morgens, und der unglückliche Student hatte mehr als acht furchtbare Stunden in dieser Hängematte zugebracht, wo er sorglos wie ein persischer Statthalter unter einem Thronhimmel von Jaguaren und Klapperschlangen zu schlafen schien.

Der Student folgte den Manövern des Indianers mit unruhigem Blick. Er sah, wie er seinem Gefährten mit der Hand das sonderbare Bild zeigte, das die Tamarinden boten. Dann hörte Don Cornelio den Indianer in ein unbändiges Gelächter ausbrechen, wozu dem Studenten weder Ort noch Zeit gut gewählt schienen. Der Schwarze betrachtete ihn mit ängstlichen Blicken.

„Wenn wir uns entfernten, um nachzudenken?“ fragte Clara mit zitternder Stimme.

„Uns entfernen, um nachzudenken?“ wiederholte der Indianer, der inzwischen wieder ernst geworden war. „Wir haben hier gar keine Wahl.“

Der Indianer legte die Ruder ins Boot, ergriff seinen Karabiner und schüttete von neuem Pulver auf die Pfanne.

„Was willst du machen?“ rief der Neger.

„Einen Tiger aufs Korn nehmen, zum Teufel!“ antwortete Costal. „Du wirst gleich sehen.“

Er ergriff nun wieder die Ruder und steuerte geradewegs auf einen der Jaguare zu.

„Verhalten Sie sich ruhig, Señor Studiosus“, sagte er dann zu Lantejas, der ebenso unbeweglich wie stumm in seiner Hängematte lag.

Der eine Jaguar stieß ein Geheul aus, dessen Echo vielfältig zurückgeworfen wurde und das alle Muskeln des Negers vor

Schrecken erbeben ließ. Seine scharfen Klauen zerfetzten die Rinde des Tamarindenbaumes, und mit geöffnetem Rachen und über die Zähne zurückgezogenen Lefzen blickte der Jaguar mit seinen funkelnden Augen auf den kühnen Indianer. Ein schreckliches Glitzern funkelte in den großen Pupillen des Tieres, das Costal aber kaum beachtete.

Er zielte und gab Feuer. Die wilde Bestie fiel ins Wasser, wo sie sogleich von der Strömung fortgerissen wurde. Es war der männliche Jaguar.

„Schnell, Clara", rief Costal und wollte sich mit einem Ruderschlag entfernen.

Hierzu aber war es zu spät.

Die Tigerin, wütend über den Tod ihres Gefährten und voller Sorge um ihre Jungen, stieß ein kurzes, schreckliches Geheul aus. Dann sprang sie über den Kopf des Studenten hinweg und fiel wie ein Blitzstrahl in das Kanu.

Das Fahrzeug schlug um, Indianer, Neger und Jaguar verschwanden für einen Augenblick unter Wasser.

Nach einigen Sekunden erschienen alle drei wieder an der Oberfläche. Clara war außer sich vor Schrecken und versuchte mit aller Energie davonzuschwimmen. Zum Glück für den Neger durchschwamm der ehemalige Perlenfischer und Taucher das Wasser wie ein Hai und warf sich einen Augenblick später zwischen ihn und den Tiger. Den Dolch hatte er im Mund und hielt ihn mit den Zähnen fest.

Beide Feinde maßen sich mit herausfordernden Blicken. Der Mann war ruhig und entschlossen, das Tier heulte vor Wut.

Plötzlich tauchte der Indianer unter, und der Tiger schwamm nun, über das Verschwinden seines Feindes erstaunt, zu dem Baum zurück, auf dem er seine Jungen gelassen hatte. Mit einemmal drehte er sich im Kreis, als ob irgendein Wirbel ihn erfaßt hätte. Er tauchte bis zur Hälfte unter und erschien dann wieder, leblos, mit aufgeschlitztem Bauch an der Wasseroberfläche. Er zog einen breiten blutigen Streifen hinter sich her, als er von der Strömung abgetrieben wurde.

Jetzt wurde auch der Indianer wieder sichtbar. Er blickte suchend um sich und schwamm dann zu seinem Kanu, das die Gewalt des Wassers schon weit mit sich fortgerissen hatte. Er erreichte es und steuerte mit kräftigen Ruderschlägen auf den Studenten zu.

Lantejas hatte sich noch nicht von dem Erstaunen und der Bewunderung über die Kaltblütigkeit des Indianers erholt, als dieser mit demselben Messer, mit dem er den Leib des Tigers aufgeschlitzt hatte, die Hängematte auseinanderschnitt, um so dem Studenten den Sprung in das Kanu zu erleichtern.

„Du hast dir ja die Jaguarfelle entgehen lassen!“ schrie der Neger. „Das sind mindestens zwanzig Piaster, die du verlierst.“

„Nun, lauf ihnen nach!“ sagte Costal und versuchte den erschöpften Studenten aus der Hängematte zu ziehen.

„Bewahre mich Gott!“ rief der Neger. „Die Bestien könnten noch leben. Mag die Häute der Teufel holen! Und, Freund Costal, rudere zu mir herüber, ich verspüre keine Lust, unter dem Festgesang von Klapperschlangen wieder in das Kanu zu steigen.“

Der Indianer steuerte auf seinen Gefährten zu, der nur unter großen Schwierigkeiten in das Kanu, das umzuschlagen drohte, steigen konnte.

„Jesus, Gottes Sohn!“ sagte Don Cornelio, der endlich seine Sprache wiedergefunden hatte. Nicht ohne Besorgnis sah er sich in der Gesellschaft zweier Männer, von denen der eine rot, der andere schwarz war. Beide trieften von Wasser, und ihre Haare waren mit gelblichem Schlamm bedeckt.

„Nun, Señor Studiosus“, begann Clara in bester Laune, „ist denn das alles, was Sie Costal als Dank für seine Hilfe zu sagen haben?“

„Entschuldigen Sie mich. Ich hatte solche Angst“, erwiderte Lantejas, der nun mit aufrichtiger Wärme Costal für den geleisteten Beistand dankte. Er lobte seine Geschicklichkeit, mit der er der Gefahr begegnet war und sie schließlich gemeistert hatte.

„Da haben Sie recht“, antwortete der Indianer. „Ich war in Schweiß gebadet, und dieses Bergwasser ist eiskalt. Ich hätte mir leicht einen Schnupfen oder dergleichen holen können.“

Der Student betrachtete mit unverkennbarem Erstaunen den kühnen Indianer, der die einzige Gefahr, die ihm in seinem Kampf im Wasser mit einem wütenden Tier gedroht hatte, in einem Schnupfen suchte.

„Wer sind Sie denn?“ rief er bewundernd aus.

„Früher war ich der Jäger des Señor Don Matias de la Zanca, heute bin ich der des Señor Don Mariano Silva.“

„Don Matias de la Zanca?“ fragte der Student. „Das ist ja mein Onkel.“

„Das freut mich. Wenn sie erlauben, werde ich Sie nicht zu seiner Hazienda begleiten, die in den Bergen liegt. Man würde große Schwierigkeiten haben, sie mit einer Piroge zu erreichen. Wo haben Sie denn Ihr Pferd gelassen?“

„Die Strömung wird es mit fortgerissen haben. Ich habe aber guten Grund, das nicht zu bedauern.“

„Das kann ich von meinem Karabiner nicht sagen. Es war eine herrliche Waffe, die in fünf Fällen höchstens einmal versagte. Sie begreifen sicher, daß ich sie nicht auf dem Grund des Wassers liegen lassen kann. Mit Ihrer Erlaubnis, Señor Studiosus, jetzt schwitze ich nicht mehr ...“

Bei diesen Worten zog der Tigerjäger seine Kleider aus, besichtigte genau den Ort, wo die Piroge umgeschlagen war, und bedeutete dann dem Neger, dahin zurückzurudern. Nach einigen Ruderschlägen, die das Fahrzeug in die angegebene Richtung trieben, stürzte sich der Indianer kopfüber in das Wasser und verschwand.

Ein Zeitraum, der den beiden Zuschauern erstaunenswert lang schien, verging, ehe der Indianer wieder zum Vorschein kam. Er hielt in der linken Hand seinen Karabiner und war sichtlich froh, seine wertvolle Waffe wiedergefunden zu haben.

Nachdem der Indianer in die Piroge gestiegen war, ruderten die drei Männer mit dem kleinen Boot in Richtung auf die Hazienda Las Palmas davon.

Unterwegs fragte der Student seine beiden Befreier nach dem Grund, der sie zu seiner Rettung veranlaßt hatte.

„Ein Reiter, der große Eile zu haben schien, die Hazienda Las

Palmas zu erreichen, hat uns zu Ihnen geschickt", antwortete Costal. „Ich möchte gern wissen, ob er auch so glücklich wie Sie und der Überschwemmung entronnen ist. Es wäre wirklich schade, wenn er die Hazienda nicht mehr erreicht hätte. Er war ein mutiger junger Mann, und die tapferen Männer sind selten in unserer Zeit."

Obgleich sich der erste Ansturm der aufgewühlten Gewässer gelegt hatte, war es trotzdem schwierig genug, in einer so kleinen Piroge gegen die Strömung anzukämpfen. Der Wellenschlag war noch stark. Man mußte sorgsam sowohl die stromabwärts treibenden Bäume vermeiden wie auch diejenigen, deren Wurzeln unbeweglich aus dem Wasser hervorragten.

Es war fast Mittag, als endlich durch die Gipfel der grünenden Palmenbäume der Glockenturm der Hazienda sichtbar wurde. Nach und nach tauchten auch die Gebäude selbst auf. Don Cornelio erfreute sich an diesem Anblick, denn er hatte Hunger, den er hinter diesen Mauern zu stillen hoffte.

Zur gleichen Zeit erschienen jetzt zwei verschieden beladene Barken auf dem ungeheuer großen See.

Die erste war mit zwei Ruderern bemannt und hatte einen Kavalier und ein gesatteltes und gezäumtes Maultier an Bord.

In der zweiten saßen Don Mariano Silva und seine beiden Töchter. Ihre Haare waren mit dichten Nelkenkronen geschmückt, und ihre zarten Hände führten der Landessitte gemäß die Ruder. An der Seite Don Marianos befand sich Don Rafael Tres-Villas.

Die beiden Barken steuerten auf die Berge zu, die die überschwemmte Ebene im Norden begrenzten. Bald erreichte das Boot, das den Kavalier und sein Maultier beförderte, das Ufer. Das Tier folgte von selbst seinem Herrn, der mit der Hand zum Zeichen des Abschieds die Personen in der anderen Barke grüßte, die ihn bis hierher begleitet hatten.

Dann schwang er sich in den Sattel und entfernte sich, indem er sich wiederholt höflich gegen die Zurückgebliebenen verneigte, die ihm nachriefen: „Auf Wiedersehen, auf Wiedersehen, Señor Morelos!"

Dann kehrten die beiden Barken um und schlugen die Richtung zu der Hazienda ein. Costal steuerte ihnen nach und hatte sie bald erreicht.

„Señor Don Mariano“, sagte er und deutete auf Lantejas, „hier bringe ich Ihnen einen Gast.“

„Er ist mir willkommen!“ antwortete Don Mariano.

7

Eine Liebe unter den Tropen

Don Louis Tres-Villas, der Vater Don Rafaels, war einer der ersten gewesen, der die Notwendigkeit von politischen Konzessionen den mexikanischen Kreolen gegenüber gewürdigt hatte.

Er gab den vom Vizekönig, dem er ganz ergeben war, getroffenen liberalen Maßnahmen seine volle Zustimmung. Nachdem ihr Inkrafttreten den Sturz des Vizekönigs herbeigeführt hatte, reichte Don Louis, der von dem endgültigen Bruch zwischen den Kreolen und den Spaniern überzeugt war, seine Entlassung als Kapitän der Garde des Vizekönigs ein. Er zog sich auf seine Hazienda des Valle zurück.

Diese Hazienda lag auf der entgegengesetzten Seite der Berge, an deren Fuß sich die Hazienda Don Mariano Silvas erhob. Beide Männer hatten sich in Mexiko kennengelernt, und die Nachbarschaft hatte das Band einer vorübergehenden Bekanntschaft enger geknüpft.

Sobald der Aufstand Hidalgos ausgebrochen war, schickte Don Louis einen Eilboten zu seinem Sohn, um ihn zu sich zu rufen. Don Rafael hatte Urlaub erhalten und war auf dem Heimweg, als er dem Studenten Don Cornelio begegnete.

Er glaubte nicht ungehorsam zu sein, wenn er einen oder zwei Tage auf der Hazienda Las Palmas verbrachte.

Während eines fast dreimonatigen Aufenthalts, den Don Mariano im vergangenen Jahr in Mexiko verbracht hatte, begann sich zwischen dem jungen Offizier und Donna Gertrudis – Marianita war in Oajaca bei einem nahen Verwandten zurückgeblieben – eines Liebesbeziehung anzubahnen. Die Gleichheit des Alters und der sozialen Stellung ließen eine Heirat nicht unmöglich erscheinen.

Die plötzliche Abreise Don Marianos aus Mexiko verhinderte damals das Zustandekommen einer näheren Bekanntschaft zwischen den beiden jungen Menschen.

Don Rafael hatte zwar Gertrudis nie seine Leidenschaft förmlich erklärt. Er hatte aber zu hoffen gewagt, daß das junge Mädchen ihn sicher verstanden hätte, um sein offenes Geständnis ohne Zorn anzunehmen. Ebensowenig hatte er ihrem Vater von seinen Gefühlen erzählt, da er dies nicht vor der Einwilligung Donna Gertrudis wollte.

Nach und nach trat, durch die Entfernung verstärkt, die Erinnerung an die günstigen Anzeichen, die er bei Gertrudis bemerkt zu haben glaubte, in den Hintergrund. Bald gelangte er von einem grausamen Zweifel zu einer noch grausameren Gewißheit, nicht geliebt zu werden.

Don Rafael wollte die Erinnerung an Donna Gertrudis aus seiner Seele verbannen, indem er sich selbst einzureden versuchte, daß er sie niemals geliebt habe. Zuletzt verfiel er in tiefe Melancholie.

In dieser Gemütsstimmung hörte er von der mexikanischen Unabhängigkeitsbewegung, die von Hidalgo angeführt wurde. Sein Vater hatte ihm von den liberalen Ideen Hidalgos erzählt, die einen tiefen Eindruck auf ihn gemacht hatten. Da Don Rafael wußte, daß auch Don Mariano Silva und seine Tochter den Unabhängigkeitsbestrebungen nicht gleichgültig gegenüberstanden, beschloß er, sich dem Aufstand anzuschließen.

Beim ersten Zusammenstoß zwischen den königlichen Truppen und den Aufständischen wollte er seine Brust den feindlichen Geschossen darbieten, um sich von einem Dasein zu befreien, das ihm eine Last war.

Zum Glück für Don Rafael traf ihn der von seinem Vater gesandte Bote in dem Augenblick, wo er bereit war, dieses Vorhaben auszuführen, um in den Besitz der Geliebten zu gelangen.

Der Bote überredete den Offizier, zu seinem Vater zurückzukehren, um von ihm Dinge zu erfahren, die viel zu wichtig wären, um einem Boten anvertraut zu werden.

Don Rafael, der die politischen Ansichten seines Vaters kannte, zweifelte keinen Augenblick daran, daß er ihn zu sich riefe, um ihn aufzufordern, die mexikanische Unabhängigkeitsbewegung zu unterstützen.

Don Rafael sah in dieser Reise, die er nicht ganz freiwillig unternahm, einen willkommenen Anlaß, um über seine Beziehungen zu Donna Gertrudis in Ruhe nachzudenken.

Er beschloß, Don Mariano von den leidenschaftlichen Gefühlen zu erzählen, die er für seine Tochter Gertrudis empfand. Endlich wollte er die geliebte Frau für sich gewinnen.

Es ist nun verständlich, mit welch fieberhafter Ungeduld Don Rafael die hundert Meilen, die Mexiko von Oajaca trennen, durchritt. Aus Furcht, einen Tag später anzukommen, zog er es vor, sich einer Gefahr auszusetzen, damit er nur noch an demselben Abend die Hazienda Las Palmas erreichte.

Es muß kaum erwähnt werden, daß er dem Boten, den er zu seinem Vater zurückschickte, auftrug, auf der Hazienda Las Palmas mitzuteilen, wann er die Gastfreundschaft Don Marianos für einen Tag und eine Nacht in Anspruch nehmen wollte. Ohne die Absicht zu kennen, die Don Rafael mit seinem Besuch bezweckte, nahm ihn Don Mariano freundlich auf.

Was die Gefühle Donna Gertrudis' anbetrifft, so ist es nicht mehr nötig, davon zu sprechen. Was hätte nicht der verliebte Don Rafael darum gegeben, wenn er die geheime Freude gekannt hätte, mit der seine Ankunft erwartet wurde? Und wenn er die glühenden Gelübde gehört hätte, die die Geliebte abgelegt hatte, um ihn zu retten?

Zu der Zeit, in der er in Oajaca ankam, brach dort der Aufstand aus. Als Hidalgo beschloß, die Maske fallen zu lassen, hatte er in alle Provinzen Abgesandte geschickt, um eine gleichzeitige

Rebellion in Valladolid und den anderen Teilen des Landes zu ermöglichen. Die beiden Abgesandten, die nach Oajaca geschickt wurden, waren zwei Landbewohner. Sie wurden von den spanischen Behörden ergriffen und hingerichtet, ihre Köpfe aber zum abschreckenden Beispiel für die Aufständischen in der Hauptstraße von Oajaca aufgespießt.

Trotz dieser Greueltaten brach der Aufstand aus. Ein anderer Landmann, Antonio Valdes, stellte sich an die Spitze der Bewegung und rief die Landbewohner auf, sich dem Aufstand anzuschließen. Schon war das Blut mehrerer Spanier, die den Aufständischen in die Hände gefallen waren, geflossen. Valdes hatte sie ohne Mitleid getötet.

In einem Saal des Erdgeschosses, der sehr einfach ausgestattet war und von dem aus zwei Türen in einen großen Garten führten, hatten sich die Gäste und fast alle Bewohner der Hazienda versammelt. Nur Don Cornelio und Marianita fehlten.

Der Student mußte noch immer an die schreckliche Nacht, die er in der Gesellschaft von Tigern und Klapperschlangen verbracht hatte, denken. Er wurde von einem Fieberanfall geschüttelt und mußte das Bett hüten.

Marianita hatte sich unter dem Vorwand entfernt, einen Blick auf das in einen weiten See umgewandelte Tal werfen zu wollen. In Wirklichkeit hielt sie aber nach der Barke Don Fernandos Ausschau. Sie stand ungeduldig auf der Terrasse und blickte auf die unendliche Wassermasse, die sich vor ihr ausdehnte.

Don Mariano war ein wohlhabender Landbesitzer, dessen Zukunft nach dem gewöhnlichen Verlauf der Dinge gesichert war. Er rauchte eine Zigarre und streckte sich in seinem Lehnstuhl behaglich aus. Vor ihm stand ein kleiner Tisch, der mit einem prachtvollen Kaffeeservice gedeckt war.

Am Eingang zum Garten stand Don Rafael. Äußerlich war er ruhig, im Innern aber bewegten ihn die Gedanken an die Absicht, die ihn hierhergeführt hatte. Zwischen Furcht und Hoffnung schwebend, schien er mit der Beharrlichkeit eines Naturforschers die Bewegungen der Vögel in den Gipfeln der Bäume zu beobachten.

Gertrudis war damit beschäftigt, eine große weiße Schärpe, wie sie die mexikanischen Kavaliere tragen, zu sticken. Ihr Gesicht drückte Ruhe aus. Innerlich aber war sie erregt, denn eine geheime Stimme sagte ihr, daß Don Rafael sich endlich erklären würde.

Nur eine Person zeigte in ihrer äußeren Haltung eine Übereinstimmung mit ihren Gedanken. Es war der Maultiertreiber Valerio Trujano.

Den Hut in der Hand, stand er vor dem Besitzer der Hazienda. Er kam, um Abschied zu nehmen und sich für die Gastfreundschaft zu bedanken.

„Ich komme, um meinen Dank abzustatten und Ihnen Lebewohl zu sagen“, sprach Valerio, indem er sich vor Don Mariano verbeugte.

„Was, so schnell wollen Sie uns verlassen?“ riefen Don Mariano, Gertrudis und Rafael wie aus einem Mund.

„Ja“, erwiderte das junge Mädchen mit schwacher Stimme.

Trujano unterbrach das Schweigen, das für einige Augenblicke eingetreten war. Seine Augen leuchteten hell auf vor Begeisterung.

„An diesem Morgen“, sprach er, „hat ein niedriger Diener des Allerhöchsten, ein unbekannter Priester eines armen Dörfchens, Ihr gastfreundliches Haus verlassen, um den Aufständischen die Hilfe seiner Gebete anzubieten. Jetzt nimmt ein nicht weniger niedriges Werkzeug in den Händen des Ewigen Abschied von Ihnen, um jenen seine Unterstützung anzubieten. Beten Sie für sie, schöne und heilige Madonna“, fügte er hinzu, indem er sich mit religiöser Begeisterung an Gertrudis wandte. „Vielleicht gefällt es dem Herrn der Heerscharen, Ihnen zu offenbaren, daß es ihm beliebt hat, denjenigen zu helfen, die die Mächtigen von ihrem Thron stoßen wollen.“

Bei diesen Worten drückte Valerio Trujano ehrfurchtsvoll die ihm dargebotenen Hände und ging, von Don Mariano Silva begleitet, zum Saal hinaus.

Vielleicht hatte Don Mariano absichtlich seine Tochter mit Don Rafael, dessen Abreise auch bald bevorstand, für einige Augenblicke allein gelassen.

Nach einigen Minuten des Schweigens, die Don Rafael dazu benutzt hatte, die ungestümen Schläge seines Herzens zu besänftigen, sagte er zu Gertrudis: „Gertrudis, ich habe mit Ihrem Vater gesprochen. Ich flehe Sie an, nutzen wir die letzten Augenblicke, die mir noch vergönnt sind, zu einem offenen Gespräch.“

„Ja, Don Rafael“, antwortete das junge Mädchen nicht ohne Koketterie. „Aber welches seltsame Geheimnis haben Sie meinem Vater anvertraut?“

„Ich habe ihm gesagt, daß ich Sie liebe. Der Befehl meines Vaters ist mir wie eine Botschaft erschienen, denn er brachte mich Ihnen wieder nahe. Ich sagte ihm, daß ich die große Entfernung, die uns trennte, mit fieberhafter Ungeduld überwunden habe und daß ich, um Sie eine Stunde früher zu sehen, dem Geheul der Jaguare und dem Donner der Gewässer getrotzt habe.“

„Als Sie ihm sagten, daß Sie mich – lieben“, erwiderte Gertrudis nach einem kurzen Stocken, „zeigte er sich da über die unerwartete Entdeckung erstaunt?“

„Nein“, antwortete der Offizier.

„Ich hatte es ihm schon gesagt, Don Rafael“, sagte das junge Mädchen lächelnd. „Und was hat Ihnen mein Vater geantwortet?“

„‚Mein lieber Don Rafael‘, sagte er zu mir, ‚ich sehe mit Zufriedenheit die Vereinigung unserer beiden Familien. Ich werde nun auch zwei Söhne haben, Sie werden mir davon der liebste sein. Aber – es kann dies nur mit Gertrudis' Zustimmung geschehen, mit der Einwilligung ihres Herzens. Ich habe bisher noch nicht bemerkt, daß dieses Herz für Sie schlägt.' Das ist das schreckliche Urteil, das ich aus dem Mund Ihres Vaters vernommen habe, Gertrudis. Wie werden Sie sich entscheiden?“

Don Rafaels Stimme zitterte, und dieses Zittern des energischen Mannes, der selbst dem Tod kühn die Stirn geboten hatte, schmeichelte dem jungen Mädchen.

„Don Rafael“, sagte sie endlich, „Sie haben an meine Offenherzigkeit appelliert. Ich will so offen mit Ihnen reden, wie ich zu meiner Mutter sprechen würde. Schwören Sie aber, mir meine Worte nicht übelzunehmen, auch wenn Ihnen das, was ich Ihnen sage, nicht gefällt.“

„Ich schwöre es, Gertrudis!“ antwortete Don Rafael und sah sie liebevoll an. „Reden Sie ohne Rückhalt, selbst wenn Ihre Freimütigkeit mein Herz brechen sollte.“

Gertrudis begann nun mit schüchterner und zitternder Stimme: „Eines Tages, es ist schon ziemlich lange her, legte ein junges Mädchen vor der heiligen Jungfrau ein Gelübde ab, um einen Mann aus großer Gefahr zu retten. Wurde nach Ihrer Meinung dieser Mann sehr geliebt?“

„Das kommt allein auf die Art des Gelübdes an“, erwiderte der Offizier.

„Die sollen Sie sogleich kennenlernen. Dieses junge Mädchen gelobte der heiligen Jungfrau, daß sie, wenn der Mann, den sie liebte, der Gefahr entginge, sie sich von ihm ihr Haar abschneiden lassen würde. Wurde dieser Mann sehr geliebt, Don Rafael?“

„Ja. Oh, der muß glücklich sein, der so geliebt wird!" rief Don Rafael leidenschaftlich.

„Ich bin noch nicht fertig", sagte Gertrudis zitternd. „Wenn nun das junge Mädchen diesen Gegenstand ihrer ständigen Sorgfalt opfert, wenn diese langen Flechten, die ihr Haupt wie das Diadem einer Königin umstrahlen, abgeschnitten sind, glauben Sie, daß ihr Geliebter sie dann noch immer lieben wird?"

„O Gertrudis, die Liebe kann ein solches Opfer nicht bezahlen. So schön auch das Mädchen gewesen sein mag, von dem Augenblick an, wo sie sich ihres wertvollsten Schmucks berauben läßt, ist sie in den Augen ihres Geliebten unendlich schöner, schöner als ein Erzengel!"

Gertrudis legte die Hand auf die Brust, um den Ausbruch des süßen Entzückens, das ihr Herz durchströmte, zurückzuhalten.

„Gut", sagte sie mit matter Stimme. „Lassen Sie uns jetzt unsere Augen zum Himmel erheben, wir haben ihm zu danken."

Während Don Rafael gehorchte, nahm Gertrudis den Kamm aus der Krone, zu der ihre schönen Haare geflochten waren. Dann ergriff sie eine Schere, die auf dem Tisch lag, bedeckte mit der linken Hand ihre hochgeröteten Wangen und reichte mit der rechten dem Geliebten das blitzende Instrument.

„Rafael!" sagte sie mit einer Stimme, die dem jungen Mann wie die eines Engels erschien, „wollen Sie nun mein Gelübde erfüllen, indem Sie mir diese beiden Flechten abschneiden?"

„Ich?" rief er bestürzt beim Anblick der zarten Hand, die ihm die Schere entgegenhielt, um die Flechten abzuschneiden. „Ich?"

„Ich habe es der heiligen Jungfrau versprochen, um Sie gestern abend zu retten", antwortete das junge Mädchen. „Verstehen Sie mich jetzt, Rafael, mein innig geliebter Rafael?"

„Gertrudis, Sie hätten bei der Barmherzigkeit Gottes mich schonender auf solch ein Übermaß von Glück vorbereiten sollen", rief Rafael mit einem fast schmerzlichen Ton in der Stimme, der mehr ausdrückte als alle Liebesbeteuerungen, die er hätte machen können.

„Doch was macht es, ich bin glücklich!" fügte er hinzu, um das erschrockene junge Mädchen zu beruhigen.

Er kniete nieder, ergriff ihre Hand, die sie ihm nicht entzog, und preßte seine vor Erregung bebenden Lippen darauf.

„Nun, Rafael", sagte Gertrudis, „ich habe ein Gelübde abgelegt, an Ihnen ist es jetzt, es zu vollziehen."

„Warum denn dieses Gelübde?" fragte der Offizier.

„Ich wußte nichts Kostbareres, das ich für Ihr Leben hätte anbieten können. Nehmen Sie die Schere, Rafael."

„Ich werde aber mit diesem schwachen Instrument wenig ausrichten", erwiderte der junge Offizier, um Zeit zu gewinnen.

„Sie sollten sich nicht beklagen", sagte Gertrudis und beugte sich über den Geliebten, so daß ihre Wange seine Stirn berührte. „Nehmen Sie die Schere, bitte!"

Rafael ergriff das Instrument mit zitternder Hand. Gertrudis versuchte zu lächeln, um ihm Mut zu machen. Aber bei dem Gedanken, jetzt ihre Haare zu verlieren, in die sie sich wie in einen Schleier hüllen konnte, vermochte sie nicht zu verhindern, daß eine Träne ihr mattes Lächeln begleitete.

„Einen Augenblick noch!" sagte sie. „Mein Rafael, ich habe lange davon geträumt, den Mann in diese Haare einzuhüllen, den ich einst lieben würde, und ..."

Noch bevor sie ausreden konnte, bedeckte Rafael ihre Haare, die sie sanft um seinen Nacken wandt, mit glühenden Küssen.

„Nun bin ich bereit!" sagte sie dann.

„Nie werde ich den Mut dazu haben!" rief Rafael und warf die Schere mit aller Kraft von sich, so daß sie zerbrach.

„Es muß sein, Rafael. Gott würde mich strafen. Vielleicht würde er mir Ihre Liebe entziehen."

„Später wollen wir dieses schwere Gelübde erfüllen. Ich bitte nur, die Erfüllung auf einen anderen Tag zu verschieben. Bis zu meiner Rückkehr, Gertrudis!"

Gertrudis antwortete nicht. Sie erhob sich und lauschte.

„Ich höre ein Geräusch", sagte sie dann. „Es ist mein Vater."

In wenigen Augenblicken hatte das junge Mädchen ihre Haare und ihre Kleidung wieder geordnet. Sie hatte aber aus ihren Augen nicht das strahlende Glück wegwischen können, das aus ihnen leuchtete.

Gleich darauf trat Don Mariano in Begleitung seiner Tochter Donna Marianita in den Saal.

„Ach!“ rief Marianita unbesonnen. „Meine arme Schwester hat ihre Haare noch immer auf dem Kopf.“

„Wie?“ fragte Don Mariano erstaunt. „Was sollte sie denn mit ihnen gemacht haben?“

„Es ist nichts, mein Vater!“ antwortete Gertrudis und warf sich in seine Arme.

Dann preßte sie einen zärtlichen Kuß auf seine Lippen und fügte hinzu: „Erraten Sie es oder wissen Sie es schon, mein Vater?“

„Mein Kind, ich habe schon vieles in meinem Leben erraten, denn ich rühme mich eines gewissen Scharfsinns.“

„Nun, was Marianita gesagt hat ist wahr“, antwortete Gertrudis schmeichelnd. „Bei dem Scharfsinn, mit dem Sie erraten haben, daß ich – Don Rafael liebe ...“

Bei diesen Worten verbarg Gertrudis ihr Gesicht an der Brust des Vaters, warf aber einen Blick unaussprechlicher Zärtlichkeit auf Don Rafael, der wachend zu träumen glaubte.

„Es ist also gewiß“, sagte Don Mariano, „daß Gertrudis ...“

Er wurde unterbrochen, als seine Tochter in seinen Armen zusammenzuckte und Marianita aufschrie. Zugleich aber hörte er ein heftiges Gewehrfeuer, das von den Gipfeln der Berge, die sich hinter der Hazienda erhoben, herüberdonnerte.

Alle horchten auf, alle waren bestürzt, Rafael sogar noch mehr als die beiden Frauen, denn zuviel Glück verweichlicht das Herz eines Mannes.

Tiefes Schweigen folgte dem verhallenden Donner des Gewehrfeuers.

8

Die Schreckensbotschaft

Don Mariano, Don Rafael und die beiden Schwestern stürzten, von finsterer Ahnung getrieben, aus dem Saal.

Vom Hof der Hazienda aus, wo sich die Dienerschaft des Hauses bereits zusammengefunden hatte, konnte man ungehindert die Gipfel der Berge erblicken, auf denen sich ein schrecklicher Anblick bot.

An der höchstgelegenen Stelle des Weges, der von der Hazienda Las Palmas zu der Hazienda des Valle führt, lagen ein Reiter und sein Pferd schwer verwundet auf dem Boden. Der Mann machte noch schwache, aber vergebliche Versuche, sich zu erheben, das Pferd dagegen blieb völlig regungslos.

„Schnell!" rief Don Mariano. „Holt eine Sänfte herbei. Wir wollen den Unglücklichen hierherschaffen."

„Wenn mich meine Augen nicht täuschen", sagte der Offizier, dessen bleiches Gesicht eine tiefe Unruhe verriet, „so scheint mir der arme Verwundete der alte Rodriguez, der älteste Diener meines Vaters, zu sein."

In der Tat war der Kopf des Verwundeten mit grauem Haar bedeckt.

„Der Name Antonio Valdes", fuhr Don Rafael fort, „ruft in mir eine dunkle Erinnerung wach. Ich glaube, er wurde einst mit einer schweren Strafe belegt. In Bürgerkriegen sind so viele grausige Szenen, die jedem Gefühl der Menschlichkeit widerstreben, an der Tagesordnung gewesen. Ach, Señor Don Mariano“, fügte er hinzu und reichte ihm die Hand, „mußte denn so viel Glück ...“

Don Rafael wagte nicht weiterzusprechen. Von Ungeduld verzehrt, wandte er sich schnell von Don Mariano und seinen Töchtern ab und eilte einer Tür zu, durch die er den Pfad erreichte, der zu den Bergen führte. Eilig lief er den Leuten der Hazienda voran, die mit einer Sänfte folgten.

Don Rafael hatte keinen Augenblick daran gezweifelt, daß der Verwundete der alte Rodriguez war.

Er fand den Unglücklichen, den der Blutverlust inzwischen völlig erschöpft hatte, besinnungslos auf der Erde liegen.

Gleich darauf kamen auch die Leute Don Marianos mit der Sänfte herbei. Sie wollten den Verwundeten sofort aufheben und in die Sänfte schaffen, aber Don Rafael hinderte sie daran.

„Wartet einen Augenblick“, sagte er. „Der alte Mann würde ohne Verband kaum die Anstrengungen des Weges ertragen können. Sein Blut strömt unaufhaltsam aus dieser schweren Wunde.“

Don Rafael hatte sich seine Sporen in den blutigen Kämpfen mit den wilden Indianern des Nordens und Westens verdient. Er hatte den Soldatentod in allen Variationen und die gefährlichsten Verwundungen gesehen. Seine Erfahrungen machten es ihm möglich, einem Verwundeten Erste Hilfe zu leisten.

Er hielt zuerst die Öffnung der Wunde mit seinem Taschentuch zu, und das Blut hörte auf zu strömen, als er sie mit seiner Schärpe fest verbunden hatte. Trotz aller Sorgfalt konnte der Verwundete auf dem Weg zu der Hazienda leicht sein Leben verlieren, darum versuchte der junge Offizier, ihm das Bewußtsein wiederzugeben.

Zweifellos war der Mann der Überbringer einer Botschaft, die Don Rafael unbedingt erfahren wollte.

Daher setzte er seine Wiederbelebungsversuche eifrig fort, die anfangs keinen Erfolg zu haben schienen. Es verging eine geraume Zeit, ohne daß der Verwundete das geringste Lebenszeichen von sich gab. Endlich rieb ihm einer der Leute der Hazienda, der eine mit Branntwein gefüllte Kürbisflasche bei sich trug, mit dem Alkohol die Schläfen ein. Dann begann er, ihm einige Tropfen davon in den Mund zu flößen.

Dieses Mittel wirkte. Der Verwundete bewegte sich und öffnete kurz die Augen, um sie jedoch gleich wieder zu schließen. Don Rafael beugte sich über ihn und rief seinen Namen.

Bei dem Klang der vertrauten Stimme schlug der treue Diener von neuem die Augen auf. Er erkannte seinen jungen Herrn, dem er die Hände entgegenzustrecken versuchte, während sein Gesicht sich verklärte.

„Rodriguez“, flüsterte Don Rafael, „sprich, wenn du noch Kraft hast. Was ist vorgefallen?“

„Gelobt sei Gott, der Sie auf meinen Weg geschickt hat!“ sagte Rodriguez mit schwacher Stimme. „Die Hazienda des Valle ...“

„Ist niedergebrannt?“

Der Verwundete machte ein verneinendes Zeichen.

„Ist belagert?“

„Ja“, sagte Rodriguez.

„Und mein Vater?“ fragte der junge Offizier mit klopfendem Herzen.

„Er lebt. Er hat mich zu Don Mariano geschickt, um Hilfe zu holen. Ich wurde von den Aufständischen verfolgt – eine Kugel. Beeilen Sie sich, wenn ein Unglück passiert – es ist Antonio Valdes – hören Sie – Antonio Valdes, der sich rächt! Leben Sie wohl! Sie werden Messen lesen lassen – für den armen Rodriguez, der Sie gesehen hat – ganz klein ...“

Der alte Mann schwieg und fiel erschöpft zurück, ohne sich wieder zu erholen. Als man in der Hazienda ankam, hob man einen schon kalten Leichnam aus der Sänfte.

„Ach, wenn Costal hier wäre!“ rief Don Mariano, als Don Rafael ihm die traurige Nachricht mitgeteilt hatte. „Er kam aber heute morgen mit Clara, einem Neger, aus dem ich mir nichts mache, um Abschied zu nehmen und seine Arbeit als Jaguarjäger niederzulegen. Sie wollen beide beim Priester Hidalgo ihre

Dienste als Kundschafter anbieten. Ruf mir den Haushofmeister“, rief der Besitzer der Hazienda einem Diener zu.

Einige Minuten später erschien der Haushofmeister.

Man würde sich täuschen, wenn man sich unter diesem Haushofmeister einen Mann mit weißer Krawatte, gepuderter Perücke und einem Stöckchen in der Hand vorstellte. Der Mann, der mit der Überwachung einer Hazienda beauftragt ist, muß ein unermüdlicher Reiter sein, der ständig im Sattel sitzt.

Der Haushofmeister stieg gerade in dem Augenblick vom Pferd, als Don Mariano ihn rufen ließ.

Es war ein lustiger Bursche, mit sonnengebräuntem Gesicht, langen Reitstiefeln und gewaltigen Sporen. Sein ungeordnetes Haar fiel in langen schwarzen Zöpfen auf seine Schultern, ähnlich der Mähne der halbwilden Pferde, die er täglich bestieg.

„Gib zwei von meinen Hirten, dem Bocadro und Àrroyo, den Befehl, augenblicklich ihre Pferde zu satteln, um den Señor Don Rafael zu begleiten.“

„Seit acht Tagen habe ich weder Arroyo noch Bocadro gesehen“, erwiderte der Haushofmeister.

„Du wirst jedem von ihnen bei ihrer Rückkehr für vier Stunden Fesseln anlegen.“

„Ich bezweifle, daß sie überhaupt je wiederkommen werden, Señor Don Mariano.“

„Haben sie sich Valdes angeschlossen?“

„Ich glaube“, antwortete der Haushofmeister, „daß diese beiden Taugenichtse, die keinen Pfifferling wert sind, auf eigene Faust Guerillas oder vielmehr Strauchdiebe geworden sind. Was dagegen Sancho betrifft, so wissen Sie, Herr, daß er noch krank im Bett liegt. Er leidet noch an den Folgen des gefährlichen Sturzes, als das wilde Pferd, das er zum erstenmal bestieg, sich mit ihm überschlug.“

Don Mariano wandte sich zu dem jungen Offizier und sagte bekümmert: „Jetzt kann ich Ihnen von den sechs Dienern, die ich gestern besaß, nur noch den Haushofmeister zur Verfügung stellen, denn ich rede nicht von diesen wilden Indianern.“

„Auch er soll hier bleiben“, sagte der Offizier. „Ich halte es für besser, meinem Vater allein zu Hilfe zu eilen. Er soll ja schon so viele Kämpfer haben, vielleicht fehlt ihnen ein Anführer."

Der Haushofmeister wurde mit dieser Antwort verabschiedet.

Während man nun in aller Eile das Pferd des Kapitäns sattelte, hatten sich die beiden Schwestern in das Zimmer zurückgezogen, in dem sie sich morgens angekleidet hatten.

Entgegen dem Versprechen, das sie Don Rafael gegeben hatte, hatte die junge Kreolin soeben selbst das fromme, aber auch schmerzliche Gelübde erfüllt. Sie hatte ihre schönen Haare mit der Schere abgeschnitten. Sie tröstete Marianita, deren Augen in Tränen schwammen, während die ihren vor Genugtuung glänzten.

„Weine nicht, meine arme Marianita", sagte sie. „Wäre ich nicht so schwach gewesen, die Erfüllung meines Gelübdes aufzuschieben, wer weiß, ob ihm dann dieses Unglück zugestoßen wäre. Nun bin ich über sein Schicksal beruhigt. In welche Gefahr er sich auch stürzt, Gott wird ihn mir gesund und frisch wiedergeben. Geh und sage ihm, daß ich ihn hier erwarte, um ihm Lebewohl zu sagen. Bringe ihn mit, bleibe dann aber bei uns, hörst du, bleibe dann bei uns! Denn ich mißtraue meiner Schwäche, ich würde ihn nicht abreisen lassen. Geh, trockne deine Augen und komm bald zurück."

Marianita versuchte zu lächeln, führte ihr Taschentuch an die feuchten Augen und ging.

Als Gertrudis allein war, warf sie einen schmerzlichen Blick auf ihre beiden Haarflechten, die auf dem Tisch lagen und mit denen sie nun nicht mehr den Nacken ihres Geliebten umwinden konnte. Sie hatten ihn wenigstens einmal gefesselt, seine Lippen hatten auf ihnen geruht, und von der Erinnerung tief ergriffen, beugte sich Gertrudis über die beiden Liebesreliquien, um sie zärtlich zu küssen.

Dann kniete sie nieder und suchte im Gebet die Stärke wiederzugewinnen, die sie verlassen hatte.

Das junge Mädchen betete noch, als Marianita und hinter ihr Don Rafael in das Zimmer der beiden Jungfrauen traten, in dem mit Ausnahme ihres Vaters noch nie ein Mann gewesen war.

Ein flüchtiger Blick überzeugte Don Rafael, daß das schmerzliche Opfer schon vollzogen worden war.

Gertrudis erhob sich und setzte sich auf einen Sessel. Auch Marianita ließ sich auf einem Stuhl nieder, während Don Rafael unbeweglich stehenblieb.

„Kommen Sie hierher, nahe zu mir, Don Rafael", sagte Gertrudis. „Knien Sie vor mir nieder, nein, nur auf ein Knie, denn man wirft sich nur vor Gott auf beide Knie. Schön! Legen Sie nun Ihre beiden Hände in die meinen und blicken Sie mich fest an."

Don Rafael gehorchte willig ihren Befehlen.

„Erinnern Sie sich noch an die Worte, die Sie vor kurzem zu mir sprachen, Rafael? Sie sagten: ‚O Gertrudis! Selbst die Liebe kann ein solches Opfer nicht bezahlen, und so schön sie auch sein mag, heute ist das junge Mädchen in den Augen ihres Geliebten schöner als ein Erzengel.' Denken Sie immer ... Gut!" fuhr sie mit einem anbetungswürdigen Lächeln fort, indem sie ihre Hand an die Lippen Don Rafaels führte. „Lassen Sie mich fortfahren. Ihre Augen – was für schöne Augen Sie haben, mein Rafael – sagen es mir, daß Sie immer daran denken werden, und es bedarf nicht der Bestätigung durch Worte."

Auf diese Weise ihrer Furcht enthoben, daß der Geliebte sie nach dem Verlust ihrer Haare weniger schön finden könnte, fuhr sie fort: „Sagen Sie mir nicht, daß Sie mich noch mehr lieben, Rafael. Es schmeichelt mir zu glauben, daß Ihre Liebe keiner Steigerung mehr fähig ist. Dennoch ..." Hier zitterte Gertrudis' Stimme, und ihre Augen wurden feucht. „Dennoch müssen wir uns trennen. Ich weiß nicht, wenn man liebt, fürchtet man immer ... Nehmen Sie eine dieser Flechten, sie wird Sie daran erinnern, daß Sie nie aufhören dürfen, ein armes Mädchen zu lieben, die ihren kostbarsten Besitz für Ihr Leben geopfert hat. Ich werde die andere Flechte wie einen Talismann tragen. Und was ich Ihnen jetzt sagen werde, ist schrecklich. Wenn ich erfahre, daß Sie aufgehört haben, mich zu lieben, werde ich einen Boten zu Ihnen schicken, der Ihnen diese Flechte überreichen wird. Schwören Sie mir bei Ihrer Ehre, daß Sie dem Boten folgen werden. Denn ich möchte Sie dann noch einmal sehen, da meine

Liebe zu Ihnen ein ganzes Leben lang dauert. Sie sollen noch einmal vor mir niederknien wie heute."

„Ich schwöre!" rief Don Rafael. „Sollte ich auch in diesem Augenblick den Dolch auf meinen ärgsten Feind gerichtet haben, ich werde mich von ihm abwenden und Ihrem Boten folgen."

„Der Himmel hat Ihren Eid vernommen!" rief Gertrudis. „Jetzt drängt die Zeit. Nehmen Sie noch diese Schärpe, die ich für Sie gestickt habe. Jedes Seidenfädchen, das dazu verwendet worden ist, möge Sie an mich erinnern. Nun, leben Sie wohl, mein geliebter Rafael! Reisen Sie ab. Vielleicht sind die Stunden Ihres Vaters schon gezählt. Was gilt eine Geliebte gegen einen Vater?"

„Ja, ich muß aufbrechen", erwiderte der Offizier.

Dennoch aber blieb er reglos vor Gertrudis auf dem Knie.

Die Zeit verstrich, und Don Rafael ging nicht.

„Sage du ihm, Marianita, daß er aufbrechen soll", flüsterte Gertrudis endlich. „Du siehst, daß mir die Kraft dazu fehlt."

Don Rafael erhob sich nach einem letzten Lebewohl.

Drücken Sie Ihre Lippen auf die Ihrer Braut", sagte Gertrudis leise und beugte ihren Kopf zu Rafael nieder. „Möge dies das Pfand sein ..."

Unter dem glühenden Druck der Lippen des jungen Offiziers erstarb ihre Stimme, und fast ohnmächtig lehnte sie ihren Kopf gegen die Lehne des Sessels zurück, denn Schmerz und Glück überwältigten sie.

Als sie wieder zu sich kam, war Don Rafael verschwunden.

Schon vergoldeten die letzten Strahlen der Sonne die Gipfel der Hügel, die Don Rafael soeben verlassen hatte. In der Ebene angekommen, hoffte er, das Geschrei der Kämpfenden zu hören, aber tiefes Schweigen, eine tödliche Ruhe herrschte in dem Tal.

Der Offizier setzte seinen Weg mit düsterer Miene und laut pochendem Herzen fort, die geladene Flinte hielt er in der Hand.

Aber noch immer war dieselbe Stille rings um ihn. Kein Schrei ertönte in der Einsamkeit, nirgends durchdrang das Aufblitzen eines Gewehrs die Dämmerung. Alles schien den Schlaf des Todes zu schlafen.

Don Rafael war nie in die väterliche Wohnung gekommen.

Einen Augenblick lang hoffte er, sich verirrt zu haben, obwohl die Umgebung dieselbe war, die man ihm beschrieben hatte – eine mit Eschen bepflanzte Allee und am Ende die Hazienda des Valle.

Ein großes Gebäude erhob sich vor ihm, aber düster und schweigend wie das Grab. Das Tor war halb geöffnet.

Plötzlich machte das Pferd einen Seitensprung.

Wegen der Finsternis und seiner Verwirrung hatte der Offizier den Gegenstand, vor dem sein Pferd scheute, nicht bemerkt.

Es war ein Leichnam, dem der Kopf fehlte.

Bei diesem entsetzlichen Anblick stieß der Offizier einen Schrei aus, auf den nur das Echo antwortete.

Er kam zu spät, der Kampf war schon beendet.

Der Kopf des Leichnams war an den Haaren an einen Türpfosten gehängt worden. Die Gesichtszüge waren noch nicht so entstellt, daß Don Rafael nicht in ihnen die seines Vaters hätte wiedererkennen können.

Es war leider nur zu wahr! Der Spanier war das Opfer der Rebellen geworden, die keine Achtung vor seinem Alter gehabt hatten. Die Urheber dieser Greueltat rühmten sich ihrer Verbrechen sogar. Unter dem Kopf standen die Namen geschrieben – Arroyo. Antonio Valdes.

Nachdenklich hatte der Offizier den Kopf auf die Brust geneigt. Dann aber rief er laut, so als wollte er auf seine geheimen Gedanken antworten: „Wo soll ich sie finden, wie in meine Gewalt bekommen, diese beiden Köpfe, die ich hier anzunageln habe?“

‚Indem du für Spanien mit Leib und Seele kämpfst‘, antwortete ihm seine innere Stimme.

„Es lebe Spanien!“ rief der junge Offizier mit donnernder Stimme. „Ein Sohn kann nicht unter demselben Baum kämpfen wie die Mörder seines Vaters.“

Hierauf stieg er von dem Pferd und kniete andächtig nieder.

„Verehrungswürdiges, teures Haupt“, sprach er, „ich schwöre bei deinem weißen, mit Blut besudeltem Haar, alle meine Kräfte aufzubieten, um diesen schändlichen Aufstand, deren erste Tat dich das Leben gekostet hat, mit Hilfe des Eisens und Feuers noch in der Wiege zu ersticken. Gott stehe mir bei!"

Don Rafael erhob sich, und er erinnerte sich in diesem Augenblick an die Worte seiner Geliebten: Mögen alle diejenigen, die für Spanien kämpfen, mit Schande und Schmach bedeckt werden. Mögen sie nie ein Haus finden, das sie aufnimmt, nie ein Weib, das ihnen zulächelt. Die Verachtung all derer, die sie lieben, soll das Erbe der Landesverräter sein.

Aber angesichts des verstümmelten Leichnams seines Vaters stand der Entschluß des jungen Offiziers fest. Das Gefühl der Pflicht besiegte alle anderen Empfindungen, die ihn bewegten. Er folgte willig der inneren Stimme, die ihm zuflüsterte: ‚Tue was du mußt, mag geschehen was da wolle!'

Der Mond stand schon hoch am Himmel, als Don Rafael die traurige Aufgabe vollendet hatte, ein Grab für seinen ermordeten Vater zu graben.

Ehrfurchtsvoll hob er den toten Körper auf und trug ihn in die Gruft.

Dann löste er den Kopf vom Pfosten und legte ihn an die Stelle, die er im Leben an dem Rumpf eingenommen hatte.

Nachdem dies geschehen war, zog Don Rafael die lange Haarflechte der Geliebten aus seinem Hemd, nahm die von ihren Händen gestickte weiße Schärpe von seinen Schultern und legte diese Pfänder seiner Liebe nicht weniger ehrfurchtsvoll neben die teuren Überreste seines Vaters.

Dann warf er mit zitternden Händen die ausgegrabene Erde wieder in die Grube.

Nach wenigen Minuten bestieg er sein Pferd und sprengte in der Richtung nach Oajaca davon.

Buch 2

1

Der Pfarrer von Caracuaro

Nach etwas mehr als einem Jahr nach dem Beginn des Aufstands, also gegen Ende des Jahres 1811, ging es der mexikanischen Unabhängigkeitsbewegung so wie einer Feuersbrunst, die plötzlich mitten in den unermeßlichen Savannen oder den mächtigen Wäldern Amerikas ausbricht, aber von Menschenhand auf einen kleinen Raum beschränkt wird.

Vergebens züngeln dann die Flammen nach allen Seiten und suchen neue Nahrung. Bald hört das Krachen der gewaltigen Bäume und das Knistern der hohen Gräser auf, und alles verschwindet unter einer Rauchwolke, die über einem Haufen schwarzer Asche schwebt.

So erging es auch dem Aufstand, der durch den Priester Hidalgo hervorgerufen worden war. Von dem unbedeutenden Dorf Dolores aus hatte er sich mit unerhörter Schnelligkeit von einem Ende Neu-Spaniens bis zum anderen verbreitet. Aber bald darauf wurden die Anführer und Hidalgo gefangengenommen und erschossen.

Allmählich wurden die Rebellen von den spanischen Waffen und von General Don Felix Calleja bis zu dem Ort Zitacuaro zurückgedrängt, wo der mexikanische General Ygnacio Rayon kommandierte. Hier hatte sich eine Junta festgesetzt, die ein

Scheinbild einer unabhängigen Regierung vortäuschte und nutzlose Proklamationen in das Land sandte.

Die Sache nahm aber eine andere Wendung, als sich ein neuer Mann an die Spitze der mexikanischen Unabhängigkeitsbewegung stellte. Er war wesentlich erfolgreicher als seine Vorgänger, deren Taten bald in Vergessenheit gerieten.

Es war der Pfarrer von Caracuaro, den die heutigen Geschichtsschreiber den berühmten Morelos nennen.

Die mexikanischen Geschichtsschreiber geben das Datum der Geburt des Don José Maria Morelos y Paron nicht genau an. Vermutlich fällt es in die Zeit von 1773 bis 1775.

Das einzige Erbe des zukünftigen Helden der mexikanischen Unabhängigkeit bestand aus einigen Maultieren, die ihm sein Vater hinterlassen hatte. Lange Zeit hatte er wie sein Vater als Maultiertreiber gearbeitet, als er sich plötzlich entschloß, in einen geistlichen Orden einzutreten.

Warum Morelos diesen unerwarteten Schritt getan hat, ist bis heute unbekannt.

Nachdem er seine Maultiere verkauft hatte, ging er nach Valladolid und studierte dort mit großem Eifer Latein und Theologie. Als er sein Studium erfolgreich abgeschlossen hatte, erteilte man ihm die Weihen, und er zog sich danach in seinen Geburtsort Urnapam zurück. Hier verdiente er sich seinen kümmerlichen Lebensunterhalt mit einigen lateinischen Unterrichtsstunden.

Zu dieser Zeit wurde die Pfarrstelle in Caracuaro frei.

Caracuaro war ein ebenso häßliches wie armes Dorf. Niemand bewarb sich um diese Stelle, und dennoch erhielt Morelos sie nicht ohne Schwierigkeiten.

In diesem Exil lebte er arm und unbekannt bis zu dem Augenblick, wo wir seine flüchtige Bekanntschaft auf der Hazienda Las Palmas gemacht haben.

Unter dem Vorwand, dem Bischof von Oajaca seine Aufwartung zu machen, in Wahrheit aber, um den Aufstand zu unterstützen, hatte sich Morelos in diese Provinz begeben. Er verließ sie wieder, um sich bei Hidalgo als Feldprediger zu bewerben.

Über seine Aufnahme bei Pfarrer Hidalgo, die über sein ganzes Leben entschied, berichtet uns ein Augenzeuge folgendes: Nach der Eroberung von Guanajuato marschierte die Armee der Aufständischen, deren Zahl sich auf mehr als sechzigtausend belief, unter dem Befehl Hidalgos nach Valladolid. Wir hatten Befehl, bis zur Nacht dort einzutreffen. Während die Armee noch unterwegs war, erfreuten sich ihre Anführer und ihr Generalstab, zu dem auch ich damals gehörte, an der Gastfreundschaft eines Privatmannes aus dem kleinen Dorf San Miguel-Charo, ungefähr vier Meilen von Valladolid entfernt.

Wir aßen gerade fröhlich zu Mittag, wie man dies in einem eroberten Land tut. Hidalgo und Allendo saßen an einem kleinen separaten Tisch und unterhielten sich lebhaft während des Essens.

Plötzlich trat ein Mann ängstlich in den Saal, der offensichtlich darüber erstaunt war, eine so große Gesellschaft hier versammelt zu sehen.

Er war mittelgroß, aber stark gebaut. Seine Hautfarbe war gelblichbraun. Dichtes, wirres Haar bedeckte seine Stirn, und ein starker Backenbart umrahmte sein Gesicht. Seine Nase war stumpf, seine Oberlippe ziemlich ausgeprägt. Das einzig Schöne in seinem Gesicht waren zwei schwarze Augen, die unter dichten Brauen lebhaft hervorsahen.

Dieser Mann näherte sich Hidalgo und Allendo mit zögernden Schritten. Hidalgo fragte ihn barsch nach seinem Wunsch. Der Ankömmling stotterte und stammelte einige Worte, aus denen hervorging, daß er um die Stelle eines Kaplans in der Armee der Aufständischen nachsuche.

„Ich werde etwas Besseres für Sie finden“, sagte der General.

Die unverkennbare Absicht Hidalgos war, den Bittsteller von sich fern zu halten. Er verlangte ein Blatt Papier, das man ihm nur mit Mühe verschaffen konnte, schrieb einige Zeilen darauf und gab es dann dem Mann. Mit einer Stimme, die durch den ganzen Saal dröhnte, sprach er: „Hier ist Ihr Patent als Oberst und der Auftrag, die Provinzen des Südens zum Aufstand zu bewegen. Mit der Eroberung von Acapulco sollen Sie beginnen.“

Die südlichen Provinzen, vor allem Acapulco, waren aber gerade diejenigen, die der Krone Spaniens am treusten ergeben waren.

Bei diesen Worten erhob sich ein ironisches Gelächter im Saal, das freilich aus Achtung vor der Gegenwart des verehrten Generals ziemlich gedämpft war. Der neue Oberst erbleichte, aber nicht vor Zorn, sondern vor stolzer Freude. Er verließ schweigend den Saal, und niemand ahnte damals, was aus diesem Mann werden würde.

Der unbekannte Priester ging, um seinen Auftrag zu erfüllen. Dieser einfache und bescheidene Geistliche war der Pfarrer des Dorfes Necupetaro y Caracuaro, der berühmte Morelos.

In den ersten Tagen des Januars 1812, fünfzehn Monate später, als der Offizier der Königin, der Kapitän Tres-Villas, die Hazienda Las Palmas verlassen hatte, treffen wir zwei unserer alten Bekannten in einer veränderten Situation wieder.

Der eine von ihnen saß vor einem wackligen Tisch, der mit Papieren und geographischen Karten bedeckt war. Der andere stand erfurchtsvoll vor ihm, den Militärhut in der Hand.

Die beiden Männer befanden sich in einem kleinen Zelt eines verschanzten Lagers, das in der Nähe von Acapulco errichtet worden war.

Der Mann am Tisch, der den Kopf mit einem baumwollenen Tuch umwunden hatte, war der General Don José Maria Morelos. Er war inzwischen zum Befehlshaber der Aufständischen befördert worden und belagerte die Stadt Acapulco.

Vor ihm stand in der Uniform eines Leutnants der Kavallerie der Student der Theologie, Don Cornelio Lantejas.

Er hielt einen Brief in der Hand und schien sich in einiger Verlegenheit zu befinden.

„Nun, Freund Don Cornelio, Sie wollen uns verlassen?“ fragte der General mit einem gütigen Lächeln, das dem ehemaligen Studenten das Blut in die Wangen trieb.

„Die unerbittliche Notwendigkeit zwingt mich dazu, mein General, sonst ...“

Lantejas vollendete den Satz nicht, denn er log, und er schämte sich der Lüge. Nach einer Pause fuhr er fort: „Ich will es Ihnen gestehen, ich finde keinen Gefallen am Soldatenleben. Ich war zum Priester geboren, und da nun der Erfolg Ihrer Waffen gekrönt ist, ist es mein Wunsch, meine Studien wieder aufzunehmen. Ich möchte den Beruf ergreifen, der meinen Neigungen entspricht."

„Viva christo!" rief Morelos. „Sie sind ein zu tapferer Kämpfer der Kirche, als daß ich Sie entlassen könnte. Sie würden sich vielleicht wie jener brave Diener des Königs von Frankreich, dessen Name mir entfallen ist, am Ende aufhängen, wenn ich Acapulco ohne Sie eroberte. Das widerspricht Ihrem ganzen Naturell, ich sehe es", fügte der General hinzu, um den enttäuschten Offizier wieder zu ermuntern. „Ich verweigere es, weil ich Ihre Dienste nicht entbehren kann. Sie sind einer der wenigen Soldaten, die ich respektiere. Fühlen Sie, was es bedeutet, wenn ich Ihnen sage, daß die drei tapfersten Soldaten unserer kleinen Armee Don Hermenegildo Galeana, Manuel Costal und Don Cornelio Lantejas sind. Und was Sie in meiner Achtung und Zuneigung noch steigen läßt, ist, daß Sie mich gerade jetzt verlassen wollen, wo mich das Glück mit Gunstbezeugungen zu überhäufen scheint. Gewöhnlich wird man nur im Unglück von seinen Freunden verlassen. Der Kapitän Franzisko Gonzales ist in dem Gefecht bei Tonaltepec getötet worden. Sie werden jetzt seine Stelle einnehmen, Herr Kapitän!"

Der neue Kapitän verbeugte sich schweigend.

Er wollte gerade das Zelt verlassen, als Morelos rief: „Bleiben Sie, Kapitän. Ich habe noch etwas mit Ihnen zu besprechen. Sie erzählten mir von Verwandten, die Sie in Tehuantepec haben. Ich brauche, um eine wichtige Unternehmung dort auszuführen, einen Mann von Rang und Umsicht. Und ich habe daran gedacht, Sie mit dieser Aufgabe zu beauftragen, wenn Acapulco von uns erobert worden ist, was hoffentlich nicht mehr lange dauern wird."

In dem Augenblick, als der Kapitän das eigentliche Ziel seiner Aufgabe erfahren sollte, trat der Indianer Manuel Costal in das Zelt. Er wurde von einem Fremden begleitet.

Don Cornelio wollte sich von neuem zurückziehen.

„Sie stören hier nicht und können alles mit anhören“, sagte Morelos zu ihm.

„Da ist der General!“ sagte Costal zu seinem Begleiter, der die spanische Uniform trug, und deutete auf Morelos.

Der Spanier betrachtete nicht ohne Erstaunen den einfach gekleideten Mann, der ihm als Führer der Aufständischen vorgestellt wurde.

„Wer sind Sie, mein Freund? Was wollen Sie von mir?“ fragte ihn der General.

„Darf ich offen reden?“ entgegnete der Spanier. „Dieser Mann“ – er deutete auf Costal – „hat mir gesagt, daß sein Wort bei Ihnen als Empfehlung gilt, und da habe ich mich entschieden, ihm zu folgen.“

„Costal ist der erste Trompeter gewesen, der mit seiner Seemuschel, die Sie bei ihm sehen, den zwanzig Reitern, die früher meine Armee bildeten, zum Auf- und Absitzen geblasen hat. Ich vertraue ihm. Reden Sie.“

„Mit Erlaubnis, Herr General. Ich heiße Pepe Gago und bin ein Galicier. Außerdem, und das ist wichtiger, bin ich der Kommandant einer Batterie in der Zitadelle von Acapulco, die Sie gern erobern möchten, wenn ich mich nicht irre.“

„Das ist ein Vergnügen, das ich mir bald gönnen werde.“

„Herr General, Sie drücken sich da nicht ganz deutlich aus“, sagte der Artillerist. „Sie werden die Stadt Acapulco erobern.“

„Ich weiß es.“

„Sie werden sich aber dort nicht niederlassen können, so lange wir im Besitz der Zitadelle sind.“

„Das weiß ich auch.“

„Nun sind wir nahe daran, uns zu verstehen.“

„Deshalb will ich auch die Stadt nicht. Ich will mich des Forts bemächtigen. Verstehen wir uns immer noch?“

„Besser als zuvor. Denn da es gerade das Fort ist, das Sie interessiert, so bin ich bereit, es Ihnen anzubieten. Ich will nicht sagen zu verkaufen, da meine Forderung so mäßig sein wird, daß es ein reines Geschenk ist. Herr General, Sie verfügen doch über genügend Geld?“

„Ich will Ihnen nur erzählen, daß ich, außer siebenhundert Flinten, fünf Kanonen und achthundert Gefangene dem spanischen Kommandanten Paris die Summe von zehntausend Piastern abgenommen habe. Das ist zehnmal mehr als der Preis einer Zitadelle, die ich bald umsonst haben werde."

„Da wäre ich mir nicht so sicher. Wir haben genügend Lebensmittel. Die Insel la Roqueta ..."

„Die werde ich zuerst einnehmen."

„Sie dient uns als Hafen, wo die Schiffe einlaufen, die uns mit Proviant versorgen. Um aber endlich zur Sache zu kommen, Herr General, sie haben selbst den Preis auf tausend Piaster festgesetzt. Haben Sie nicht gesagt, daß Sie zehntausend erbeutet haben und daß dies zehnmal der Preis der Zitadelle sei? Unglücklicherweise kann ich nicht die Ehre haben, sie Ihnen mehr als einmal zu verkaufen."

„Tausend Piaster in bar?" fragte der General stirnrunzelnd.

„Nein. Welche Sicherheit hätten Sie für mein Wort. Ich dachte, daß Sie mir dreihundert Piaster gleich und siebenhundert nach der Übergabe zahlen."

„Einverstanden. Und wie soll ich die Zitadelle einnehmen?"

„Morgen früh zwischen drei und fünf Uhr habe ich die Wache am Tor. Eine Stocklaterne auf der Brücke Hornos soll mir ein Zeichen geben. Dann verlange ich ein Losungswort und Ihre persönliche Gegenwart. Ich vermute, daß Sie niemandem die Ehre, sich des Forts zu bemächtigen, abtreten wollen."

„Ich werde selbst dort sein", entgegnete Morelos. Was das Losungswort betrifft, hier ist es!"

Der General überreichte dem Spanier ein Papier, auf dem zwei Worte geschrieben standen, die weder Costal noch Cornelio lesen konnten.

Dann wollte sich Pepe Gago nach einer langen, mit leiser Stimme geführten Unterredung zurückziehen, doch Costal ging auf ihn zu und legte ihm seine Hand auf die Schulter. Mit lauter, nachdrücklicher Stimme sagte er: „Hören Sie, Pepe Gago! Ich habe für Sie gebürgt. Ich schwöre aber bei der Seele der Kaziken von Tehuantepec, daß Sie, wenn Sie uns verraten, meinem Karabiner oder meinem Messer nicht entgehen. Ich werde Ihnen folgen, auch wenn Sie wie der Hai auf den Grund des Meeres oder wie der Jaguar tief in den Wald flüchten. Denken Sie an meine Worte."

Der Artillerist beteuerte seine Aufrichtigkeit und entfernte sich.

Als er das Zelt verlassen hatte, fuhr Morelos, zu Don Cornelio gewandt, fort: „Ich will versuchen, daß ich Ihnen von der Festung Acapulco aus einen Urlaub ausstellen kann, aber nur für einige Tage. Dort werden wir auch wieder von der Aufgabe sprechen, die Sie für mich ausführen sollen. Gehen Sie jetzt und ruhen Sie sich aus. In der kommenden Nacht, um vier Uhr morgens, werde ich selbst eine Abteilung unserer Armee zu dem Fort führen. Da ich es für gut halte, daß niemand außer uns etwas von unserem Abkommen mit Gago erfährt, so könnten Sie und Costal die Stocklaterne, deren Licht das verabredete Zeichen der Ankunft unserer Truppen ist, auf der Brücke aufstellen."

Die Festung Acapulco liegt am Ufer des Meeres, nicht weit von der Stadt entfernt.

Tiefe Abgründe, an deren Fuß man den Ozean brüllen hört, umgeben die Festung. Einer dieser Abgründe zur Rechten der Zitadelle heißt die Schlucht Los Hornos. Eine schmale Brücke, die Brücke Hornos, verbindet die beiden Klippen.

Am frühen Morgen begaben sich Don Cornelio und der Indianer auf den Weg zum Meer. Im Lager, das so unvorhergesehen durch den Befehl des Generals alarmiert worden war, herrschte Verwirrung. Die Soldaten griffen zu den Waffen, ohne daß sie wußten, wohin man sie führen würde.

Noch waren es zwei Stunden bis zum Sonnenaufgang, und das war mehr Zeit, als man zur Ausführung des verabredeten Handstreichs zu benötigen glaubte.

Die Nacht war sehr finster. Stadt und Festung schienen im tiefen Schlaf zu liegen. Es war so still, daß man von weitem das dumpfe Getöse des Meeres hören konnte.

Die beiden Männer schlichen vorsichtig an den schwarzen Mauern des Forts entlang. Nach einem Marsch von ungefähr einer Viertelstunde fingen sie an, die Felsen zu erklimmen und sich vom Strand zu entfernen.

Costal ging jetzt voran, Lantejas folgte ihm. Nur mit großer Mühe, der ständigen Gefahr ausgesetzt, von den Wänden der Abhänge in die Tiefe abzustürzen, erreichten beide endlich die Brücke.

Costal zündete eine kleine Pechfackel an, die er in der mitgebrachten Stocklaterne verbarg.

Danach betraten die beiden Männer vorsichtig die Brücke und banden die Stocklaterne an einen Pfahl, der sich in ihrer Mitte befand. Costal kehrte die Lichtseite der Laterne dem Fort zu und folgte dann seinem Gefährten, der mit schnellen Schritten die Brücke verließ.

Wie schon erwähnt, war das Aufleuchten der Laterne auf der Brücke das verabredete Zeichen für den Beginn des Handstreichs auf die Festung.

Costal und Lantejas hatten ihren Auftrag erfüllt, und sie warteten mit sichtlicher Spannung darauf, was nun geschehen würde.

Von der Höhe, wo sie sich befanden, hatten sie einen guten Ausblick. Sie sahen das Fort, die Stadt und den Ozean. Alles war, mit Ausnahme des Meeres, in Schweigen gehüllt. Unwillkürlich ließ Lantejas seinen Blick über den Ozean schweifen, und auch Costal beobachtete die unruhigen Wellen.

„Es liegt ein Gewitter in der Luft", sagte der Indianer mit leiser Stimme, denn die Feierlichkeit des Schauspiels schien es ihm nicht zu erlauben, laut zu sprechen. „Sehen Sie die Haifische auf der Oberfläche in einem phosphoreszierenden Glanz schwimmen?"

Tatsächlich kreisten mehrere gefräßige Tiere, die ihre Beute wie Piraten suchten, im Wasser umher. Sie beschrieben feurige Kreise, ähnlich denen der Feuerfliege in den Gräsern der Savanne.

„Welches Schicksal glauben Sie wohl", fragte der Zapoteke, „würde den treffen, der mitten unter diese schweigenden Schwimmer fiele? Wie oft habe ich, als ich noch Perlenfischer war, dieser Gefahr getrotzt, indem ich in ihrer Gegenwart untergetaucht bin!"

Don Cornelio antwortete nicht, aber dieser Gedanke ließ ihn vor Schreck erschaudern.

Der Indianer fuhr fort: „Das geschah, als ich noch jung war. Weder die Haifische noch die Jaguare, die ich später erlegte, haben etwas über den vermocht, der das Alter des Raben erreichen soll. Bald habe ich nun ein halbes Jahrhundert gelebt, und ich allein würde vielleicht zu dieser Stunde unter diese fleischgierigen Bestien tauchen können, ohne von ihnen getötet zu werden."

„Ist das das Geheimnis Ihrer Unerschrockenheit, die Sie immer wieder zeigen?"

„Ja und nein. Die Gefahr hat einen gewissen Reiz für mich. Das ist eine Neigung, der ich nachgeben muß, und keine Großtuerei. Das ist aber noch nicht alles, ich versuche im Blut der Spanier die Mörder meiner Väter zu vernichten. Was geht mich eigentlich die Freiheitsbewegung an, die Sie unterstützen? Aber von all dem will ich mit Ihnen nicht sprechen, obgleich es sich darauf bezieht ... Vor allem sehen Sie einmal unter sich."

Lantejas erblickte einen fremdartigen Gegenstand, der ihm einen Schreckensschrei entlockte.

Costal sah ihn an und lächelte.

Ein schwarzer Körper, dessen Kopf mit Haaren bedeckt war, stieg halb aus dem Wasser und schien sich mit zwei Menschenarmen auf das flache Ufer zu stützen. Einen Augenblick lang glaubte Lantejas eine badende Frau zu erblicken, die gerade aus dem Meer stieg.

„Was ist das für ein seltsames Wesen?" fragte er Costal mit einem gewissen unheimlichen Gefühl. Ihm wurde unheimlich zumute, als er ein schmerzliches Wehklagen hörte. Er konnte sich dieses Wesen nicht erklären, denn wenn auch die Form seines Körpers der einer Frau glich, so hatte die Stimme nichts Menschliches.

„Das ist eine Seejungfrau, die Sie so erschreckt. Sie würden wohl nicht imstande sein, den Anblick eines noch seltsameren, aber vollkommeneren Wesens, vollkommener noch als der schönste Mensch, zu ertragen?"

„Was wollen Sie damit sagen?"

„Señor Capitano Don Cornelio", erwiderte der Indianer, „Sie, der Sie im Angesicht der Feinde so tapfer sind ..."

„Hm!" unterbrach Lantejas, „auch der Tapferste ..."

Fast wäre ihm das Geständnis seiner Zaghaftigkeit entschlüpft.

Costal ließ ihm dazu keine Zeit.

„Ja, ja, Sie sind wie Clara, obgleich bedeutend mutiger als er. Sie brauchen nur Zeit, um auch mit Jaguaren vertraut zu werden. Wenn aber da unten statt dieser Seejungfrau auf dem flachen Ufer eine schöne Frau säße und wenn diese Frau, obgleich Ihrem Auge sichtbar, nichts als ein ungreifbarer Geist wäre, was würden Sie dann tun?"

„Etwas sehr Einfaches, ich würde entsetzliche Furcht haben", sagte Cornelio treuherzig.

„Nun habe ich Ihnen nichts mehr zu sagen. Ich suchte für ein

Unternehmen einen mutigeren Gefährten als Clara, jetzt werde ich mit dem Neger zufrieden sein müssen. Ich hoffte, daß Sie – sprechen wir nicht mehr davon."

Der Indianer fügte kein Wort mehr hinzu, und auch der Offizier schwieg beschämt, weil er seine Feigheit so offen gezeigt hatte.

Beide blickten nun in Erwartung des bevorstehenden Handstreichs still in den unermeßlichen und geheimnisvollen Ozean hinaus, dessen riesige Einöde nur durch die Anwesenheit des Meerweibchens belebt wurde.

2

Der Student der Theologie will nach Madrid marschieren

Um den Verlauf der Ereignisse nicht zu unterbrechen, haben wir die Abenteuer des Don Cornelio nicht erzählen können.

Jetzt aber, während er und Costal das Resultat des Verrats des Spaniers abwarten, wollen wir unseren Lesern berichten, wie die väterliche Sparsamkeit ihn wieder in eine Reihe von Gefahren gestürzt hatte. Gegen diese waren die früheren, in denen er in seiner Hängematte unter Jaguaren und Klapperschlangen ausharren mußte, nur ein Kinderspiel.

Der Student hatte sich mit einem Pferd, das ein Geschenk Don Marianos war, auf den Heimweg begeben und kam früher als erwartet zu Hause an.

Seine Studien waren schon lange beendet. Er hatte sich vorgenommen, nach Valladolid zu gehen, um sich die Weihen erteilen zu lassen. Sein sparsamer Vater stellte ihm ein scheues und widerspenstiges Maultier zur Verfügung, das er mit einem tüchtigen Gewinn gegen das Pferd Don Marianos eingetauscht hatte.

Der Student machte sich mit den Segen und vielen Ratschlägen seines Vaters auf den Weg. Er sollte das Maultier schonen und sich von dem Aufstand fernhalten.

Die wenigen Häuser des Dorfes Caracuaro tauchten schon vor ihm auf, und er war damit beschäftigt, in Gedanken die Elemente der Theologie wieder durchzugehen, die ihm auf seinen Reisen vollständig entfallen waren. Plötzlich sah er sich von drei Reitern umringt. Das war zwei Tage nach seiner Abreise.

Durch den unerwarteten Anblick der Kavaliere erschrocken, bäumte sich das Maultier plötzlich auf. Es warf Lantejas so unsanft zur Erde, daß er mit dem Kopf gegen einen Stein fiel und die Besinnung verlor.

Als er wieder zu sich kam, saß er am Rand der Straße, blutete am Kopf, und das Maultier war ihm davongelaufen. Als es ihn abgeworfen hatte, war es in gestrecktem Galopp davongesprengt, um den heimischen Stall zu suchen.

Von den drei Reitern schien der eine der Herr und die beiden anderen die Diener zu sein. Der erstere wandte sich an den Studenten: „Hören Sie, mein Sohn, Ihre Lage erfordert Vorsicht und Pflege, die Sie in dem armen Dorf Caracuaro nicht finden werden. Übrigens sind es bis dahin noch zwei Stunden. Es wäre das beste, Sie würden sich hinter einen meiner Diener aufs Pferd setzen und uns zu der Hazienda San Diego begleiten, die nur eine Stunde von hier entfernt ist. In dieselbe Richtung ist auch Ihr Maultier gelaufen. Ich werde dem Viehhirten auftragen, es einzufangen, dann werden Sie nach drei Tagen Ihren Weg wieder fortsetzen können. Wohin wollen Sie?“

„Nach Valladolid, um mir die heiligen Weihen erteilen zu lassen.“

„Prächtig! Gleiche Brüder, gleiche Kappen“, sagte der Reiter lachend. „Ich bin der Pfarrer von Caracuaro, José Maria Morelos, von dem Sie freilich noch nichts gehört haben werden.“

Zu dieser Zeit war der große Name Morelos tatsächlich noch vollkommen unbekannt.

Der Student konnte seine Verwunderung über den seltsamen Aufzug des Reiters nicht unterdrücken. Sein Anzug war sehr abgetragen. Am Sattelknopf hing eine doppelläufige Büchse, und in einem Lederüberzug steckte ein Degen, dessen Stichblatt gänzlich verrostet war.

Seine beiden Diener waren noch schäbiger gekleidet als ihr Herr, sie waren jeder mit einer Donnerbüchse bewaffnet.

„Und Sie, Herr Pfarrer“, fragte Lantejas, „wohin gehen Sie?“

„Ich gehe“, erwiderte der Pfarrer noch immer lachend, „zuerst zu der Hazienda San Diego und dann will ich die Zitadelle von Acapulco erobern.“

So war die Ausrüstung des Generals beschaffen, dessen Name so berühmt geworden ist, und dies waren seine kriegerischen Hilfsmittel, wie sie die Geschichte uns überliefert hat.

Bei dieser Antwort riß Cornelio die Augen erstaunt auf. Er wollte lieber seinen Ohren nicht trauen, als anzunehmen, der ehrwürdige Pfarrer leide an Geistesverwirrung.

„Dann sind Sie ein Aufständischer?“ rief er nicht ohne Schrekken aus.

„Ohne Zweifel und zwar seit langer Zeit.“

Lantejas stieg hinter einem der Diener aufs Pferd und blieb die ganze Zeit über stumm. Da er aber nach einer guten halben Stunde weder auf der Stirn des Pfarrers noch auf denen der beiden Diener irgendein Horn hervorwachsen sah, fing er an zu glauben, daß nicht alle Aufständischen eine sichere Beute des Teufels sein könnten.

Trotzdem wollte er den Pfarrer nur bis zu der Hazienda San Diego begleiten und nur kurze Zeit dort bleiben.

So weit hatte der Student die Sache mit seinem Gewissen abgemacht, als er plötzlich unter den glühenden Sonnenstrahlen eine sonderbare Verwirrung seiner Gedanken wahrnahm. Es erschien ihm nämlich nicht nur dieser von Priestern begonnene Aufstand ganz natürlich, sondern er fing sogar an, aus voller Kehle einen kriegerischen Gesang anzustimmen. Mit Begeisterung sang er ein Lied, das den König von Spanien übel verspottete.

Er wußte nicht, in welchem Zustand er später auf der Hazienda San Diego angekommen war. Von den Anstrengungen des Marsches erschöpft und von heftigen Fieberanfällen, die seine Kopfwunde verursachte, geschüttelt, war er mehrere Tage lang bewußtlos.

Es war ihm allein eine dunkle Erinnerung von schmerzhaften Träumen geblieben, in denen er ununterbrochen Waffengetöse hörte. Und ständig fühlte er sich wie auf einem stürmischen Meer hin- und hergeschaukelt.

Eines Tages erwachte er ganz erstaunt in einem ziemlich armselig möblierten Zimmer. Nach und nach erinnerte er sich nun an seinen Sturz und an sein Zusammentreffen mit dem Pfarrer von Caracuaro. Da er sich stark genug fühlte, um sein Bett zu ver-; lassen, schleppte er sich bis zum Fenster, um zu sehen, warum draußen ein solcher Lärm herrschte.

In dem Hof unter seinem Fenster hatten sich bewaffnete Männer versammelt, die einen zu Fuß, die anderen zu Pferd.

Lanzen, die mit Fähnlein von verschiedenen Farben geschmückt waren, Degen und Flinten glitzerten von allen Seiten in der Sonne. Die Pferde bäumten sich stolz auf und wieherten unter ihren Reitern. Kurz, man war geneigt, dies für den Sammelplatz einer Armee zu halten.

Die Schwäche zwang den Verwundeten, wieder das Bett aufzusuchen, und er erwartete mit Ungeduld, daß ihm jemand Auskunft über seine Lage geben würde.

Nach etwa einer halben Stunde erschien ein Mann im Zimmer des Kranken, den er als einen der beiden Diener Morelos' wiedererkannte. Der Diener kam von seinem Herrn, um sich nach dem Befinden des Kranken zu erkundigen.

„Wo bin ich, mein Freund, ich bitte Sie?“ fragte er ihn.

„Auf der Hazienda San Luis.“

Der Student versuchte sich zu erinnern und sah sich im Geist auf die Hazienda San Diego zurückversetzt.

„Sie irren sich, das ist die Hazienda San Diego“, erwiderte er.

„Die haben wir gestern verlassen, wir waren dort nicht mehr recht sicher ... Man hat es doch nicht nötig, man mag ein noch so guter Patriot sein, seine Meinung überall auszuposaunen ...“

„Ich verstehe Sie nicht, mein Lieber“, unterbrach ihn Lantejas, „das ist vielleicht noch die Nachwirkung des Fiebers.“

„Mein Gott! Ich spreche doch ganz deutlich“, antwortete der Diener. „Wir waren gezwungen, die Hazienda zu verlassen, weil die königlichen Truppen unterwegs waren, uns auszuräuchern. Schuld daran war ein gewisser Cornelio Lantejas.“

„Cornelio Lantejas!“ rief der Student mit Entsetzen. „Das bin ja ich!“

„Das weiß ich leider nur zu gut! Sie haben sich nicht gescheut, es zu den Fenstern hinauszuschreien und zugleich mit allen Kräften meinen Herrn zum General aller Aufständischen auszurufen. Wir hatten sogar unsere Mühe Sie daran zu hindern, nach Madrid zu marschieren.“

„Madrid in Spanien?“

„Bah! Zweitausend Seemeilen waren für Sie eine Kleinigkeit. Sie sagten dann: ‚Ich, Cornelius Lantejas, unternehme es, den Tyrannen zu stürzen!‘ Wir waren nun gezwungen, unseren Aufenthaltsort unverzüglich zu verlassen, und wir haben Sie in einer Sänfte mitgeschleppt. Mein Herr konnte es nicht übers Herz bringen, einen so glühenden Anhänger, der sich aus Liebe zu ihm kompromittiert hatte, im Stich zu lassen. Wir kamen dann hier an, wo Sie sich, dank den Leuten, die sich uns angeschlossen haben, dem ganzen Feuer Ihres Patriotismus' hingeben konnten.“

Der junge Mann hatte mit Schrecken seine Heldentaten angehört. Dann fügte der Diener hinzu: „Unter anderem hat mein Herr Sie zum Unterleutnant und zu seinem Adjutanten ernannt. Sie werden Ihr Patent unter dem Kopfkissen finden.“

Mit diesen Worten wandte sich der Diener zur Tür.

Als er das Zimmer verlassen hatte, fuhr Don Lantejas eilig mit der Hand unter sein Kopfkissen. Das fatale Patent lag da.

Er zerknitterte es wütend und schleppte sich wieder an das Fenster. Er wollte seine Beteiligung an dem Aufstand widerrufen, so wie die ersten Christen, die inmitten der Götzenanbeter den heiligen Namen Gottes bekannten.

In dem Augenblick, als er den Mund öffnen wollte, um mit lauter Stimme zu rufen, daß er jede Gemeinschaft mit den Feinden Spaniens ablehne, verwirrten sich abermals seine Gedanken. Und er schrie: „Es lebe Mexiko, Tod dem Tyrannen!“ Dann fiel er kraftlos auf sein Bett.

Die Ohnmacht war diesmal von kürzerer Dauer. Wenig später war er wieder Herr seiner Sinne und sah, daß sein Bett von bewaffneten Leuten umringt war. Aus ihren Worten entnahm er, daß sie mit Spannung den Zustand, in dem er sich befand, beobachteten. Er erkannte unter diesen Stimmen die des Generals Morelos selbst, der sagte: „Wie soll man sich diese plötzliche Sympathie für unsere Sache erklären? Der junge Mann wird von fieberhaften Phantasiegebilden umgaukelt."

„Wenn nicht der glühendste Patriotismus in den Tiefen seiner Seele gärte, würde der Schaum nicht bis an die Oberfläche kommen", sagte ein ander Mann, der Don Rafael Valdovinos hieß.

„Was tut's?" erwiderte Morelos, „ich kann nicht glauben, daß mein Einfluß . ."

Ein Soldat trat ins Zimmer und unterbrach den Pfarrer von Caracuaro in dem Augenblick, als der Student die Augen öffnete.

Der Neuankömmling war ein Mann von kräftigem Wuchs, mit kriegerischem Aussehen, dessen Bart- und Kopfhaar schon anfing, sich hier und da grau zu färben. Er war etwa fünfzig Jahre alt.

„Warum, mein General", sagte der Unbekannte und schüttelte Morelos freudig die Hand, „warum sollte dieser brave junge Mann nicht auch wie ich dem Einfluß Ihrer Person auf den ersten Blick erlegen sein? Ich kenne Sie erst seit heute, und nie werden Sie einen ergebeneren Diener haben als mich. Ich stehe für den jungen Mann ein, er ist ohne Widerrede einer der Unsrigen."

Bei diesen Worten blickte der Unbekannte Don Cornelio so sanft und doch so furchtbar an, daß es dem jungen Mann kalt über den Rücken lief. Zugleich fühlte er ein seltsames Wohlbehagen, so daß er bei den Worten des Fremden bestätigend mit dem Kopf nickte.

Der Unbekannte war der Mann, den die Geschichtsschreiber den furchtbaren, den großen, den unbesiegbaren Don Hermenegildo Galeana, den mexikanischen Murat nennen. Er ist wohl in hundert Gefechten mit der Lanze voran auf den Feind losgestürmt und hat gerufen: „Galeana kommt!" Er war ein furchtbarer Feind und ein zärtlich ergebener Freund. Er übte auf alle einen unwiderstehlichen Einfluß aus.

Glücklicher als Murat blieb Galeana auf dem Schlachtfeld von Leichnamen umgeben, die seine Faust zerschmettert hatte, und glücklicher als der französische Held starb er treu dem Mann, dem er geschworen hatte, sein Leben zu weihen.

„Wie dem auch sei“, fuhr Valdovinos fort, „ich weiß, daß der General Calleja auf den Kopf dieses jungen Mannes einen Preis gesetzt hat, wie auf den unsrigen.“

„Nun, Don Cornelio!“ fügte Galeana hinzu, „bereiten Sie sich vor, morgen Ihren Posten zu übernehmen. Erweisen Sie sich des Vertrauens würdig, die Gelegenheit dazu wird Ihnen nicht fehlen.“

Plötzlich erscholl der Donner einer Kanone unter seinem Fenster.

Und als Morelos sich scherzend wunderte, daß er schon eine Artillerie unter seinem Befehl habe, sagte Galeana zu ihm: „Herr General, diese Kanone ist ein Teil unseres väterlichen Erbes. Wenn bei uns ein Sohn geboren wurde oder ein Galeana aus dem Leben schied, diente sie dazu, unseren Jubel oder unsere Traurigkeit anzuzeigen. Heute weihen wir sie der großen mexikanischen Familie, sie gehört Ihnen wie wir selbst.“

Dann ging er zu dem Fenster und schrie mit fürchterlicher Stimme: „Es lebe General Morelos!“

Lebhafte Rufe antworteten aus dem Hof. Ein Geklirre von aus der Scheide gerissenen Degen, das Geräusch der auf den steinigen Boden gestoßenen Gewehrkolben und das Gewieher der Pferde mischte sich in das Freudengeschrei.

Das Zimmer des Kranken war in einem Augenblick leer, der Pfarrer von Caracuaro stieg in den Hof hinab, um seinen neuen Soldaten die Hand zu drücken. Der Student aber, der nicht in das Hurrageschrei einstimmte, fühlte sich elend.

Er dachte mit Trauer an seine theologischen Studien, die er inmitten des Feldlagers völlig vernachlässigen mußte, und dann war ja auf seinen Kopf wie auf den eines Rebellen ein Preis gesetzt worden. Und all das verdankte er der Sparsamkeit seines Vaters, der ein edles Pferd gegen ein Maultier eingetauscht hatte.

Lantejas kleidete sich traurig an und warf einen finsteren Blick in den Hof auf die Menschen, die sich dort zusammendrängten.

Ein Neger lud die Kanone von neuem, mit der soeben das

Signal zum Bürgerkrieg gegeben worden war. Dieser Mann war Clara, der sich selbst das Kommando des ersten Geschützes, das Morelos befehligte, angeeignet hatte. Die Kanone wurde ‚El Nino' genannt.

Ehe wir weitererzählen, ist es nötig, mit einigen Worten zu erwähnen, was während der Zeit stattgefunden hatte, seitdem Lantejas hinter dem Diener aufs Pferd gestiegen und in der Hazienda San Diego angekommen war.

Kurz vor San Diego war Morelos mit dem Rebellen Don Rafael Valdovinos zusammengetroffen, der mit einigen Leuten im Land umherstreifte. Er stellte sich dem Pfarrer von Caracuaro sofort zur Verfügung.

Morelos hatte erfahren, daß die Spanier eine größere Waffenladung nach Petatlan, einer kleinen Stadt dieser Gegend, bringen wollten. In dieser Stadt sollte ein militärischer Stützpunkt errichtet werden.

Morelos beschloß, sich mit Hilfe von Valdovinos' Leuten der Waffen zu bemächtigen. Als dies geschehen war, wurden sie auf die Hazienda San Luis geschafft.

Die Nachricht von diesem glücklichen und frechen Handstreich war Morelos hierher vorausgeeilt, und als er selbst ankam, traf er mit Don Juan José und den beiden Galeanas, Onkel und Neffen, zusammen. Sie führten ihm siebenhundert Mann zu, die nur mit zwanzig Flinten und der Kanone El Nino bewaffnet waren.

Morelos hatte gerade die Waffen, die für die Miliz von Petatlan bestimmt gewesen waren, unter seine Leute verteilt, als die Szene stattfand, deren Zeuge der friedliche Lantejas war. Durch eine Verkettung seltsamer Umstände war er zu einem Soldaten und gewiß zum traurigsten, der in beiden Lagern, dem spanischen und dem der Aufständischen zu finden war, gemacht worden.

Er verbrachte, wie sich denken läßt, eine sehr unruhige Nacht. Er hatte die Ehre gehabt, am Tisch des Generals zu Abend zu essen. Vielleicht war die Menge der genossenen Speisen, die er mit dem Heißhunger eines Genesenden zu sich genommen hatte, mit Schuld an den schrecklichen Träumen, die ihn die Nacht über quälten.

Als der Morgen anbrach und die ersten Strahlen der Sonne in sein Zimmer drangen, öffnete er erleichtert die Augen, um die wirren Träume endlich abzuschütteln. Aber er schien auch wachend weiter zu träumen.

Er vernahm einen gewaltigen Lärm im Hof, der aber von den bald rauhen, bald schneidenden Tönen eines seltsamen Instruments übertönt wurde. Einen Augenblick lang glaubte er, Satan selbst stoße in die Trompete, um seine höllischen Scharen zum Aufsitzen zu kommandieren.

In kalten Schweiß gebadet, lauschte der Student der Musik, die er schon einmal gehört zu haben glaubte. Denn der, der diesen Höllenlärm machte, war kein anderer als der Indianer Costal, den Lantejas zu seinem großen Erstaunen in den Reihen der Aufständischen wiederfand. Costal war der erste Trompeter, Clara der erste Artillerist Morelos' gewesen.

Cornelio erkannte ihn in dem Augenblick, in dem er die kriegerischen Töne seiner Trompete hörte, nicht. Er bewaffnete sich so schnell wie möglich und ging in den Hof.

Der erste, dem er begegnete, war der schreckliche Galeana. Er hatte Angst, daß der durchbohrende Blick des Helden sein Hasenherz unter der Löwenhaut erkennen möchte.

Glücklicherweise hatte der tapfere Krieger andere Dinge zu tun, als die Gedanken eines unbekannten Unterleutnants zu erforschen, und alle täuschten sich in der kriegerischen Haltung, die Lantejas sich zu geben wußte. Die einzige Kanone donnerte zum letztenmal, und alle verließen in guter Ordnung die Hazienda San Luis.

Auf dem Marsch schlossen sich andere Aufständische, deren Zahl sich wohl auf tausend belaufen mochte, der Armee an. In diesem Haufen herrschte aufgrund des angeborenen kriegerischen Talents, das in dem Pfarrer von Caracuaro erwachte, eine solche Disziplin, wie sie in einer Rebellenschar nur selten anzutreffen ist.

Schon schien der Gedanke an die Eroberung Acapulcos nicht mehr die Ausgeburt eines kranken Hirns zu sein.

Und nach einem langen, mühevollen Marsch finden wir

Morelos an den Ufern des Stillen Ozeans, angesichts der Stadt, die er erobern sollte.

Zwei Monate ununterbrochenen Kampfes, aus dem Morelos stets als Sieger hervorging, hatten Don Lantejas ein wenig an das Kriegsleben gewöhnt. Er hatte den Ruf eines mutigen Kriegers erlangt, obgleich er oft nahe daran war, die Flucht zu ergreifen.

Als er zum ersten Mal in die Schußlinie des Gegners geriet, geschah dies an der Seite Don Hermenegildo Galeanas. Dieser übte auf ihn einen solchen Einfluß aus, daß die Blitze seiner Augen ihn mehr erschreckten als die Gegenwart des Feindes. Galeana kämpfte in der ersten Reihe, und seine Lanze und sein krummer, kurzer Säbel schlugen solche Lücken in die feindlichen Reihen, daß man glaubte, die Waffen der Spanier würden wie durch Zauberei wirkungslos an ihm abprallen. Deshalb blieb für das Schwert Lantejas, das dieser mit zitternder Hand führte, nichts mehr zu tun übrig.

Der Student war mit der ersten Schlacht so zufrieden, daß er zukünftig immer in der Nähe von Galeana kämpfte.

Noch einen anderen Mann gab es, der gewöhnlich an der Seite Galeanas focht. Es war Costal, der diesem an Mut und Kraft kaum nachstand.

Galeana und Costal waren für Don Cornelio zwei Schutzengel des Krieges. Wenn er an ihrer Seite kämpfte, war er vor dem Feind sicher. Er selbst brauchte kaum in die Schlacht einzugreifen.

Trotzdem trug er großen Ruhm davon, der wie eine zu schwere Last auf seinen Schultern ruhte. Ihm war es unmöglich zu fliehen, denn auf seinen Kopf war ein Preis gesetzt. Zudem hatte Morelos dem Ort am Fluß Sabana, wo sich sein Hauptquartier befand, den furchtbaren Namen „Weg zur Ewigkeit“ gegeben. Damit wollte er andeuten, daß diejenigen, die ihn verließen oder sein Lager angriffen, sich zur letzten Reise begeben würden.

Inzwischen empfing Don Cornelio endlich eine Antwort auf mehrere Briefe, die er an seinen Vater geschrieben hatte. Er hatte ihm mitgeteilt, daß er dank des störrischen Maultiers, das er so billig gekauft hatte, die Weihe in der Eigenschaft eines Leutnants in der Armee der Rebellen erhalten habe. Nun predige er mit Säbelhieben, was ihm die Ehre verschafft habe, daß sein Kopf bedroht sei, abgeschlagen anstatt abgeschoren zu werden.

Außer großem Lob über seine Unerschrockenheit enthielt die Antwort die Nachricht, daß man seine Begnadigung beim Vizekönig unter der Bedingung erlangt habe, daß er Morelos verlasse und in die Armee der Spanier eintrete.

Die letzte Bedingung war nicht nach Cornelios Geschmack. Würde er wohl in den Reihen der Spanier zwei solche Beschützer finden, wie er sie jetzt besaß?

Abgesehen aber von der mit Bewunderung gemischten Zuneigung zu seinem braven General und der tiefen Dankbarkeit Don Hermenegildo gegenüber, schauderte er bei dem Gedanken, eines Tages der Lanze und dem Säbel des furchtbaren Galeana als Feind gegenüber zu stehen.

Er beschloß, dem General nichts von dem Brief seines Vaters zu sagen und sich darauf zu beschränken, von ihm einen Urlaub zu erbitten, den er, einmal erhalten, bis aufs Nimmerwiedersehen verlängern wollte. Wie es ihm damit glückte, haben wir eben gesehen.

Dies waren die neuesten Abenteuer des Studenten der Theologie seit seiner Abreise von der Hazienda Las Palmas und bis zu dem Augenblick, wo wir ihn in dem Zelt des Generals Morelos wiedersahen und zu der Hornosbrücke begleiteten.

Costal und Don Cornelio standen noch immer an der Brücke, den Blick auf den Ozean gerichtet und in Schweigen versunken.

Das Meerweibchen tauchte wieder ins Meer mit einem kläglichen Geschrei, als plötzlich mehrere Gewehrschüsse ertönten.

„Die Zitadelle ist erobert!“ rief Don Cornelio.

„Pepe Gago hat uns verraten“, sagte der Indianer. „Ich vermute es.“

Ein heftiges Gewehrfeuer setzte ein und bestätigte, daß Costal recht hatte.

Die beiden Männer verließen eilig ihren Beobachtungsposten, und als sie in einem Engpaß angekommen waren, bot sich ihnen ein schrecklicher Anblick.

Die mexikanischen Truppen befanden sich in der größten Verwirrung. Ein Mann, der sich quer über den Weg geworfen hatte, rief im selben Augenblick: „Viva christo! Ihr Feiglinge, kein anderer Weg, als über den Leichnam eures Generals!“

Es war Morelos, der die Flucht seiner Soldaten nicht anders zu verhindern wußte, als daß er ihnen mit seinem Körper den einzigen Weg des Rückzugs versperrte.

Die Flüchtlinge stutzten und kehrten um, aber nach einem vergeblichen Angriff ließ der General zum Rückzug blasen. Das war seine erste Niederlage seit drei Monaten.

Die Truppen der Rebellen waren bis in die Nähe des Tores gelangt, das der Artillerist bewachte und das er ihnen nach dem Austausch des verabredeten Losungswortes in die Hände spielen wollte.

Plötzlich ertönte die Stimme des Artilleristen hinter dem Tor, und er fragte, ob der General persönlich anwesend sei.

Morelos ließ aus Furcht vor irgendeinem heimtückischen Streich antworten, daß er sich auf dem Weg hierher befinde. Der Artillerist antwortete nichts, aber die spanischen Soldaten gaben auf die Rebellen durch ihre Schießscharten eine unvorhergesehene Salve ab, die viele von ihnen tötete und sie in die Flucht jagte.

Der Tag war noch nicht angebrochen, als zwei Männer auf der Brücke erschienen. Der eine von ihnen war Costal, der andere, der ihn begleitete, aber diesmal der Neger Clara.

Die Harzfackel brannte noch immer in der Laterne, verbreitete aber schon einen blasseren Schein um sich, da das Grau der Dämmerung auf das Schwarz der Nacht folgte.

„Du siehst diese Laterne, Clara“, sagte der Indianer. „Du weißt, wozu sie dienen sollte. Aber noch kennst du den Eid nicht, den ich dem Verräter geschworen habe, der mit uns sein schändliches Spiel getrieben hat.“

„Der Teufel soll mich holen, wenn ich weiß, wie du es anfangen willst, diesen Eid zu halten!“ sagte der Neger.

„Ich auch nicht“, antwortete Costal. „Da ich aber Gago versprochen habe, daß er sich an die Laterne Hornos erinnern sollte und daß ich mich sehr freuen würde, sie ihm im Notfall wieder zu zeigen, so darf ich sie nicht den Launen des erst besten Vorübergehenden überlassen. Jedenfalls ist das Signal überflüssig."

Mit diesen Worten nahm Costal die Laterne vom Pfahl und löschte sie aus.

„Hilf mir ein Loch zu graben, das groß und sicher genug ist, sie zu verbergen und sie wiederzufinden", fügte der Indianer hinzu.

Die beiden Männer gruben mit Hilfe ihrer Messer ein Loch in die Erde, das tief genug war, um die Laterne zu verstecken. Sorgfältig legte Costal sie hinein und schüttete die kleine Grube wieder zu.

Nachdem die Arbeit beendet war, sagte der Indianer: „Wir wollen uns hier niedersetzen, Clara, mein Freund, und uns beraten, wie wir uns der Festung mitsamt des Verräters, der darin ist, bemächtigen können."

„Sehr gern", erwiderte der Schwarze.

Beide setzten sich mit ernstem Gesicht nieder, und die Beratung begann.

3

Ein nächtliches Unternehmen

Der Neger blickte Costal starr an, dann sagte er, da er sah, daß dieser von ihm zuerst seine Meinung hören wollte: „Es gibt sicher mehrere Wege, sich der Festung zu bemächtigen, und wenn ich der General der Armee wäre ..."

„Nun, was würdest du tun?" fragte der Indianer.

„Ich würde bestimmt den richtigen Weg finden, gestehe aber, daß ich in meiner Eigenschaft als einfacher Artillerist keinen weiß. Das ist auch ganz natürlich. Das ist meine Ansicht, jetzt möchte ich deine hören."

„Zweifellos gibt es mehrere Wege, ein Fort einzunehmen: durch Hunger oder durch Ersteigung mit Sturmleitern. Wir sind aber nicht stark genug, um sie mit Waffen zu nehmen."

„Dann wollen wir sie aushungern", sagte der Neger. „Ich bin dabei und weiß ein sehr einfaches Mittel. Man muß nur verhindern, daß sie Lebensmittel geliefert bekommen."

„Auf welche Weise?"

„Das ist Sache des Generals und nicht unsere."

Die Erörterung der beiden Männer. wurde durch einen Kanonenschuß unterbrochen.

„Das war ein Schuß vom Fort", sagte Costal.

„Nein", entgegnete der Neger, „von der Insel la Roqueta."

Ein zweiter, diesmal aus dem Fort abgefeuerter Kanonenschuß bestätigte die Behauptung Claras, denn der Schall war weniger dumpf.

„Das ist ein mit der Besatzung verabredetes Signal", sagte Costal. „Aber wozu dient es?"

Im selben Augenblick stieg vom höchsten Punkt der Festung am noch dunklen Himmel eine Rakete auf und zeichnete ihre glänzende Bahn. Minuten später stieg eine andere Rakete auf.

„Das ist irgendein Schiff mit Proviant für die Belagerten", fuhr Costal fort. „Wir wollen hier warten, bis es Tag ist, und wir werden dann genau erfahren, was zwischen dem Fort und der Insel vorgeht. Dann werden wir vielleicht ein Mittel finden, wie wir den Belagerten die Lebensmittel abschneiden können."

„Bis dahin werden sie aber noch welche erhalten", sagte Clara.

„Ja, aber das wird das letzte Mal sein."

Bald darauf brach der Tag an. Die Sonne durchdrang mit ihren blendenden Strahlen die dichten Dunstschichten, die sich am Horizont aufgetürmt hatten.

„Siehst du da unten, nahe bei der Insel?" fragte Costal.

Auf einem hellen Grund, über dem dichten, grünen Laubwerk der Bäume, die die Insel säumten, zeichneten sich in leichten Konturen die Maste und die Takelage eines Schiffes ab.

„Das Schiff lag gestern nicht da", fuhr der Indianer fort. „Nun, Clara, fällt dir bei diesem Anblick noch nichts ein?"

„O ja, ich weiß nun, daß da unten ein Schiff vor Anker liegt und daß die Belagerten neuen Proviant erhalten sollen."

„Ich habe so meine Idee", sagte der Indianer. „Komm, wir wollen dem General unseren Plan mitteilen."

Während Clara und Costal über die Mittel, die Festung zu nehmen, beratschlagten, dachten zwei andere Männer über denselben Plan im Zelt des Generals nach. Es waren Morelos und Don Hermenegildo Galeana.

Bei Morelos waren noch die Spuren heftiger Leidenschaften sichtbar, und noch hatte er es verschmäht, sich von dem Staub, der seine Kleider bedeckte, zu reinigen.

Don Hermenegildo sah den General traurig an, weil er fühlte, wie sehr ihn seine Niederlage schmerzte.

Ein Plan der Festung und des Hafens von Acapulco lag vor ihnen im Schein zweier Wachskerzen ausgebreitet, der langsam schwächer wurde, je heller es draußen wurde.

„Wie der Schurke Gago aussagte, könnten wir zwar Acapulco im Handumdrehen nehmen, aber unsere Eroberung wäre nicht entscheidend, so lange wir nicht die Festung besitzen. Der Kommandant Pedro Valdez ist zwar ein Kreole, möchte aber als Spanier gelten. Er wolle, so sagt er, dem politischen Glauben seiner Väter treu bleiben. Wissen Sie, Don Hermenegildo, was er auf meine Angebote geantwortet hat?"

„Durchaus nicht", sagte Galeana. „Fest steht, daß wir die Stadt erobern wollen, das übrige wird sich finden."

„Aber dieses Fort!" wiederholte Morelos und zeigte ihm den Plan.

Wie schon erwähnt, war das Fort am Ufer des Meeres in geringer Entfernung von der Stadt und inmitten tiefer Abgründe, die es umgaben, erbaut worden.

Es beherrschte Meer und Stadt zu gleicher Zeit. Zwei Stunden davon entfernt lag eine Insel, la Roqueta genannt, die dem Schutz einer schwachen Garnison anvertraut war. Das Fort wurde von der Insel aus ständig mit Lebensmitteln versorgt.

Morelos fuhr fort: „Valdez kennt die Vorteile einer Stellung, die ihm im Notfall einen Rückzug auf das Meer sichert. Das Fort hat Überfluß an Lebensmitteln und Kriegsbedarf, und so hofft er durch seinen Widerstand den königlichen Truppen Zeit zu geben, ihm zu Hilfe zu eilen. Man müßte ihn zu Wasser und zu Land zugleich einschließen, obwohl ein solches Unternehmen ebenso schwierig wie ungewiß wäre. Tage, Wochen, Monate sind vergangen, und wir haben nichts erreicht. Wenn wir glauben, die Lebensmittel und die Munition im Schloß wären ausgegangen, tauchen plötzlich spanische Schiffe auf, von dem Doppelfeuer der Insel la Roqueta und der Festung geschützt, und bringen Nachschub in die Festung."

„Laß uns nur erst die Stadt nehmen, General", wiederholte

Galeana, „die Stadt wird uns wenigstens vor der Hitze Schutz bieten, der uns hier auf diesem glühend heißen Strand versagt bleibt. Eine verzehrende Sonnenglut, die Hitze des glühenden Sandes, in dem wir kampieren müssen, haben tödliche Fieber in unserer Armee hervorgerufen. Unsere Versorgung mit Lebensmitteln ist unzureichend, und seltsamerweise leiden die Belagerer größeren Mangel als die Belagerten. Krankheiten, der Mangel an frischen Nahrungsmitteln und das Gewehrfeuer der Festung lichten unsere Reihen. Deshalb müssen wir daran denken, uns der Insel la Roqueta zu bemächtigen, um den Feind auszuhungern und ihn zur Übergabe zu zwingen. Das Unternehmen ist gefährlich, ich weiß es. Wir haben kaum genug Fahrzeuge, um sechzig Mann aufzunehmen. Außerdem müssen wir zu einer Zeit, in der Stürme nicht selten sind, uns zwei Stunden weit ins Meer hinauswagen und dann mit wenigen Soldaten eine befestigte Insel angreifen, die von einer mutigen Besatzung verteidigt wird. Dennoch will ich aber, welche Gefahren auch dabei zu überwinden sein mögen, die Expedition zum Ruhm Ihres Namens ausführen."

„Sie haben mich gelehrt, niemals an dem Erfolg eines Unternehmens zu zweifeln, das Ihnen anvertraut ist, Freund Galeana", erwiderte der General lächelnd. „Dieser Plan ist aber so waghalsig, daß er kaum Aussicht auf Erfolg verspricht."

„Trotzdem wage ich auf Ihre Einwilligung zu hoffen, General, unter einer Bedingung ..."

„Welche?"

„Herr General, Sie werden, wenn meine Signale Sie benachrichtigen, daß die Insel genommen ist, die Stadt erobern, da ich die Insel besetzt halten muß."

Einen Augenblick lang dachte Morelos nach. Da trat der Adjutant Lantejas, der während der Unterhaltung zwischen Morelos und Galeana in einem Vorzimmer des Zeltes geblieben war, ein. Er bat um Erlaubnis, Costal hereinführen zu dürfen, der eine wichtige Mitteilung zu machen hätte.

„Erlauben Sie ihm einzutreten", sagte Don Galeana. „Dieser Indianer hat fast immer gute Ideen."

Morelos machte ein Zeichen des Einverständnisses, und der Indianer trat in das Zelt. Als er aufgefordert wurde zu sprechen, sagte er: „Herr General! Ich komme eben von den Höhen von Hornos und habe beim Anbruch des Tages einen Schoner nahe der Insel la Roqueta vor Anker liegen sehen."

„Nun?"

„Nun! Es wird sehr leicht sein, sich am Abend bei Anbruch der Nacht dorthin zu schleichen, sich des Schoners im Schutz der Dunkelheit zu bemächtigen, und dann, wenn wir in seinem Besitz sind ..."

„Werden wir die für das Fort bestimmten Waren auffangen", rief Galeana ungestüm, „und es dann durch Hunger zur Kapitulation zwingen. Herr General, Gott spricht durch den Mund dieses Indianers! Sie können jetzt unmöglich noch die Erlaubnis verweigern, um die ich nachsuchte."

Die inständigen Bitten Galeanas und der überzeugende Plan Costals bewogen den General, den Unternehmungen der beiden Männer zuzustimmen.

„Wenn ich die Wolkenbildung richtig deute", sagte Costal, „so können wir mit einer finsteren Nacht und einem ruhigen Meer rechnen ... Wenigstens bis Mitternacht."

„Und nach Mitternacht?" fragte der General.

„Sturm und unruhiges Meer. Aber der Schoner und die Insel werden vor Mitternacht in unserem Besitz sein", erwiderte der Indianer.

„Ich könnte das nicht besser sagen", rief Galeana.

Es wurde sogleich beschlossen, daß das Unternehmen von den beiden Galeanas, Onkel und Neffe, geleitet werden sollte. Diese Gunst hatte sich der Onkel für seinen Neffen ausgebeten. Der Kapitän Lantejas sollte mit Costal zusammen ein kleines Fahrzeug unter ihrem Befehl kommandieren.

„Der brave Don Cornelio würde es uns nicht verzeihen, wenn wir die Insel ohne ihn erobern würden", sagte Galeana.

Der Kapitän lächelte zuversichtlich, obwohl er nichts dagegen gehabt hätte, wenn er von den Gefahren dieser Expedition ausgeschlossen worden wäre.

Er machte aber gute Miene zum bösen Spiel und heuchelte große Freude, daß man daran dachte, ihm diese Ehre zu erteilen.

Die Vorhersagen Costals schienen sich in allen Punkten zu erfüllen. Das Wetter war den ganzen Tag über trübe. Die Vorbereitungen für den Abend wurden getroffen.

Um acht Uhr nahm jeder seinen Platz in den Fahrzeugen ein, die insgesamt ungefähr achtzig Mann fassen konnten.

Die Schiffe bestanden aus zwei größeren Booten und einem kleinen Kanu. Alle drei waren in schlechtem Zustand, da sie aber zu jener Zeit die einzigen Boote waren, die die Aufständischen besaßen, so mußte man sich damit begnügen.

Endlich stach man in See, die Ruder sorgfältig mit Leinwand umhüllt, damit sie weniger Geräusch im Wasser verursachten.

Die Nacht war tatsächlich so dunkel, daß das hohe, steile Ufer und die schwarzen Umrisse des Forts bald unsichtbar wurden.

In dem von Don Cornelio kommandierten Kanu waren außer Costal und den vier Ruderern noch fünf Strandbewohner.

Dieses Fahrzeug war das am wenigsten beladene, fuhr deshalb an der Spitze und diente der bescheidenen Flotte als Vorhut. Der Indianer stand am Steuer und machte den Kapitän auf ein Schauspiel aufmerksam. Drei oder vier große Haifische tauchten von Zeit zu Zeit in der glänzenden Furche auf, die der Kiel des Kanus im Wasser hinterließ.

„Sehen Sie diese Bestien?“ fragte Costal, „die uns so hartnäckig verfolgen, als vermuteten sie, daß das Kanu, das uns trägt, halb verfault ist? Ich wünschte, daß mein Freund Pepe Gago einer von ihnen wäre, ich würde ihn im Angesicht der anderen erdolchen.“

„Denken Sie noch immer an diesen Schurken?“ fragte Don Lantejas.

„Mehr als zuvor. Ich würde die Armee Morelos nie verlassen, da ich hoffe, daß er eines Tages das Fort Acapulco, wo der erbärmliche Verräter eingeschlossen ist, erobern wird.“

Lantejas schenkte im Augenblick den Worten des Indianers nicht viel Aufmerksamkeit. Die Befürchtung, die Costal hinsichtlich der Widerstandsfähigkeit des Kanus ausgesprochen hatte, beschäftigte ihn mehr als die Rachepläne des Indianers. Er hätte gewünscht, so bald wie möglich auf der Insel la Roqueta zu landen, natürlich nicht, um zu kämpfen.

„Dieses Kanu kommt verdammt langsam vorwärts“, sagte er.

„Sie haben immer Eile, sich mit dem Feind zu messen“, antwortete Costal lachend, „wir müssen aber jetzt die Fahrt unseres Kanus verlangsamen, denn wir nähern uns der Insel.“

In der Tat schien ein schwarzer Punkt auf dem Wasser zu schwimmen – gleich einem Seevogel, der sich einen Augenblick lang auf den Wogen ausruht, bevor er sich wieder aufschwingt. Das war die fragliche Insel, düster, schweigend und ohne Wachtfeuer.

„Ich glaube mit Ihrer Erlaubnis, Señor Capitano, wir werden gut daran tun, auf die übrigen Fahrzeuge hier zu warten, um Don Galeana zu bitten, vorausfahren zu dürfen. Unser Kanu ist gerade klein genug, um damit die Insel zu erkunden, da man dort ein großes Fahrzeug leicht entdecken würde.“

„Sehr gern!“

Auf Befehl des Kapitäns ließen die Ruderer ihre Ruder sinken. Bald darauf hatte sie das Fahrzeug Galeanas eingeholt.

„Was gibt's?“ rief er, „haben Sie etwas bemerkt?“

Don Cornelio teilte ihm die Absicht Costals mit, die er auch für gut befand. Die drei Barken blieben zurück, während das Kanu vorsichtig auf die Insel zusteuerte. Langsam erhob sie sich immer deutlicher über der Oberfläche des Meeres. Noch war es unmöglich, irgend etwas auf ihr zu entdecken, wenn man von den scharfen Spitzen der Masten und den Kreuzrahen eines kleinen, vor Anker liegenden Schiffes absieht. Das war der Schoner, den man erobern wollte.

Die mit Leinwand umhüllten Ruder kreischten in den Dollen nicht stärker als das Pfeifen der Meerschwalbe, der Vorbotin der Stürme. Sie unterbrachen, wenn sie sich ins Wasser senkten, nicht einmal das leise Murmeln der ruhigen See. Die Haifische, die nicht aufhörten, das Kanu zu verfolgen, zogen weiße Furchen durch die Wellen.

Nach wenigen Augenblicken dieser schweigenden Fahrt zeichnete sich das Schiff auf dem erdigen Ufer der Insel la Roqueta deutlicher ab, dann sah man einen Lichtschimmer in den Fenstern der hinteren Stückpforte. Das Schiff erschien in der Nacht wie ein riesiger Walfisch, der seine ungeheuren Augen öffnet, um zu erspähen, was um ihn herum vorgeht.

„Das wäre ein hübscher Streich, wenn wir uns dieses Schoners zuerst bemächtigten", sagte der Kapitän. „Das würde unsere Landung auf der Insel bedeutend vereinfachen."

„Ich dachte eben auch daran", erwiderte der Indianer. „Die Hauptsache ist dabei, daß uns die wachhabenden Matrosen nicht entdecken. Vorwärts, die Zeit drängt, es ist bald Mitternacht, und dieser weiße Schaum, der sich auf dem Wasser bildet, zeigt einen Sturm an.

Bei diesen Worten drückte Costal die Stange des Steuers seitwärts, das Kanu beschrieb schnell einen Bogen, der es aus dem Bereich der Lichtstrahlen des Schoners trug.

Einige leichte Windstöße kamen auf. Das Kanu näherte sich inzwischen dem Teil der Insel, der am weitesten von dem kleinen, vor Anker liegenden Schoner entfernt war.

Immer noch schwammen die Haie im Kielwasser des Kanus, das sie hartnäckig verfolgten.

Obgleich man schon die Brandung gegen die Klippen der Insel brausen hörte, so glaubten Costal und der Kapitän dennoch zu weit vom Ufer entfernt zu sein, als daß die Schildwachen sie in der Finsternis bemerken konnten.

Plötzlich wurde der Schoner in helles Licht getaucht. Man konnte seinen Bug jetzt deutlich erkennen. Noch waren die Männer im Kanu ganz geblendet von dem plötzlichen Glanz, als sie ein schreckliches Zischen im Wasser hörten.

Das Kanu erhielt einen fürchterlichen Stoß und drohte in einer riesigen Welle zu versinken. Ein Schrei des Entsetzens entfuhr den Männern, zwei Soldaten wurden aus dem Boot geschleudert und verschwanden im Meer, ungefähr zehn Schritte von Bord entfernt.

Zwei Haifische waren zugleich verschwunden, während einer noch auf Beute zu warten schien.

Don Cornelio stand mit Costal im Heck, als er glaubte, plötzlich von unsichtbarer Hand in die Höhe gehoben zu werden.

Costal schrie: „Bei Gott und beim Teufel! Das Kanu ist nicht mehr zu lenken!"

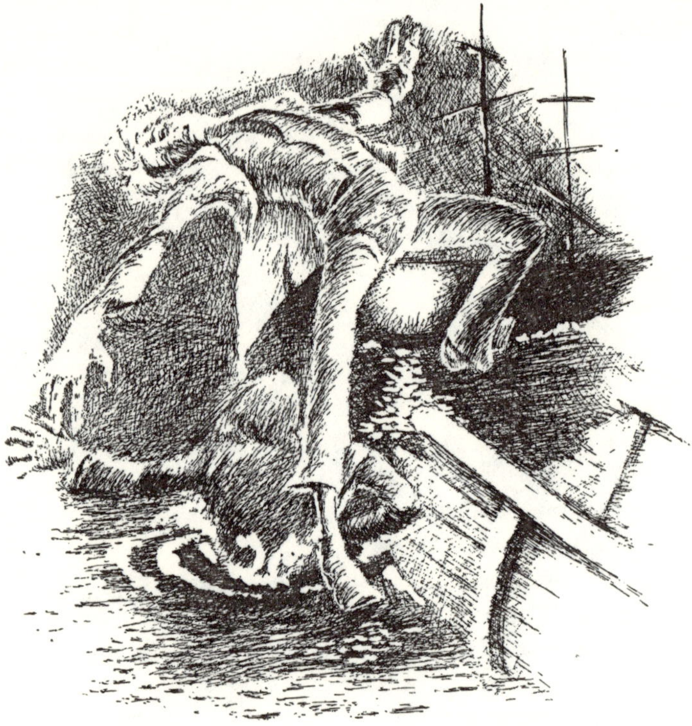

„Was soll das heißen?" fragte ihn Lantejas erschrocken.

„Sehr wenig. Die verdammte Kugel hat ein Stück des Bugs weggerissen, so daß das Kanu sinkt, mit der Spitze zuerst."

Die Männer, die im Bug des Kanus schon halb im Wasser standen, stießen Schreckensschreie aus.

„Großer Gott!" schrie der Kapitän, „wir sind verloren!"

„Die Männer im Bug schon", erwiderte Costal mit unerschütterlichem Gleichmut, „aber wir nicht. Halten Sie sich da fest und verlieren Sie mich nicht aus den Augen. So! Da! Nur sachte!"

fuhr er fort. Er stieß einen Küstenbewohner zurück, der in der Mitte des Kanus saß und sich an den Kleidern des Indianers klammerte. „Hier sorgt jeder für sich."

Als der Unglückliche versuchte, sich krampfhaft festzuhalten, stieß ihm Costal ein Messer in den Leib und warf ihn über Bord. Diesmal verschwand auch der dritte Haifisch. Noch ein entsetzlicher Schrei, und dann tauchte auch der Mann im Wasser unter.

„Er hat es so gewollt", sagte der Indianer immer noch ruhig. „Möge sein Beispiel den anderen eine Lehre sein."

Drohende Stimmen schienen aus der Tiefe des Abgrunds an die Ohren der Schiffbrüchigen getragen zu werden. Der Himmel verfinsterte sich von Minute zu Minute, und das Meer wurde schwarz wie der Himmel. Blendende Blitze zerrissen hin und wieder die dichten Wolken und erleuchteten kurz die Unendlichkeit der wogenden Wassermasse.

Der furchtbare Leichenzug der Meeresungeheuer wurde von neuem sichtbar. Durch ihre Beute nur noch heißhungriger gemacht, schwammen die Haie langsam neben dem schon zur Hälfte versunkenen Fahrzeug her.

Ein Mann tauchte unter, um nicht wieder zu erscheinen. Ein zweiter folgte, mit Gewalt von einem dieser Ungeheuer von einer Planke gerissen, seinem letzten Rettungsmittel, dessen Überreste er krampfhaft in den Händen hielt.

Bei diesem furchtbaren Anblick rief Don Cornelio, der mehr tot als lebendig war, Gott und alle Heiligen mit einer Inbrunst an, von der man sich wohl leicht eine Vorstellung machen kann.

„Vertrauen Sie mehr auf Ihren Mut als auf die Heiligen des Paradieses", sagte der unerschütterliche Indianer, der noch immer an seiner Seite war. „Wenn es nicht für Sie geschähe ..."

Costal beendete seinen Satz nicht, er blickte mit etwas besorgter Miene um sich. Ein weiterer Soldat war soeben verschlungen worden. Inzwischen war so viel Wasser in den Bug des Schiffes gedrungen, daß die Männer im Heck, der Indianer, Lantejas und noch ein dritter, ihre Anstrengungen verdoppeln mußten, um ihr Gleichgewicht zu halten.

Je mehr Leute aber im Bug verschwanden, desto mehr schien

das Kanu, von seiner Last erleichtert, eine horizontalere Lage einzunehmen.

„Können Sie schwimmen?“ fragte Costal.

„Ja, eben genug, um mich einige Minuten über Wasser zu halten.“

„Gut“, sagte der Indianer. Und bevor Lantejas noch Zeit hatte, seine Absicht zu durchschauen, hatte Costal mit Hilfe einer Sturzwelle das Kanu umgestürzt.

Der Kapitän tauchte augenblicklich im Wasser unter, so daß er nicht einen Schrei ausstoßen konnte. Eine Sekunde später fühlte er sich so heftig bei seinen Kleidern gepackt, daß er verschlungen zu werden glaubte.

Er kam vollständig betäubt wieder an die Oberfläche, Costal hielt ihn mit einer Hand und klammerte sich mit der anderen an das Kanu, das kieloben auf dem Meer umhertrieb.

„Fürchten Sie nichts“, sagte der Indianer, „ich bin bei Ihnen.“

Schließlich zog Costal den unglücklichen Kapitän auf das Kanu, so daß er rittlings auf dem Kiel des Bootes sitzen konnte. Dann schwang sich der Indianer neben ihn.

Von den elf Personen, die noch einen Augenblick vorher zusammengewesen waren, blieben nur noch diese beiden übrig.

„Ich habe, um Sie zu retten, all die anderen armen Teufel geopfert“, sagte Costal. „Noch eine Viertelstunde, und das Kanu wäre untergegangen. Jetzt werden wir, so lange der Sturm nicht heftiger wird, auf dem Kanu bleiben, bis die anderen Fahrzeuge kommen, um uns zu retten.“

Es kam dem Kapitän nicht in den Sinn, dem treuen und ergebenen Costal zu widersprechen.

Während er dem Indianer für seine Hilfe dankte und ein stilles Gebet sprach, beschäftigte sich Costal damit, mit Hilfe eines Messers in den wurmstichigen Kiel der Länge nach tiefe Einschnitte zu machen, so daß man sich mit einer Hand daran festhalten konnte. Dann sagte er in seinem ruhigen und ironischen Ton: „Passen Sie gut auf sich auf und vertrauen Sie den Heiligen nicht zuviel.“

Bald hatte er mehrere Öffnungen geschnitzt, die groß genug

waren, um die Hand hineinstecken zu können und sich so festzuklammern. So konnten sie durch die ständig höher werdenden Wellen nicht mehr fortgerissen werden.

Als sie sich fürs erste in Sicherheit gebracht hatten, versuchte Costal, durch den dichten Schleier der Finsternis, der sie umgab, etwas zu erkennen.

Aber auch die schon häufiger werdenden Blitze zeigten ihm nur ein schwarzes, drohendes Meer und in der Ferne die Insel und die imposanten Umrisse der belagerten Festung.

Die drei übrigen Boote waren unsichtbar, und kein Echo antwortete auf die Schreie, die die beiden Schiffbrüchigen ausstießen, um ihre Gefährten herbeizurufen.

4

Der Schoner

Der Unglückliche, der dem Spiel der Winde und Wellen auf einem Balken seines zerschellten Schiffes ausgesetzt ist, befindet sich kaum in einer verzweifelteren Lage als der Indianer und der Kapitän Don Cornelio.

Sie saßen rittlings auf dem Kiel eines Kanus, das jeder Windstoß von neuem umwerfen konnte. Wenn der Wind noch stärker wurde oder die Wellen wuchsen, so war der Untergang der beiden Abenteurer unvermeidlich.

Eine schwache Hoffnung, daß der Indianer ihn auch aus dieser Gefahr retten würde, hielt den ehemaligen Studenten der Theologie noch aufrecht.

Er prüfte mit der gespanntesten Aufmerksamkeit den Gesichtsausdruck des Indianers, um die Vorgänge in dessen Seele erraten zu können.

Bis dahin hatte sich sein unzerstörbarer Gleichmut nicht verleugnet. Je mehr Zeit aber verging, ohne daß sie die übrigen Fahrzeuge erblickten, je mehr verdüsterten sich die Züge Costals, und Don Cornelio zitterte unwillkürlich.

„Nun, Costal?“ fragte er, um den Indianer zum Reden zu bringen.

„Nun! Ich bin erstaunt, daß die anderen Boote durch den

Kanonenschuß nicht aufmerksam gemacht worden sind. Don Galeana hat doch sonst nicht nötig, erst zwei Schüsse hören zu müssen, um ..."

Ein Windstoß, der pfeifend vorüberfuhr, übertönte das letzte Wort des Indianers.

Costal verfiel wieder in sein voriges Schweigen. In seiner Haltung drückte sich jetzt eine noch tiefere Unruhe aus. Fast schien es, als verriete seine sonst so unbewegliche Miene gewisse Furcht.

Lantejas wußte zu genau, daß die Gefahr eine schreckliche sein mußte, wenn Costal die geringsten Anzeichen von Angst sehen ließ. Aber noch immer rechnete er damit, daß der Indianer irgendeine unvorhergesehene Hilfsquelle finden würde.

Er glaubte sich schon halb gerettet, als er den Indianer zu sich sagen hörte: „Señor Don Cornelio, was würden Sie dafür geben, wenn Sie sich plötzlich in Ihrer Hängematte wiederfinden würden? Umgeben von Klapperschlangen und heulenden Bestien?"

Costal scherzte, das war ein gutes Zeichen. Bald verfiel er aber in einen ernsteren Ton: „Sollten unsere Gefährten zufällig wieder zurückgerudert sein?"

In einer so entsetzlichen Lage, wie es die der beiden Schiffbrüchigen war, wird der geringste Argwohn zur Gewißheit. Und der Kapitän bildete sich nun ein, daß seine Gefährten zu der Stelle der Küste zurückgekehrt wären, von wo sie vor zwei Stunden ausgelaufen waren.

Eine solche Furcht war jedoch ganz unbegründet. Es war viel wahrscheinlicher anzunehmen, daß die Fahrzeuge auf das Kanu warteten, um zu erfahren, was der Indianer und Don Cornelio auf der Insel entdeckt hatten. Außerdem hatten sie sicher den Schuß gehört und hielten nach dem Kanu Ausschau, um ihren Kameraden gegebenenfalls zu helfen. An diese Möglichkeiten dachte auch Costal.

„Hören Sie, Señor Don Cornelio Lantejas."

Es muß nun erwähnt werden, daß Don Cornelio, seitdem er unter dem Namen Lantejas in die Armeeliste eingetragen worden war, diesen Namen als verhängnisvoll für sich empfand. Diesmal schien es ihm aber doppelt unheilverkündend.

„Hören Sie! Ich weiß, daß der Tod Sie nicht erschreckt. Ich kann Ihnen jetzt nicht mehr verheimlichen, daß uns die Wellen in einer Stunde heruntergerissen haben werden, wenn wir abwarten, bis sie noch höher gehen."

„Was sollen wir tun?" schrie der Kapitän verzweifelt.

„Wir haben unter zwei Dingen die Wahl", entgegnete Costal. „Unsere Gefährten erwarten uns entweder, oder sie fahren zu der Insel. Anzunehmen, sie seien zurückgekehrt, ist unsinnig. Denn wenn man von seinem General den Auftrag erhalten hat, irgendeinen Punkt anzugreifen, kehrt man nicht zurück, ohne es versucht zu haben. Da es mir nun eine Kleinigkeit ist, bis zu den Fahrzeugen zu schwimmen ..."

„Bis zu den Fahrzeugen zu schwimmen! Das wollen Sie wagen?"

„Warum nicht?"

„Und die vor unseren Augen verschlungenen Soldaten?"

Ein Blitz, der in diesem Augenblick die Wolken durchzuckte, zeigte den Ausdruck stolzer Verachtung, der auf dem Gesicht Costals lag.

„Habe ich Ihnen nicht schon gesagt, daß vielleicht nur ich gefahrlos unter den Haifischen herumschwimmen kann? Ich habe es hundertmal aus Angeberei getan, ich werde es auch heute tun, um unser Leben zu retten."

Der Gedanke, allein zu bleiben, erschreckte den Kapitän. Dem Tod gemeinsam ins Auge zu sehen, schien ihm weniger furchtbar. Er zögerte einen Augenblick mit seiner Antwort, und Costal sah dieses Schweigen als Einwilligung an.

„Sobald ich an Bord eines der Fahrzeuge angekommen bin", fuhr er fort, „werde ich eine der Raketen, die wir als Signal mitgenommen haben, aufsteigen lassen. Dann wissen Sie, daß Sie bald Hilfe zu erwarten haben."

Don Cornelio konnte ihm nicht ein Wort darauf erwidern, denn der unerschrockene Taucher sprang plötzlich kopfüber ins Wasser. Es war, als ob die wilden Bewohner der salzigen Fluten eine höherstehende Macht erkannt hätten, denn der Kapitän sah sie vor dem Indianer fliehen. Eine ziemlich weite Strecke vom

Kanu entfernt tauchte Costal wieder auf. Dann aber verschwand er sogleich wieder hinter dem dunklen Kamm einer Woge.

Manchmal schien es dem Kapitän, als ob der Wind ihm entfernte Worte der Ermutigung zutrüge, bald aber hörte er nichts weiter als das Geheul der Windstöße und das dumpfe Anprallen der Wogen an die zitternden Planken des Kanus.

Obwohl die Haie in etwa gesättigt waren, so ist es doch selten, daß ihre angeborene Gefräßigkeit sich gänzlich legt. Zwei dieser Bestien des Ozeans, die noch tausendmal schlimmer sind als diejenigen, die in der Wüste umherstreifen, schwammen in derselben Richtung wie der Indianer.

Sie folgten ihm in ungefähr zwanzig Fuß Entfernung. So schrecklich nun auch eine solche Nachbarschaft sein mag, so schenkte doch der Indianer seinen gefährlichen Reisegefährten nur wenig Aufmerksamkeit. Seine Tätigkeit als Perlenfischer hatte ihn solchen Gefahren gegenüber abgestumpft.

Außerdem mußte er ständig daran denken, wie er die zurückgebliebenen Boote in der Unendlichkeit des Meeres finden sollte.

Costal, der vorsichtshalber sein Messer zwischen den Zähnen hielt, wandte sich doch von Zeit zu Zeit, zwar mehr aus Vorsicht als aus Furcht, nach seinen Verfolgern um. Jedesmal waren seine Feinde nähergekommen, so daß sie zuletzt nur noch zehn Fuß von ihm entfernt waren.

Noch machte ihm die Nähe der Haifische keine Sorge, aber die ungeheure Einsamkeit des Ozeans fing an, ihn zu erschrecken.

So kühn und unternehmend auch ein Mann sein mag, so kann es doch Situationen geben, in denen sein Mut für Augenblicke sinkt. Wenn man den mächtigen Wellen eines endlosen Meeres ausgeliefert ist und von gefräßigen Haifischen in einer dunklen Nacht begleitet wird, ist es nicht verwunderlich, daß man mit dem Schicksal hadert.

Mag ein Schwimmer auch noch so ausdauernd sein, so wird seine Kraft doch einmal nachlassen. Vor allem dann, wenn ein zwischen den Zähnen gehaltenes Messer den Schwimmer daran hindert, genügend Luft einzuatmen.

Trotzdem hätte Costal um keinen Preis der Welt seine Waffe,

seinen einzigen Schutz gegen die Haifische im Fall eines Angriffs, den Wellen überlassen.

Seit einigen Augenblicken fühlte Costal sein Herz viel schneller pochen. Er schrieb diesen Umstand den Anstrengungen zu, die er machte, und er nahm sein Messer in die eine Hand.

Das Schlagen seines Herzens wurde nicht langsamer, und Costal mußte sich gestehen, daß er sich fürchtete. Da er jetzt nur mit einer Hand schwimmen konnte, mußte er diese besonders kräftig durch das Wasser ziehen.

Übrigens schien die Vorsicht, das Messer für jeden Fall bereit zu haben, nicht ganz überflüssig zu sein. Die beiden Haifische schwammen nun schräg auf Costal zu, und es konnte nicht mehr lange dauern, bis sie ihn erreichten.

Bei dieser neuen Wendung, die die schweigende und beharrliche Jagd nahm, wandte sich der Indianer plötzlich nach rechts.

Die Haifische änderten ihre Richtung ebenfalls und folgten ihm.

Lange und schreckliche Augenblicke verrannen auf seiner einsamen Fahrt. Aber er hatte sein Leben und seine Rettung ausgerechnet seinen furchtbaren und gierigen Feinden zu verdanken. Denn die Richtung, die er unfreiwillig nach rechts hatte einschlagen müssen, führte zu den Fahrzeugen seiner Gefährten.

Er stieß einen Schrei der Freude beim Anblick der drei Barken aus, die plötzlich auf den Wellen vor ihm erschienen.

Der Indianer schrie ein zweitesmal, und ein Schrei antwortete ihm. Nun raffte er seine nachlassenden Kräfte zusammen, um die Barken zu erreichen. Denn es gab keinen Zweifel mehr, daß man ihn gehört hatte. Nur sah man ihn noch nicht.

Unglücklicherweise bewachten die beiden Haifische, der eine zur Rechten, der andere zur Linken, den schmalen Weg, den er einschlagen mußte, um das nächste der drei Fahrzeuge zu erreichen. Seine Kräfte waren schon zu erschöpft, um ihm noch zu erlauben, einen Umweg zu machen. Er schwamm daher geradewegs auf die Schiffe zu.

Mit seinem Messer in der Faust, bereit, es dem ersten Ungeheuer, das seinen Weg versperren würde, in den Rachen zu stoßen, schwamm Costal klopfenden Herzens auf die Schiffe zu Er versuchte, seine gefräßigen Feinde durch Plätschern oder durch seine Stimme zu erschrecken. Glanzlose, meergrüne Augen starrten ihn mit verglasten Blicken an, dann entfernten sich die beiden mordlustigen Fische.

Costal hatte nicht mehr die Kraft, sich an das Boot anzuklammern, und als man ihn hineinzog, war er ohnmächtig.

Seine Gegenwart verdeutlichte überzeugend genug das traurige Schicksal des Kanus.

„Verschwenden wir keine Zeit damit, das Kanu zu suchen", sagte Galeana. „Steuern wir geradewegs auf die Insel zu."

Dann nahm er seinen Hut ab und fügte hinzu: „Laßt uns für die Seelen unserer unglücklichen Kameraden, vor allem für den Kapitän Lantejas, ein kurzes Gebet sprechen. Wir verlieren mit ihm einen tapferen Offizier."

Nach dieser kurzen Leichenrede für Don Cornelio, der noch immer auf ihre Hilfe wartete, setzten die Fahrzeuge sich langsam in Bewegung.

Der unglückliche Offizier starrte während der Zeit, in der Costal zu ihren Kameraden schwamm, den Ozean an. So oft ihn kein Blitz beleuchtete, war er schwarz wie der Tod und dann wieder flammend wie ein Glühofen.

Er hörte den Wind, der pfeifend die Wogen peitschte. Er vernahm das Brüllen des Meeres, das ihm wie das Schnauben eines gigantischen wilden Rosses vorkam, das sich seines Reiters zu entledigen sucht.

Glücklicherweise war der Sturm noch in seinem ersten Stadium, und Lantejas konnte sich mühsam auf dem Wrack halten. Er rief immer wieder um Hilfe, aber der Wind trieb ihm seine ohnmächtigen Rufe mit dem Schaum der Wellen in das Gesicht zurück.

Vergeblich wartete er auf Hilfe. Costal war ohne Zweifel entweder ertrunken oder von den Haien verschlungen worden, und der unglückliche Kapitän dachte ernstlich daran, daß ihm weiter nichts übrig bleiben würde, als sich mit dem Tod vertraut zu machen.

Plötzlich schien es ihm beim Schein eines Blitzes, als hätte er auf dem Gipfel einer Welle die lange Form einer Barke und menschliche Gestalten erblickt. Er zitterte vor Erwartung. Als aber der Blitz erloschen war, sah er weiter nichts als schwarze Wogen an der Stelle tanzen, wo seine Phantasie ihm die Vision vorgegaukelt hatte. Dennoch rief er um Hilfe. Der rauhe Ton, den er ausstieß, verlor sich im Geheul des Windes.

Er glaubte aber, sich nicht getäuscht zu haben und nahm an, daß nur die Wogen, die der Sturm aufjagte, es ihm unmöglich machten, seine Gefährten zu sehen.

Bald aber löste sich seine Überzeugung in Zweifel auf, der Hoffnungsstrahl, der ihn für Augenblicke belebt hatte, erlosch, und er erkannte von neuem die Trostlosigkeit seiner Lage.

Plötzlich bemerkte er, als er auf dem Gipfel einer Welle schwebte und sein Gesichtskreis sich für einen Moment erweitert hatte, bei dem Schein eines zweiten Blitzes dieselbe Barke, dieselben Gestalten noch deutlicher.

Man war an ihm vorübergefahren, ohne ihn zu sehen. Die Woge senkte sich wieder mit ihm, er verlor seine Retter aus den Augen, die ihn dort suchten, wo er nicht war. Es fehlte wenig, und er hätte sich in einem Anfall wahnsinniger Verzweiflung von einer der Wellen, deren trauriger Spielball er war, wegreißen lassen.

Der Unglückliche fühlte sich rettungslos verloren. Fast hätte er, vom dumpfen Geheul des Meeres und des Windes entmutigt, den Kampf gegen die furchtbaren Elemente aufgegeben.

Plötzlich sah er in ganz geringer Entfernung einen hellen Glanz und die Bogenlinie eines funkelnden Feuerkörpers an dem dunklen Himmel aufsteigen. Das war die heiß ersehnte Rakete. Jetzt sammelte Don Cornelio den Rest seiner Kräfte.

Er stieß einen Schrei aus, in dem sich Hoffnung und Verzweiflung mischten. Mit übermenschlicher Kraft versuchte er das Tosen der Elemente zu übertönen. Nach wenigen Augenblicken, in denen er angespannt lauschte, um eine Antwort auf seinen Hilferuf zu vernehmen, hörte er eine andere Stimme gegen das Geheul des Windes ankämpfen. Es war die des Indianers.

Cornelio schrie so lange, bis seine Kehle keinen Ton mehr hervorbringen konnte. Auf jeden Ruf hörte er wie ein schwaches Echo entferntes Geschrei und doch zeigte ihm der Glanz der Blitze nichts als einen ungeheuren Raum, öde, schwarz und leer.

Endlich gelangte eine Barke zu ihm. Die Hände Costals und Galeanas streckten sich aus und ergriffen ihn, er fühlte sich aus dem Kanu in die Höhe gehoben, es war höchste Zeit. Wie Costal, fiel auch er ohnmächtig auf den Boden der Barke nieder.

Wie seine Rettung erfolgte, errät der Leser leicht. In dem Augenblick, als die Barke an Don Cornelio vorübergesegelt war, ohne daß man ihn sah, ohne seine Hilferufe zu hören, war Costal wieder zu sich gekommen. Er hatte mit wenigen Worten die Katastrophe erzählt, der die Mannschaft des Kanus zum Opfer gefallen war.

Nun beeilte man sich, das verabredete Signal zu geben, indem man sich beim Schein der Blitze nach der Lage der Insel, des Schoners und des Schlosses zu orientieren versuchte. Costal, mit dem doppelten Scharfsinn eines Seemanns und Indianers begabt, hatte den Ort ungefähr wiedererkannt, wo er seinen unglücklichen Gefährten verlassen hatte. Einen Augenblick später erreichte der erste Hilferuf Lantejas sein aufmerksam lauschendes Ohr und bestätigte seine Vermutung. Der Kapitän war gerettet.

Trotz des Schoners konnten die drei Boote unbemerkt auf der anderen Seite der Insel landen, da die stürmische Nacht jede Wache unnötig zu machen schien.

Lantejas war noch immer ohnmächtig und befand sich, als er zu sich kam, schon auf der Insel la Roqueta, ohne zu wissen, wie er dahin gekommen war.

Das Geräusch der Bäume, das Rollen des Donners, der die Insel in ihren Grundfesten zu erschütterten schien, alles dies schien Don Cornelio bei seinem Erwachen die schönste Melodie zu sein, die er jemals gehört hatte.

Bevor er Costal, der neben ihm schlief, weckte, schaute er sich prüfend um. In kleinen Gruppen zerstreut, standen die Leute der Expedition, die Waffen im Arm, schweigend da.

„Wo sind wir?“ fragte er Costal, indem er ihn aufweckte.

„Auf der Insel la Roqueta“, erwiderte der Indianer.

„Wie haben wir hierher kommen können?“

„Auf die einfachste Weise. Wer würde wohl glauben, daß sich sechzig Menschen bei einem solchen Wetter auf das Meer wagen werden? Gewiß niemand! Deshalb hat auch keiner der Spanier an uns gedacht, und wir sind ohne Zwischenfall gelandet.“

„Worauf wartet Galeana noch, um anzugreifen?“

„Er will wissen, wo wir uns befinden und wo der Feind ist. Die Nacht ist so finster wie die Mündung einer Kanone. Meer und Himmel sind in Aufruhr.“

Das Unwetter war übrigens die einzige Sicherheit der Mexikaner bis zum Anbruch des Tages. Ein spanischer Angriff hätte bei ihrer Unkenntnis des Terrains und der Stärke der Garnison für sie verderbenbringend sein können. Dem Unwetter hatten sie es zu verdanken, daß man ihre Gegenwart nicht einmal ahnte.

Es war ungefähr vier Uhr morgens, als Costal den Kapitän über ihre Lage aufklärte. Der Sturm wütete noch immer, und das Meer, das sich zischend am Ufer brach, drohte die Ankertaue der Fahrzeuge zu zerreißen. Die Boote jedoch waren die einzige Hoffnung der Aufständischen im Fall einer Niederlage.

Don Cornelio warf erstaunte Blicke auf diesen Ozean, der ihn einige Stunden vorher fast verschlungen hätte. Er sah einen Mann zum Ufer hinabsteigen und glaubte, er ginge in der Absicht hinunter, um die Knoten fester zu schnüren. Der Mann bückte sich auch, aber Lantejas glaubte nach wenigen Minuten das Knirschen einer Messerklinge auf einem Gegenstand, den man durchschneiden versuchte, zu hören.

„Was macht der da?“ sagte der Kapitän zu Costal und zeigte ihm den Mann, der mit seiner geheimnisvollen Arbeit beschäftigt war.

„Alle Teufel! Er schneidet die Ankertaue ab!“ erwiderte der Indianer.

Sogleich stürzte er sich, vom Kapitän gefolgt, auf ihn und erkannte beim bleichen Schein der weißen Wogen den Anführer der Expedition selbst, Don Hermenegildo Galeana.

„Ah, Sie sind es, Kapitän!“ sagte Galeana. „Kommen Sie und

helfen Sie mir, die Taue abzuschneiden, die fest wie Eisenketten sind."

„Die Taue abschneiden? Wenn wir nun aber gezwungen sind, uns vor überlegenen Streitkräften zurückzuziehen?"

„Das ist es ja gerade, was ich vermeiden will", antwortete Galeana lächelnd. „Man kämpft schlecht, wenn man eine Aussicht auf Rettung hat, und ich will, daß meine Leute sich gut schlagen."

Gegen diesen Befehl des ritterlichen Galeana ließ sich nichts einwenden, und alle drei hatten bald die Knoten der Taue entweder gelöst oder durchgeschnitten.

„So, das wäre geschafft", fuhr Galeana fort. „Jetzt brauchen wir nur noch die Raketen aus den Fahrzeugen zu nehmen."

Die beiden Männer gehorchten und ließen dann die Taue los. Bald hatten die Wogen die drei Fahrzeuge ins Meer geschleudert.

„Jetzt legen Sie sich schlafen, bis ich Sie wecken lassen werde", sagte Galeana. „Sie werden Ruhe nötig haben, Kapitän. Costal wird inzwischen das Innere der Insel erkunden, um zu sehen, wo der Feind ist. Bei den ersten Strahlen der aufgehenden Sonne müssen die Insel und Schoner unser sein."

Mit diesen Worten entfernte sich Galeana und hüllte sich fester in seinen Mantel. Costal und der Kapitän gingen wieder zu ihrem Platz zurück, und Lantejas legte sich schweigend nieder.

Nachdem der Indianer die wenigen Kleidungsstücke, die er noch gerettet, abgelegt hatte, entfernte er sich und schlich durch das Gestrüpp zum Ufer. Er bewegte sich wie der Jaguar im Schilf, wenn er den Alligator am Rand der Lagune überraschen will.

Was Cornelio betrifft, so konnte er kein Auge schließen. Obwohl er schon in etwa gegen die Gefahren der Schlachten abgestumpft war, so hielt ihn dennoch der Gedanke an die Notwendigkeit zu siegen oder zu sterben wach.

Die Zeit verging mit Betrachtungen über die Sonderbarkeit des Schicksals, die ihn wider seinen Willen in die gefährliche Soldatenlaufbahn geschleudert hatte. Ihn beschäftigte nur ein Wunsch. Er hoffte, daß die Festung Acapulco möglichst bald erobert würde, damit ihm Morelos endlich seinen Urlaub bewilligte.

Nach einer Stunde ungefähr war der Indianer zurück und teilte ihm das Wesentliche seiner Beobachtungen mit, die er Galeana schon ausführlich dargelegt hatte.

Nach den Mitteilungen des Indianers befand sich die spanische Garnison, die er auf ungefähr zweihundert Mann schätzte, in einer Art Erdschanze auf der Südseite der Insel. Sie war ungefähr einen Kanonenschuß von dem mexikanischen Lager entfernt.

Zwei Feldstücke waren aufgepflanzt, und in einer kleinen Bucht lag der Schoner, dessen Geschoß das Vorderteil des Kanus zerschmettert hatte, in nicht allzu großer Entfernung von der Schanze vor Anker.

Nun wußte Galeana, wo der Feind war. Er kannte seine Stärke und seine Verteidigungsmittel. Die Dämmerung brach an. Don Hermenegildo stellte schweigend seine Mannschaft gliedweise auf. Er stieg auf eine kleine Anhöhe, die sich dicht vor ihnen befand, und ließ sich die Raketen bringen. Dann fügte er mit leiser Stimme hinzu: „Wir sind im Begriff, den Feind anzugreifen, wir haben auf der Insel festen Fuß gefaßt. Jetzt können wir dem General ohne Furcht, ihn zu täuschen, anzeigen, daß die Insel genommen und der Feind zerstreut ist."

Ohne eine Antwort abzuwarten, näherte Galeana seine brennende Zigarre dem ersten Raketenstock. Die Rakete erhob sich pfeifend und beschrieb am Himmel eine Ellipse von lebhaftem Rot. Eine zweite folgte ihr, zog einen weißlichen Streifen hinter sich her, und eine dritte stieg in blendendem Grün auf.

„Rot, weiß und grün sind die mexikanischen Farben", sagte Galeana. „Es ist das mit unserem geliebten General verabredete Signal, um ihm die Eroberung der Insel anzuzeigen. Jetzt ist man im Lager unterrichtet, und wir können uns nicht zu Lügnern machen. Vorwärts!"

Mit einem Satz war er an der Spitze seiner Leute, die, von Costal geführt, im Sturmschritt vorwärts eilten. Als sie sich dem kleinen Fort näherten, in dem die spanische Besatzung der Insel einquartiert war, drang ein Angstruf zu ihnen.

Sie blieben nicht lange über die Ursache des Schreis im Ungewissen. Durch eine Baumallee hindurch erblickten sie den Schoner, der hilflos auf den Wellen hin und her tanzte. Die Matrosen waren vergeblich bemüht, ihn vor einem unentrinnbaren Untergang zu bewahren. Die Ankertaue waren zerrissen, und der Sturm trieb das Schiff unaufhaltsam auf eine Reihe scharfer Klippen zu.

„Beim Blut Christi!“ rief Galeana. „Ich habe mit dem Schoner gerechnet, und jetzt werden wir nur Trümmer bekommen.“

Dieser Unfall wurde schnell im spanischen Lager bekannt und verbreitete eine Verwirrung, die noch durch Galeanas schreckliches Kriegsgeschrei vermehrt wurde. Ihm folgte das rasende Geheul seiner Soldaten, deren geringe Anzahl den Spaniern durch die Dunkelheit verborgen blieb. Ihr stürmischer Angriff, ihr Kriegsgeschrei, vereinigt mit den Donnerschlägen und den Hilferufen der Matrosen des Schoners, trieb die Verwirrung der Spanier bis zum äußersten.

Die Angreifer schlugen die Tore der Festung mit Äxten ein. Fast ohne Widerstand ergab sich ein Teil der Garnison nach einem kurzen Gefecht auf Gnade und Ungnade und ein anderer ergriff die Flucht.

Kaum war der letzte Flintenschuß verhallt, als der Schoner mit voller Gewalt auf einen Felsen stieß und sich auf die Seite legte. Die Sieger hatten weiter nichts zu tun, als die Mannschaft der Guadeloupe, so hieß der Schoner, am Strand zu erwarten und gefangenzunehmen.

Als der letzte Matrose des Schoners das Ufer der Insel betreten hatte, hißte man im Fort ein Segel, und kurze Zeit später konnte man auch vom Strand aus ein Schiff beobachten, das mit der Schnelligkeit des Blitzes dahinschoß.

Der Orkan schien es dem Land zutreiben zu wollen, und es kam auch wirklich so nahe, daß man vom Ufer aus die Mannschaft und die Offiziere auf dem Verdeck unterscheiden konnte.

Costal, Clara und der Kapitän Don Cornelio beobachteten die Manöver der Brigg, als das scharfe Auge des Indianers sich plötzlich auf einen Offizier richtete, der sich mit dem Ausdruck tiefster Melancholie an einen Balken gelehnt hatte.

Sein hoher, schöner Wuchs zeigte seine Kraft an. Sein schwarzes Haar flatterte im Wind um seinen entblößten Kopf, und er schien sich wenig um die Gefahren zu kümmern, denen das Schiff entgegenging.

„Erkennen Sie diesen Offizier?“ fragte Costal und sah Clara und Don Cornelio fragend an.

„Ich kann seine Züge nicht deutlich unterscheiden“, entgegnete Lantejas.

„Wir haben ihn alle drei einst als Kapitän der Dragoner gekannt. Heute ist er der Oberst Tres-Villas.“

„Ist das derselbe, der in der Schlacht bei Calderon fast den General Hidalgo gefangengenommen hätte?“ fragte ein Soldat.

„Derselbe“, erwiderte Costal.

„Ist das der Offizier, der den Kopf des Antonio Valdes an die Tür seiner Hazienda genagelt hat?“ fügte ein Freiwilliger aus der Provinz Oajaca hinzu.

„Derselbe“, antwortete Costal.

„Hat er nicht auch nach der Eroberung der Stadt Aguas-Calientes vierhundert gefangenen Frauen die Haare abschneiden lassen?“ fragte ein dritter.

„Man sagt, daß er seine Gründe dazu hatte“, erwiderte Costal.

„Nun, wenn er hier strandet, ist sein Schicksal entschieden.“

In dem Augenblick, als der Soldat zu Ende gesprochen hatte, wurde am Bugspriet der Brigg ein Segel gerefft, und das Schiff, das nun dem Steuer gehorchte, schoß an der gefährlichen Stelle vorüber, in die hohe See hinaus.

Costal hatte sich nicht getäuscht. Der Offizier war wirklich Don Rafael Tres-Villas, den nach einer Abwesenheit von einem Jahr seine unheilbare Melancholie zu den Küsten des Golfes von Tehuantepec trug.

5

Wiedersehen

Während die spanische Brigg der doppelten Gefahr, entweder an den Klippen der Insel la Roqueta zu zerschellen oder in die Hände der Gegner zu fallen, entging, trug der Wind den Donner einer unablässigen Kanonade zu der Insel.

Der Donner schien vom Fort herzukommen, wie man aus dem Dampf, der es umgab, schließen konnte.

Die am Ufer versammelten Gruppen der Aufständischen versuchten vergebens, die Ursache zu erraten.

Folgendes hatte sich zugetragen.

Die auf Befehl Morelos' am Ufer postierten Wachen hatten die von Don Hermenegildo abgebrannten Raketen aufsteigen sehen.

Nach der zwischen dem General und Galeana getroffenen Verabredung griff Morelos die Stadt so ungestüm und unerwartet an, daß er sich ihrer fast ohne Schwertstreich bemächtigte.

Obgleich das Fort noch nicht genommen war, so machte der Besitz der Insel la Roqueta die Eroberung einer offenen Stadt wie Acapulco wesentlich leichter. Denn es war von der Insel aus leicht, die mit Lebensmitteln für die Festung beladenen Fahrzeuge abzufangen und so die Verpflegung zu verhindern.

Als Herr von Acapulco hatte sich Morelos des Pfarrers von Caracuaro wieder erinnert, der im Scherz ausgesandt worden war, eine mächtige Provinz zu erobern. Er erinnerte sich an seinen bescheidenen Anfang und an seine jetzige Macht.

Von seinem Gefühl überwältigt, beschloß er aus Dankbarkeit, dem Herrn der Heerscharen, dessen niedrigster Diener er einst gewesen war, ein feierliches Hochamt abzuhalten.

Deshalb überschüttete die Besatzung des Forts die Stadt und die Kathedrale mit einem Kugelhagel, in der Morelos seine Uniform abgelegt hatte, um das Meßgewand anzulegen.

Die Batterien der Aufständischen antworteten dem Feuer der Zitadelle, und mitten in diesem furchtbaren Donner der Kanonen zelebrierte Morelos, der wieder ganz Priester geworden war, die heilige Handlung.

Die Ursache der Kanonade war Galeana nicht gänzlich fremd.

„Kinder!“ sagte er und näherte sich den am Ufer versammelten Soldaten. „Kinder, wir sind jetzt die Herren der Insel, unser vielgeliebter General hat es durch unsere Signale erfahren. Er selbst hat Acapulco angegriffen. In zwei Stunden wird die Stadt genommen sein, wenn sie es nicht schon ist. Seine Kanonen singen das Tedeum. Es lebe Morelos!“

„Es lebe Morelos!“ wiederholten die Rebellen im Chor.

„He, Señor Lantejas“, sagte Costal und rieb sich die Hände. „Glauben Sie nicht auch, daß mir nun der Verräter Gago nicht mehr entwischt?“

Die Beiboote des Schoners und die, die dazu gedient hatten, die spanische Besatzung von der Küste zu der Insel überzusetzen, waren für die Aufständischen eine willkommene Beute.

Als das Meer am Ende des zweiten Tages seine gewöhnliche Ruhe wieder erlangt hatte, dienten die den Spaniern abgenommenen Barken dazu, eine Verbindung zwischen dem Lager Morelos’ und la Roqueta herzustellen.

Die Gefangenen, die die mexikanische Freiheitsbewegung nicht unterstützen wollten, wurden auf ihnen dem General zugeführt. Die Bewachung der kleinen Insel blieb denen, die sie erobert hatten, anvertraut.

Unter den europäischen Überläufern, die in die Reihen der Aufständischen eingetreten waren, befand sich auch einer, der leicht an der Härte seiner Aussprache als Galicier zu erkennen war.

Es war ein Landsmann Pepe Gagos, der mit ihm zu der Besatzung der Zitadelle von Acapulco gehört hatte. Costal machte sich sogleich mit ihm näher bekannt und zog über den Verräter die Erkundigungen ein, die für ihn wichtig waren.

Das war keineswegs der einzige Dienst, den der Indianer sich von dem neuen Rekruten versprach. Er glaubte, von ihm die verabredeten Signale erfahren zu können, die zwischen den spanischen Schiffen und dem Fort gewechselt wurden. Mit ihrer Kenntnis wollte er sie auf die Insel locken und sich ihrer bemächtigen.

Drei Tage nach der Einnahme der Insel beobachtete Costal ein Schiff, das von San Blas nach Acapulco segelte. Da dies ein spanisches Fahrzeug sein mußte, wurde die spanische Flagge über ihrem Lager gehißt, und das Schiff machte dasselbe Manöver. Eine lebhafte Freude ergriff die Garnison, als sie die Brigg sich nähern und immer größer und größer werden sah. Als das Schiff beidrehte, konnte man am Bug ihren Namen lesen.

Es war die San Carlos, und die spanischen Überläufer erkannten in ihr das Schiff, dessen Ankunft mit um so größerer Spannung und Besorgnis entgegengesehen wurde, da es mit Lebensmitteln und Munition für die Zitadelle beladen war. Die Aufständischen hatten genügend Vorräte, während sie den Spaniern auszugehen drohten.

Das Schiff näherte sich dem Anschein nach ohne Mißtrauen, aber der Kapitän war ein alter Seewolf, der wohl wußte, wie veränderlich das Glück der Waffen ist.

Alles auf der Insel freute sich schon auf den Fang, als plötzlich die San Carlos beilegte und neben der spanischen Flagge eine zweite, himmelblau mit goldenen Sternen, aufzog. Man schien an Bord von der Insel das entsprechende Signal zu erwarten.

Dieses geheimnisvolle Signal der Brigg versetzte die Aufständischen in Verwirrung, da es keiner der neuen Soldaten kannte. Der einzige Ausweg, der ihnen blieb, war, eine zweite spanische Flagge neben der ersten zu hissen.

Nach längerem Suchen fanden sie in einem Winkel der Verschanzung ein Stück rotes Tuch mit einer Zeichnung, die ehemals eine goldene Sonne hatte darstellen sollen und die merkwürdigerweise den Sternen der San Carlos zu entsprechen schien.

Ehe aber eine solche Antwort aufs Geratewohl gegeben wurde, hielt Galeana es für klug, den Galicier zum Strand vorausgehen zu lassen. Dieser gehorchte und schrie, indem er sich seiner Hände als Sprachrohr bediente, mit seiner durchdringenden rauhen Stimme: „Der Kommandant der Insel läßt dem Kapitän der Brigg sagen, daß er sich glücklich schätzen würde, ihn am Ufer zu sehen, da er ihm eine Nachricht von größter Wichtigkeit mitzuteilen hat."

Der Kapitän der Brigg erschien an Deck. Es war ein Seemann mit grauen Haaren und ernstem Gesicht. Er rief durch sein Sprachrohr: „Ich wünsche vor allem zwei Dinge: Zuerst, daß der Herr Kommandant mir die Ehre erweist, seine Einladung persönlich zu wiederholen, und zweitens, daß er mein Signal auf andere Weise, als daß er noch eine zweite Nationalflagge hißt, beantwortet."

Der Galicier strich sich verlegen mit der Hand durch die Haare.

„Herr Kapitän", rief er, „in dieser Zeit der Verwirrung kann man sich nie als zu aufrichtiger Patriot zeigen."

„Das ist wahr", erwiderte der Kapitän der Brigg.

„Der Kommandant der Insel würde sich glücklich schätzen, Sie persönlich begrüßen zu können", fügte der Galicier hinzu. „Die Ärzte haben ihm aber aufgrund einer Unverdaulichkeit verboten, sich dem Wind und der Sonne auszusetzen. In bezug auf die Signale muß ich Ihnen melden, daß beim letzten Sturm der Blitz eingeschlagen hat und sie fast alle ein Raub der Flammen geworden sind."

„Sprechen Sie doch dem Kommandanten mein Beileid aus", erwiderte der Kapitän der Brigg mit spöttischem Ton. „Sagen Sie ihm, daß, wenn er Aufträge an Don Pedro Valdez habe, ich sie gern ausrichten würde."

„Warten Sie doch. Die Flagge, die uns geblieben ist, ist gewiß die richtige, und jedes Mißverständnis wird aufhören, sobald Sie sie flattern sehen. Überlassen wir es dem Zufall", fügte der Galicier leise hinzu, indem er sich zu seinen Kameraden umwandte.

Nach wenigen Sekunden flatterte die verstümmelte Flagge an der Seite der beiden spanischen Banner.

Der Kapitän der San Carlos richtete sein Fernrohr auf den Lappen aus blauem und gelbem Leinen, der sich mit allem Stolz eines bettelhaften Kastilianers im Wind blähte. Fast atemlos warteten die Rebellen das Resultat seiner Prüfung ab.

Der Galicier hatte sich nicht getäuscht, als er behauptete, daß jedes Mißverständnis beim Anblick des Signals schwinden würde. Denn wie die Sterne vor der Sonne verschwinden, so wurde auch das Sternenbanner plötzlich fortgenommen.

Dann legte sich, um zu zeigen, daß der Kapitän keinen Zweifel mehr an der Besatzung der Insel hegte, die San Carlos auf die Breitseite und feuerte eine volle Ladung auf die am Strand versammelten Soldaten. Der Galicier verzerrte das Gesicht, riß die Arme in die Luft und sank tödlich getroffen zu Boden.

Ein einstimmiger Schrei getäuschter Hoffnung und Rache war die Antwort auf dieses unmenschliche Verfahren des spanischen Kapitäns. Durch allen Lärm aber drang die gewaltige Stimme Galeanas: „Entern!"

Don Hermenegildo sprang in eine der am Strand festgebundenen Barken. Auch die übrigen waren bald mit Soldaten bemannt, die von dem Geist des nach Beute lechzenden Jägers beseelt waren.

Costal hatte sich in Begleitung seines treuen Clara sogleich in die Jolle Galeanas gestürzt, die ein langes, schmales und leichtes Fahrzeug war, dessen vorzügliche Bauart und Solidität Costal schon früher schätzen gelernt hatte.

Lantejas versuchte vergeblich, an der Seite seiner beiden Gefährten Platz zu nehmen, denn die Jolle war zu sehr beladen. Er war gezwungen, sich in die erste beste Barke zu werfen.

Dieses Manöver war zwar schnell, aber nicht überhastet vor sich gegangen. Als das Signal zum Aufbruch gegeben wurde, war die spanische Brigg schon ein gutes Stück davongesegelt.

Don Cornelio sah sich nicht ohne einen gewissen Widerwillen zum zweitenmal auf dem gefahrbringenden Meer, und überdies gehörte ein Seegefecht ganz und gar nicht zu seinen Lieblingsbeschäftigungen. Dennoch ergriff auch ihn zuletzt der allgemeine Enthusiasmus, und er blickte mit Wohlbehagen auf das Schauspiel, das die kleine Flottille bot.

Die Sonne stand schon tief im Westen und tauchte das Wasser in purpurfarbene Töne, auf der die sechs Fahrzeuge mit ihren sechzig Mann, in schneller Fahrt dahinsegelten.

Die San Carlos schien über das Wasser zu fliegen. Die schiefen Strahlen der Sonne spiegelten sich feurig in den Kupferplatten ihrer Außenwände, während die Masten von einer Wolke weißer Segel bedeckt waren. Man hätte sagen können, ein Schwan mit roten Füßen und schneeweißem Gefieder durchfurche die Gewässer der Lagune.

Aus allen Barken erschollen Hurrarufe, wie sie die Jäger ausstoßen, die den Damhirsch in der Ebene verfolgen. Der Kiel der Fahrzeuge warf Schaumwellen auf der azurblauen Oberfläche auf. Es galt, der erste zu sein, der an der Flanke der spanischen Brigg anlegte. Die einen bogen ihre Bajonette um, in der Absicht, sie als Enterhaken zu benutzen. Die anderen, und das waren vor allem die Leute Galeanas, die sich nie von ihren Lassos trennen konnten, schwenkten sie über ihrem Kopf, um sie im günstigen Augenblick in das Takelwerk schleudern zu können und an ihnen an Bord zu klettern.

Nach und nach wurde die Entfernung, die die Rebellen von der San Carlos trennte, geringer. Sie feuerte zwar noch einigemale auf die Verfolger, aber die Kugeln der diesmal schlechter gerichteten Kanonen flogen über die Köpfe der Mexikaner hinweg und schlugen in das Meer.

Die Notwendigkeit, sich auf die Breitseite zu legen, um ihre Artillerie wirksam einsetzen zu können, hielt die Brigg für einige Augenblicke in ihrer Fahrt ab und ließ die Barken näher kommen. Ein nicht enden wollendes Pfeifen und beleidigender Spott beantwortete jedesmal mit höhnischer Ironie die nutzlosen Salven der Brigg.

Schon wurden die Bastionen des Forts in der Ferne sichtbar, als Costal einen Schrei ausstieß. Er saß im Boot Galeanas, das dem spanischen Schiff am nächsten war.

Während die San Carlos floh, hatten sich auf dem Fort eine Menge Zuschauer eingefunden. Auch der Strand in der Nähe von Morelos' Lager war voller Soldaten, die aus Mangel an Fahrzeugen ihren Kameraden nicht anders als mit ihren guten Wünschen beistehen konnten.

Plötzlich erschienen sechs spanische Kanus, die die Spitze des Forts umsegelten, um der Brigg zu helfen.

Costal hatte mit seinem Schrei das Auftauchen der feindlichen Barken angezeigt. Der nun beginnende Kampf war das Schauspiel, dem die Soldaten der Festung und die Morelos' zuschauten.

Beim Anblick der unerwarteten Verstärkung, die die Brigg erhielt, beeilten sich die mexikanischen Barken, sich auf ein Zeichen Galeanas um seine Jolle zu scharen. Hier wollten sie seine Befehle entgegennehmen.

Daß leichte Fahrzeuge ohne Kanonen ein Kriegsschiff unter vollen Segeln anzugreifen wagten, war schon ein tollkühnes Wagnis. Die Hilfstruppen aber, die zur Unterstützung der Brigg heraneilten, machten die Sache noch verwegener.

Man beschloß, sich kurz zu beraten.

„Kapitän Lantejas, was ist Ihre Ansicht?“ fragte Galeana.

„Wenn die Verwegenheit oft eine Ursache des Sieges ist“, antwortete der Kapitän mit einigem Stocken, „so ...“

„Gut! Ihre Meinung geht dahin anzugreifen. Ich wußte es schon“, unterbrach ihn Galeana, und Lantejas, der nicht zu widersprechen wagte, nickte.

„Und Sie, Don Amadeo?“ fragte Galeana einen zweiten Offizier.

„Ich bin der Meinung, daß wir uns zurückziehen sollten“, erwiderte Don Amadeo.

Galeana runzelte die Stirn.

„Ihre Meinung, Kapitän Salas?“ fragte er einen dritten.

„Kämpfend sich zurückziehen“, rief Salas, „das hieße mit anderen Worten fliehen. Was würde unser General denken, der sich überdies schon wundern wird, daß wir beraten, während doch mutige Männer handeln müßten. Greifen wir an!"

Zahlreiche Beifallsrufe begleiteten die Worte Salas'.

„Meine Ansicht zählt für zwei", sagte Galeana. „Wir wollen angreifen, wir sind vier gegen sechs. Vorwärts, es lebe Morelos!"

Auf diese Weise führte Galeana öfter eine Entscheidung herbei, und niemand wagte zu widersprechen.

Die feindlichen Barken näherten sich so schnell, daß ihre Vereinigung mit der Brigg den Kampf unabwendbar machte, selbst wenn die Mexikaner den Gedanken gehabt hätten zu fliehen.

„Achtung", rief Galeana, „laßt uns angreifen! Jeder auf seinen Posten! Zerstreut euch, denn die Brigg versucht, eine Breitseite auf uns abzuschießen!"

Die San Carlos legte sich in der Tat auf die Breitseite, eine dichte Rauchwolke drang aus ihren Stückpforten, ein schrecklicher Knall ertönte, und die Kugeln schlugen pfeifend ins Wasser.

Plötzlich stieß Don Cornelio einen Schrei aus.

„Sind Sie verwundet, Lantejas?" rief Galeana.

Bevor Don Cornelio noch zu Worte kam, hatte ein Blick Galeana überzeugt, daß dem Studenten nichts geschehen war.

Ein zerfetzter Körper sank an seiner Seite nieder. Es war der Kapitän Salas, dem eine Kugel den Kopf weggerissen hatte, Cornelio wischte sich das Blut ab, mit dem er bespritzt worden war.

„Dieser Teufelskerl von Kapitän!" rief Galeana und zeigte auf die San Carlos. „Meine Freunde, rächen wir den braven Salas. Vorwärts!"

Die Jolle, in der sich Galeana, der Indianer und der Neger befanden, schoß mit Blitzesschnelle den übrigen Fahrzeugen voran, aus denen sich ein allgemeines Wutgeheul erhob. Man betrauerte den toten Offizier, den seine Tapferkeit überall beliebt gemacht hatte und der nun als erster den Tod fand.

Die verhängnisvolle Salve der spanischen Brigg erhöhte noch den Zorn der Aufständischen. Die Ruderer beugten sich über ihre Ruder, und die Barken stritten um den Vorrang, zuerst anzukommen, wie bei einer Wettfahrt auf einem See.

Obgleich Don Cornelio Lantejas, der Kapitän der Rebellen, keine besonders kriegerische Natur war, so riß ihn doch der allgemeine Enthusiasmus mit. Der Gedanke, daß er unter den Augen einer zahlreichen und befreundeten Menge, die sich an der Küste erwartungsvoll versammelt hatte, kämpfen sollte, feuerte ihn an. Er war begeistert von dem Geschmetter der Hörner und Trompeten, deren Töne vom Ufer und vom Fort herüberklangen.

Er begriff zum ersten- und letztenmal in seinem Leben die wilde Lust des Soldaten, der seine zügellose Wut in einem entsetzlichen Blutbad kühlt.

Unter diesem Geschmetter der Fanfaren und dem kriegerischen Geschrei flogen die mexikanischen Barken über den glatten Wasserspiegel dahin, als sich plötzlich die sechs spanischen Barken in einer einzigen Linie vor der Brigg aufstellten. Auf diese Weise wollten sie das spanische Schiff vor dem Angriff der Rebellen abschirmen.

Die Aufmerksamkeit Don Cornelios wurde durch den Ruf, der von der Admiralsjolle ausging: „Der Mann im blauen Mantel!" auf die Barke gelenkt, in der sich der bezeichnete Mann befand.

Aber der dunkelblaue Umhang, mit dem er bekleidet war, verhinderte, daß man ihn erkannte.

Dieser geheimnisvolle Kämpfer wurde sogleich der Gegenstand der gewagtesten Vermutungen. Die einen behaupteten, daß die Vorsicht, die er anwandte, um sein Gesicht zu verbergen, eine von seinem Beichtvater auferlegte Bußübung sei.

Andere meinten, er sei eine hervorragende Persönlichkeit des Madrider Hofes. Und es gab sogar welche, die glaubten, er sei der König von Spanien.

Welche Vermutung auch die richtige sein mochte, die Jolle Galeanas drängte sich aus der Reihe der übrigen eilig hervor und steuerte gerade auf die Barke zu, in der der seltsam verkleidete Mann gesehen worden war. Das war das Zeichen zum Angriff.

Von neuem erschollen Fanfaren vom Ufer und vom Fort her, aber ein lebhaftes Gewehrfeuer übertönte bald den Lärm der kriegerischen Musik. Unter der weißen Rauchwolke, unter dem

Geschrei derer, die die Kugeln verwundet oder leblos in den Booten niedergeworfen hatte, begann ein harter Kampf. Das Gefecht war kurz, aber blutig.

Zum erstenmal sah man die Küstenbewohner, die unter dem Befehl von Galeana standen, ihre Lassos schwingen. Die Rebellen würden gewiß ihre Feinde aufgerieben haben, wenn ihre Soldaten zahlreicher gewesen wären.

Denn noch ehe die Barke, auf der sich Lantejas befand, ein feindliches Schiff erreicht hatte, waren schon drei Spanier vom Lasso ergriffen und ins Meer gerissen worden.

Von beiden Seiten kämpfte man nur noch mit der blanken Waffe. Es war eine stille und schreckliche Arbeit. Plötzlich zeigte ein Geschrei, das von der Besatzung der Festung ausging und auf das die Soldaten Morelos' antworteten, einen neuen Zwischenfall an.

Die Wut machte im selben Augenblick dem Erstaunen Platz, und wie mit einem Zauberschlag wurde der Kampf eingestellt. Die Barken wandten sich voneinander ab und entfernten sich. Es entstand ein unfreiwilliger Waffenstillstand. Keuchend vor Anstrengung ruhten sich die Kämpfer aus, und nun konnten sie, soweit es noch die Helligkeit des Tages erlaubte, die Ursache des Geschreis erkennen.

Die Brigg war unter den Mauern der Festung vor Anker gegangen. Die Besatzung lud gerade den letzten Sack Mehl aus, mit dem sie die Belagerten versorgte. Während die Rebellen unnütz ihr Blut verspritzten, hatte die San Carlos in aller Ruhe ihre Ladung gelöscht.

Den Mexikanern blieb nur die Enttäuschung und für wenige Minuten der Anblick der Brigg, die mit vollen Segeln davoneilte und bald im Abendnebel verschwand.

Von den sechs Barken, aus denen die Flottille der Aufständischen bestand, hatte nur eine den Kampf noch nicht eingestellt. Es war die Jolle Galeanas. In ihr befanden sich Galeana und der Indianer, die Gefährten Lantejas', die ihm wirklich teure Freunde waren. Vor allem der Indianer hatte ihn schon oft gerettet.

Leicht am Kopf verletzt, dachte Lantejas kaum an seine Wunde, seine Blicke hingen mit Besorgnis an der Barke Galeanas.

Noch war die Finsternis nicht so dicht, daß man nicht Galeana, Costal und den Neger bei der Verfolgung des Feindes hätte unterscheiden können. Auch erkannte Lantejas den Mann im Mantel ganz deutlich.

Als die fünf spanischen Barken sahen, daß sie ihren Zweck erreicht hatten, der bekanntlich in dem Schutz der Brigg zum Ausladen der Lebensmittel bestand, wandten sie sich ab und ruderten mit aller Kraft zu dem Fort zurück.

Die Flüchtlinge wurden mit Hohngeschrei begleitet. Viele wollten sie verfolgen, aber Lantejas, der nach dem Tod von Kapitän Salas und in Abwesenheit Galeanas das Kommando übernommen hatte, gab den Befehl, letzterem zu Hilfe zu eilen.

Ihre Ungeduld und der Wunsch, ihrem General zu helfen, ließen ihre Boote so schnell über die Wellen gleiten, daß sie ihn bald erreicht hatten.

Galeana war soeben bei der feindlichen Barke angelangt und eröffnete das Gefecht. Lantejas war der Zeuge eines kurzen, aber blutigen Kampfes. Er sah, wie Don Hermenegildo nach seiner Gewohnheit alle Feinde niedermähte, die er erreichen konnte. Er sah ferner Costal, der mit dem Unbekannten im Mantel kämpfte. Dann aber stürzte sich der Fremde plötzlich ins Meer und versuchte, das Ufer zu erreichen.

Costal war von den Ruderern angegriffen worden und mußte wie ein Verzweifelter mit ihnen kämpfen. Lantejas sah, wie er ihrem Angriff ausweichen konnte und wie er zur Verfolgung der geheimnisvollen Person ins Meer sprang.

„Ah!“ rief einer der Rebellen. „Dem Indianer scheint daran gelegen zu sein zu wissen, wer der Mann im Matrosenmantel ist.“

„Er will Lösegeld vom König von Spanien“, sagte ein anderer.

Die Mexikaner waren nur noch ein kleines Stück von Galeana entfernt, als sie ihn mit seinen Gefährten in das feindliche Fahrzeug springen sahen. In dem Augenblick, wo sie ihn erreichten, stürzte der letzte Spanier erdolcht ins Meer.

Galeana stieg nun wieder in seine Jolle, stieß mit einem verächtlichen Fußtritt die feindliche Barke ins Meer und überließ sie den Wellen.

„Costal? Wo ist Costal?“ rief Don Cornelio.

„Ah, Sie sind es, Kapitän!“ erwiderte Galeana, als sich seine Erregung so weit gelegt hatte, daß er Lantejas wiedererkennen konnte. „Nun, Costal ist auf der Jagd. Er ist mit den schlecht dressierten Jagdhunden zu vergleichen, die von ihrer Leidenschaft immer übermannt werden. Da ist er!“

Als Galeana noch sprach, konnte man vage einen Schatten unterscheiden, der aus dem Wasser stieg. Dann erhob sich eine andere Gestalt, die ebenso undeutlich zu erkennen war, am Ufer und stürzte der ersten nach.

6

Erfüllung einer Prophezeiung

Der Eifer, mit dem der Indianer den geheimnisvollen Mann verfolgte, schien die Vermutungen, die die Aufständischen über die rätselhafte Persönlichkeit angestellt hatten, zu rechtfertigen.

„Haben Sie ihn von nahem gesehen?“ fragte man von allen Seiten diejenigen, die Galeana begleitet hatten.

„Seine Kapuze fiel ihm für einen Augenblick auf die Schultern zurück“, sagte ein Soldat. „Er riß sie aber so plötzlich wieder in die Höhe, daß man kaum sein Gesicht erkennen konnte.“

„Was für ein Gesicht hat er?“

„Ein Gesicht wie jedermann.“

„Hat Costal, der ihn doch so hartnäckig verfolgt, nicht gesagt, für wen er ihn hält?“ fragte ein anderer Soldat.

„Nein, aber seine Augen glänzten vor Freude, so daß ich glaube, es ist ein Prinz von königlichem Geblüt.“

„Dieser Costal wird ein schönes Lösegeld erhalten“, fügte ein anderer hinzu.

Unter allen teilten nur zwei, Galeana und der Kapitän Lantejas, die allgemeine Neugierde nicht. Ersterer unterbrach die Privatgespräche, indem er Befehl zur Rückkehr zu der Insel gab.

Letzterer beschäftigte sich ausschließlich mit der Gefahr, in die der Indianer sich begab. Er dachte wenig daran, sich zu erkundigen, wer der Mann im Matrosenmantel sein könnte. Die Augen starr auf das Ufer gerichtet, folgte er den Bewegungen eines dritten Schattens, der noch schwärzer war als die beiden ersten.

„Wenn Clara nicht tot und nicht verwundet war, so war er es. Kann mir einer etwas über Clara sagen?“ rief der Kapitän. „Ist er tot?“

„Nicht einmal verwundet“, erwiderte man einstimmig. „Er war noch vor kurzem hier.“

Es war wirklich der Neger, der sich mit der stummen und grenzenlosen Ergebenheit eines Hundes gegenüber seinem Herrn ins Meer gestürzt hatte, um dem Mann zu folgen, den er sich zum Waffenbruder erkoren hatte.

Für Don Cornelio war das Beispiel des Schwarzen ein Fingerzeig, was er zu unternehmen habe. Er wandte sich an Galeana und sprach: „Es würde mir unmöglich sein, die ganze Nacht in Ungewißheit über Costals Schicksal zu verbringen. Wenn Sie es für angemessen halten, werde ich mir zwei Mann mitnehmen, in jene leere Barke steigen, um das jenseitige Ufer zu erreichen. Vielleicht wartet der arme Teufel auf meine Ankunft wie ich vor drei Nächten auf die seine.

Galeana hatte gegen diesen Plan nichts einzuwenden und erteilte Don Cornelio die Erlaubnis.

„Seien Sie vorsichtig, Lantejas“, sagte er mit sichtbarem Wohlwollen. „Verlassen Sie Ihr Kanu nicht, wenn Sie drüben angekommen sind. Denn ich glaube einige Marodeure bemerkt zu haben, die das flache Land und die Felsen unsicher machen.“

„Ich werde vorsichtig sein, Señor Galeana“, erwiderte Don Cornelio.

Mit diesen Worten sprang er mit zwei Ruderern in die Barke und ließ sich zu dem jenseitigen Ufer rudern.

Es braucht nicht erwähnt zu werden, daß schon seit langer Zeit der Mann im Mantel, der Indianer und der Neger im Schatten der Nacht verschwunden waren. Die Küste war leer und schweigend, als das Kanu Lantejas' in einer kleinen, auf beiden Seiten mit hohen Felsen umschlossenen Bucht landete. Es war derselbe Ort, wo Costal den Fuß auf das Land gesetzt hatte.

Don Cornelio lauschte aufmerksam, ohne daß der geringste Laut zu ihm gedrungen wäre. Dann rief er den Namen des Indianers, so laut er konnte.

Niemand beantwortete seinen Ruf.

So vergingen zwei Stunden mit vergeblichem Warten, in denen er hoffte, jeden Augenblick Costal von seiner Verfolgung zurückkehren zu sehen. Voller Unruhe wegen des Schicksals des Indianers beschloß er, Nachforschungen anzustellen.

Er steckte zwei Pistolen in den Gürtel, nahm seinen Degen in die Hand und sprang auf das Ufer. Er befahl den beiden Ruderern, sich ungefähr zehn Schritte vom Ufer entfernt zu halten und auf alles zu achten.

Die beiden Soldaten versprachen es, und der Offizier entfernte sich vorsichtig.

Der Mond war noch nicht aufgegangen, aber unzählige Sterne funkelten am Firmament. Trotzdem war die Nacht dunkel, und nsr mit Mühe gelang es Don Cornelio, die Fußspuren derer, die er suchte, in dem lockeren Sand zu finden. Sie verloren sich aber, sobald der Boden fester wurde.

Dann horchte er aufmerksam, ohne aber auch nur den geringsten Laut zu hören. Alles war still um ihn, Todesschweigen, mit Ausnahme des dumpfen Geräuschs, mit dem die Wogen sich am Ufer brachen.

Bevor Lantejas in einen engen Hohlweg, durch den der Flüchtling vermutlich entkommen war, hinabstieg, warf er noch einen Blick auf das Kanu. Die beiden Wächter lagen sorglos auf der Schiffsbank, die Zigarre im Mund und ließen sich vom Wind wie in einer Hängematte hin und her schaukeln.

Nachdem sich Lantejas überzeugt hatte, daß hier keine Gefahr drohte, drang er in den Hohlweg ein.

Genau denselben Weg hatte auch Costal bei der Verfolgung des rätselhaften Mannes eingeschlagen. Dieser war mit so bemerkenswerter Geschwindigkeit geflohen, daß es dem Neger sicher nicht gelungen wäre, den Indianer zu erblicken, hätte er nicht mehrmals den Ruf vernommen: „Bei der Seele der Kaziken von Tehuantepec, bleiben Sie stehen. Bin ich nicht allein wie Sie?“

Diese Rufe hatten Clara auf die Fährte des Indianers gebracht. Noch immer dauerte die Verfolgung an, als Costal plötzlich stehenblieb.

Der Mann im Mantel war hinter einer Biegung des Weges verschwunden. Während der Zeit, in der der Indianer vergebens zu erraten versuchte, wohin er sich wohl gewandt haben könnte, holte Clara ihn ein.

„Bei den Hörnern des Teufels!" rief Costal. „Du kommst wie gerufen, um mir die Spur, die ich hier verloren habe, wieder finden zu helfen. Schnell, durchsuch mit mir jedes Gebüsch. Du glaubst nicht, welchen ungeheuren Wert ich darauf lege, diesen Menschen in unsere Gewalt zu bringen."

„Kennt er ein Geheimnis über ein Goldlager oder eine Perlenbank?" fragte Clara.

„Nein, nein! Bei Gott! Komm – es ist – halt! Da ist er – da – auf dem Rand des Hohlwegs."

Diesmal setzten sich der Schwarze und der Indianer gemeinsam zur Verfolgung des Ausreißers in Bewegung. Sie verließen den Weg, und bald befanden sich alle drei auf der offenen Ebene, die sich vor ihnen ausdehnte.

Während der Kapitän Lantejas mit aller Vorsicht, die ihm Galeana empfohlen hatte, weiterschritt, waren seine beiden Ruderer weit davon entfernt, den Befehl auszuführen, den er ihnen gegeben hatte.

Der Schlaf übermannte einen nach dem anderen, denn beide waren die vorhergehende Nacht auf den Beinen gewesen.

„Wenn wir abwechselnd ein wenig schliefen?" sagte der erste.

„Ich würde meinen, wir könnten beide zu gleicher Zeit schlafen", sagte der zweite. „Ich sehe überhaupt nicht ein, was für eine Gefahr wir zu fürchten haben bei unserer Entfernung vom Land, und der Kapitän kann uns bei seiner Rückkehr wecken."

Anstatt auf ihrer Hut zu sein, wie es ihnen Lantejas eingeschärft hatte, schliefen beide fast zu gleicher Zeit fest ein.

Ihr zur Unzeit angebrachter Schlaf war aber die Ursache, daß keiner von ihnen zwei Männer bemerkte, die vorsichtig längs der Felsen heranschlichen.

Diese beiden Individuen trugen keine Uniform, waren aber mit Flinten bewaffnet. Einige Leichen, die das Meer ausspülte, zeigten den Zweck ihrer Gegenwart an. Es waren nämlich Marodeure, die der Armee folgten und denen jede Beute recht war, die die Lebenden beraubten und die Toten ausplünderten.

Sie gehörten zur königlichen Armee, wagten es aber nicht, zu der Festung zurückzukehren, aus der sie wie die Wölfe bei einer Treibjagd aus ihrem schützenden Versteck verjagt worden waren. Sie fürchteten aber auch, in die Hände der Rebellen zu fallen. Der Anblick eines Kanus war daher verlockend für die Marodeure.

Die beiden Ruderer schliefen während der Zeit ruhig fort, der eine an Backbord, der andere an Steuerbord.

Die Marodeure durchzuckte der gleiche Gedanke – sich des so schlecht bewachten Bootes zu bemächtigen und seine Insassen zu töten.

Zu gleicher Zeit erhoben sie ihre Flinten, und nachdem sie ihr Ziel in aller Ruhe auf das Korn genommen hatten, gaben sie im selben Augenblick Feuer. Der Doppelknall erweckte die Schläfer nicht, sie schlummerten den Todesschlaf.

Der Kapitän Lantejas war der einzige, der die Schüsse vernahm. Seit länger als einer Stunde durchlief er, sich ganz dem Zufall überlassend, Gegenden, die er nicht kannte. Er legte sich selbst die Frage vor, welchen Nutzen wohl seine Nachforschung für den Indianer und den Neger haben könnte.

Es lag auf der Hand, daß er inmitten dieser unbekannten Einöden nichts für sie tun konnte. Deshalb beschloß er, den Rückweg anzutreten. Er verfolgte dabei genau den schon zurückgelegten Weg und näherte sich wieder dem Meer, als er mit einemmal von dieser Richtung her zwei Schüsse dröhnen hörte.

Im ersten Augenblick konnte er sich der lebhaften Befürchtung, es könnte irgendein Unglück geschehen sein, nicht enthalten. Dann aber dachte er wieder, daß Costal und Clara vielleicht zurückgekehrt seien und die beiden Schüsse abgefeuert hätten, um ihre Anwesenheit anzuzeigen und ein Boot zu veranlassen, sie zu der Insel la Roqueta überzusetzen.

Dann aber sagte er sich, daß, wenn seine Vermutung richtig wäre, der Indianer und der Neger doch die beiden Ruderer, denen die Sorge für das Kanu oblag, hätten antreffen müssen. Dieser Gedanke durchzuckte ihn wie ein Blitz, seine Besorgnis gewann wieder die Oberhand, und anstatt zu gehen, rannte er und legte daher einen Weg, zu dem er vorher eine Stunde gebraucht hatte, in weniger als einer halben Stunde zurück.

Endlich erreichte er das Ende des Hohlwegs, aber sein Blick glitt erfolglos am Horizont umher.

Sein Kanu war verschwunden. Er ging näher, sah aber nichts als das ewig bewegliche Meer.

So glaubte er erst, sich im Weg geirrt zu haben, aber der Anblick des Hohlwegs, der sich zwischen den Felsenreihen hinzog, rief ihm den Ort, wo er ausgestiegen war, ins Gedächtnis zurück. Der Landungsort war derselbe, nur das Kanu war verschwunden. Als er endlich schärfer hinblickte, bemerkte er eine schwarze Masse, die in bedeutender Entfernung auf der hohen See schaukelte.

Don Cornelio hoffte. Er nahm an, daß die, wenngleich auch an diesen Küsten fast unmerklichen Gezeiten doch das Kanu, während die Wächter schliefen, in die hohe See getragen haben könnten.

Zuerst rief sie der Kapitän ziemlich leise bei ihren Namen, als er aber keine Antwort erhielt, verstärkte er seine Stimme, ebenfalls vergebens. Das Kanu schwankte von einer Seite auf die andere, aber nichts zeigte an, daß man ihn gehört hatte. Er rief aus Leibeskräften. Auch dies war vergeblich, denn das Echo allein wiederholte seine Rufe.

Er lauschte und vernahm nichts als das Getöse des Meeres, das sich in kurzen Wellen am Gestade brach und Streifen weißen Schaums zurückließ.

Das tiefe Schweigen, das ihn umgab, und die klagenden Seufzer der auf dem Strand ersterbenden Wellen erfüllten die Seele des Kapitäns zuerst mit einer unbestimmten Angst, die aber bald auf schreckliche Weise zur Gewißheit wurde.

Es erschienen plötzlich zwei Männer im Kanu, das leer und

verlassen geschienen hatte, und vier kräftige Arme setzten die Ruder in Bewegung. Aber anstatt auf das Ufer zuzusteuern, entfernten sie sich schleunigst davon.

„Schurken!“ schrie Don Cornelio, überrascht und beunruhigt von dem unbegreiflichen Manöver, das er die beiden Männer ausführen sah. „Ich bin es ja, der Kapitän Lantejas!“

Ein höhnisches Gelächter erscholl als Erwiderung auf seine Worte. Fast im selben Moment sah er mit Entsetzen die Leichname der beiden Männer auf sich zuschwimmen, die er noch in der Ferne zu sehen geglaubt hatte.

Die beiden nächtlichen Schwärmer hatten einige Zeit damit zugebracht, die auf dem Ufer und im Kanu liegenden Leichname auszurauben, und hatten kaum ihre Arbeit beendet, als der Anblick des Kapitäns ihnen Angst einjagte.

Sie legten sich beide auf den Boden des Kanus nieder, da sie nicht wußten, ob die sich nähernde Person noch irgendein Gefolge bei sich habe. Als sie aber die Gewißheit erlangt hatten, daß er allein sei, ergriffen sie in aller Ruhe ihre Ruder, um sich zu entfernen, nicht ohne die Versuchung empfunden zu haben, zurückzukehren und auch Lantejas anzugreifen.

Die von Galeana ausgesprochenen Befürchtungen waren also begründet, und Don Cornelio mußte nun, jeder Verbindung mit der Insel beraubt, den Entschluß fassen, die Festung trotz der Marodeure zu umgehen und das Lager Morelos’ zu erreichen.

Vor zwei Tagen hatte er schon einen fast eben solchen Weg mit Costal zurückgelegt und hatte hier noch die Möglichkeit, ihm zu begegnen. Er orientierte sich, so gut er konnte, um sich die Lage der Abgründe Los Hornos ins Gedächtnis zurückzurufen, und begab sich, den Säbel in der einen und eine Pistole in der anderen Faust, wiederum in den Hohlweg, aus dem er soeben herausgekommen war.

Warum sollten übrigens der Neger und der Indianer nicht das gleiche getan haben, fragte er sich. Diese Betrachtung, die er eher hätte anstellen müssen, beruhigte ihn wenigstens über das Geschick dessen, dem er mindestens zweimal sein Leben dankte, und zerstreute eine seiner traurigsten Befürchtungen.

Nun schritt er zuversichtlicher weiter, wenn auch aufs Geratewohl.

Der Mond ging hell und glänzend auf, und wenn auch seine Helligkeit den Kapitän der Gefahr aussetzte, gesehen zu werden, so verschaffte sie ihm doch zugleich auch die Möglichkeit, seine Feinde und die gefährlichen Stellen der Berge zu bemerken.

Er gelangte ungehindert auf ein Plateau, von wo aus er das Meer, die Stadt, den schwarzen Schatten der Zitadelle und auch die fernen Feuer im Lager des Generals Morelos erblickte. Jetzt konnte er auch die Lage der Brücke bestimmen, die ihm dazu dienen sollte, über den Abgrund von Hornos zu gelangen.

Mit erneutem Eifer setzte er nun seinen Weg fort, der ihn zu dem Ziel führen sollte, das er so sehr ersehnte. Denn hatte er erst einmal die Brücke erreicht, so brauchte er nur noch einen ihm schon bekannten Weg zurückzulegen.

Das Plateau, auf dem er sich befand, war an einigen Stellen von weniger tiefen Hohlwegen durchzogen, auch erhoben sich einige kleine Hügel darüber.

Ein pfeifender Wind, der über die Ebene strich, jagte, obgleich das Meer ruhig wie eine See war, weiße Staubwolken auf und hinderte ihn im Verein mit den Unebenheiten des Terrains, die Brücke und den Abgrund zu erkennen.

Don Cornelio schritt vorsichtig weiter. Als er um den letzten der kleinen Hügel herumging, bemerkte er in der Entfernung beim Mondschein die Balken und das Mauerwerk, die dazu dienten, den Abgrund überqueren zu können.

Plötzlich kauerte er sich ins Gebüsch, denn er hatte eine menschliche Gestalt auf der Brücke gesehen.

Der Kapitän ärgerte sich, weil er sich in dem Augenblick, in dem er sich schon geborgen glaubte, aufgehalten sah. Er versuchte, durch die Zweige des Gebüsches die Anzahl der Männer, die ihn an der Fortsetzung seines Weges hinderten, zu erforschen.

Es war nur ein einziger, aber er schien sehr groß zu sein. Sein Kopf war mit dem Pfahl, an dessen Spitze Costal seine Blendlaterne aufgehängt hatte, um den Artilleristen Pepe Gago zu benachrichtigen, auf gleicher Höhe.

Don Cornelio konnte trotz seiner kritischen Lage ein Lächeln über seinen Irrtum nicht unterdrücken. Es war klar, daß die Person nur so hoch geklettert war, um die Ebene unter sich desto besser überschauen zu können. Endlich aber erkannte der Kapitän mit größter Bestimmtheit und zu seinem höchsten Erstaunen den wieder, den Costal mit so großer Erbitterung und Verwegenheit verfolgt hatte – mit anderen Worten – den Mann im Matrosenmantel.

Er war ohne Zweifel in sehr tiefe Betrachtungen versunken, denn seit beinahe einer halben Stunde, in der sich Don Cornelio den schwärzesten Gedanken über das Schicksal Costals hingab, wartete er schon auf das Verschwinden dieser geheimnisvollen Person. Aber noch war sie nicht vom Platz gewichen. Plötzlich schlug der vom Wind aufgeblähte Mantel auseinander, und der Kapitän konnte jetzt zum erstenmal den Mann in Bewegung sehen. Dies geschah aber in einer höchst befremdenden Weise.

Don Cornelio fühlte inmitten dieses nächtlichen Schweigens, einsam auf diesen verlassenen Höhen, bei dem Anblick dieses Mannes in einer so wunderlichen Stellung sein Herz schneller schlagen. Endlich gaben ihm seine hilflose Lage und die Gefahr, in der er sich befand, wenn er sein unnützes Warten noch weiter ausdehnte, einen verzweifelten Entschluß ein – den Entschluß, seinen zerstreuten Feind zu überraschen, zu töten und dann weiterzugehen.

Er verließ seinen Schlupfwinkel im Gebüsch und schlich lautlos vorwärts, um auf die Person zu schießen, die ihm den Weg versperrte.

Schon befand er sich dicht an der Brücke und noch hatte sich der Mann nicht gerührt. Plötzlich aber verfing sich ein heftiger Windstoß in seiner Kapuze und warf sie über die Schultern zurück. Der Mond beschien mit vollem Glanz sein Gesicht, und nun erkannte Don Cornelio schaudernd die durch gräßliche Verzerrungen entstellten Züge. Jetzt gab es keinen Zweifel mehr, der Mann im Regenmantel war mit einem Strick an dem Pfahl aufgehängt.

Gleichzeitig von der Neugierde, diese sonderbare Person nä-

her zu sehen, und dem Widerwillen, den ihm der gräßliche Anblick verursachte, ergriffen, zögerte der Kapitän weiterzugehen. Dann aber, da ihm kein anderer Ausweg blieb, faßte er Mut und betrat die Brücke.

Er betrachtete das verzerrte Gesicht des Gehängten aufmerksam. Es war ihm, als hätte er ihn schon irgendwo einmal gesehen. Schnell wollte er vorübergehen, als der Wind den Mantel ein zweitesmal öffnete und eine um seinen Hals gehängte Blendlaterne erkennen ließ.

Bei diesem Anblick war ihm alles klar, der Name des Mannes wie auch der seines Henkers. Entsetzt wollte Lantejas fliehen, doch hielten ihn Stimmen, die er deutlich aus der Tiefe der Abgründe herauf tönen hörte, an seinem Platz fest.

Der Mond beleuchtete die beiden aller Vegetation beraubten Gipfel des Abgrunds diesseits und jenseits der Brücke so hell, daß er sie nicht hätte überschreiten können, ohne bemerkt zu werden. Seine Anwesenheit zu verheimlichen, war nicht mehr möglich. Aber er konnte, hinter der Brustwehr und dem Mauerwerk verborgen, den Übergang über die Brücke wohl gegen zehn Mann verteidigen und verhindern. Er kauerte sich daher, trotz seines schrecklichen Nachbars, unter ihm nieder und wartete erneut.

Die Wartezeit dauerte nur eine Minute, aber eine entsetzliche Minute, während der Leichnam des Gehängten über ihm hin und her schaukelte und durch sein Gewicht den Strick knarren ließ, mit dem er am Pfahl aufgehängt war. Nicht minder unheimlich klapperte die alte rostige Laterne, die vom Wind gegen seine Brust gestoßen wurde.

Glücklicherweise war dieser Augenblick nur kurz, denn gleich nachher riefen zwei wohlbekannte Stimmen den Kapitän beim Namen, und Costal und Clara erschienen wenige Schritte vor ihm. Sie waren aus dem Abgrund heraufgeklettert.

Nach den ersten Glü ünschen, die der Kapitän an Costal richtete, den er zu seiner Freude voll Kraft und Leben wiederfand, sagte er: „Ihr habt also gewußt, wer die geheimnisvolle Person in der blauen Kapuze war?“

„Nein“, erwiderte Costal, „aber dieser auffallende Umstand erregte Argwohn in mir. Ich würdigte vollkommen die Vorsicht Gagos, denn der Schuldige verbirgt seine Züge immer, so gut er kann. Als ich auf einem der spanischen Kanus den so verhüllten Mann bemerkt hatte, ließ ich ihn nicht mehr aus den Augen. Ein Windstoß schlug seinen Mantel zurück, und ich erkannte den Verräter. Ich habe mich sehr angestrengt, um ihn nicht entwischen zu lassen. Meine Absicht ist mir gelungen, und als er sich ins Meer stürzte ...“

„Ich habe Sie auch ins Meer springen sehen“, unterbrach der Kapitän Costal, „und deshalb habe ich mich, über Ihr Schicksal beunruhigt, allein auf den Weg in die Berge gemacht, um Sie zu suchen. Die beiden Männer, die ich bei mir hatte, sind in dem Kanu, wo sie mich erwarteten, durch Flintenschüsse getötet worden.“

„Und wir“, entgegnete Costal, „wir haben Sie gesehen, während wir uns verborgen hielten, um zu verhindern, daß jemand das Opfer der indianischen Rache herabnehme, und sind nun herbeigelaufen. Ich hatte zu Clara gesagt, daß die alte Laterne, die ich vorgestern hier eingrub, mir noch zu etwas dienen würde.“

„Lassen wir jetzt den Unglücklichen, damit ihm seine Landsleute die letzte Ehre erweisen können“, sagte der Kapitän, „die Rache darf den Tod nicht überdauern.“

„Meinetwegen, wenn Sie es durchaus so wollen, im übrigen ist meine Arbeit getan und mein Eid gelöst.“

Kurze Zeit darauf ruhte sich der Kapitän Lantejas auf seinem Bett aus, wo er vierzehn Stunden hintereinander schlief.

Buch 3

1

Sieg der Pflicht über die Liebe

Die Eroberung der Insel la Roqueta hatte dann auch die Übergabe der Festung zur Folge. Seit dem Tag, an dem der Pfarrer von Caracuaro sein Dorf in Begleitung zweier Diener verlassen hatte, hatte er den ganzen Süden der Provinz Mexiko vom Stillen Ozean bis auf sechzehn Wegstunden von der Hauptstadt Neuspaniens unterworfen. Freilich hatten erst zweiundzwanzig gewonnene Gefechte diesen Erfolg herbeigeführt.

Während sich nun der mexikanische General vorbereitet, seine Eroberungen bis in die Provinz Oajaca auszudehnen, wollen wir ihm dorthin voraneilen, um zu schildern, wie die politische Lage im Jahr 1812 dort war.

Es war ein glühender Junimorgen, die Regenzeit war noch nicht eingetreten, die Sonne brannte mit sengenden Strahlen auf die staubige Ebene von Huajapam.

Ein Gürtel entfernter Hügel diente dazu, eines jener Bilder der Verwüstung und der Trauer einzurahmen, wie sie der Mensch in seiner zerstörerischen Wut zuweilen schafft.

So weit das Auge reichte, sah man auf der einen Seite zahlreiche Reiter die verwüstete Ebene inmitten ausgeplünderter Wohnhäuser oder noch rauchender Ruinen durchstreifen. Die Hufe der Pferde zerstampften reife Ähren, die nur noch auf die

Hand der erschrockenen und in die Flucht gejagten Bauern warteten.

Auf dem im weitesten Sinne des Wortes niedergetretenen Boden wuchs nur noch ein wirrer Haufen geknickter und umhergestreuter Halme, die der Reiter verschmäht hatte, seinem Pferd als Futter zu geben.

Dichte Gruppen schwarzer Geier, die nach allen Richtungen flogen, zeigten die Plätze an, auf denen Leichname von Menschen und Tieren ihrer Gefräßigkeit überlassen waren.

Auf einer anderen Seite flatterte das spanische Banner auf dem Zelt eines Lagers der königlichen Armee. Die Lagerfeuer verglommen nach und nach, und das Gewieher der Pferde vermischte sich mit dem dumpfen Gerassel der Trommel oder den schmetternden Tönen der Trompeten.

Jenseits des spanischen Lagers, etwa zwei Flintenschüsse von ihren äußersten Verschanzungen entfernt, erhoben sich über den niedrigen Häusern einer kleinen Stadt die von den Kugeln halb zerstörten Kirchtürme. Diese Stadt oder eigentlich dieses Dorf war in der Gewalt der Aufständischen.

Starke Erdwälle verbanden die verstreut liegenden Häuser miteinander, die zum größten Teil schon zusammengestürzt waren, und bildeten dem königlichen Lager gegenüber nur eine Reihe unvollständiger Befestigungswerke. Der zwischen dem Dorf und dem spanischen Lager leer gebliebene Teil der Ebene war mit verstümmelten Leichen bedeckt.

Der Name des Dorfes ist Huajapam, und es wird von dem Colonel Don Valerio Trujano verteidigt. Er kämpft schon seit hundert Tagen mit ungefähr dreihundert Mann gegen eine Übermacht von fünfzehnhundert Spaniern unter den Befehlen des Brigadier Bonavia, Gouverneur von Oajaca, und der Kommandanten Caldelas und Regules.

Der ehemalige Maultiertreiber, der, wie sich der Leser erinnern wird, angesichts der Überschwemmung und der Gewalt der Fluten sein Gebet angestimmt hatte, hatte ohne Zweifel seine religiöse, schwärmerische Art auch auf die Belagerten übertragen.

Von Zeit zu Zeit tönte ein religiöser Gesang, der aus dreihundert Kehlen zum Himmel emporstieg, aus dem Innern der traurigen und zerstörten Stadt zu dem Lager der Königstreuen herüber.

Zu jener Zeit, wo die Priester den Altar mit dem Schlachtfeld vertauschten, wo nichts in ihren Handlungen, in ihren Worten mehr an ihren früheren Beruf erinnerte, war Trujano ein Musterbeispiel für einen Mann, der Gottesfurcht und Grausamkeit in sich vereinte.

Er glich jenen asketischen Helden, die das Vaterunser mit dem Schwert in der Faust sprechen und die sich mit Bibelversen auf den Lippen in die Schlacht stürzen.

Dies war das Bild, das an diesem Morgen die Ebene von Huajapam darbot. Überall sah man verwüstete Felder, Ruinen,

Leichname, und das königliche Banner flatterte der dreifarbigen Fahne der Rebellen gegenüber im Wind.

Werfen wir zuerst einen Blick in das königliche Lager.

Mit Beginn des Tages führten zwei Reiter einen Mann mit sich und betraten das Lager an der Seite, die der Stadt abgewandt war.

Dieser Mann, der ebenfalls auf einem Pferd ritt, trug die Kleidung eines Hirten – den großen, mit Wachsleinwand überzogenen Sombrero, die Jacke und die ziegelroten, hirschledernen kurzen Hosen.

An der Satteltasche war ein Messer befestigt, und an seinen Stiefeln trug er lange, eiserne Sporen.

Das noch vom Anblick und dem Geruch der Leichen, die in der Ebene lagen, erschreckte Pferd ließ von Zeit zu Zeit ein sonderbares Schnaufen vernehmen.

Die beiden Reiter, die die Uniform der Dragoner trugen, und der Hirte durchritten einen Teil des Lagers und hielten vor einem großen Zelt an. Neben dem Zelt striegelte einer der diensttuenden Soldaten das edle Pferd des Obersten.

„Ihr Name, Freund?“ fragte der Bursche den Hirten.

„Julian“, erwiderte dieser. „Ich bin ein Diener der Hazienda del Valle und überbringe dem Obersten, wenn er der Bewohner dieses Zeltes ist, eine für ihn sehr wichtige Nachricht.“

„Gut“, sagte der Bursche, „ich will den Herrn Oberst benachrichtigen.“

Man traf eben im Lager Vorbereitungen, den fünfzehnten Angriff auf die vom Obersten Trujano verteidigte Stadt zu unternehmen. Don Rafael Tres-Villas hatte sich in seine Gala-Uniform geworfen, um einem Kriegsrat beizuwohnen, der vor dem Gefecht abgehalten werden sollte, als der Bursche in sein Zelt trat.

Bei dem Wort „Botschaft“, das der Bursche des Obersten aussprach, konnte dieser eines plötzlichen Zitterns nicht Herr werden und nicht verhindern, daß er totenblaß wurde.

„Es ist gut“, antwortete Don Rafael mit einer Stimme, die seine innere Unruhe verriet. „Ich kenne den Menschen, ich bürge für ihn. Man soll ihn freilassen … Noch einen Augenblick, dann mag er eintreten."

Der Bursche ging hinaus, um die Antwort seines Herrn zu überbringen. Die Dragoner, die den Hirten bis hierher begleitet hatten, entfernten sich und ließen ihn allein vor dem Zelt zurück.

Wir müssen hier mit einigen Worten erzählen, was Don Rafael seit seinem Aufbruch nach Oajaca erlebt hat.

Als der durch den Tod seines Vaters verursachte Schmerz sich ein wenig gelegt hatte und er sich darüber im klaren war, daß er den spanischen König unterstützen wollte, beschloß er, nach Oajaca zu gehen. Dort wollte er den Kommandanten der Provinz, den Brigadier Don Bernardino Bonavia, aufsuchen und ihn um einige Soldaten bitten. Er hatte vor, mit ihnen die meuchlerischen Rebellen zu verfolgen und Rache an ihnen zu üben.

Der General empfing ihn mit außerordentlichen Ehrenbezeugungen. Zum Unglück für ihn war aber der Widerstand und die Unruhe in der Stadt so groß, daß die fünfhundert Mann, die er unter seinem Befehl hatte, kaum ausreichten, Oajaca im Zaum zu halten. Es gelang Don Rafael nicht, Bonavia zu bewegen, seine ohnehin schon so geringen Streitkräfte noch zu schwächen.

Ein spanischer Kapitän, Don Juan Antonio Caldelas, organisierte zur gleichen Zeit eine Guerille auf seine Kosten zugunsten der spanischen Sache. Er hatte sein Lager in einem Ort aufgeschlagen, der nur eine kurze Strecke von Oajaca entfernt war.

Don Rafael, nach Rache dürstend, beschloß, sich mit ihm zu verbinden, und der Kapitän Caldelas traf alle Vorkehrungen, um die Verfolgung Antonio Valdes' aufzunehmen.

Caldelas empfand im Gegensatz zu Don Rafael keine persönliche Abneigung gegen den Rebellen. Er wollte aber den Geist der Empörung vernichten, zu dessen Verbreiter und Stütze Valdes sich gemacht hatte. Deshalb stellte er die Handvoll Leute, die unter seinem Befehl standen, bereitwillig in den Dienst von Rafaels Rache.

Gemeinsam verfolgten sie die Aufständischen und holten sie bei dem Hügel Chacahua ein, wo Valdes sich verschanzt hatte.

Ungeachtet des tapferen Widerstandes, den die Rebellen leisteten, gelang es ihnen, die Aufständischen aus ihrer Stellung zu vertreiben, ohne sich aber des Anführers bemächtigen zu können.

Vierzehn Tage vergingen in vergeblichen Verfolgungen. Nach einer blutigen Auseinandersetzung mußten die Rebellen zu ihrem geheimen Sammelplatz fliehen, wo sie aber Valdes nicht wiedersahen.

Sie hörten nichts mehr von ihrem Anführer, der von jenem Augenblick ab verschwunden war, ohne je wieder auf dem Schauplatz zu erscheinen.

Valdes floh, als er das laute Schnaufen eines ihn im gestreckten Galopp verfolgenden Pferdes hörte. Der Braune des Kapitäns Tres-Villas hatte ihn schnell eingeholt.

Nach einem kurzen Kampf wurde Valdes trotz seiner Gewandtheit im Reiten von einer kräftigen Faust aus dem Sattel gerissen und so gewaltsam zur Erde geworfen, daß er nicht mehr die Kraft hatte, dem Lasso des Kapitäns auszuweichen. Don Rafael band seinen Gefangenen an den Schweif seines Pferdes und schleifte ihn mit sich fort.

Nach einigen Minuten eines rasenden Ritts war Valdes tot. Selbst seine ergebensten Kampfgenossen hätten die entstellten Züge ihres Anführers nicht wieder erkennen können, wenn nicht jemand den Namen des Banditen und den seines Bezwingers an das Tor der Hazienda del Valle geschrieben hätte. Hier war der Kopf des Rebellen auf einem Pfahl aufgespießt worden.

Nun war die wilde Leidenschaft des Kapitäns durch den Tod dieses Mannes, den er im Andenken an seinen Vater getötet hatte, ein wenig zur Ruhe gekommen. Jetzt gewannen in Rafael die Gefühle, die die Rache in den Hintergrund gedrängt hatten, nach und nach die Oberhand.

Er verspürte das Bedürfnis, seine Handlungsweise, die in den Augen der Bewohner der Hazienda Las Palmas nicht zu entschuldigen war, zu rechtfertigen. Aber sein ausgeprägter Stolz hinderte ihn daran.

Sollte ein Sohn, der seinen Vater zu rächen hat, noch gezwungen sein, die Erfüllung einer heiligen Pflicht zu rechtfertigen?

Sollte er um Verzeihung bitten, weil er der Feind einer Sache geworden war, die nicht mehr die seinige sein konnte?

Dieses stolze Schweigen, in das er sich hüllte, sollte den Untergang seiner Hoffnungen vollenden und die Schranke, die sich plötzlich zwischen seiner Liebe und ihm erhoben hatte, noch unüberwindlicher machen.

Die Nachricht von der Hinrichtung Valdes', die ein Reisender den Bewohnern der Hazienda Las Palmas überbrachte, traf dort wie ein Blitz aus heiterem Himmel ein. Unglücklicherweise hatte der Reisende seinen Wirten das nicht mitteilen können, was er selbst nicht wußte – den Tod des Don Luis Tres-Villas, der die Ursache dieser blutigen Vergeltung war.

Von diesem Augenblick an betrachteten die Bewohner der Hazienda Las Palmas den Kapitän als einen Verräter, der unter dem Deckmantel des Patriotismus seine glühenden Sympathien für die Unterdrücker des Landes verbarg.

Nun übernahm Gertrudis die Rechtfertigung, die Don Rafaels' Stolz verschmähte.

„Mein Vater!" sagte sie mit einem Ton, der den Schmerz, der sie getroffen hatte, verriet. „Ist es denn unmöglich, daß von einem Tag auf den anderen bei uns eine Nachricht eintreffen kann, in der uns Don Rafael die Beweggründe seiner Handlungsweise auseinandersetzt?"

„Selbst in dem Fall", erwiderte Don Mariano, „wenn er uns alles auseinandersetzen würde, wäre er deshalb kein Verräter an seinem Vaterland? Nein, nein, er weiß, daß ihn nichts freisprechen kann, und er wird es selbst nicht zu versuchen wagen, sich sein unwürdiges Benehmen verzeihen zu lassen."

Die Nachricht blieb tatsächlich aus, und Gertrudis war nun darauf angewiesen, ihre Tränen im stillen zu unterdrücken. Dennoch hatte die kühne Herausforderung der Rebellion, die seine Hand auf das Tor der Hazienda del Valle geschrieben hatte, etwas zu Ritterliches, um ihn noch endgültig zu verdammen. Einen Augenblick lang glaubte Gertrudis sogar an seine Unschuld, da sie erfuhr, daß der Kopf des Anführers der Aufständischen nur den Platz ausgefüllt, den früher das greise Haupt seines Vaters eingenommen hatte und daß Blut nur durch Blut gesühnt worden war.

Wenn der Kapitän in diesem Augenblick vor sie hingetreten wäre, so würde Don Mariano auch jetzt nicht einer Heirat zwischen seiner Tochter und ihm zugestimmt haben. Aber eine offene, aufrichtige Erklärung hätte ihn wenigstens in den Augen des Hazienda-Besitzers und seiner Tochter insofern gerechtfertigt, daß sie ihn von jedem Verdacht der Treulosigkeit und des Verrats freigesprochen hätte.

Da es ihm aber gänzlich unbekannt war, daß der Tod seines Vaters erst nach dem des Antonio Valdes zu den Ohren der Bewohner der Hazienda gedrungen war, so versäumte er somit auf ganz entschuldbare Weise die ohne sein Wissen gebotene günstige Gelegenheit.

Die beiden königstreuen Kapitäne, Caldelas und Don Rafael, hatten aus der Hazienda del Valle eine Art Zitadelle gemacht. Die Hazienda war mit einer Kanone ausgerüstet worden, die ihnen der Kommandant der Provinz hatte zukommen lassen. Sie waren nun in der Lage, allen Streitkräften der Rebellen zu trotzen.

Don Rafael, der mit größter Hartnäckigkeit die beiden anderen Mörder seines Vaters, Arroyo und Bocadro, verfolgte, überließ die Bewachung der Hazienda Caldelas.

Der Kapitän Tres-Villas, der ganz der Stimme seines Herzens folgte, hatte endlich einen Weg gefunden, wie er sich auf der Hazienda Las Palmas rechtfertigen könnte. Den Gedanken einer Botschaft verwerfend, beschloß er, sich persönlich auf die Hazienda zu begeben.

Aber von der Glut seiner Rache hingerissen, hatte der Kapitän jede Aussprache mit Gertrudis und ihrem Vater bis zur Erfüllung eines Teils seines Gelübdes verschoben.

Seine verzweifelten Anstrengungen hatten aber bis jetzt nur dazu geführt, die Truppe der beiden Mörder Mann für Mann zu töten, sie selbst aber entgingen stets seinen Verfolgungen.

Endlich verbreitete sich ungefähr zwei Monate nach dem Tode Valdes' das Gerücht, daß Arroyo und Bocadro die Provinz verlassen hätten, um mit dem Rest ihrer Anhänger zur Armee Hidalgos zu stoßen.

Nun kehrte auch Don Rafael zur Hazienda del Valle zurück, die noch von Caldelas bewacht wurde. Während seiner Abwesenheit war ein Befehl vom General-Kommandanten der Armee des Vizekönigs eingetroffen, der ihn aufforderte, seinen Posten im Regiment der Dragoner wieder einzunehmen.

Bevor er diesem Befehl nachkam, beschloß Don Rafael, obgleich er schon lange beim Regiment hätte sein sollen, sich einen Tag mit den Angelegenheiten seines Herzens zu befassen. Er wollte sich auf die Hazienda Las Palmas begeben, um hier seinen Stolz vor seiner Liebe zu beugen.

Jetzt war eine Rechtfertigung schon viel schwieriger, als sie es noch vor zwei Monaten gewesen wäre. Der Schein hatte sich in Wirklichkeit, der Argwohn in Gewißheit verwandelt, und Don Rafael war in den Augen Don Marianos nichts als ein gemeiner Verräter.

Einige Worte drückten die Meinung Don Marianos aus, und diese Worte klangen in den Ohren Donna Gertrudis' wie eine finstere, aber schon in Erfüllung gegangene Vermutung wider: „Beweine nicht den Verrat Don Rafaels“, sagte Don Mariano, wenn er versuchte, seine Tochter zu trösten. „Er hat seine Geliebte und sein Vaterland hintergangen.“

Aber bei diesen Worten ihres Vaters flossen Gertrudis' Tränen nur noch unaufhaltsamer.

Die Zuneigung, die Don Mariano dem jungen Offizier früher geschenkt hatte, war ebenso groß wie die Zärtlichkeit, die Gertrudis für ihn empfand. Wenn er persönlich auf die Hazienda gekommen wäre, so hätte die Freimütigkeit seines Blicks und die Ehrlichkeit seiner Worte vermutlich die bitteren Vorwürfe zerstreut.

Unglücklicherweise hatte aber das Schicksal entschieden, daß er, wenigstens als Freund, die Schwelle des gastlichen Las Palmas nicht mehr überschreiten sollte.

Obgleich die Entfernung zwischen den beiden Besitzungen del Valle und Las Palmas nicht mehr als eine Stunde betrug, so beschloß Don Rafael, der in der ganzen Gegend als einer der erbittertsten Feinde der Aufständischen verschrien war, sich auf dem Weg von einem halben Dutzend seiner Leute begleiten zu lassen. Diese Vorsicht war keineswegs unnütz.

Rafael und seine Eskorte gelangten, nachdem sie die Hügelkette überstiegen hatten, an das Tor der Hazienda. Da es zugemauert war, mußte Don Rafael um die Hazienda reiten, um zu dem Haupteingang des Besitzes zu gelangen.

Aber kaum bog er um die Ecke des Gebäudes, als sich plötzlich seine kleine Truppe von allen Seiten von einem Dutzend Reiter mit grimmigen Gesichtern umringt sah.

„Tod dem Verräter!"

In demselben Augenblick, als diese Rufe das Ohr des erstaunten Don Rafael erreichten, streifte ihn einer der Angreifer mit der Brust seines Pferdes, so daß Don Rafael fast gestürzt wäre.

Jetzt wäre es um Don Rafael beinahe geschehen gewesen, wenn es ihm nicht bei seiner Gewandtheit gelungen wäre, sich von den Steigbügeln loszumachen und mit einem Sprung auf das Pferd eines seiner Begleiter zu schwingen, der eben erdolcht aus dem Sattel stürzte.

Durch die Stimme ihres Anführers angefeuert, durchbrachen die fünf Überlebenden, ungeachtet des Mißverhältnisses hinsichtlich der Zahl, die Reihe der Angreifer und schlugen sich in die Berge, wohin ihnen die Aufständischen nicht zu folgen wagten.

Ein Toter und das verlorene Pferd Don Rafaels waren die Verluste, die der Kapitän bei dem Versuch erlitten hatte, die zwei Monate seines Schweigens zu rechtfertigen. Er schlug nun den Weg zu der Hazienda del Valle wieder ein.

Mißmut und Trauer erfüllten sein Herz. Dieselbe Hazienda Las Palmas, deren gerngesehener Gast er einst gewesen war, beherbergte für ihn jetzt nur Feinde, die nach seinem Blut dürsteten.

„Es ist sonderbar", sagte einer der Reiter der kleinen Truppe, die Rafael in einiger Entfernung folgte, „man behauptet, daß Arroyo und Bocadro das Land verlassen hätten, und wenn ich mich nicht täusche ...

„Ja, sie waren es", erwiderte ein zweiter Reiter, „ich habe sie wiedererkannt, habe mich aber gehütet, es dem Kapitän zu sagen. Er ist so wild auf sie, daß wir ihn nicht hätten zur Flucht bewegen können, wenn er gewußt hätte, welchen Männern er begegnet war.

Inzwischen ritten die in ihren Erwartungen getäuschten Angreifer auf die Hazienda Las Palmas zurück.

„Dreifacher Narr, der ich war", sagte ein Mann mit wildem Gesicht zu einem seiner Gefährten. Er hatte grobknochige Glieder und einen mächtigen Stiernacken. „Wir hätten ihn auf die Hazienda gehen lassen sollen, Arroyo, dann wäre er unser Gefangener gewesen."

„Don Mariano würde es nicht zugelassen haben", erwiderte sein Gefährte, der dürr und listig wie ein Marder aussah.

Dieser Mann war Bocadro, der Gefährte Arroyos.

„Wir würden ihn nicht nach seiner Erlaubnis gefragt haben", entgegnete Arroyo mit grimmigem Gesicht, „da wir nicht mehr im Dienst Don Marianos stehen. Jetzt ist die Zeit gekommen, wo die Diener die Herren ihrer Herren werden müssen. Was kümmert mich die Befreiung des Landes. Was ich will, ist Blut und Plünderung!"

Bei diesen Worten, die die wahre Gesinnung des wilden Rebellen verrieten, flammte ein Blitz der Wut in seinen Augen auf.

„Nun werden wir fliehen müssen", fügte er hinzu, „denn wenn der wütende Kapitän erfährt, daß wir hier sind, so hält ihn nichts in der Welt davon ab, Feuer an alle vier Ecken der Hazienda anzulegen, um uns lebendig zu braten!"

„Dreifacher Narr, der ich bin, auf dich gehört zu haben."

„Wer konnte es denn voraussehen, daß er uns entwischen würde?" erwiderte Bocadro, der vor dem Gesichtsausdruck seines Gefährten erschrocken zurückwich.

„Du!" brüllte der Bandit.

Wütend zog Arroyo seinen Dolch und versetzte Bocadro mit dem Griff einen so gewaltigen Stoß vor die Brust, daß dieser wie eine leblose Masse mit einem Schmerzensgeheul vom Pferd stürzte.

Er ließ seinen Gefährten auf dem Boden liegen und trieb sein Pferd durch das Tor der Hazienda, sprang im Hof aus dem Sattel und verschwand mit seinem Gewehr in der Hand im Haus.

Einige Minuten später ritt Don Rafael nachdenklich den Abhang hinauf, der auf den Gipfel des Hügels führte, als plötzlich ein Schuß, der von der Terrasse der Hazienda abgefeuert wurde, seinen nächsten Begleiter niederstreckte.

Ein bitteres Lächeln spielte um die Lippen Don Rafaels und stechender Schmerz durchzuckte sein Herz, als er dieses Lebewohl mit dem verglich, das ihn vor zwei Monaten begleitet hatte. Die Kugel hatte ausgerechnet den Reiter getroffen, der es für klug gehalten hatte, seinem Kapitän den Namen zweier seiner Gegner zu verschweigen.

„Das ist Arroyo, der den Schuß abgefeuert hat", rief unwillkürlich der, der geglaubt hatte, den Banditen erkannt zu haben.

„Arroyo ist auf der Hazienda und Sie haben es mir nicht gesagt?" rief der Kapitän mit wütender Stimme.

„Ich wußte nicht ... Ich war meiner Sache nicht sicher ..." stammelte der Reiter.

Es fehlte wenig, und Don Rafael hätte ihn in der Aufwallung seines Zorns noch schlechter behandelt als Arroyo seinen Gefährten.

Er schickte den am besten berittenen Reiter seines Gefolges zu der Hazienda del Valle mit dem Auftrag, ihm, ohne eine Minute zu verlieren, ungefähr fünfzig gut bewaffnete Leute mit einigen Sprengladungen zu senden, um das Tor der Hazienda in die Luft zu jagen.

Der Reiter sprengte im Galopp davon, und Don Rafael wartete nun, hinter einer Krümmung des Weges versteckt, auf die Rückkehr seines Boten.

Nach und nach kühlte sich sein siedendes Blut ab, und er dachte über den Akt der Feindseligkeit nach, den er Gertrudis' Vater zufügen wollte.

Ein heftiger Kampf brach in seinem Innern zwischen ganz entgegengesetzten Gefühlen aus. Gleichviel, ob er bei seinem Entschluß blieb oder nicht, es schien ihm eine Tempelschändung zu sein, was er unternehmen wollte. Dennoch sprach die Stimme der Pflicht ebenso gebieterisch wie die der Liebe in der Tiefe seines Herzens. Welcher von beiden sollte er gehorchen?

Noch war der heftige Kampf zwischen den beiden einander widerstrebenden Gefühlen nicht ausgekämpft, als die Truppe bei ihm anlangte. Was nun auch daraus werden mochte, jetzt konnte Don Rafael nicht mehr zurück. Diesmal trug noch die Pflicht den Sieg davon.

Der Offizier zog seinen Degen und setzte sich an die Spitze seiner Truppe. Auf ein Zeichen von ihm blies der Trompeter einen Marsch und benachrichtigte so die Bewohner der Hazienda, daß ein Kavalleriekorps die Hügelkette überschritt.

Einige Minuten darauf stellte sich die Truppe in Reihe und Glied vor der Hazienda auf. Ein Spanier ritt vor, und von neuem schmetterte die Trompete. Der Unterhändler forderte Don Mariano im Namen des Kapitäns der königlichen Armee, Don Rafael Tres-Villas, auf, die beiden Banditen, Arroyo und Bocadro, tot oder lebendig auszuliefern.

Nach dieser Aufforderung blieb Don Rafael unbeweglich im Sattel sitzen, aber mit bleicher Stirn und klopfendem Herzen erwartete er die Antwort.

Tiefes Schweigen herrschte rings um ihn.

2

Sieg der Liebe über die Pflicht

Außer der von Kapitän Tres-Villas vorausgesehenen Folge seines Entschlusses, gab es eine, an die er nicht hatte denken können.

Ein Blick auf die Hazienda wird das verdeutlichen.

In dem Saal, den der Leser schon kennt, befanden sich Don Mariano und seine beiden Töchter. Ihre Lage war ganz dazu angetan, das Schweigen, das der Aufforderung des königlichen Offiziers gefolgt war, zu rechtfertigen.

Arroyo und Bocadro standen mit gezückten Dolchen vor der Tür und bedeuteten dem Eigentümer der Hazienda genau die Schritte, die er einschlagen sollte.

„Hören Sie, Señor Don Mariano", sagte der Bandit mit der ihm eigenen brutalen Ausdrucksweise, „ich glaube gern, daß Ihre Rechtschaffenheit es ablehnen wird, die Gäste des Hauses auszuliefern."

„Das ist richtig", erwiderte Don Mariano. „Sie können überzeugt sein ..."

„Ich weiß es, Sie werden diese Auslieferung ablehnen. Aber dieser Teufelskerl, der Kapitän, wird das Tor sprengen und uns gefangennehmen, ohne sich um Ihr Geschrei zu kümmern, und dem will ich entgehen."

„Wissen Sie ein Mittel, wie wir das verhindern können?"

„Ohne Zweifel, es gibt ein sehr einfaches. Dieser Teufelskerl ist früher Ihr Freund gewesen. Wenn ich in meiner Eigenschaft als ehemaliger Diener Ihres Hauses über das, was hier vorgegangen ist, gut unterrichtet bin, so hat er eine Schwäche für die wunderschöne Donna Gertrudis. Deshalb wird er auf Sie alle Rücksicht nehmen und Sie nicht in Gefahr bringen."

„Eine Gefahr? Ich verstehe Sie nicht."

„Sie werden mich sogleich verstehen. Sie müssen dem Kapitän sagen, daß, wenn er das Tor sprengt, er uns zwar lebendig erwischen, zugleich aber Sie und Ihre Töchter als Leichen wiedersehen wird. Verstehen Sie mich jetzt?"

Die Worte Arroyos hätten weniger bestimmt sein können, denn der Ausdruck der Wildheit, der in seinem Gesicht lag, verriet seine Gedanken hinreichend. Die beiden Töchter Don Marianos warfen sich vor Schrecken in die Arme ihres Vaters.

In diesem Augenblick ließ sich der Ton der Trompete zum zweitenmal vernehmen, und die drohende Stimme des Soldaten drang bis zu den Bewohnern der Hazienda.

Don Mariano, der davor zitterte, daß seinen Töchtern ein Leid geschehen würde, ließ auch diese zweite Aufforderung ohne Antwort vorübergehen. Obwohl sie schon in einem gebieterischeren Ton gehalten war als die erste.

„Alle Teufel!" brüllte der Bandit. „Da sind nicht viel Ausflüchte zu machen! Zeigen Sie sich am Fenster, wenn Sie Furcht haben, dem wütenden Kapitän unter die Augen zu treten, und wiederholen Sie ihm gegenüber unsere Worte, wenn nicht ..."

Die Trompete, die jetzt zum drittenmal ihre herausfordernden Töne erschallen ließ, unterbrach den Banditen.

„Plündert das Haus der Feinde Spaniens!" rief eine männliche Stimme, deren Klang in der Seele Gertrudis' zugleich ein Gefühl des Schreckens und der Freude hervorrief.

Es war die Stimme Don Rafaels.

„Halt, noch einen Augenblick!" rief Don Mariano, der in einem Säulengang erschien, der die Freitreppe überragte und von wo aus er die ganze Ebene überblicken konnte. „Ich habe zwei Worte mit dem Kapitän zu sprechen. Wo ist er?"

„Hier bin ich. Sehen Sie mich nicht?“

„Ah, Verzeihung!“ sagte Don Mariano mit bitterem Lächeln. „Ich habe bisher in dem Kapitän Tres-Villas nur einen Freund gesehen und erkannte ihn daher in dem Mann, der mir mit Zerstörung des Hauses drohte, in dem er selbst einst Gastfreundschaft genossen hat, nicht wieder.“

Diese unklugen Worte, bei denen Don Mariano eine gewisse Ironie nicht hatte unterdrücken können, riefen eine lebhafte Röte auf der eben noch totenbleichen Stirn des Offiziers hervor.

„Und ich“, entgegnete er, „ich sehe heute in Ihnen nur noch einen Beschützer des gottlosen Aufstands, den ich geschworen habe zu ersticken, und den Herrn eines Hauses, das Banditen beherbergt. Haben Sie nicht gehört, daß Sie sie mir ausliefern sollen?“

„In keinem Fall würde ich die verraten, die ich zu verteidigen versprochen habe“, antwortete Don Mariano erregt. „Aber in diesem Fall bin ich nicht einmal Herr meines Willens. Ich bin beauftragt, Ihnen zu sagen, daß die, die Sie verfolgen, meine beiden Kinder und mich erdolchen werden, ehe sie in Ihre Hände fallen. Es liegt nun an Ihnen, ob Sie jetzt noch darauf bestehen, daß die Rebellen Ihnen ausgeliefert werden.“

Die frühere Bitterkeit war jetzt aus den Worten Don Marianos verschwunden, und vor allem die letzten Sätze waren mit einem würdevollen, aber traurigen Ernst ausgesprochen worden.

Eine Wolke verdunkelte die Augen Don Rafaels. Er erschauerte bei dem Gedanken, daß Gertrudis unter den Dolchen der Banditen verbluten sollte, die er für fähig hielt, eine solche Drohung auszuführen.

Er fühlte sich fast glücklich, daß er hier eine nicht weniger notwendige Pflicht der Menschlichkeit zu erfüllen hatte, als die, der er bis jetzt gehorchen mußte.

„Gut“, sagte er nach kurzem Schweigen. „Bringt dem Banditen, den man Arroyo nennt, das feierliche Versprechen, daß er nichts zu befürchten hat, wenn er sich zeigt. Ich stelle ihm diese Bedingung nicht, weil ich ihm verzeihe, sondern weil mich die Gefahr, die den beiden Mädchen und Ihnen droht, dazu zwingt.“

„Oh, ich bedarf Ihres Versprechens nicht!“ rief der Bandit unverschämt und stellte sich neben Don Mariano. „Habe ich da drin nicht Geißeln, die besser für mein Leben bürgen? Nun, was wollen Sie von Arroyo, Señor Capitano?“

Der Kapitän hörte mit geschwollenen Stirnadern, vor Wut zuckenden Lippen und blitzenden Augen den Worten eines der Mörder seines Vaters zu. Bei dem Anblick des Mannes, den er so lange vergeblich verfolgt hatte und den er nun gefangennehmen wollte, hatte er große Mühe, nicht die Beherrschung zu verlieren.

Unwillkürlich riß seine krampfhaft geballte Faust ungestüm den Zügel seines Pferdes zurück, die Sporen bearbeiteten die Flanken, und das gequälte Tier richtete sich auf seinen Hinterfüßen hoch auf und stürzte mit einem Satz fast gegen das Tor der Hazienda.

Man hätte glauben können, daß sein Reiter das Hindernis, das ihn von dem Banditen trennte, übersteigen wollte. Der Rebell konnte eine Gebärde des Schreckens nicht unterdrücken.

„Was ich von Arroyo will?“ rief der Kapitän endlich. „Nichts weiter, als mir seine Gesichtszüge ins Gedächtnis einzuprägen, damit ich ihn wiedererkenne, wenn ich ihn einst verfolgen werde, um ihn lebend an den Schweif meines Pferdes zu binden.“

„Wenn Sie mich gerufen haben, um mir zu drohen, so …“

Der Bandit drehte sich um und wollte in die Hazienda zurückkehren.

„Höre“, schrie Don Rafael, „dein Leben ist dir verbürgt, ich habe es versprochen, die Menschlichkeit gebietet mir, es zu schonen.“

„Auch kann ich Ihnen dafür nicht danken, Kapitän!“

„Dein Dank wäre eine Beleidigung. Wenn aber in dem Stück blutigen Dreck, das dir als Herz dient, irgendeine Spur von Mut und Tapferkeit wohnt, so besteige dein Pferd, wähle eine Waffe, die dir gefällt, und komm allein aus der Hazienda. Ich fordere dich zu einem Kampf auf Leben und Tod heraus!“

Als der Kapitän so sprach, richtete er sich hoch in den Steigbügeln auf, und der Adel seiner Haltung bildete einen scharfen

Gegensatz zu der gemeinen und tierischen Haltung des Mannes, den er herausforderte. Arroyo aber hatte nur Mut, ihn mit den Augen zu verschlingen.

„Bah! Wahrhaftig!“ sagte er und lächelte spöttisch. „Eine schöne Herausforderung, fünfzig gegen einen!“

„Ich verpfände hier feierlich vor meinen Soldaten und vor Gott mein Wort als Edelmann, daß dir nichts geschehen soll, wie auch der Ausgang unseres Kampfes sein wird.“

Einen Augenblick lang blieb der Bandit unentschlossen und stumm. Man hätte glauben können, daß er die Chancen dieses Kampfes abwog. Er hatte aber zu oft die Tapferkeit des Kapitäns kennengelernt, um hoffen zu dürfen, daß er die Auseinandersetzung als Sieger beenden könnte. Er wagte nicht, den Zweikampf anzunehmen.

„Ich schlage es aus“, sagte er.

„Behalte dein Pferd, ich will dich zu Fuß bekämpfen.“

„Teufel, ich schlage es aus, sage ich Ihnen!“

„Ich vermutete es. Aber höre noch einen Vorschlag. Ich verspreche dir, daß dir nichts geschehen soll, wenn du den Bewohnern dieses Hauses, die ich dir zeigen werde, gestatten wirst, sich in meine Obhut zu begeben.“

„Auch dieses schlage ich aus“, erwiderte Arroyo.

Geh, du bist kein Mann. Und wenn dich diese Hand einst ergreift, so will ich dich wie einen Hund behandeln und dich unter der Peitsche sterben lassen.“

Nach diesem schrecklichen Lebewohl wendete der Kapitän sein Pferd und drehte dem Banditen den Rücken mit einer Miene, die tiefste Verachtung ausdrückte.

Die Trompete schmetterte von neuem, und die Truppe schlug wieder den Weg in die Berge ein. Zwei Gefühle bestürmten nach diesem Zusammentreffen, dessen Ausgang ein so schmerzlicher für den Kapitän gewesen war, die Seele Don Rafaels.

Es waren einmal die Erinnerung an die fast zu aufrichtigen Worte Don Marianos und dann die tödliche Unruhe, die er bei dem Gedanken empfand, die beiden Mädchen in der Gewalt eines solchen Scheusals wie Arroyo zurücklassen zu müssen.

Seine letzte Befürchtung erfüllte sich zum Glück nur teilweise. Denn er erfuhr durch einen seiner Kundschafter, daß Arroyo und Bocadro nach der Plünderung der Hazienda die Provinz verlassen und daß die Bewohner von Las Palmas nicht das Unglück gehabt hatten, auch noch einem anderen Geschick zu erliegen.

Jetzt beschloß Don Rafael, sofort dem Befehl seiner Vorgesetzten zu gehorchen und sich zu seiner Truppe zu begeben. Caldelas erhielt ein Kommando, und beide überließen bei ihrer Abreise die Garnison der Hazienda del Valle einem katalonischen Leutnant namens Veraegui.

Don Rafael hatte an der Schlacht bei Calderon teilgenommen, in der General Calleja mit sechstausend Mann die hunderttausend Rebellen Hidalgos zerstreute.

Dann hatte er an verschiedenen Orten gegen die Aufständischen gekämpft und kehrte schließlich auf dem Schiff von San Blas nach Oajaca zurück. Bei seiner Ankunft hatte er Befehle erhalten, die ihn zur Belagerung von Huajapam gerufen hatten.

Sein alter Waffenbruder Caldelas befand sich beim Belagerungsheer als Brigade-General, während Don Cornelio, weniger glücklich als er, nur noch den Grad eines Obersten führte.

Nun wollen wir zu Julian zurückkehren, der den Oberst in eine so lebhafte Aufregung versetzt hatte, als er vorgab, eine dringende Botschaft zu überbringen.

Die Trennung läßt eine flüchtige Bekanntschaft fast spurlos vorüberziehen, während sie eine tiefgewurzelte Leidenschaft um so glühender aufstachelt. Ähnlich wie der Wind ein Licht verlöscht, eine Feuersbrunst aber vermehrt.

Auf Rafael hatte die Trennung wie der Wind auf die Feuersbrunst gewirkt, er hoffte immer noch, daß Gertrudis ihm eine Botschaft der Verzeihung und Liebe zukommen lassen würde.

Das war wohl der Grund der Aufregung, die Don Rafael ergriff, als er die Nachricht von der Ankunft eines Boten vernahm.

„Nun, Julian, was haben Sie mir zu melden?“ fragte der Oberst und versuchte seine innere Unruhe zu verbergen. „Haben sich die Aufständischen unserer Zitadelle bemächtigt?“

„Ach nein!“ erwiderte Julian. „Die Leute unserer Garnison beklagen sich nur darüber, daß man ihnen zu viel Ruhe läßt. Einige Streifzüge ins Land, bei denen die Plünderung irgendeiner reichen Hazienda in Aussicht stünde, würden ihnen gerade recht sein. Übrigens sind auch die Nachrichten, die ich bringe, der Art, ihnen diese kleine Genugtuung zu verschaffen.“

„Sie bringen mir also eine kriegerische Nachricht?“ fragte der Oberst mit einer Miene trüber Enttäuschung, die Julian auffiel.

„Eine Rachebotschaft. Um aber mit dem weniger Wichtigen anzufangen, so glaube ich, daß es Ihnen angenehm sein wird, zu hören, daß ich das brave Tier, den Roncador, mitbringe.“

„Roncador?“

„Ja, dasselbe Pferd, das Sie bei dem Angriff der Rebellen bei Las Palmas verloren haben. Irgend jemand hat es vermutlich verpflegt und es uns zu der Hazienda zurückgeschickt.“

„Wer hat es zurückgeschickt?“ fragte Don Rafael lebhaft.

„Wer würde es anders sein können als Don Marina Silva? Einer seiner Leute führte es uns vor drei Tagen mit den Worten zu, daß der Herr, dem es gehört, dieses Pferd vielleicht mit Vergnügen wiedersehen würde. Es wurde mit Sattel und Zaum zurückgegeben, so wie Sie es verloren hatten. Nur an der Stirn trug Roncador eine allerliebste Schleife aus rotem Samt.“

„Wo ist die Schleife?“ fragte Don Rafael mit großem Interesse, wessen Hand sie dort angeheftet hatte.

„Einer unserer Leute, Felipo el Galan, hat sich daraus ein Abzeichen gemacht.“

„Felipo ist ein Schurke, den ich für seine Unverschämtheit züchtigen werde!“ rief Don Rafael zornig.

„Ich habe ihn gewarnt, mag er es nun ausbaden. Ich muß Ihnen auch noch sagen, daß der Bote einen Brief für Sie mitbrachte.“

„Warum haben Sie mir das nicht gleich gesagt?“

„Ich fing mit dem Anfang an“, sagte Julian. „Hier ist der Brief.“

Bei diesen Worten zog der Bote ein kleines Paket Maisblätter aus seiner Tasche, in das er vorsichtshalber den Brief eingeschlagen hatte. Er gab ihn Don Rafael, der ihn mit zitternder Hand, deren Beben er vergeblich zu beherrschen suchte, ergriff.

„Gut“, sagte er mit erzwungener Ruhe. „Was haben Sie mir jetzt noch zu sagen?“

Dieser Brief konnte von Gertrudis sein, und der Oberst verfolgte mit dieser Miene erkünstelter Kälte keinen anderen Zweck, als sich das Vergnügen vorzubehalten, ihn zu lesen, wenn er allein war.

„Arroyo und Bocadro sind mit ihren Banditen wieder in der Provinz erschienen“, fügte Julian hinzu, „und der Leutnant Veraegui schickt mich ...“

„Arroyo und Bocadro!“ unterbrach ihn Don Rafael, der plötzlich aus seiner süßen Schwärmerei gerissen wurde und wieder an seine Rache denken mußte. „Sagen Sie meinerseits dem Leutnant Veraegui, er möge den Pferden die doppelte Ration geben lassen, damit sie gut bei Kräften sind. Ich werde in einigen Tagen bei ihm sein, um die Verfolgung der Banditen aufzunehmen. Denn nach dem nächsten Angriff, den wir versuchen werden, muß Huajapam entweder fallen oder wir heben die Belagerung auf. Ich werde dann einen Urlaub vom Kommandierenden General erbitten, um uns endlich dieser beiden Banditen zu bemächtigen. Und sollten wir Feuer an allen vier Ecken der Provinz anlegen müssen, so werden wir es tun. Gehen Sie jetzt, Julian.“

Der Bote wollte gerade das Zelt verlassen, als Don Rafael, der den glückverheißenden Brief auf dem Tisch liegen sah, sich von neuem an Julian wandte und sagte: „Nehmen Sie! Sie haben gute Nachrichten gebracht, und ich will Sie dafür belohnen.“

Er drückte ihm eine Goldmünze in die Hand, die Julian hastig einsteckte. Er war sehr erstaunt, sich so großzügig für die Überbringung der Nachricht, daß Arroyo und seine Bande wieder aufgetaucht seien, belohnt zu sehen. Trotzdem war seine Zufriedenheit größer als sein Erstaunen.

Als er hinausgegangen war, ergriff Don Rafael den Brief und hielt ihn einen Augenblick in seiner Hand, ohne ihn zu öffnen. Sein Herz schlug mit aller Macht, denn er zweifelte nicht mehr daran, daß dieser Brief von Gertrudis war. Zudem war dies das erste Zeichen, das er von ihr seit zwei Jahren erhielt. Er hatte von ihr nichts mehr gehört, seit er sich der spanischen Armee angeschlossen hatte.

Endlich erbrach er das Siegel. Der Brief, der von Frauenhand, die aber ebensogut die Marianitas sein konnte, geschrieben war, bestand nur aus wenigen Worten, die nichts Bestimmtes enthielten: „Die Bewohner von Las Palmas haben nicht vergessen, daß sie Don Rafael in einer sehr kritischen Lage verpflichtet gewesen sind. Sie haben geglaubt, dem Oberst eine Freude zu bereiten, indem sie ihn wieder zu dem Besitz seines Pferdes verhelfen, eines Pferdes, das der Kapitän Tres-Villas einigen Grund hat zu lieben."

„Mir verpflichtet!" rief Don Rafael mit Bitterkeit. „Welcher Undank! Man könnte fast glauben, daß ich meinem Eid, den ich bei dem Haupt meines Vaters geschworen hatte, ihretwegen untreu geworden bin. Nur Mitleid hat mich veranlaßt, ihnen zu helfen. Versuchen wir, nicht mehr an die zu denken, die uns vergessen haben."

Dennoch steckte der Oberst mit einem tiefen Seufzer das Papier, von dem er vermutete, daß es die Hände Gertrudis' berührt hatten, in eine kleine Tasche seiner Uniform.

Ein Hoffnungsstrahl leuchtete immer wieder während des Weges von seinem Zelt zu dem des Kommandierenden Generals, wo der Kriegsrat sich versammeln sollte, in seinem Herzen auf.

Gertrudis wußte, wie lieb ihm dieses von ihrer Hand so oft gestreichelte Pferd war. Ohne Zweifel sandte sie es ihm deshalb mit einer roten Samtschleife zurück, die dazu dienen sollte, ihn an die Blumen zu erinnern, die sie in einer glücklicheren Zeit an der Stirn des Tieres befestigt hatte.

Der Brigadier Bonavia, die Kommandanten Caldelas und Regules saßen um einen mit einem groben grünen Teppich behangenen Tisch, als der Oberst in das Zelt trat.

„Nun, Oberst", sagte der Brigadier, „ich habe gehört, daß Sie soeben eine Botschaft erhalten haben. Ist sie vertraulicher Natur, oder ist ihr Inhalt von Interesse für die königliche Sache?"

„Der Leutnant, der für den König die Hazienda del Valle befehligt, hat mich benachrichtigt, daß die beiden Banditen, Arroyo und Bocadro, mit ihrer Bande wieder in der Provinz erschienen sind. Nach der Einnahme dieses Nestes werde ich mir erlauben, bei Eurer Exzellenz um den Auftrag zu bitten, sie selbst wie wilde Bestien verfolgen zu dürfen."

„Dieser Auftrag soll Ihnen erteilt werden. Ich könnte keinen Würdigeren für ihn finden."

„Niemand würde sich zumindest mit mehr Eifer diesem Unternehmen widmen", fügte Don Rafael hinzu.

Der Kriegsrat begann. Ohne einen ins einzelne gehenden Bericht vom gegenwärtigen Stand der Dinge mitzuteilen, werden wir uns auf das beschränken, was unumgänglich notwendig zum Verständnis der Situation, der Belagerer und der Belagerten ist.

„Meine Herren", begann der General, „morgen sind es einhundertundvierzehn Tage, daß wir die Belagerung dieses Dorfes, das der Oberst Tres-Villas mit Fug und Recht ein Nest nannte, eröffnet haben. Ohne die Scharmützel zu zählen, haben wir fünfzehn Angriffe unternommen und sind dennoch ebensowenig vorgerückt wie am ersten Tag."

„Sogar weniger vorgerückt", sagte Regules, als der Brigadier seine kurze Zusammenfassung beendet hatte. „Denn das Selbstvertrauen der Belagerten ist durch den Erfolg ihres Widerstandes gewachsen. Sie hatten nicht eine Kanone, und der Oberst Trujano besitzt heute drei Stück, die ihm die Kirche geliefert hat."

„Somit könnte man aus der Rede folgern, daß der Kommandant Regules der Ansicht ist, die Belagerung aufzuheben!" rief Caldelas mit einigem Spott.

Seit langem schon herrschte eine geheime Erbitterung zwischen den beiden Brigade-Generalen Caldelas und Regules. Von denen der eine einen bewundernswerten Mut und eine seltene Redlichkeit besaß, während der andere oft grausam und ungerecht war.

„Wir haben hier die Frage zu klären, ob wir die Belagerung aufheben oder fortsetzen sollen", unterbrach sie der General. „Es kommt dem Oberst Tres-Villas als dem Jüngsten und dem Rangniedrigsten zu, zuerst seine Meinung zu äußern. Sprechen Sie, Oberst."

„Wenn fünfzehnhundert Mann einen Ort wie Huajapam, der von kaum vierhundert verteidigt wird, belagern, so müssen sie ihn entweder erobern oder sich bis auf den letzten Mann unter seinen Wällen niederhauen lassen. Denn jedes andere Verfahren hieße ihre eigene Ehre und den Erfolg der Sache, der sie ihre Kräfte gewidmet haben, gefährden. Das ist die Ansicht, die ich die Ehre habe, Eurer Exzellenz zu unterbreiten."

„Was ist Ihre Ansicht, Kommandant Caldelas?"

„Die des Oberst", entgegnete Caldelas. „Die Belagerung aufzuheben, wäre das verderblichste Vorbild für die Königstreuen und ein bedauernswerter Machtgewinn für die Aufständischen. Was würde dazu der ehrenwerte Oberbefehlshaber der königlichen Truppen, Don Telix Calleja, sagen? Er belagerte auch volle hundert Tage in Cuautla einen viel gewandteren und furchtbareren General als Trujano, Don Morelos. Und am Ende des hundertsten Tages war er Herr der Stadt."

„Morelos hatte sie geräumt", warf Regules ein.

„Was tut's? Er ermöglichte dadurch, daß Calleja die Stadt besetzen konnte, wo noch heute die spanische Flagge weht."

Jetzt war die Reihe an Regules, seine Ansicht darzulegen.

Er zählte in weitschweifiger Weise die Länge und die Schwierigkeiten der Belagerung auf und die unfruchtbaren und blutigen Angriffe, die unternommen worden waren. Er versuchte auseinanderzusetzen, wie verderbenbringend es für ihre Sache sei, wenn nur der Stolz sie daran hindere, nicht aus diesem unwichtigen Dorf abzuziehen. Sie würden das Leben von tausend braven Soldaten aufs Spiel setzen, während der General Don Morelos nach Oajaca marschiere.

„Und wenn ich tausend Soldaten sage", fügte er hinzu, „so geschieht dies nicht ohne Grund, denn der Colonel, der von fünfzehnhundert sprach, hat die Toten mitgezählt ... Bis jetzt", fuhr er fort, „haben wir es an allen Orten des Königreichs, wo wir mit den Aufständischen zusammentrafen, mit Leuten zu tun gehabt, die von dem, was sie Vaterlandsliebe nennen, erfüllt waren. Jetzt stehen wir Leuten gegenüber, die durch den schwärmerischen Geist Trujanos beeinflußt, zu blinden Fanatikern geworden sind, die verzweifelt kämpfen und singend sterben. Während wir hier vergebens unsere Kräfte verschwenden, breitet sich der Aufstand in der Provinz aus. Wir verlieren nur kostbare Zeit, in der wir woanders die Rebellion wirkungsvoller bekämpfen könnten. Meine Ansicht geht dahin, die in jeder Weise verderbliche Belagerung aufzuheben."

„Die Belagerten erinnern sich der Heldentaten von Yanguitlan", sagte Caldelas, „und das ist der Grund, warum sie sich so hartnäckig verteidigen."

Bei dieser Anspielung, deren Sinn dem Leser später klarwerden wird, biß sich Regules auf die Lippen und blickte haßerfüllt in das spöttische Gesicht Caldelas'.

Vom Standpunkt eines Kommandierenden Generals, der für das Leben seiner Soldaten verantwortlich ist, entbehrten die Gründe, die Regules angeführt hatte, nicht einer gewissen Berechtigung, und der General teilte seine Ansicht.

Ohne von seiner Macht, die ihm sein militärischer Rang verlieh, Gebrauch zu machen, schlug er einen Mittelweg vor.

Es sollte am folgenden Tag noch ein letzter furchtbarer Angriff versucht, die Belagerung aber aufgehoben werden, wenn er fruchtlos wie die übrigen ausfiele.

Der General sprach noch, als sich plötzlich ein unerklärlicher Lärm von der Seite der Stadt her vernehmen ließ. Dieser Lärm schien von einem mehrstimmigen, feierlichen Lobgesang herzurühren. Immer wieder wurde er von Trompetenfanfaren und dem Geknalle zahlreicher Raketen übertönt.

„Diese öffentlichen Freudensausbrüche haben für uns eine schlimme Vorbedeutung!" rief Regules aus, als man sich nicht mehr länger über die Natur des freudigen Tumults täuschen konnte. „Nicht morgen, nein heute noch muß die Belagerung aufgehoben werden."

„Das heißt mit anderen Worten, daß man vor Sprengladungen fliehen muß!" entgegnete Caldelas.

„Wie die Mauern von Jericho bei dem Schall der Posaunen zusammenstürzten!" fügte der Colonel hinzu.

„Ich wünschte, ich hätte unrecht!" sagte Regules.

Trotz seiner Warnung wurde der Entschluß, am folgenden Tag noch einen Angriff zu wagen, angenommen.

Dieses Gefecht sollte aber nicht stattfinden.

Der Kriegsrat wurde aufgehoben, die Offiziere kehrten in ihre Zelte zurück. Don Rafael hatte große Eile, allein zu sein, um über die Botschaft, die er empfangen hatte, nachdenken zu können. Vor allem wollte er sich den hoffnungsvollen Gedanken hingeben, die dieser Brief in ihm geweckt hatte.

Er hörte nicht einmal auf das Freudengeschrei der Belagerten, das jedermann im spanischen Lager tief beunruhigte.

3

Valerio Trujano

Der ehemalige Maultiertreiber, Valerio Trujano, der sich den Aufständischen erst angeschlossen hatte, nachdem er gewissenhaft seine Schulden bezahlt hatte, war inzwischen zum Oberst befördert worden. Trotzdem war er nur ein Rebell von vielen.

Der Ruf, den er aber in den engen Grenzen seiner Umgebung genoß, war der Anlaß ständiger Unruhe für die königlichen Häupter der Stadt Oajaca. Sie glaubten jetzt den richtigen Moment gewählt zu haben, um den furchtbaren Feind zu vernichten. Denn zwei seiner Gefährten, Don Miguel und Don Nicolas Bravo, waren von Morelos nach Cuautla zurückberufen worden.

Die Bedeutung, die man einer Niederlage des religiös schwärmerischen Rebellen beilegte, war so groß, daß die Regierung Mexicos gegen ihn fast die ganze militärische Macht der Provinz aufbot.

Trujano befand sich zu der Zeit gerade in Huajapam, demselben Dorf, in dem wir schon seine Bekanntschaft gemacht haben. Hier hatte er die Gelegenheit, sich durch eine erfolgreiche Verteidigung dieser kleinen, nach allen Seiten hin offenen Stadt unsterblich zu machen. Einer Belagerung konnte nur dann standgehalten werden, wenn sich alle einer eisernen Disziplin unterwarfen. Diese führte Trujano ein.

Er begann damit, alle vorhandenen Lebensmittel in ein Magazin bringen zu lassen. Ihre Verteilung an die Soldaten und an jede Familie nahm er jeden Morgen selbst vor.

Dann führte er eine strenge, fast klosterähnliche Ordnung ein, die er während einer einhundertundvierzehntägigen Belagerung durch die Kraft seines Willens, durch seine unwiderstehliche Gewalt über die Gemüter der Soldaten und Bürger ohne die geringste Störung aufrechterhielt.

Die Zeit hatte er wie in einem Kloster eingeteilt. Die Gebete nahmen die Stunden in Anspruch, die die militärischen Angelegenheiten und die Angriffe der Feinde ihnen übrigließen.

Diese Gebete wurden gemeinschaftlich abgehalten und mit einer Inbrunst dargebracht, die man so häufig bei den Matrosen findet, die die Barmherzigkeit Gottes als ihre einzige Zuflucht vor der Wut der Elemente anrufen.

Nur diesen strengen Maßregeln war es zuzuschreiben, daß sich noch keine Spur von Entmutigung in die Herzen der Bevölkerung eingeschlichen hatte.

Als die Lebensmittel weniger wurden, konnte kein Späherblick in die leeren Räume der Magazine sehen, kein indiskreter Mund eine bevorstehende Hungersnot prophezeien.

Es war offensichtlich, daß die spanische Belagerung nur zwei Ausgänge nehmen konnte, entweder die Belagerten bis auf den letzten Mann niederzumachen oder die Belagerung aufzuheben.

Dieser Zustand dauerte hundert und mehr Tage an, und während dieses langen Zeitraums war nur ein einziger Versuch, Hilfe zu bringen, vom Colonel Sanchez und dem Padre Tapia unternommen worden.

Obwohl er mißlungen war, hatte die Standhaftigkeit Trujanos keinen Schaden erlitten. Die Entmutigung war allein auf Seiten der Spanier festzustellen.

Von den Belagerten stand jeder unter dem grenzenlosen Einfluß dieses außerordentlichen Mannes, in dem die glänzendsten Eigenschaften vereinigt waren.

Nie schadete die Begeisterung seines Herzens der Klugheit seiner Pläne, und nie versuchte er seine Überlegungen überstürzt in die Tat umzusetzen. Tapfer bis zur Verwegenheit war er so geschickt, allen Angriffen des Gegners erfolgreich zu begegnen.

Sein offenes und einnehmendes Wesen zwang jedermann, ihm sein Geheimnis anzuvertrauen, während niemand seine geheimen Gedanken erforschen konnte. Seine Leutseligkeit und sein Sanftmut gegenüber den Soldaten, die weit davon entfernt waren, in Schwäche auszuarten, machten ihn ebenso beliebt wie gefürchtet. Ein unendlicher Zauber umgab seine ganze Person und verscheuchte schon den bloßen Gedanken, ihm ungehorsam zu sein.

Im Jahr 1812 beherrschten die Spanier die Kommunikationswege, während die Aufständischen von allen Seiten umstellt waren. Es ist daher nicht verwunderlich, daß zu der Zeit, als Trujano in Huajapam eingeschlossen war, Morelos, der zwei oder drei Tagereisen von dort in Cuautla belagert wurde, die Situation des früheren Maultiertreibers nicht kannte.

Schon seit einem Monat war Morelos, der sich nach der Räumung Cuautlas nach Isucar zurückgezogen hatte, nicht genau vom Schicksal der Belagerten unterrichtet. Zum Glück aber kannte Trujano den Rückzugsort Morelos', und er beschloß, ihm einen Boten zu schicken und ihn um Hilfe zu bitten.

Das Unternehmen war wegen der Belagerung der Stadt fast unausführbar. Um trotzdem Erfolg zu haben, ordnete Trujano eine neuntägige Andacht an, die ihnen den Schutz des Himmels schenken sollte.

Zwei Tage zuvor, ehe der Kriegsrat abgehalten wurde, war diese neuntägige Andacht abgelaufen.

Es war bereits tiefe Nacht. Die ganze Bevölkerung Huajapams fand sich zur Stunde des Gebets auf einem von Fackeln erleuchteten Platz ein. Eine Kirche, deren Gewölbe die Bomben zerstört hatten, und einige in Schutt liegende Häuser umgaben den Versammlungsort.

Der Tempel der Belagerten war der Platz selbst, das Sternengewölbe des Himmels bildete das Dach. Überall erkannte man bei dem rötlichen Schein der Fackeln die stummen und andächtigen Anwesenden.

Frauen, Kinder und Greise blieben auf der Schwelle ihrer Häuser, Soldaten mit ihren zerfetzten Uniformen und ihren Waffen standen in der Mitte des Platzes. Etwas weiter entfernt waren die Verwundeten, die sich in ihren blutigen Leinwandverbänden mühsam herbeischleppten, um auch am gemeinsamen Gebet teilnehmen zu können.

Alle verneigten sich beim Anblick eines Mannes, der mit ruhigem, aber begeisterten Gesicht wie ehemals die Richter Israels bis mitten auf den Platz vorschritt.

Dieser Mann war der Oberst Trujano. Er machte ein Zeichen, daß er sprechen wollte, und das Schweigen wurde noch tiefer.

„Kinder", begann er mit klangvoller Stimme, „die heilige Schrift sagt: ‚Die, die eine Stadt bewachen, bewachen sie vergeblich, wenn der Herr nicht mit ihnen wacht.' Bitten wir daher den Herrn der Heerscharen, mit uns zu wachen."

Trujano und alle Anwesenden knieten nieder.

„Heute aber", begann er, „läuft der neunte Tag unserer Andacht ab, die wir für die glückliche Rückkehr unseres Boten abgehalten haben. Laßt uns auch für ihn beten und das Lob Gottes singen, der bis jetzt seine Kinder behütet hat, die ihr Vertrauen auf ihn setzen."

Dann stimmte er den Vers des Psalms an, der lautet: „Seine Wahrheit wird euch als Schild dienen, ihr werdet weder die Schrecken der Nacht, noch den Pfeil, der am Tag schwirrt, noch die Gefahr, die in der Finsternis lauert, noch die Angriffe des Teufels und des Sünders zu fürchten haben."

Nach jedem Psalmvers wiederholten die Anwesenden: „Herr, habe Mitleid mit uns! Herr, sei uns gnädig!"

Die spanischen Schildwachen, die an den von den Belagerern angelegten Laufgräben Wache hielten, lauschten andächtig den religiösen Gesängen, die allein das tiefe Schweigen der Nacht unterbrachen.

Im Angesicht des am weitesten vorgeschobenen Postens lagen einige mexikanische Leichname, die ihre Brüder nicht hatten wegschaffen können.

Die Nacht betonte noch das Schreckliche dieses gräßlichen Schauspiels.

Alle waren mehr oder weniger verstümmelt von den Feinden, die sich oft genug an den Toten für ihre Ohnmacht gegenüber den Lebenden rächten.

Der Soldat ging in einem abgemessenen Raum auf und ab, indem er abwechselnd den vor ihm hingestreckten Leichnamen den Rücken zukehrte. Dann zählte er sie wie ein Mensch, der nichts Besseres zu tun weiß, ohne aber zu vergessen, zwischen ihnen und sich einen respektablen Zwischenraum zu lassen.

Um sich eine Zerstreuung zu verschaffen, versuchte der Soldat die Worte zu verstehen, die man in der Stadt sang.

Eine entfernte Stimme sprach: „Es werden davon tausend zu eurer Rechten und zehntausend zu eurer Linken fallen, aber euch wird sich das Übel nicht nahen."

„Alle Teufel! Sollte das Latein sein?" sprach der Soldat zu sich. „Das soll gewiß ein Gebet für die Toten sein."

Plötzlich schien es ihm, als habe sich die Zahl der Leichname bei der Erwähnung der Toten um einen vermehrt.

„Ich werde mich wohl getäuscht haben", fuhr der Spanier in seinem Monolog fort.

Er zählte die Leichname von neuem. Diesmal merkte er sich genau, daß es zehn waren.

Eine Zeitlang horchte er nun wieder auf den Gesang. Dann glaubte er zu bemerken, daß trotz seiner genauen, abgemessenen Schritte die Entfernung, die er zwischen sich und den Leichen einhielt, bei jedem Gang geringer wurde.

Entweder mußte der Leichnam ihm näher gekommen sein, oder er hatte sich getäuscht. Das Letztere war wohl das Wahrscheinlichere. Dennoch trat die Schildwache an den Toten heran und untersuchte ihn. Er lag auf der Seite, und eine blutige Wunde zeigte die Stelle an, die einst sein Ohr eingenommen hatte.

Diese Prüfung beruhigte den Soldaten, der jetzt davon überzeugt war, daß der Tote, es war ein Indianer, ihm nicht näher gerückt sei, sondern daß er sich getäuscht habe. Trotzdem wollte er dem Toten das Bajonett durch den Leib jagen. Die Dunkelheit der Nacht flößte ihm jedoch Ehrfurcht vor dem Toten ein, und er widerstand der Versuchung, den Leichnam zu schänden.

Der Soldat setzte seinen Spaziergang fort, behielt den toten Indianer aber stets im Auge.

Er schüttelte den Kopf, als er daran dachte, daß er zu Beginn seiner Wache neun Tote gezählt hatte. Auch das Näherrücken des Leichnams kam ihm plötzlich wieder seltsam vor. „Hol mich der Teufel!“ sagte er leise. „Tote können doch nicht gehen. Zum Geier, die Gesänge der Lebenden da drüben sind aber nicht lustig, dennoch ziehe ich sie dem Schweigen dieser Totenschädel vor.“

Der Gesang tönte fort: „Erhebet eure Hände zum Heiligtum und lobpreist den Herrn. Seine Wahrheit wird eurer Schild sein, ihr habt nicht die Schrecken der Nacht zu fürchten.“

Obwohl diese Psalmen der Schildwache angenehmer als das Schweigen der Toten schienen, so langweilten ihn dennoch die traurigen Gesänge der Belagerten und die Totenkompanie, zu der er unwillkürlich blicken mußte. Sehnsüchtig sah er zu seinem Lager, wo sein Zelt stand, und setzte dann seinen Gang wieder fort.

Diesmal zählte der Soldat die Anzahl Schritte bis zu dem Indianer, als er plötzlich bemerkte, daß der ihm vorher verdächtig vorgekommene Leichnam verschwunden war.

Nach dem ersten Schrecken erkannte der Spanier, daß er sich von einer indianischen List hatte täuschen lassen. Um nicht der Nachlässigkeit beschuldigt zu werden, hütete er sich, das Lager zu alarmieren und ließ den lebenden Indianer davonlaufen.

Um das fehlende Ohr des Indianers zu erklären, muß erwähnt werden, daß der Kommandant Regules sich vor der Belagerung von Huajapam die traurige Genugtuung verschafft hatte, über zwanzig Indianern, die in seine Hände gefallen waren, bei Yanguitlan die Ohren abschneiden zu lassen. Einige von ihnen verbluteten, andere, mit denen man weniger grausam verfahren war, hatten sich nach Huajapam geflüchtet.

Zu diesen gehörte der Indianer, der um der Narbe das Aussehen einer frischen Wunde zu geben, sie mit dem Blut eines in der Nähe liegenden Leichnams gefärbt hatte.

Auf diese Heldentat des Kommandanten Regules spielte sein

Kamerad Caldelas in der Kriegsratssitzung an, die wir vorhin erwähnten.

„Tausend Bomben!“ rief der spanische Soldat in einem Wutanfall, „wenn diese Hunde da alle nicht mehr tot sind als jener, der seine Beine so gut zu gebrauchen weiß, so will ich ihnen das Laufen verleiden.“

Mit diesen Worten stürzte er sich auf die Leichen und ließ nicht eher von ihnen ab, bis er jeden zwei- oder dreimal mit dem Bajonett durchbohrt hatte.

Keiner dieser gefühllosen Körper machte eine Bewegung, und die einzigen Laute, die die Stille der Nacht unterbrachen, waren das wütende Schnaufen des Spaniers und die ferne Stimme, die den Belagerten die Psalmen vorsang.

„Ja, ja, singt nur, ihr Schurken!“ sagte der Spanier, „ihr habt recht, und geschähe es auch nur, um euch über die lustig zu machen, die euch so gut bewachen.“

Inzwischen gab sich der Indianer den Schildwachen Trujanos zu erkennen.

In dem Augenblick, in dem er auf dem Platz ankam, setzte die Bevölkerung und die Garnison, die bei dem Glanz der Fackeln auf den Knien lagen, ihre heißen und inbrünstigen Gebete fort.

Der religiöse Oberst sang, als wenn er geglaubt hätte, daß der Gott, den er anflehte, ihm einen schlagenden Beweis seines Schutzes geben wollte, gerade den Vers: „Ich will ihn erretten, weil er sein ganzes Vertrauen auf mich gesetzt hat. Ich will ihn beschützen, da er meinen Namen angerufen hat.“

Als das letzte Gebet dieser neuntägigen Andacht auf so wirksame Weise gesprochen worden war, überbrachte der Indianer seine Botschaft.

Er hatte Morelos gesehen und berichtete Trujano von dem Versprechen des Generals, sich unverzüglich auf den Marsch zu machen, um den Belagerten zu Hilfe zu kommen.

Trujano erhob die Augen zum Himmel und rief: „Lobpreist jetzt den Herrn, ihr alle, die ihr seine Diener seid!“

Dann legten sich die Belagerten nach Verteilung der Abendration, die von Trujano selbst vorgenommen wurde, schlafen. Sie vertrauten auf den, der nie schläft und dessen Schutz ihnen als Schild diente.

Am Abend des nächsten Tages ereignete sich zu derselben Zeit, als die Belagerten auf dem Platz versammelt waren, um das gemeinschaftliche Gebet abzuhalten, einige Stunden vom spanischen Lager entfernt folgendes:

Seinem Versprechen getreu hatte sich Morelos auf den Weg nach Huajapam gemacht. Er konnte nur über etwa tausend Mann verfügen, um nicht die Stadt Chilaya, die er erst vor kurzem erobert hatte, schutzlos zurückzulassen. Um eine stärkere Truppe zu befehligen, warb er ungefähr tausend mit Pfeilen und Schleudern bewaffnete Indianer an.

Einige Schritte hinter dem Kommandierenden General ritten Galeana und der Kapitän Lantejas nebeneinander.

Die Stirn des Exstudenten war sorgenvoll und sein Blick trüb.

„Der General hat recht, Ihnen den Urlaub zu verweigern", sagte Galeana, „ein so tüchtiger und braver Offizier wie Sie ist zu schwer zu ersetzen. Was die Unzufriedenheit betrifft, die Ihnen gegenüber der General, durch Ihr hartnäckiges Bestehen auf den Urlaub gereizt, ein wenig barsch zu erkennen gegeben hat, so machen Sie sich darüber keine Gedanken.

Mein lieber Lantejas, zählen Sie auf mich. Ich würde sehr unglücklich sein, wenn es mir nicht gelingen sollte, Ihnen die Gelegenheit zu einem guten Lanzenstoß zu verschaffen. So wird es Ihnen gelingen, sich wieder in seine Gunst zu setzen. Töten Sie nur eigenhändig drei oder vier Spanier oder einen einzigen höheren Offizier."

„Lieber einen höheren Offizier, ich werde es nicht vergessen", erwiderte Kapitän Lantejas zerstreut.

Lantejas, der bis jetzt nur ein Held des Zufalls gewesen war, dachte mit Besorgnis an die Verpflichtung, sich nun vor aller Augen auszeichnen zu müssen.

Als das Heer der Aufständischen für diesen Tag haltmachte, dachte man darüber nach, wie man einen entscheidenden Schlag gegen die Belagerer ausführen könnte.

Man beschloß, sie zwischen zwei Feuer zu nehmen. Das heißt,

die Spanier in demselben Augenblick anzugreifen, in dem die Belagerten einen Ausfall machten.

Das Schwierigste aber bei der ganzen Sache war, sie von diesem Plan zu unterrichten. Die Spanier hatten Trujano und seine Leute so eingeschlossen, daß es fast unmöglich war, bis zu ihnen vorzudringen.

Die Indianer standen unter dem Befehl des Kapitäns Lantejas. Als man nun einen Boten zu Trujano schicken wollte, versicherte einer der Indianer, er kenne hinter dem Dorf einen geheimen Weg, auf dem er bis in die Stadt gelangen könnte.

Don Cornelio ließ den General Morelos davon benachrichtigen, und dieser befahl ihm, den Indianer mit einigen Leuten, die er sich auswählen könnte, zu begleiten. Dieser Auftrag war ebenso gefährlich wie ehrenvoll, und Lantejas würde gern die Ehre abgelehnt haben, die ihm daraus erwachsen konnte, wenn er sie hätte von der Hand weisen dürfen.

Da er sich aber dabei der noch gefährlicheren Verpflichtung, drei oder vier Spanier oder wenigstens einen höheren Offizier niederzuhauen, entziehen und er sich nicht gegen einen Befehl des Kommandierenden Generals auflehnen konnte, so fügte er sich.

Als Gefährten wählte er Clara und Costal und außerdem noch ein Dutzend Soldaten, auf die er sich verlassen konnte. Bei Anbruch der Nacht brachen sie auf.

Am Ende eines ungefähr zweistündigen Marsches bemerkte die Truppe die Feuer im spanischen Lager, dann aber bald darauf auch die schweigsamen Häuser von Hujapam, wo die Belagerten schon die Stunden und Minuten bis zu ihrer Befreiung zählten.

Von der Stelle, wo der indianische Führer die Leute des Kapitäns haltmachen ließ, führte ein Kreuzweg zu dem Ort, wo die spanische Schildwache mit einer gewissen Unruhe auf- und niederging, als ob sie die nahende Gefahr ahnte.

Es war derselbe Hohlweg, den am Tag vorher der Spanier bewachte, der sich in der Zahl der Leichname geirrt hatte. Durch ihn war auch der Indianer gekommen, der die Anzahl der Toten auf so listige Weise erhöht hatte.

Es waren verschiedene Umstände, die die spanische Schildwache beunruhigten. Mit der unangenehmen Frische des Nachtwindes vereinigte sich der verpestete Leichengeruch, der seine Geruchsnerven beleidigte.

Dann war der Anblick dieser schweigenden, düsteren Gefährten für ihn nicht weniger grausig als für seinen Vorgänger, der am vergangenen Abend diesen Posten einnahm. Auch flößte ihm das Bild des Todes, das er ständig vor Augen hatte, einen geheimnisvollen Schauder ein.

Die Schildwache beschleunigte ihre Schritte, um die trüben Gedanken zu vertreiben. Er seufzte erleichtert, als er den anderen Posten sah, der mit ihm gemeinsam Wache hielt. Man hatte die Schildwachen näher zusammengestellt, so daß sie sich gegenseitig beobachten konnten. Auf diese Weise war der Belagerungsring noch undurchdringlicher geworden.

Die Schildwache blieb nur kurz stehen, um den Nachtruf zu wiederholen: „Achtung, Schildwache!"

„Es tut mir um ihn leid", sagte Costal, „ich muß ihn aber fortschicken, damit er beim ewigen Vater Wache hält."

„Pst! Indianer", mahnte Kapitän Don Cornelio ärgerlich.

Die kleine Truppe hatte bei einer niedrigen, fast ganz eingestürzten Mauer haltgemacht. Hinter ihr und einigen Gebüschen waren sie vor den neugierigen Blicken der Schildwache sicher.

„Zuerst müssen wir die Schildwache beseitigen", sagte Costal. „Wenn das geschehen ist, legt ihr euch hinter die Büsche und überlaßt alles andere mir."

Der Indianer ergriff eine Schleuder und legte einen Kieselstein hinein. Zwei anderen Indianern befahl er, ihre Pfeile in Bereitschaft zu halten.

„Sie werden zweimal hintereinander zwei Steine zusammenschlagen", sagte Costal zum Kapitän. „Und ihr da schießt eure Pfeile beim zweiten Schlag ab."

Dies war einer der seltenen Fälle, in denen Pfeil, Bogen und Schleuder der Flinte vorzuziehen sind.

Lantejas schlug die zwei Steine geräuschvoll gegeneinander.

Dieses Geräusch hörte auch die Schildwache. Sie blieb stehen, lauschte aufmerksam und schlug mit der Hand an das Gewehr.

Der Kapitän schlug zum zweitenmal. Der Stein und die Pfeile sausten durch die Luft, und ohne auch nur einen Seufzer auszustoßen, stürzte der Spanier leblos zu Boden.

„Ihr zerstreut euch", rief der Indianer lebhaft, „das übrige laßt mich nur machen."

Der Kapitän und die beiden Indianer schlichen so vorsichtig wie möglich hinter ein Gebüsch. Dann aber erbebte Don Cornelio plötzlich vor Schrecken.

Die Schildwache, die er hatte zu Boden stürzen sehen, ging wie vorher auf und ab. Es war derselbe Schritt, und Lantejas merkte keinen Unterschied in der Stimme, die mit mahnendem Ton rief: „Achtung, Schildwache!"

„Wo zum Teufel steckt Costal?" sagte Don Cornelio zu sich und versuchte vergeblich, den Indianer zu entdecken.

Inzwischen gingen die beiden anderen Indianer, die sich anfangs einige Schritte vom Kapitän entfernt niedergekauert hatten, auf die Stadt zu, ohne sich um die Schildwache zu kümmern.

Das war ein Hoffnungsschimmer für den treuherzigen Don Cornelio.

„Die Schildwache ist Costal, so wahr ich lebe!" sprach er zu sich.

Tatsächlich hatte Costal den Dienst des Toten übernommen, und die anderen Schildwachen, die immer noch die Wachtrufe ihres Kameraden zu hören glaubten, waren weit davon entfernt, irgendeinen Verdacht zu schöpfen.

Cornelio lief hastig auf die belagerte Stadt zu.

Die beiden anderen Indianer waren schon verschwunden, und als Costal bemerkte, daß auch der Kapitän nicht mehr zu sehen war, warf er Helm und Flinte der Schildwache weg und eilte ihm nach.

„Schneller! Schneller!" rief Costal, „die Schurken werden Alarm schlagen, wenn sie ihren Kameraden nicht mehr sehen."

Bei diesen Worten erreichte er den Kapitän, ergriff ihn bei der Hand und zog ihn so schnell mit sich fort, daß Don Cornelio der Atem ausging.

Bald erreichten beide die Stadt, wo die mexikanische Schildwache, die schon von den beiden Indianern benachrichtigt worden war, sie ohne Schwierigkeit einließ.

„Hören Sie?“ sagte Costal, „die Schurken da unten haben den Unfall, der ihrem Kameraden zugestoßen ist, bemerkt und schlagen nun Alarm. Aber jetzt ist es zu spät.“

Geschrei und Flintenschüsse ertönten vom spanischen Lager herüber.

Trujano, mit einem Degen bewaffnet, inspizierte noch den leeren Marktplatz von Huajapam, ehe er sich zur Ruhe begab, als der Kapitän und Costal ankamen.

Während ihm nun Don Cornelio seine Botschaft überbrachte, betrachtete der Oberst ihn und den Indianer aufmerksam. Eine dunkle Erinnerung rief ihm diese beiden Personen, die er irgendwo schon einmal flüchtig gesehen haben mußte, ins Gedächtnis zurück. Als der Kapitän seinen Bericht beendet hatte, sagte Trujano: „Ich überlege, wo ich Sie schon einmal gesehen habe. Ach! Sind Sie nicht der junge Student, der so fest an den Bannstrahl des Erzbischofs von Oajaca glaubte und der in der Hazienda Las Palmas den Aufstand wie eine Todsünde verfluchte.“

„Der bin ich“, antwortete Lantejas mit einem lauten Seufzer.

„Und Sie, sind Sie nicht der Tigerjäger Don Mariano Silvas?“

„Der Nachkomme der Kaziken von Tehuantepec“, antwortete Costal mit stolzer Würde.

„Gott ist groß und seine Wege sind unerforschlich!“ rief der Oberst mit der erleuchteten Miene eines Propheten von Juda aus.

Nachdem der Kapitän von Trujano über die Lage von Huajapam unterrichtet worden war, legte er sich schlafen. Es waren nur noch wenige Stunden bis zur entscheidenden Schlacht.

Er warf sich in seinen Mantel gehüllt auf eine Bank, auf der er nicht eher einschlafen konnte, bis er sich fest vorgenommen hatte, in dem Gefecht nicht mehr zu tun, als zur Verteidigung seines eigenen Körpers unbedingt nötig war. Erst am nächsten Tag nach dem Hochamt teilte Trujano den Belagerten mit, daß sie beim Anbruch des folgenden Tages einen Ausfall unternehmen sollten, um die Spanier von der einen Seite anzugreifen, während Morelos sie von der anderen Seite bekämpfen würde.

Dann erlaubte der Oberst nach einem inbrünstig gesungenen Tedeum der Besatzung, sich beim Klang der Trompeten und dem Knattern der Raketen über dieses Zeichen göttlichen Schutzes zu freuen. Dieser Freudenlärm drang bis ins königliche Lager.

4

Ein gefährliches Wiedersehen

Einige Stunden nach der glücklichen Ankunft Cornelio Lantejas in Huajapam versammelten sich die Einwohner und die Garnison zur Frühmesse.

Auf diese Weise wurden die Belagerten von Trujano jeden Morgen zum Gebet zusammengerufen. Diesmal hatte aber diese Zusammenkunft noch das Ziel, sie für den feierlichen Tag vorzubereiten, der über das Ende einer langen und grausamen Belagerung entscheiden sollte.

Zur gleichen Zeit erklang auch im spanischen Lager der Weckruf, und hinter der Hügelkette, die die Ebene begrenzte, setzte Morelos seine Armee bereits in Bewegung.

Nach und nach füllte sich der Hauptplatz Huajapams mit schweigenden Bürgern und Soldaten, die, alle gut bewaffnet, sich versammelten, um im Gebet die zum Kampf nötige Kraft und Energie zu erflehen. Die Reiter führten ihre gesattelten Pferde am Zügel und stellten sich wie die Schatten der Nacht in die Reihe, die sie einzunehmen gewohnt waren.

Nun erschien auch Trujano, ernst und lächelnd zugleich, Vertrauen im Herzen und auf den Lippen. Der fromme Rebell war nach seiner Gewohnheit mit einem zweischneidigen Degen bewaffnet, der sich schon so oft in seinen Händen bewährt hatte.

An seiner Seite schritt der Kapitän Don Cornelio Lantejas. Und hinter ihnen hielt ein Soldat zwei zum Kampf ausgerüstete Pferde am Zaum, das eine für Trujano, das andere für den Kapitän.

Auf dem Rücken des für den Exstudenten der Theologie bestimmten Pferdes schaukelte eine lange, an dem einen Steigbügel und dem Sattelknopf befestigte Lanze. Hätte Don Cornelio den Grund nennen sollen, warum er sich so bewaffnet habe, würde er in nicht geringe Verlegenheit geraten sein.

Das Pferd, das man ihm lieh, war so ausgerüstet, und er nahm auch die Lanze ohne Sträuben hin, wie er sich in das Gefecht führen ließ, weil er nicht anders konnte.

Das Gebet zog sich diesmal nicht in die Länge, denn schon begann die Morgendämmerung ihre ersten Lichtstrahlen zu verbreiten.

Der Oberst Trujano besaß eine gründliche Kenntnis der Heiligen Schrift, und die Kirchenväter, die ihm nicht minder bekannt waren, hatten sich sozusagen in sein Gedächtnis eingegraben.

Mit einer Stimme, deren Klang zugleich Herz und Ohr auch der am entferntesten Stehenden ergriff, betete er folgende Verse, die ihre Zusammenkunft noch feierlicher machten.

„Das Volk, das in der Finsternis einherschreitet, hat ein großes Licht gesehen. Der Tag ist über denen angebrochen, die im Reich des Schattens und des Todes wohnten. Allerhöchster! Du hast Dein Land gesegnet. Du hast Jakob aus der Knechtschaft befreit. Ehre dem Allerhöchsten!"

Und aus tausend Kehlen erscholl: „Ehre dem Allerhöchsten!"

Langsam verschwanden jetzt die durchsichtigen Schleier der Dämmerung, und einige von leichtem Purpurschein angehauchte Wölkchen verkündeten schon den nahenden Sonnenaufgang.

Der letzte Angriff auf Huajapam sollte nach der am vorhergegangenen Tag getroffenen Verabredung im Kriegsrat erst nach der Mittagsmahlzeit unternommen werden. Man bereitete sich daher noch nicht darauf im königlichen Lager vor, und der zweifache Angriff Morelos' und Trujanos konnte auf die Spanier wie ein Blitzstrahl einschlagen.

Das Lager war in drei ganz verschiedene Abteilungen, die fast wie drei eigenständige Lager aussahen, geteilt. Die erste Abteilung wurde von dem Kommandanten Regules befehligt und lag der belagerten Stadt am nächsten. Die zweite, unter dem Befehl Bonavias, bildete die Mitte. Die dritte endlich, von Caldelas kommandiert, befand sich in der Nachhut.

Unter diesen Umständen mußte Trujano, wenn er seinen Ausfall ausführte, zunächst gegen Regules kämpfen und Morelos die Nachhut unter dem Befehl Caldelas angreifen. Bonavia, der das mittlere Lager anführte, blieb die Verpflichtung, demjenigen seiner Kollegen Hilfe zu schicken, der ihrer am meisten bedurfte.

Don Rafael hatte sein Zelt im Lager von Caldelas. Er hatte in dieser Nacht wenig geschlafen, der schwache Hoffnungsstrahl, der ihm geleuchtet hatte, war erloschen, und eine düstere Melancholie hatte seine Seele ergriffen.

Sowohl der Mensch, der leidenschaftlich liebt, als auch der, der weniger empfindet, sind gleichermaßen unfähig, die Beweise der Liebe zu würdigen, die sie hervorrufen.

Die Leidenschaft führt das Urteil irre und trübt den Blick des einen, die Gleichgültigkeit macht den anderen unaufmerksam und zerstreut. Alles geht unbemerkt an seinen Augen vorüber.

Don Rafael war in der Lage des ersteren. So sehr Gertrudis ihm auch ihre Liebe gezeigt hatte, so sagte er sich nicht, daß sie ihn nicht mehr liebe, sondern daß sie ihn nie geliebt habe.

Er dachte nicht daran, daß sich auch der Stolz einer Frau zuweilen gegen das Herz empört. Daraus entsprang die vollständige Entmutigung, die sich seiner bemächtigte und seine für einen Augenblick aufflackernde Hoffnung gelöscht hatte.

Müde, jedoch ohne Schlaf auf dem harten Lager, ließ er bei den ersten Klängen des Weckrufs sein Pferd satteln, um sich bei einem Spazierritt zu zerstreuen.

Der Anblick der verwüsteten Ebene, für die alle Hoffnung auf eine gesegnete Ernte verloren war, rief ihm seine süßen Träume in das Gedächtnis zurück. Sie waren wie die Knospe einer Blume, die man abpflückt, ehe sie noch aufgeblüht ist.

Ohne es zu bemerken, hatte er sich weiter als eine Stunde vom

Lager entfernt. Plötzlich hörte er in dem tiefen Schweigen, das um ihn herrschte, zuerst ganz undeutlich, dann aber bestimmter das dumpfe Geräusch einer auf dem Marsch befindlichen Heereskolonne.

Diese Wirklichkeit führte ihn aus dem Reich der Hirngespinste in das abenteuerliche Leben der Bürgerkriege zurück und gab den Gedanken, die ihn so lange beschäftigt hatten, eine andere Richtung. Er lauschte noch aufmerksamer.

Seit den zwei Jahren, in denen der Kapitän Tres-Villas der Armee angehörte, kannte er jedes Geräusch, das den Marsch einer Truppenabteilung anzeigt oder begleitet. Die abgemessenen Schritte, das entfernte dumpfe Rollen der Kanonen und der Pulverkarren waren ebenso deutlich für ihn, als ob er die Truppe selbst gesehen hätte.

Zweifellos war das eine Division, die den Belagerten zu Hilfe kam. Die Alarmschüsse der vorhergehenden Nacht, die getötete Schildwache, das Hurrarufen der Belagerten am Morgen, ließen keinen Zweifel in dieser Hinsicht mehr zu. Die Belagerten waren von der nahe bevorstehenden Ankunft der Heeresabteilung benachrichtigt worden, deren Anmarsch er jetzt hörte.

Seiner Sache gewiß sprengte Don Rafael, um keine Minute zu versäumen, im gestreckten Galopp in das Lager Caldelas' zurück und ließ Alarm schlagen.

Nachdem der erste Augenblick der Verwirrung vorüber war, erwarteten die Königstreuen den Angriff, indem sie sich mit der Kaltblütigkeit, die nur eiserne Disziplin verleiht, darauf vorbereiteten. Jeder stand auf seinem Posten.

Die Sonne sandte ihre ersten Strahlen herab. Bald zogen sich die von beiden Seiten vorgeschobenen Posten in ihre Lager zurück. In der Stadt hörte man den Psalm: „Kommt und laßt uns dem Herrn frohlocken!“, der Ruf: „Viva Morelos!“ ertönte von der entgegengesetzten Seite her. Später erklang die Stimme Galeanas, und in dem Augenblick, als die religiösen Gesänge langsam verhallten und die Hochrufe verstummten, hörte man sein wohlbekanntes Feldgeschrei: „Hier kommt Galeana!“

Ein doppeltes Gewehrfeuer eröffnete einen furchtbaren

Kampf auf beiden Seiten des spanischen Lagers. Die Belagerer wurden jetzt zu Belagerten.

Morelos, der seine Befehle an Galeana gegeben und ihm aufgetragen hatte, den Angriff zu leiten, bezog nun auf einer benachbarten Anhöhe Posten und betrachtete, sein Fernrohr in der Hand, den Schauplatz des Kampfes.

Nachdem Trujano seinen Angriffsplan kaltblütig berechnet hatte, stürzte er mit dem ihm eigenen Ungestüm auf das Lager von Regules, während Galeana das von Caldelas angriff. Von beiden Seiten hatte das Gewehrfeuer aufgehört, Belagerer und Belagerte kämpften mit der blanken Waffe gegeneinander.

Die Soldaten Trujanos hatten die Truppe von Regules mit solchem Ungestüm angegriffen, daß diese dem ersten Anprall nicht standhalten konnte. Dennoch hielt sie sich gut, obgleich sie sich zurückzog. Da aber das Lager, das Caldelas verteidigte, dem Angriff erfolgreicher begegnete, so wurde Trujano mit seinen wenigen Leuten in Schach gehalten.

Unterdessen vereinigten Bonavia und Caldelas alle ihre Anstrengungen, um den Angriff Galeanas widerstehen zu können. Trotz seiner ungestümen Tapferkeit konnte er nicht weiter vordringen, um sich mit Trujano zu vereinigen. Er vermochte das spanische Lager nicht von der Flanke her anzugreifen, da es von zwei Seiten durch hügeliges, für die Kavallerie unzugängliches Terrain geschützt war.

Es gibt gewisse Männer, in deren Nähe es unmöglich ist, sich nicht auch mutig zu fühlen, wenn man gezwungen ist, an ihrer Seite zu kämpfen.

Zu den Männern, deren glühender Mut ansteckend ist, gehörte auch Trujano, und an seiner Seite rechtfertigte Lantejas den Schein seiner Tapferkeit.

Die Entscheidung des Kampfes war lange Zeit ungewiß. Beide Seiten kämpften mit aller Erbitterung, und Trujano, der den Schweiß, der ihm von der Stirn rann, abwischte, wandte sich an Don Cornelio.

„Wir werden nie unseren Zweck erreichen, wenn wir nur so wenig Soldaten zur Verfügung haben“, sagte er. „Jagen Sie in vollem Galopp zum General und sagen Sie ihm, daß der Erfolg dieses Tages nur von zwei oder drei Bataillonen Verstärkung, die ich benötige, abhängt. Beeilen Sie sich, ich werde während dieser Zeit den Mut und die Kraft meiner braven Garnison aufrecht zu erhalten suchen."

Don Cornelio brauchte nur einen Umweg längs der Hügel zu machen, die das Lager umgaben, um zum Kommandierenden General zu gelangen und seinen Auftrag auszurichten.

Der Kapitän sprengte im Galopp davon, seine Lanze in der Hand.

In demselben Augenblick machte sich von der entgegengesetzten Seite auf Befehl von Regules auch ein Offizier auf den Weg, um einen ähnlichen Auftrag dem spanischen Kommandierenden General zu überbringen. Dieser war jedoch schneller am Ziel als Don Cornelio.

Ungeachtet der Mißbilligung Caldelas' beeilte sich Bonavia, dem Kommandanten Regules die erbetene Verstärkung zu senden.

„Der Mann wird die Ursache unserer Niederlage sein", sagte Caldelas zu Don Rafael. Dieser ritt auf seinem herrlichen Pferd Roncador und machte fast übermenschliche Anstrengungen, um sich bis zu Galeana durchzuschlagen. Dessen Kriegsgeschrei begann Unruhe in den Reihen der spanischen Soldaten zu erzeugen.

„Aber so wahr Gott lebt", fügte Caldelas hinzu, „wenn uns durch seine Schuld ein Unglück trifft, zerschmettere ich ihm das Gehirn und jage mir nachher auch eine Kugel durch den Kopf."

Als der Kommandant diese Worte sprach, entstand eine plötzliche Bewegung vor ihm, und die Soldaten fingen an, sich vor den verstärkten Angriffen Galeanas zurückzuziehen.

Das, was Caldelas vorausgesehen hatte, schien sich nun zu bewahrheiten. Um Regules zu Hilfe zu eilen, hatte der spanische General seine Front zu sehr geschwächt. Unordnung riß in den Reihen der Soldaten ein, die kopflos die Flucht ergriffen.

Caldelas riß sein Pferd herum, überließ Don Rafael die Sorge, die zerstreuten Soldaten wieder zu sammeln, und sprengte zu der Stelle, wo er Regules zu finden glaubte.

Unterdessen hatte der Adjudant Trujanos, der Kapitän Don Cornelio, dem durchaus nichts daran lag, unter die Kämpfenden zu geraten, ein großes Maisfeld umgangen.

Von Zeit zu Zeit versuchte er den Weg zu erforschen, den er einschlug. Aber die Maishalme, die ihn verbargen, machten es ihm unmöglich zu erkennen, ob er noch weit von den Truppen Galeanas entfernt sei.

Als er sich in paralleler Richtung mit Galeana glaubte, warf er sich ohne Überlegung in vollem Galopp in einen Hohlweg, der das Terrain durchschnitt. Nach der Seite der Kämpfenden war dieser Hohlweg durch einige Gebüsche und Stauden verdeckt, die jede Aussicht versperrten.

Kaum hatte aber Don Cornelio diese Schranke hinter sich, als er sich zu seinem großen Schrecken mitten unter den spanischen Soldaten befand, die einen Halbkreis mit ihren Degen, Gewehren und Lanzen um ihn bildeten.

In dem Augenblick, in dem Lantejas sein Pferd herumriß, um zu dem Hohlweg zurückzusprengen, den er soeben verlassen hatte, sah er sich einem spanischen Offizier gegenüber. Dieser schwenkte mit einer Hand wild seine Pistole hin und her.

Die Augen des Reiters funkelten wütend. Obwohl er selbst die Anwesenheit Don Cornelios nicht zu bemerken schien, zweifelte dieser keineswegs daran, daß der schreckliche Offizier nur ihn suche, um ihn zu töten. Oder daß er ihm zumindest den Rückzug zu dem Hohlweg, wo er sich in Sicherheit befunden hätte, abschneiden wolle.

Dem Offizier waren solche Gedanken sicher fern. Aber Don Cornelio versetzte ihm mit der Entschlossenheit, die die Verzweiflung auch dem Mutlosesten einflößt, einen so heftigen Lanzenstoß, daß er leblos vom Pferd stürzte.

Ein Schmerzensruf hallte in des Kapitäns Ohren wider, der schleunigst zu dem unbesetzt gebliebenen Hohlweg galoppierte. Er schwor sich, diesmal das Plateau zu umreiten, um nicht wieder in eine solche Lage zu geraten. Dabei nahm er die Gefahr in Kauf, erst in einer größeren Entfernung vom Schlachtfeld wieder zum Vorschein zu kommen.

Plötzlich klangen hinter dem Exstudenten eine furchterregende Stimme und das heisere Schnaufen eines Pferdes, das ihm wie das Brüllen eines Jaguars vorkam.

Um schneller fliehen zu können, warf Don Lantejas seine Lanze weit von sich fort. Aber das fremdartige Schnaufen des Pferdes, das mit seinen Hufen den Boden in pfeilschnellem Lauf zerstampfte, näherte sich nun mit entsetzlicher Geschwindigkeit.

Der Kapitän trieb sein Pferd mit aller Macht an.

Von einigen Ordonnanzoffizieren umgeben, beobachtete Morelos, sein Fernrohr in der Hand, mit ungeschwächter Aufmerksamkeit alle Vorfälle des Gefechts. Er hatte gesehen, wie Kapitän Lantejas auf seinem Pferd durch ein Maisfeld ritt.

„Ei! Wenn ich mich nicht täusche, reitet dort unten Kapitän Lantejas", sagte Morelos zu einem seiner Offiziere. „Was mag er im Schild führen? Irgendeinen entscheidenden, unerwarteten Streich, womit er sich immer hervortut. Bei der Belagerung von Cuautla rettete er mein Leben, als er sein Pferd zwischen mich und den spanischen Riesen trieb, der mir mit seinem Degen den Schädel spalten wollte. Glücklicherweise drehte sich der Degen in der Hand des Soldaten, und der Kapitän, der von der flachen Klinge getroffen wurde, kam mit einem Sturz vom Pferd davon."

„Herr General, es gibt einige, die behaupten, daß ..."

Der Ordonnanzoffizier wagte seinen Satz nicht zu vollenden.

„Was hat man behauptet?"

„Daß sein Pferd mit ihm durchgegangen wäre, Exzellenz."

„Das sind gehässige Unterstellungen!" erwiderte Morelos streng. „Übrigens ist der Neid die Weihe des Verdienstes."

In diesem Augenblick bog Cornelio in den Hohlweg ein und entschwand den Augen Morelos'. Dieser entdeckte nun den spanischen Offizier, der durch sein wütendes Aussehen den Kapitän Lantejas so heftig erschreckte.

„Ei was!" rief er plötzlich, als er den Offizier erkannte. „Das ist der tapfere Caldelas, der wie ein Wahnsinniger davonjagt."

Und tatsächlich war es auch Caldelas, der Regules aufsuchte, um die Drohung zu erfüllen, die er vorher ausgestoßen hatte.

„Sehen Sie nur! Was behauptete ich vorhin von Don Cornelio?“ rief Morelos voller Freude. „Oh! Dieser prächtige Lanzenstoß, mit dem er soeben den furchtbarsten aller unserer Feinde dort unten auf die Erde gestreckt hat. Der Sieg ist unser!“ fuhr er fort. „Sehen Sie, die Reihen der Spanier lösen sich auf, sie suchen das Weite, weil der tapferste ihrer Anführer getötet worden ist. Nun! Señor“, fügte der General hinzu, „diese Tat wird wohl allen Verleumdern Don Cornelios den Mund stopfen. Wem verdanken wir denn den Sieg, wenn nicht ihm? Nun! Sie werden ihn mit seiner gewöhnlichen Bescheidenheit hier ankommen sehen. Er wird uns sagen, nichts als seine Pflicht getan zu haben. Viva Christo! Wenn er übrigens käme, um gelobt zu werden, würde er nichts als einen Verweis erhalten!“

„Glücklich sind diejenigen, denen Sie auf diese Art einen Verweis erteilen!“ sagte der Offizier.

„Nun, der Kampf ist beendet!“ fügte der mexikanische General hinzu, „die Belagerung ist aufgehoben, die Feinde befinden sich vollständig auf dem Rückzug. Auf, nach Yanguitlan! Und dann werden wir unsere Winterquartiere in Oajaca nehmen.“

Morelos stieg wieder auf sein Pferd, drückte ihm die Sporen in die Weichen und ritt, von seinen Offizieren gefolgt, davon.

Der Kampf war jedoch noch nicht zu Ende, und Galeana griff einige Soldaten der spanischen Armee an, die immer noch Widerstand leisteten.

Trujano, der die spanischen Attacken erfolgreich abgewehrt hatte, bemühte sich vergebens zu erfahren, was aus dem Offizier geworden ist, der Verstärkung holen sollte. Und auch Costal war beunruhigt, Don Cornelio nicht wiederkommen zu sehen.

Der Kapitän wurde bei seiner Flucht von einem Reiter verfolgt und versuchte vergeblich, ihn abzuschütteln. Als er das Ende des Hohlwegs erreicht hatte, fühlte er hinter sich den glühenden Atem des Reiters, der ihn so hartnäckig verfolgte.

Der Kopf des Pferdes, dessen Schnaufen ihm so sonderbar und schrecklich vorkam, befand sich nun fast neben ihm. Eine Faust ergriff ihn beim Kragen seiner prächtigen Uniform.

Mit einem Ruck wurde Lantejas aus dem Sattel gehoben. Im

nächsten Moment wurde er quer über den Rücken des Pferdes seines Gegners geworfen. Er sah einen mit einem spitzen Dolch bewaffneten Arm sich heben, bereit, seinen kühnen Unternehmungen für immer ein Ende zu machen.

Eine Sekunde lang glänzte der Dolch über ihm wie das feurige Schwert des Erzengels. Er schloß die Augen und glaubte, sein letztes Stündlein habe geschlagen, als plötzlich der Arm sank, und er eine Stimme rufen hörte: „Ei, ei! Señor Cornelio Lantejas!“

Der Kapitän öffnete die Augen und erkannte nun auch seinerseits den kräftigen Offizier, mit dem er auf dem Weg zu der Hazienda Las Palmas zusammengetroffen war, den Oberst Don Rafael Tres-Villas.

Obwohl sich der Oberst an demjenigen rächen wollte, der seinen alten Waffengefährten Caldelas getötet hatte, so lag doch etwas so Komisches in den Gesichtszügen Lantejas' und so viel Unschuld in seiner Haltung, daß sein Groll augenblicklich schwand.

Dann erinnerte sich Don Rafael an den Tag, an dem er sich von dem Studenten der Theologie verabschiedete. Er hatte sich beeilt, Gertrudis nach einer langen Abwesenheit wiederzusehen, um das Geständnis einer leider zu schnell vergessenen Liebe zu erhalten.

Alle diese Dinge zusammengenommen und vor allem die Erinnerung an die Tochter Don Marianos verhinderten, daß Don Cornelio der Rache Don Rafaels zum Opfer fiel.

Ein bitteres Lächeln umspielte die Lippen Don Rafaels, wenn er bedachte, daß dieser schwächliche und bleiche Offizier den tapferen Caldelas getötet hatte.

„Danken Sie dem Himmel", sagte Don Rafael, „daß Sie in die Hände eines Mannes gefallen sind, den alte Erinnerungen daran hindern, an Ihnen den Tod des tapferen Caldelas, des tapfersten spanischen Heerführers, zu rächen!"

„Ach, der brave Caldelas ist tot!" rief Lantejas, „wäre es möglich? Aber es muß wahr sein, da Sie es sagen. Jedenfalls verzeihe ich ihm", fügte er in der Verwirrung seiner Sinne hinzu, „und Ihnen auch."

„Das ist sehr großmütig", erwiderte Don Rafael.

„Mehr als Sie es glauben", antwortete Lantejas, der bei der Stimme seines Feindes, die ihm Verzeihung seiner Heldentat verhieß, wieder einigen Mut gesammelt hatte. „Denn dieser Offizier und Sie, Sie haben mir einen nicht zu beschreibenden Schrecken eingeflößt. Aber, Señor Don Rafael, zum Plaudern befinde ich mich in einer nicht allzu bequemen Lage."

„Sie werden mir auch noch verzeihen, wenn ich Sie mit heiler

Haut auf Ihre Füße stelle“, erwiderte der Oberst, „und das möge nach Ihrem Wunsch geschehen.“

Mit diesen Worten ließ er Don Cornelio sanft auf die Erde gleiten, bis er auf seinen Füßen stand.

„Adieu, Kapitän“, sagte der Oberst. „Ich verlasse Sie ungern. Leider habe ich keine Zeit, Sie zu fragen, wie aus dem friedlichen Studenten, der seine Ablehnung gegen den Aufstand dem Hirtenbrief des hochwürdigen Erzbischofs von Oajaca entnommen zu haben schien, jetzt ein Kapitän der Aufständischen geworden ist?“

„Ich möchte auch gern wissen, warum der Kapitän der Dragoner, der der Freiheitsbewegung nicht ablehnend gegenüberstand, heute einer ihrer größten Feinde ist. Wenn Sie Lust haben, so wollen wir uns hier niedersetzen und uns wie die Ritter des Mittelalters, die ihre tödlichen Zweikämpfe unterbrachen, um auf der Landstraße miteinander zu plaudern, unsere Schicksale erzählen.“

Don Rafaels Gesichtszüge verdüsterten sich, als Don Cornelio eine Anspielung auf die Änderung seiner früheren Ansichten machte.

Diese beiden Offiziere boten ein gutes Beispiel von der Ohnmacht der Menschen, den Lauf des Schicksals zu beherrschen und sich davor zu schützen, der Spielball der Ereignisse zu sein.

Beide dienten gegen ihren Willen einer Sache, die sie nicht freiwillig unterstützt haben würden.

Von allen Seiten des Schlachtfeldes erschallte Triumphgeschrei, ohne daß aber der eine oder der andere hätte erraten können, welche von beiden Parteien den Sieg davongetragen hatte. Dieser Lärm unterbrach ihre Unterhaltung.

„Ah, Señor Don Rafael!“ rief der Exstudent, „wenn wir besiegt sind, bin ich Ihr Gefangener.“

„Wenn Sie zu den Siegern gehören, bin ich aber nicht der Ihrige!“ erwiderte der Kapitän mit einem Anflug von Geringschätzung, die er nicht verbergen konnte.

Mit diesen Worten ergriff er die Zügel seines Pferdes. Plötzlich erschienen von beiden Seiten des Hohlwegs mehrere Reiter der

Rebellen, und Costal rief mit gewaltiger Stimme: „Señor Colonel, Don Cornelio ist da, frisch und gesund."

In demselben Augenblick sah sich Don Rafael von Feinden umringt.

Die Lage des Bezwingers Don Cornelios war jetzt ebenso mißlich geworden, wie es einige Minuten vorher die des Kapitäns war. Seine Pistolen waren leergeschossen, und in der Hitze des Gefechts hatte er den Stumpf seines Degens, der in seiner Hand zerbrochen war, weggeworfen. Die einzige Waffe, die er noch besaß, war der Dolch, der einen Augenblick lang über Don Cornelio geschwebt hatte.

In diesem Unabhängigkeitskrieg, in dem man möglichst wenige Gefangene machte, geschah es selten, daß die Aufständischen einem königstreuen Gefangenen das Leben schenkten.

Don Rafael wollte daher sein Leben so teuer wie möglich verkaufen, um nicht in die Hände seiner unerbittlichen Feinde, von denen er keine Schonung erwarten konnte, zu fallen. Plötzlich rief eine Stimme, deren Klang ihm bekannt war, dem Kapitän Don Cornelio zu: „Kommen Sie hierher, Kapitän! Der General will Sie zu dem Sieg, den Sie errungen haben, beglückwünschen."

Don Rafael erkannte augenblicklich den Reiter, der herangesprengt kam und diese Worte ausrief. Er konnte es sich selbst nicht verhehlen, so tapfer er auch war, daß er eine gewisse Zufriedenheit empfand, in seinem Gegner den Oberst Don Trujano, den ehemaligen Maultiertreiber, zu erkennen.

Trujano konnte sich ebenfalls sogleich an den königstreuen Offizier erinnern. Don Rafael war jedoch zu stolz, den Mann, der ihm einst das Leben gerettet hatte, um Hilfe zu bitten.

Er sprengte mit seinem Pferd so ungestüm auf Trujano los, daß er ihn ohne Zweifel niedergeritten haben würde, wenn nicht eine Hand den Zügel heftig zurückgerissen hätte. Diese Hand war die Don Cornelios.

Auf die Gefahr hin, sich unter den Hufen der beiden Pferde zermalmen zu lassen, hatte sich Don Cornelio, der noch tiefgerührt von der Großmut des Obersten ihm gegenüber war, wie ein Vermittler zwischen Don Rafael und Trujano geworfen.

„Señor Trujano!“ rief der Kapitän, „ich weiß nicht, was Sie damit sagen wollen, wenn Sie von einem Sieg sprechen, den ich errungen haben soll. Wenn ich aber ein Recht auf irgendeine Vergünstigung habe, so beanspruche ich weiter keine als das Leben und die Freiheit Don Rafaels Tres-Villas.“

„Ich bitte niemanden um eine Gunst“, unterbrach ihn der Oberst mit Stolz.

„Werden Sie mir wenigstens die bewilligen, mir Ihre Hand zu reichen?“ entgegnete Trujano.

„Nie einem Sieger!“ erwiderte Don Rafael, obwohl er von dem Entgegenkommen seines Gegners gerührt war.

„Hier gibt es weder Sieger noch Besiegte“, sagte der Oberst Trujano mit einem Lächeln, das ihm alle Herzen gewann, wenn nicht gerade religiöse Strenge den Ausdruck biederer Sanftmut verwischte. „Hier ist nur ein Mann, der sich erinnert.“

„Und ein anderer, der nicht vergessen hat!“ rief Don Rafael, der herzlich die ausgestreckte Rechte Trujanos ergriff.

Dann ritten sie aufeinander zu und tauschten eine freundschaftliche Umarmung aus. Trujano benutzte diese Gelegenheit, um seinem Gegner ganz leise mit einem Zartgefühl, das den Oberst noch tiefer rührte, da es seinen Stolz nicht beleidigte, ins Ohr zu flüstern: „Gehen Sie, Sie sind frei. Lassen Sie nicht wieder den gefangenen Frauen die Haare abscheren. Obwohl es eine gegeben hat, deren Herz dabei vor Stolz hüpfte, als sie erriet, weshalb der Sieger von Aguas Calientes in ihr diese schreckliche ferne Erinnerung wieder wachrief.“

Dann fügte er hinzu, indem er sich plötzlich aus der Umarmung Don Rafaels befreite. „Gehen Sie und begeben Sie sich als Gefangener auf die Hazienda Las Palmas, Señor Don Rafael. Der Weg steht Ihnen offen. Gehen Sie, glauben Sie meinen Worten!“

Dann nahm sein Gesicht, als ob er sich schon zu lange mit weltlichen Dingen beschäftigt hätte, den gewöhnlichen Ausdruck asketischer Strenge wieder an. Und als die Augen Don Rafaels ihn stumm nach dem Sinn seiner letzten Worte befragten, rief der Rebell: „Laßt den Oberst Tres-Villas passieren. Jeder soll vergessen, was hier soeben geschehen ist.“

Er senkte seinen Degen zum Gruß Don Rafaels, der, noch ganz verwirrt, nur einen Blick inniger Dankbarkeit auf ihn zu richten vermochte. Der Oberst drückte Don Cornelio die Hand und sprengte, nach einer Verbeugung vor den Soldaten, aus dem Hohlweg, ohne zu wissen, wohin er sich später wenden sollte.

Als er allein war, mäßigte er den Gang seines Pferdes. Die letzten Worte Trujanos: „Gehen Sie, glauben Sie meinen Worten!" – waren sie vielleicht ein Zeichen des wohlwollenden Empfangs, der ihn auf der Hazienda Las Palmas erwartete? Sollte er dort zuerst vorsprechen, ehe er sich mit dem Leutnant Veraegui auf der Hazienda del Valle vereinigte, um den Banditen Arroyo zu verfolgen?

Diesmal fühlte er sich noch zwischen Liebe und Pflicht hin und her gerissen. Don Rafael würde nicht so lange überlegt haben, zur Hazienda del Valle zu reiten, wenn eine gütige Fee ihm berichtet hätte, daß zu derselben Stunde und dreißig Meilen von ihm entfernt etwas geschehen würde, das ihm gestattete, zum erstenmal seine Pflicht mit seiner Liebe zu vereinigen.

Der Bote, der einige Tage vorher das Pferd Don Rafaels auf die Hazienda del Valle zurückgeführt hatte, erschien dort von neuem, diesmal aber mit einer rein persönlichen Botschaft für Don Rafael Tres-Villas. Der Leutnant Veraegui, ein ziemlich barscher Katalonier, empfing ihn.

„Woher kommen Sie?" fragte er ihn.

„Von Oajaca?"

„Wer schickt Sie?"

„Don Mariano Silva!"

„Was wollen Sie vom Oberst?"

„Ich darf es nur dem Oberst selbst sagen", war die Antwort.

„Dann suchen Sie ihn in Huajapam, wenn Sie es nicht vorziehen, hier auf seine Ankunft zu warten!" sagte der Katalonier.

„Ich will ihn lieber aufsuchen, die Botschaft, die ich habe, duldet keinen Aufschub."

Der Bote befand sich also in demselben Augenblick auf dem Weg nach Huajapam, als Don Rafael sich von dort entfernte und nicht wußte, wohin er sich wenden sollte.

Während der Oberst noch schwankte, ließ Trujano, der auf das mit Toten und Trümmern übersäte Schlachtfeld zurückgekehrt war, seine Leute niederknien. Er und seine Soldaten wollten dem Herrn der Heerscharen, der sie von den Schrecken einer so langen und grausamen Belagerung befreit hatte, danken.

Morelos hatte ebenso seine Truppen niederknien lassen, und Don Rafael war noch nahe genug, um die Gebete zu hören.

Bei diesen fernen Gesängen, die schwermütig an sein Ohr drangen, füllten Tränen der Trauer seine Augen. Er erinnerte sich all der Umstände, die ihn gezwungen hatten, von seinen ursprünglichen Plänen abzuweichen.

Wenn er nicht durch eine schreckliche Pflicht fortgerissen worden wäre, hätte seine Stimme sich jetzt als eine der ersten mit denen gemischt, die Gott für den Sieg dankten, den die Sache, zu deren unversöhnlichstem Feind er sich gemacht, errungen hatte.

Don Rafael schüttelte diese Gedanken von sich ab und beschloß, zu der Hazienda del Valle zu reiten, um dort an dem Grab seines Vaters seine Seele wieder in ihren Vorsätzen zu stärken.

5

Stolz und Liebe

Bevor wir dem Oberst auf seiner gefahrvollen Reise folgen, die er mitten durch eine so vollständig von den Aufständischen eroberten Provinz unternimmt, müssen wir uns anderen Personen zuwenden, die wir eine Zeitlang aus den Augen verloren haben.

Vor allem ist es nötig, das nachzuholen, was sich auf der Hazienda las Palmas seit dem Tag zugetragen hatte, an dem sie Don Rafael dem wilden Arroyo und seinem Gefährten Bocadro überlassen hatte.

Bis zu jenem Augenblick waren die beiden Rebellen, die sich mit dem Rest ihrer von dem Kapitän Tres-Villas fast aufgeriebenen Bande zu ihrem früheren Herrn geflüchtet hatten, ganz zufrieden gewesen, sich mit Don Mariano auf eine Stufe zu stellen.

Die beiden Banditen aßen an seinem Tisch, ließen sich von seinen Dienern bedienen und warfen außerdem noch, besonders Bocadro, bewundernde Blicke auf das silberne Tafelgeschirr, dessen sich der Besitzer der Hazienda bediente.

Schon öfter hatte der habgierige Bandit im Beisein Don Marianos Anspielungen auf den Reichtum der Königstreuen gemacht. Heimlich hatte er versucht, seinem Gefährten klarzumachen, daß Leute, die ein so reiches Silbergeschirr auf ihrem Tisch stehen hätten, im Grund ihres Herzens nur ergebene Anhänger der spanischen Krone sein könnten.

„Sieh nur“, sagte er, „wir, die wir freie und ehrliche Aufständische sind, wir müßten überall, hier ausgenommen, statt mit Gabeln mit unseren Fingern essen.“

Und der Schluß seiner Rede war unabänderlich der, daß man einen Mann als Königstreuen behandeln müsse, dem man auf silbernen Schüsseln serviere. Man müßte aus diesen Schüsseln Piaster herstellen und Don Mariano zu einem Rebellen machen, das heißt, auch er müßte mit den Fingern essen.

Aber Arroyo dürstete mehr nach Blut als nach Geld, mehr nach Zerstörung als nach Plünderung und verwarf deshalb die Vorschläge seines Gefährten. Er hatte die schwere Beleidigung, die ihm der Kapitän Tres-Villas zugefügt hatte, noch nicht vergessen. Arroyo haßte Don Rafael aus tiefster Seele und übertrug einen Teil seines wilden Zorns auf Don Mariano und seine Töchter. Denn sie waren die Zeugen seiner Erniedrigung gewesen.

Vielleicht hätte er auf der Hazienda las Palmas ein Blutbad angerichtet, wenn ihn Bocadro nicht daran gehindert hätte. Er hatte Arroyo eingeredet, daß Don Mariano, sobald er einmal von seinem silbernen Tischgeschirr befreit wäre, sich ganz und gar der heiligen Sache des Aufstandes weihen und dann in jeder Beziehung ein achtungswerter Mann sein würde. Außerdem könnten die Aufständischen von ihren Brüdern zwar ihr Geld, aber nicht ihr Blut verlangen.

Der schwerfälligen Auffassungsgabe des blutrünstigen Arroyo wollte zwar die Richtigkeit der von Bocadro entwickelten Ansichten nicht recht einleuchten, doch war er zu sehr daran gewöhnt, sich von seinem schlauen Gefährten leiten zu lassen, um einen ernsthaften Widerspruch zu erheben.

Zwar rächte er sich manchmal an ihm, wenn er ihm gar zu willig Gehör geschenkt hatte, aber um dem Aufstand nicht zu schaden, schloß er sich der Meinung seines Gefährten an.

Bocadro schleppte alles Silbergeschirr und andere Kostbarkeiten beiseite, die nicht wieder aufzufinden waren, als es zwischen ihm, Arroyo und den Leuten ihrer Bande zur Teilung kam.

Dann zogen alle eines Nachts aus der Hazienda nicht ohne die lebhafte Befürchtung ab, entweder von Tres-Villas oder dem Kapitän Caldelas verfolgt zu werden.

Die Bewohner von Las Palmas aber schätzten sich noch glücklich, daß nicht eine entehrende Beschimpfung dem Diebstahl gefolgt sei und daß sie im Besitz ihrer Ehre und wohlbehalten geblieben waren.

Da die Hazienda las Palmas sehr einsam lag, war sie sowohl den Königstreuen als auch den Aufständischen schutzlos ausgeliefert. Um nicht noch einmal überfallen zu werden, entschloß sich Don Mariano, mit seiner Familie nach Oajaca zu reiten.

In dieser Stadt, die dem Vizekönig treu ergeben war, glaubte er, vor allen Nachstellungen sicher zu sein. Doch mehrere unerwartete Ereignisse verschoben die Ausführung seines Plans.

Die Hazienda San Carlos, die von dem Mann, der sein Schwiegersohn werden sollte, von Don Fernando de Lacarra, bewohnt wurde, war nur einige Stunden von seinem Besitz entfernt. Marianita wollte aus verständlichen Gründen die Nähe von San Carlos nicht missen. Ohne sich den Beweggrund jedoch einzugestehen, hatte sie tausenderlei Einwendungen gegen diese Reise nach Oajaca zu machen.

Ebenso war es mit Gertrudis. Die Erinnerungen, die die Hazienda las Palmas bei jedem Schritt in ihr weckten, machten ihr den Aufenthalt zugleich angenehm und peinlich. Man weiß, welche Herrschaft der Schmerz in der Liebe, namentlich auf das Herz der Frauen ausübt. Und an schmerzlichen Erinnerungen fehlte es Gertrudis in der Hazienda las Palmas nicht.

Wie oft hatte sie wohl beim Sonnenuntergang ihre Augen in träumerischer Schwermut über die ungeheuer große Ebene schweifen lassen, die ebenso öde war wie an dem Tag, als Don Rafael heranjagte und dem Tod trotzte, um sie nur ein paar Stunden früher zu sehen.

Als sein Vater ermordet worden war, faßte Don Rafael im ersten Augenblick des Schmerzes den Entschluß, nach Oajaca zu reiten. Er schwor sich, Rache zu üben und verzichtete auf Gertrudis' Liebe.

Zu derselben Zeit hatte ihn Gertrudis mit lebhafter Ungeduld erwartet. Unwille, der sich bald in tödliche Angst verwandelte, erfüllte ihr Herz. Schon früher deuteten wir an, wie die Bewohner der Hazienda las Palmas durch das Schweigen Don Rafaels in dem Gedanken bestärkt wurden, daß er seine Geliebte ebenso treulos verlassen habe wie die Sache seines Vaterlandes.

In dem Augenblick, als sich Don Rafael vor der Hazienda zeigte, hätte der Klang seiner Stimme fast ihren beleidigten Stolz besiegt. Diese männliche Stimme hatte ihr Herz erzittern lassen.

Sie mußte allen Groll verschmähter Liebe und die den Frauen natürliche Scham zu Hilfe rufen, um sich nicht dem Kapitän zu zeigen und ihm zuzurufen: „O Rafael, der Dolch Arroyos würde mir weniger Schmerz bereiten als Ihre Untreue!"

„Was haben Sie getan, mein Vater?" fragte sie traurig Don Mariano, als der Kapitän sich mit seiner Truppe entfernt hatte. „Sie haben seinen Stolz durch Ihre beißenden Worte in dem Augenblick verletzt, in dem er aus Rücksicht auf uns darauf verzichtete, seinen Rachedurst an einem der Mörder seines Vaters zu stillen. Vielleicht haben Sie auf seinen Lippen das Wort ‚Vergessen und Versöhnung' ersterben lassen und die letzte Hoffnung Ihrer armen Tochter vernichtet."

Don Mariano erwiderte nichts. Er bedauerte selbst seine beleidigende Anspielung gegenüber einem Feind, dessen Großmut er sein und seiner Kinder Leben verdankte.

Nach dem Abzug Arroyos herrschte eine unheimliche Stille in der Hazienda Las Palmas. In der Einsamkeit des Schweigens fragte sich Gertrudis jede Minute des Tages, ob sie Don Rafael nicht mehr liebe. Sie konnte sich aber nur eine Antwort geben, und zwar die, daß sie ihn liebte und immer lieben würde.

Eines Nachmittags, es war der zweite nach dem Abmarsch Arroyos und seiner Bande, ging die Sonne hinter der Ebene ebenso unter wie an jenem Tag, an dem sie einige Wochen vorher der Ankunft Don Rafaels mit Ungeduld entgegengesehen hatte.

Die Überschwemmung war zurückgegangen, die Wiesen leuchteten wieder in frischem Grün und wurden durch die Abendsonne in purpurnen Schein getaucht.

Plötzlich erschien ein halbes Dutzend Reiter in der Ebene, sie schienen von den Hügeln zu kommen, denn sie wandten der Hazienda den Rücken zu. Fähnlein mit den spanischen Farben flatterten an den Lanzenspitzen.

Ein Reiter befand sich an der Spitze einer kleinen Truppe. Gertrudis schaute nur auf ihn, denn ihr Herz hatte weit eher als ihre Augen Namen und Rang des Reiters erraten.

„Ich war auch unvorsichtig in meinen Worten", sagte sie zu sich, „als ich die Söhne des Landes verfluchte, die seine Sache verraten. Was kümmert sich eine Frau, die liebt, um das Banner, dem ihr Geliebter folgt? Sie muß ihn auf allen seinen Wegen begleiten. Warum habe ich es nicht wie meine Schwester gemacht? Ach! Marianita ist sehr glücklich!"

Mit Tränen in den Augen beobachtete sie den Reiter, der nicht einmal seinen Kopf zu der Hazienda wandte und kurze Zeit nachher in dem goldenen Nebel der untergehenden Sonne verschwand.

Es war Don Rafael, der dem Befehl seines Vorgesetzten folgte und in den Kampf zog. Um seine Verwirrung und seinen Schmerz vor den Soldaten zu verbergen, hatte er es nicht gewagt zurückzublicken.

Gertrudis lag jetzt wenig an dem Ort, den sie mit ihrem Vater bewohnte. Auf der Hazienda blieben ihr nur noch traurige, wehmütige Erinnerungen, die sie aber trotzdem mit Genugtuung erfüllten. Das junge Mädchen konnte daher nicht ohne Schmerz dem Augenblick entgegensehen, wo sie diesen traurigen Aufenthaltsort verlassen sollte. Es war, als ob mit der Abreise von las Palmas das letzte Band zerreißen würde, das zwischen ihr und Don Rafael noch bestand.

Von der Zeit an, da Don Rafael nicht mehr dieselbe Luft wie sie atmete, kannte Gertrudis kein anderes Vergnügen, als sein Pferd, das man aufgefangen und auf die Hazienda geführt hatte, zu pflegen.

Inzwischen hatte die Verheiratung Don Fernandos mit Marianita stattgefunden.

Da diese Verbindung schon vor dem Ausbruch des Bürgerkriegs beschlossen worden war, wurde sie von Don Mariano gebilligt, obgleich die politische Gesinnung der beiden Männer etwas auseinanderging.

Don Fernando war Spanier, das war richtig, aber er hatte das Jawort Don Marianos. Im übrigen wollte dieser nicht den traurigen Zwistigkeiten das Glück einer zweiten Tochter opfern. War ein Opfer nicht genug?

Dann hatte auch Don Fernando Lacarra, wie viele Spanier dieser Epoche, das Land zu seinem Vaterland gemacht, und er sympathisierte mit den mexikanischen Einwohnern.

Wenige Tage nach seiner Hochzeit hatte er seine junge Frau zu seiner Besitzung San Carlos geführt, die in der Nachbarschaft der Hazienda del Valle und wie diese an den Ufern des Flusses Ostuta lag.

Diese Besitzung, die von einer zahlreichen Dienerschaft, die nicht wie die Don Marianos von dem Aufstand in alle Welt zerstreut worden war, bewacht wurde, bot im Vergleich zur Hazienda Las Palmas eine viel größere Sicherheit.

Don Fernando wollte dort seiner neuen Familie einen Zufluchtsort anweisen. Aber Don Mariano, der die Melancholie seiner Tochter zu vertreiben suchte, zog es vor, nach Oajaca zu gehen.

Am Tag der Abreise weigerte sich Gertrudis, eine Sänfte zu besteigen, die man für sie hergerichtet hatte. Sie befahl, das Pferd aufzuzäumen, das Don Rafael so oft geritten hatte.

Der feurige Roncador ließ sich, als ob er gewußt hätte, daß er das köstlichste Kleinod seines Herrn tragen würde, auf der ganzen Reise ebenso geduldig von der schwachen Hand Gertrudis' wie sonst von der Eisenfaust des Kapitäns leiten.

Teilnahmslos allen Zerstreuungen gegenüber, die ihr geboten wurden, verlebte Gertrudis langweilige und traurige Tage in Oajaca. Nur einen Augenblick lang hatte sie sich glücklich gefühlt, als man ihr erzählte, daß der Kapitän Tres-Villas nach Eroberung der Stadt Aguas Calientes vierhundert gefangenen Frauen die Haare habe abschneiden lassen.

Wie es der Oberst Trujano gesagt hatte, der über diesen Vorfall von Marianita unterrichtet worden war, als er einen Tag auf San Carlos verbrachte, verursachte diese Nachricht in ihr ein Zittern vor Glück und Stolz.

Sie allein hatte inmitten des allgemeinen Staunens, das diese seltsame Strenge hervorrief, erraten, daß Don Rafael sie nicht allein den Verlust ihres Haars beweinen lassen wollte.

Don Rafael liebte sie also immer noch, da er ihr diese Tröstung wie ein Pfand seiner Erinnerung zusandte.

Bald aber bemitleidete sie die Frauen, die ihre Haare verloren hatten.

„Arme Frauen!" sprach sie zu sich selbst und strich ihre kurzen Locken, die jetzt anstelle der langen Flechten ihren Kopf zierten, glatt. „Arme Frauen! Ihr habt nicht wie ich das Glück gehabt, euer Haar zum Opfer für das Leben des Geliebten anzubieten!"

Monat auf Monat verging, ohne daß man erfuhr, was aus Don Rafael geworden war. Die bleichen Wangen, die dunklen Ringe um Gertrudis' Augen bezeugten ihren Seelenschmerz und die Leiden des Körpers. Seit fast zwei Jahren versuchte das junge Mädchen unter dem entnervenden Einfluß des Schweigens und der Einsamkeit vergeblich, ihre Liebe zu ersticken. Die Kräfte ihres Körpers und ihrer Seele rieben sich in diesem unnützen Kampf auf.

Auch Don Rafael trug seinen Schmerz von einem Ende des Königreichs bis zum anderen, aber er konnte seinen Schmerzensschrei in dem Gewühl der Schlacht und den blutigen Zerstreuungen, die der Krieg gewährte, unterdrücken.

Zum Glück hat Gott der Frau die Resignation gegeben, die ihre einzige Waffe gegen den Schmerz bildet. Gertrudis litt schweigend. Ohne eine Klage auszustoßen, ertrug sie den schweren Kummer, der an ihrer Seele nagte.

In den langen schlaflosen Nächten, in denen diese Resignation sie zu verlassen drohte, stärkte sie manchmal ein schwacher und ferner Hoffnungsstrahl. Sie sagte sich selbst, daß, wenn ihre Kräfte gänzlich erschöpft wären, ihr noch ein letzter Trost bliebe, die Haarflechte, die sie sorgsam für einen solchen Fall aufbewahrt hatte.

Die Übersendung des Pferdes an Don Rafael auf die Hazienda del Valle, wohin er ohne Zweifel eines Tages zurückkehrte, war der erste Schritt eines Ausgleichs zwischen der Liebe und dem Stolz gewesen.

In dem Maß, in dem sich der Aufstand in der Provinz ausdehnte, nahmen auch die Sicherheitsmaßregeln in der Hauptstadt zu. Don Mariano, der verdächtig geworden war, erhielt den Befehl, Oajaca zu verlassen.

Wie schon erwähnt, hatte er vor seiner Abreise noch einen Boten zu der Hazienda del Valle geschickt. Den Zweck dieser Mission werden wir später erfahren.

Zwei Tage nach dem Aufbruch seines Boten, an demselben Tag, an dem er auf der Hazienda del Valle ankam und Don Rafael die Ebenen von Huajapam durcheilte, begab sich Don Mariano auf den Weg zur Hazienda San Carlos. Von einigen Dienern begleitet, geleitete er die Sänfte, in der sich Donna Gertrudis befand.

Gegen den Abend desselben Tages verließ eine Person unserer Geschichte, der Kapitän Don Cornelio Lantejas, das Lager Morelos', das in der Nähe Huajapams aufgeschlagen worden war, um einen Auftrag auszuführen, der ihm vom mexikanischen General anvertraut worden war. Diese Mission war keineswegs ungefährlich, wie wir später sehen werden.

Costal und Clara begleiteten den Kapitän, der ein einfaches Reisekleid trug. Nichts verriet seinen militärischen Rang.

Es war die Zeit der Sommersonnenwende, und der Schwarze und der Indianer unterhielten sich über die Chancen, die sich dem Zapoteken jetzt, da er ein halbes Jahrhundert gelebt hatte, boten, um sich endlich der Wassergottheit in dem geheimnisvollen See Ostuta zu bemächtigen.

Die Eroberung der Stadt Oajaca sollte die entscheidende Schlacht sein, die Morelos die Herrschaft der ganzen Provinz sicherte. Er spielte mit dem Gedanken, sich ihrer noch vor Beendigung des Feldzugs zu bemächtigen. War dieser Plan einmal ausgeführt, so fiel der ganze Süden Neuspaniens in die Gewalt der Aufständischen.

Die Klugheit befahl aber zugleich, ehe man zum Angriff auf eine so bevölkerungsreiche, mächtige und reiche Stadt schritt, dort erst geheime Verbindungen anzuknüpfen. Das war die Mission, die Lantejas ausführen sollte.

Um die ehrenhaften Ziele der Freiheitsbewegung nicht mit Schande zu bedecken, war es unbedingt notwendig, den Verheerungen zweier Banditen ein Ende zu bereiten, von denen schon oft die Rede gewesen ist, Arroyo und Bocadro. Sie schienen sich vorgenommen zu haben, durch ihre Grausamkeiten den Aufstand sowohl bei ihren Anhängern als auch bei ihren Feinden in Mißkredit zu bringen.

Die Anzahl der Soldaten, über die sie verfügten, war ebenso unbekannt wie ihr Aufenthaltsort. Aber sie waren so gefürchtet, als ob sie eine zahlreiche Armee unter ihrem Befehle gehabt hätten.

Die Schnelligkeit, mit der sie sich bewegten, verschaffte ihnen die Möglichkeit, ihre brutalen Verbrechen stets zu wiederholen. Man konnte aber den beiden Banditen leicht folgen, da sie auf ihren Raubzügen überall blutige Spuren hinterließen.

Arroyo, immer bereit, jeden, der sich ihm in den Weg stellte, zu töten, war im Gegensatz zu seinem Gefährten Bocadro tapfer und unerschrocken. Jener war ebenso feig wie grausam, obgleich ihn seine Neigung, wie wir gesehen haben, mehr zum Diebstahl als zum Blutvergießen hinzog.

Morelos hatte von den Verwüstungen und Plünderungen gehört, die die beiden Banditen in der Provinz Oajaca verübten. Deshalb befahl er Don Cornelio, die Banditen aufzusuchen und ihnen vom kommandierenden General die Drohung zu überbringen, daß sie gevierteilt werden würden, wenn sie weiterhin die heilige Sache der Unabhängigkeit entehrten.

Der Ruf der Wildheit, den sich die Banditen, die jeden als Feind behandelten, in so reichlichem Maß verdient hatten, und die aufmerksame Bewachung der Stadt Oajaca machten die Mission des Kapitäns gefährlich.

Er folgte daher ziemlich niedergeschlagen dem Weg, der an dem Fluß Ostuta entlangführte, wo Arroyo und Bocadro ihr

Lager aufgeschlagen hatten. Ihre Anwesenheit in dieser Gegend wird durch eine kurze Beschreibung erklärt werden, die unumgänglich ist, um den Schauplatz kennenzulernen, auf dem sich die künftigen Ereignisse abspielen werden.

Von dem Dorf Huajapam und der Hauptstadt Oajaca führt jeweils eine Straße zu der Ostuta, und beide vereinigen sich dort in einer Furt, die zum Überqueren des Flusses benutzt wird.

Nicht weit von der Stelle, wo die beiden Wege zusammentreffen, liegt vor der Furt die Hazienda del Valle und eine Stunde hinter ihr die Hazienda San Carlos. Diese beiden auf den gegenüberliegenden Ufern befindlichen Haziendas waren somit nicht allzuweit voneinander entfernt.

Arroyo hatte sich geschworen, weder einen Mann zu schonen, noch einen Stein auf der Hazienda del Valle stehenzulassen, die noch von der Garnison des Leutnants Veraegui verteidigt wurde. Von den Ufern der Ostuta aus wollte er die Hazienda angreifen.

Seine in zwei Abteilungen aufgestellte Bande bewachte die Übergänge der Furt zu beiden Seiten des Flusses und konnte sich so zur gleichen Zeit nach San Carlos und del Valle wenden.

Es war wahrscheinlich, daß der Bote Don Rafael auf halbem Weg zwischen Huajapam und del Valle begegnete. Nicht weniger wahrscheinlich war es, daß an dem Schnittpunkt der beiden Straßen von Oajaca und Huajapam sowohl Don Mariano und seine Tochter, Don Cornelio und seine beiden Gefährten als auch der Oberst Don Rafael zusammentreffen mußten.

Buch 4

1

Die Furt der Ostuta

Vier Tage nach der Aufhebung der Belagerung von Huajapam sehen wir uns an die Ufer der Ostuta versetzt. Die aufgehende Sonne beleuchtete eine der prachtvollsten Landschaften des amerikanischen Kontinents.

Der Tapir tauchte zum letzten Mal vor Tagesanbruch in die dunklen Wasser des Flusses, ehe er sein weites Reich wieder in Besitz nahm.

Schüchterner als der Tapir schlich sich der Hirsch an den Fluß, um in tiefen Zügen seinen Durst zu löschen. Bei den ersten Sonnenstrahlen sprengte er furchtsam davon, um in das unzugängliche Dickicht von Fenchelsträuchern und hohem Farnkraut zu fliehen.

Dagegen erwarteten der einsame Reiher, der unbeweglich auf seinen langen Beinen stand, und die roten Flamingos, die sich zu schweigenden Gruppen vereinigt hatten, den Aufgang der Sonne, um ihren Morgenfischfang beginnen zu können.

Überall herrschte Schweigen, mit Ausnahme jenes unbestimmten Geräusches, das die Einöden durchzieht und sich im Moos erhebt oder vom Gipfel der Bäume niederfährt, je nachdem wie die verschiedenen Bewohner des Waldes erwachen oder einschlafen.

Obgleich die Schatten der Nacht schon anfingen, nach und nach zu verschwinden, so hätte doch das Auge des Menschen durch diese nebligen Kämpfe hindurch, die vom Fluß aufsteigen, nicht unterscheiden können, welcher Art die Vegetation war, die seine Ufer bedeckt. Die Kronen der Palmen, die sich stolz über eine ungeheure Masse von Laubwerk erheben, waren allein sichtbar wie ehedem die Helmbüsche der Ritter in einem Handgemenge.

Die Ufer der Ostuta schienen ebenso einsam, wie sie es bis zu dem Tag waren, als die Söhne Europas an der amerikanischen Küste landeten.

Der durchdringende Blick der Nachtvögel aber, die sich auf dem Gipfel der Bäume schaukelten, schien Dinge zu erkennen, die dem Hirsch, dem Tapir wie dem Reiher und dem Flamingo noch unsichtbar waren.

Durch den nächtlichen Nebel glitzerten ferne Feuer, die längs des rechten Flußufers zerstreut waren wie der bleiche Schimmer der Sterne an einem nebligen Himmel.

Diese Feuer kamen von den Zelten her und verrieten allein die Nähe von Menschen.

Auf dem linken Ufer existierte aber auch keine völlige Ruhe, sie war nur scheinbar, Lagerfeuer verbreiteten auch dort noch einiges Licht.

In der Mitte einer kleinen Lichtung, die ziemlich weit von den Lagerfeuern entfernt war, hätte man durch den Nebel zwischen dem Fluß und der Landstraße, die von Huajapam zu der Hazienda del Valle führt, eine aus acht Reitern bestehende Gruppe wahrnehmen können.

Näher am Fluß, ungefähr drei oder vier Flintenschüsse von dieser Gruppe entfernt, gingen zwei Männer mit größtmöglicher Vorsicht wieder zu der Stelle hinauf, wo die Straße von del Valle sich durch das Dickicht von Guajakbäumen und Zedern hinschlängelt.

Endlich befand sich noch ein Mann, den man weder als Fußgänger noch als Reiter bezeichnen konnte, in ziemlich gleicher Entfernung von diesen acht Reitern und den beiden Fußgängern, der sich um nichts zu kümmern schien. Er schlief einen tiefen Schlaf. Er hatte sich mit seinem seidenen Gürtel an den Zweigen einer Zeder festgebunden und schwebte etwa zehn Fuß über dem Erdboden.

Das dichte Laubwerk des Baums und die Dunkelheit der Nacht entzogen ihn vollständig jedem menschlichen Blick. Ein Indianer würde unter der Zeder vorübergegangen sein, ohne seine Gegenwart zu ahnen, und von der Höhe der benachbarten Stämme konnte ihn selbst das Auge eines Nachtvogels nicht bemerken.

Um den Ereignissen nicht voranzueilen, müssen wir zuerst Bekanntschaft mit den acht Reitern und den beiden Fußgängern machen.

Was den Mann betrifft, der ruhig in den Ästen der Zeder schlief, sagen wir sogleich, daß es Don Rafael war.

Es gibt Augenblicke, in denen die Erschlaffung des Körpers den Sieg über die Befürchtungen des Geistes davonträgt, und Don Rafael befand sich in einer solchen Situation.

Die Ermüdung, die drei Tage des angestrengtesten Marsches hervorgerufen hatten, wozu noch der gänzliche Mangel an Schlaf der vorhergegangenen Nacht zu rechnen ist, versetzte ihn in tiefen Schlaf. Obwohl er sich der Gefahr bewußt war, in der er schwebte, und trotz der Unbequemlichkeit seines Lagers gönnte er sich die Ruhe. Es war der Schlaf, den der erschöpfte Soldat in der Nacht vor dem blutigen Kampf genießt.

Nahe der Straße, die von Oajaca zu der Furt führt, und in geringer Entfernung von der Ostuta und dem geheimnisvollen See gleichen Namens, schien sich eine Gruppe mit der größten Vorsicht schon vor Tagesanbruch wieder auf den Marsch zu machen.

Als ob die Benachrichtigung von einer großen Gefahr sie erreicht hätte, löschten zwei von ihnen die Reste eines Feuers aus, dessen Schein sie hätte verraten können. Zwei andere sattelten schleunigst die Pferde der ganzen Gesellschaft, und ein fünfter schien, indem er die Vorhänge einer Sänfte auseinanderschob, eine junge, erschrockene Frau zu beruhigen, die darin saß.

Der Leser wird sicher schon vermuten, daß in der Sänfte Don Mariano und seine Tochter saßen.

Inmitten der Einsamkeit in diesen Einöden gibt es zwei feierliche Stunden, die alle Stimmen der Natur zusammen verkünden. Es sind dies das Aufgehen der Sonne und ihr Untergang. Die ewige Uhr hatte soeben die erste dieser Stunden geschlagen.

Ein kühler Wind bewegte das Laub und furchte die Oberfläche des Wassers. Er begann, den Nebelschleier zu zerreißen, den die Nacht ausgebreitet hatte.

Im Osten färbte sich der Himmel zuerst mit einem lebhaften Gelb, dann verbreitete sich das fahle Licht der Morgendämmerung, das plötzlich von einem tausendfachen, von allen Bäumen des Waldes ertönenden Vogelgezwitscher begrüßt wurde.

Die Schakale, die in das Dickicht flohen, stießen ihr letztes Gebell aus, die traurigen Rufe der Nachtvögel verstummten, der Hirsch und der Tapir verschwanden.

Bald darauf zeigten sich rote Wolken am Horizont wie das Gefieder des Flamingo, dann endlich beleuchtete die Sonne die Gipfel der Palmenbäume und ließ in ihrer ganzen prachtvollen Verschiedenheit die Gehölze sehen, die die Ufer der Ostuta bedeckten.

Aus dem fast undurchdringlichen Labyrinth brachen öfter wilde Stiere hervor, die Nachkömmlinge der Stiere, die ehemals aus den reichen Ansiedlungen Ferdinand Cortez' entkommen waren. Von Durst gequält, stürzten sie zu dem Fluß, wo sie in langen Zügen das erquickende Naß schlürften.

Das war das Bild, das die Ostuta mit ihren Ufern an diesem Morgen, ungefähr eine halbe Stunde von der Furt entfernt, bei der die ersten Lagerfeuer gebrannt hatten, dem Beschauer bot. Diese Feuer, die mit Anbruch des Tages ausgelöscht worden waren, hatten das vorläufige Lager Arroyos und seiner Banditentruppe erhellt.

Auch hier herrschte ein bewegtes Leben, aber von anderer Art.

Ungefähr hundert Reiter, die an beiden Ufern der Ostuta zerstreut waren, beschäftigten sich eifrig mit der Pflege ihrer Pferde. Die einen ritten ohne Sattel und trieben sie in den Fluß, um sie zu tränken, andere striegelten sie mit ihren Fingernägeln oder mit

Hilfe eines Steines. Die Sättel waren inmitten aufgerissener Warenballen aufgestapelt, von denen nichts weiter als die zerfetzte Hülle übrig war. Ohne Zweifel waren sie die Nacht vorher irgendeinem Maultiertreiber abgenommen worden.

Auf dem rechten Ufer, auf dem die Hazienda San Carlos lag, erhob sich ein plumpes, geflicktes Zelt. Zwei von Kopf bis Fuß mit Pistolen, Messern und Säbeln bewaffnete Schildwachen gingen vor dem Zelt auf und ab. Sie waren aber weit genug vom Zelt entfernt, so daß keiner von beiden etwas von dem hören konnte, was im Innern gesprochen wurde.

Dieses Zelt war das der beiden Anführer, und Arroyo befand sich in diesem Augenblick mit seinem Gefährten Bocadro darin. Jeder saß auf einem Ochsenschädel, der als Stuhl diente, und rauchte eine dicke, lange Zigarre aus Maisblättern. Aus der Haltung, die Arroyo eingenommen hatte, war leicht zu entnehmen, daß Bocadro alle Mittel seiner Schlauheit anwandte, um seinen Kameraden für irgendein Bubenstück zu gewinnen.

„Gewiß“, sagte er, „bin ich geneigt, allen Tugenden der Frau Arroyo Gerechtigkeit widerfahren zu lassen. Sie ist rührend. Ist jemand verletzt, so streut sie ihm mit Wollust scharfen Pfeffer in seine Wunden. Nichts ist interessanter als die Art und Weise, mit der sie sich der Gefangenen annimmt, die wir zum Tode verurteilt haben. Sie läßt sie so spät wie möglich sterben ... Ich wollte sagen, so langsam, wie es nur geht.“

„Das geschieht nur meinetwegen, daß sie so handelt, die arme Frau“, unterbrach ihn Arroyo.

„Sie ist so hilfreich! Ach! Sie ist eine sehr würdige Frau!“

„Gewiß. Und die Fähigkeiten ihres Geistes. So zum Beispiel hat sie den sinnreichen Einfall gehabt, und zwar nur zu unser beider Seelenheil, daß wir nie einen Gefangenen töten dürfen, ohne ihn zuvor beichten zu lassen. Seine Qual dauert um so länger, je länger seine Beichte ist. Daraus folgt, daß der Gefangene im Zustand der Gnade stirbt und schnurstracks in den Himmel fährt. Da nun alle auserwählten Heiligen keine Rache kennen, so beten sie für uns. Meine Frau sagt, daß wir so viele wie möglich auf diese Art glücklich machen müssen.“

„Ha! Ha! Du hast schon eine hübsche Zahl in den Himmel geschickt“, erwiderte Bocadro mit einem Lachen der Befriedigung. „Dem lieben Gott müssen die Ohren schon von allen Gebeten brummen.“

„Still, Herr Oberst der Obersten“, rief Arroyo mit einer Stimme, die seinen Gefährten sofort zum Schweigen brachte. „Ich verabscheue die Gotteslästerer ...“

„Gut, ich werde nun auf die Tugenden der Señora Arroyo wieder zurückkommen. Obwohl sie weder jung noch sehr schön ist ...“

„Nun, sag es doch geradeheraus, daß sie alt und häßlich ist, und dann beenden wir das Gespräch“, antwortete Arroyo. „Trotzdem halte ich sehr viel von ihr.“

„Das ist kaum zu glauben.“

„Höre, mein Lieber, das ist weniger unglaublich, als du meinst. Sie teilt mit mir die Last des öffentlichen allgemeinen Abscheus, und wenn ich Witwer wäre ...“

„Würdest du sie ganz allein tragen. Pah! Mit deinen breiten Schultern!“

„Es ist wahr“, entgegnete Arroyo, durch dieses Kompliment geschmeichelt, „aber aus demselben Grund halte ich ebensoviel von dir wie von meiner Frau“, fügte er hinzu. „Es geschieht selten, daß man mich verflucht, ohne dich nicht auch zu erwähnen.“

„Es gibt so viele böse Zungen auf der Welt.“

„Dann hat meine Frau in meinen Augen noch eine andere Tugend. Sie besitzt den Überwurf einer Mönchstracht, den der Papst in Rom selbst geweiht hat und der die Eigenschaft hat, den Mann einige Tage nach der Frau sterben zu lassen.“

„Ich sage auch nicht, daß du sie töten sollst, diese würdige Señora Arroyo“, fügte Bocadro hinzu, der unwillkürlich den Aberglauben seines Gefährten teilte. „Man schickt sie ganz einfach in ein Kloster, damit sie Zeit hat, sich mit ihrem und dem Seelenheil ihres Mannes zu beschäftigen. Als Ersatz nimmt man sich eine junge, hübsche Frau mit Augen und Haaren so schwarz wie die Nacht, mit Lippen so rot wie die Granate und mit Wangen, die weißer sind als die Blume der weißen Lilie. Und das ist ganz einfach das, womit ich mich schon seit zwei Stunden abquäle, es dir begreiflich zu machen.“

„Kennst du so eine Frau?“ fragte der Bandit nach einem Augenblick des Schweigens, der bewies, daß er begann, der Versuchung zu erliegen.

„Du kennst sie ebensogut wie ich!“ rief Bocadro. „Die Herrin der Hazienda San Carlos, die wir im Handumdrehen haben können.“

„Donna Marianita Silva?“

„Keine andere.“

„Aber alle tausend Teufel! Willst du denn, daß wir keine einzige Hazienda verschonen?“ rief Arroyo. „Denn wenn du wünschst, daß ich mich der Frau bemächtige, hast du die Absicht, den Mann auszurauben.“

„Der Mann ist Spanier“, erwiderte Bocadro, ohne auf die Worte seines Spießgesellen zu antworten. „Ein hübsches Unglück, die Frau eines verdammten Spaniers zu nehmen.“

„Zum Teufel! Dieser Spanier ist ein ebenso guter Rebell wie du. Er hat uns Lebensmittel und Pferde geliefert ...“

„Ja! Aus Furcht, wie der Teufel die Heiligen lobt. Lerne doch nur endlich einsehen, daß man nie ein guter Aufständischer sein kann, wenn man haufenweise Säcke mit Piastern in seinen Truhen liegen hat, wenn die Schränke von Silbergeschirr fast brechen und wenn man vor allem eine hübsche Frau besitzt“, beeilte sich Bocadro hinzuzufügen, um hinter diesem Vorwand seine wahren Absichten zu verbergen. „Sieh mal, als wir damals ans Werk gingen, den Patriotismus Don Marianos ins rechte Licht zu rücken, indem wir ihm sein silbernes Geschirr abnahmen, hätten wir auch, wie ich es vorschlug, seine beiden Töchter nehmen sollen. Dann hätte ich jetzt eine allerliebste Frau, während du allein ... Ah, bah! Ich werde mich immer für dich opfern, das ist meine Bestimmung.“

„Wir werden es noch so weit bringen“, erwiderte Arroyo mit nachdenklicher Miene, „daß man uns wie wilde Tiere überall verfolgen wird.“

„Wir haben hundertundfünfzig treue Männer, zuverlässig wie ihre Dolche.“

„Nun ... Ich werde darüber nachdenken.“

Die Augen Bocadros glänzten vor Habgier, als er die Unentschlossenheit Arroyos erkannte. Nun wußte er, daß er ihn, bevor der Tag zu Ende war, für sich gewonnen haben und daß er seinem Vorschlag zustimmen würde.

Einige Augenblicke lang herrschte tiefes Schweigen, und die beiden Banditen dachten über ihren verbrecherischen Plan nach. Plötzlich öffnete sich eine Seite des Zelts, und ein Mannweib mit sonnenverbrannter Haut und einem mehr von bösen Leidenschaften als vom Alter entstellten Gesicht trat ein. Ihre geflochtenen Haare wurden von einem goldgefaßten Kamm zusammengehalten und waren schwarz wie Ebenholz. Trotz der Perlen, Rosenkränze und Goldstücke, mit denen sie ihren Hals bedeckt hatte, besaß ihr Gesicht einen widerwärtigen Ausdruck.

Sie war wütend. Mit gerunzelter Stirn und blutunterlaufenen Augen stand sie im Zelt.

„Es ist eine Schande!" rief sie und sah Bocadro, den sie verachtete, zornig an. „Es ist eine Schande, daß ihr das Schlangennest noch immer nicht ausgeräuchert habt. Dabei habt ihr geschworen, keinen Mann zu schonen und alles dem Erdboden gleichzumachen."

„Wovon redest du?" fragte Arroyo in einem Ton, der seine üble Laune verriet.

„Ich spreche von der Hazienda del Valle, die deine Leute seit drei Tagen erfolglos belagern. Das heißt, nein. Denn soeben erfahre ich, daß drei unserer Soldaten bei einem Ausfall getötet und ihre Köpfe vor dem Tor der Hazienda des verdammten Kataloniers, den Gott vernichten möge, aufgespießt worden sind."

„Wer hat dir das gesagt?" schrie Arroyo.

„El Gaspacho, der nur auf deinen Befehl wartet, um einzutreten, und der von del Valle kommt, um eine Verstärkung zu holen."

„Bei allen Teufeln! Ich finde es sonderbar, daß du dir erlaubst, die Boten, die an mich gesandt sind, vorher auszufragen."

Arroyo hatte sich bei diesen Worten, die er mit einer Donnerstimme brüllte, erhoben und den Ochsenschädel ergriffen, der ihm als Stuhl diente. Es schien, als wolle er den Kopf seiner Frau damit zerschmettern.

Vielleicht hätte er sich unter dem Einfluß der Worte Bocadros dafür entschieden, allein die Last des allgemeinen Abscheus auf seine Schulter zu nehmen, wenn er sich nicht noch zur rechten Zeit an den zu Rom vom Papst selbst geweihten Überwurf erinnert hätte.

Bocadro blieb gelassen sitzen.

„Allerheiligste Jungfrau!" schrie die Frau und wich entsetzt vor dem schrecklichen Zorn ihres Mannes zurück. „Wollen Sie mir nicht helfen, Señor Bocadro?"

„Hm!" machte der Bandit, ohne sich zu rühren, „Sie kennen das Sprichwort, verehrenswürdige Señora, zwischen Baum und Rinde ... Was zum Teufel! Nur ein kleiner Ehestreit."

„Daß das nicht noch einmal vorkommt! Es gibt hier nur zwei

Anführer", sagte Arroyo plötzlich besänftigt. „Und ehe ich El Gaspacho empfange, wirst du noch einen Auftrag ausführen."

„Welchen?" fragte die Frau, die einen Augenblick lang die Absicht hatte, ihren Mann wütend anzuschreien.

„Er dient zur Ausführung eines prächtigen Plans, den ich entworfen habe", unterbrach sie Bocadro.

„Ach! Wenn Sie nur so viel Mut hätten wie Sie Schlauheit besitzen!" sagte das Mannweib verächtlich.

„Bah, Arroyo hat Mut für uns beide."

„Soll das etwa heißen, daß du Verstand für uns beide hast?" unterbrach ihn Arroyo, der seinen Zorn an irgend jemandem auslassen wollte, der keinen vom Papst in Rom geweihten Überwurf trug.

„Gott behüte mich, so etwas zu denken!" erwiderte Bocadro mit schmeichelndem Ton. „Du bist ebenso tapfer wie gescheit."

„Frau!" sagte Arroyo, „geh und frage den neuen Gefangenen aus, den wir vor drei Tagen geschnappt haben, damit wir endlich wissen ..."

„Das Vieh singt immer dieselbe Melodie", sagte die Frau Arroyos ärgerlich. „Daß er nämlich in Diensten Don Mariano Silvas stehe und daß er eine Botschaft an den wütenden Oberst Tres-Villas zu überbringen habe."

Bei diesem verhaßten Namen verdüsterte sich Arroyos Miene.

„Versuche zu erfahren, worin die Botschaft besteht", sagte er.

„Er behauptet, sie sei ohne Wichtigkeit. Und weißt du, was ich in der Tasche seiner Jacke gefunden habe, als ich ihn durchsuchen ließ?"

„Ein Fläschchen mit Gift?"

„Ein kleines, sorgfältig versiegeltes Päckchen. Darin fand ich in ein parfümiertes Batisttaschentuch eingehüllt eine schwarze, sehr lange und sehr schöne Haarflechte."

„Ach, wirklich! Und was haben Sie damit gemacht?" fragte Bocadro höhnisch.

„Habe ich nicht ebenso langes und ebenso schwarzes Haar?" entgegnete das Mannweib in einem gereizten Ton. „Und was ich damit gemacht habe, schöner Herr? Ich habe sie dem Liebesboten ins Gesicht geworfen, denn das ist ein Pfand, das er ohne Zweifel an diesen Teufelsoberst überbringen soll."

„Hat der Bote die Flechten wieder an sich genommen?" fragte Bocadro.

„Ja, mit größter Hast."

„Die Sache wird immer besser!" erwiderte Bocadro. „Ich hatte mir erst vorgenommen, den Boten zu bestechen, damit er den Oberst heimlich trifft. An seiner Stelle wäre dann ein Dutzend unserer Leute über ihn hergefallen, um sich Tres-Villas lebend zu bemächtigen. Die Geschichte war aber noch zweifelhaft, jetzt aber können wir ihn mit diesem Liebespfand überall hinführen, ohne daß er Verdacht schöpft. Laßt nur den Mann kommen, und ich übernehme das übrige. Was werden wir mit dem Oberst Tres-Villas anfangen, Arroyo?"

„Wir braten ihn bei kleinem Feuer, wir schinden ihn lebendig", antwortete der Bandit mit einem Ausdruck wilder Freude.

„Und deine Frau wird ein gutes Wort für ihn einlegen", warf Bocadro ein.

„Wir braten ihn bei kleinem Feuer! Wir schinden ihn lebendig!" schrie die Frau.

Und dabei stieß sie ein Gelächter aus, das ihre Verachtung für so armselige Mittel der Folter ausdrücken sollte. Dann verließ sie das Zelt ihres Mannes, und der unter dem Namen El Gaspacho angemeldete Bote trat in demselben Augenblick ein.

Er war ein langer Kerl, dünn wie die Klinge eines Degens, mit unverschämten und gemeinen Gesichtszügen. Seine Haare fielen in langen Strähnen gerade und struppig auf seine Schultern.

„Sprich, du Unglücksrabe", sagte Arroyo mit einem finsteren Blick, unter dem Gaspacho trotz seiner Unverschämtheit erschauderte.

„Ich habe auch gute Nachrichten, Señor Capitano", antwortete der Bandit hastig.

„Teile uns zuerst die schlimmen mit."

„Wir sind nicht zahlreich genug, um einen Angriff auf die Höhle der verdammten Spanier unternehmen zu können. Man hat mich geschickt, um von Ihnen Verstärkung zu erbitten."

„Wer schickt dich? Der Leutnant Lantejas?"

„Lantejas wird niemanden mehr schicken. Seit heute morgen ist sein Kopf vor dem Tor der Hazienda aufgespießt."

„Teufelsloch!" brüllte der Bandit.

„Übrigens ist es sein Kopf nicht allein. Es sind noch die von Salinas und Tuerto neben dem seinen, ohne Matavidos und Pigneto zu rechnen, die gefangengenommen und lebend bei den Beinen an den Zinnen der Hazienda aufgehängt worden sind. Aus Mitleid haben wir aus der Ferne mit Büchsenschüssen ihrem Leben ein Ende gemacht, um ihre Leiden abzukürzen."

„Desto schlimmer für sie! Warum lassen sie sich lebendig gefangennehmen?"

„Das habe ich ihnen auch gesagt, ich habe ihnen zugerufen, daß Sie sehr unzufrieden sein würden. Sie schienen sich aber nicht viel darum zu kümmern", fügte El Gaspacho grinsend hinzu.

„So seid ihr nur noch vierundvierzig?"

„Verzeihung. Vier andere sind im Hof aufgehängt worden. Bei ihnen war es nicht nötig, unser Pulver zu verschießen, um sie zu erlösen."

„Zehn Mann weniger", sagte Arroyo wütend und stampfte mit dem Fuß auf. „Soll ich diese Bande auch einbüßen wie die erste? Teile uns jetzt die guten Nachrichten mit."

„Gestern abend näherte sich ein Reiter der Hazienda del Valle, als ob er sich nur zu zeigen brauchte, um hineingelassen zu werden. Als er unsere Vorposten sah, stürzten die beiden Männer über ihn her, und es gelang dem Fremden erst nach einem lebhaften Widerstand zu fliehen. Runzeln Sie nicht die Stirn, Señor Capitano! Die beiden Vorposten konnten nichts dafür, denn dem einen wurde die Schulter durch einen Pistolenschuß zerschmettert, der andere stürzte vom Pferd. Von dem letzteren zu hart bedrängt, ergriff ihn der königstreue Reiter, riß ihn aus dem Sattel und warf ihn auf die Erde wie eine Nuß, deren Schale man zerbrechen will. Er ist zwei Stunden lang ohnmächtig gewesen."

„Ich kenne nur einen Mann, der stark genug wäre, einen ähnlichen Streich zu vollführen", sagte Bocadro erbleichend. „So hat er Antonio Valdes getötet? Es ist der schreckliche Tres-Villas."

„Ja, der ist es auch. Denn Pepe Lobos hat das Schnaufen seines Pferdes gehört, das er an dem Tag ritt, wo er Sie fast bei las Palmas gefangengenommen hätte. Und er hat auch ganz genau den Reiter an seinem Wuchs und seiner Stimme wiedererkannt, obgleich es Nacht war.

Zehn Mann haben sich sogleich zu seiner Verfolgung aufgemacht, und der Oberst kann in diesem Augenblick schon gefangen sein."

„Heilige Jungfrau! Ich verspreche dir eine Kerze, groß wie eine Palme, wenn dieser Mann in unsere Hände fällt", sagte der Anführer der Banditen.

„So groß wie eine Palme! Bist du wahnsinnig?" rief Bocadro.

„Schweig doch! Das soll nur ein Lockmittel sein", flüsterte Arroyo.

„Mag er nun entwischen oder nicht, wir haben ihn doch sicher. Ich verbürge mich dafür", fügte Bocadro hinzu. „Wenn ich recht unterrichtet bin, so kann man ihn mit der Botschaft, die ihm der Gefangene überbringen soll, an das Ende der Welt locken."

Kaum hatte er zu Ende gesprochen, stürzte Arroyos Frau mit von Zorn entstelltem Gesicht wieder in das Zelt.

„Der Käfig ist leer, der Vogel ist ausgeflogen!" schrie sie, „und mit ihm der Wächter, der ihn bewachen sollte, der nichtswürdige Juan el Zapote!"

„Blut und Donner!" heulte Arroyo, „verfolgt die Flüchtlinge! Holla!" fuhr er fort, indem er eine Seitenwand seines Zeltes aufhob, „zwanzig Mann zu Pferd! Durchsucht die Gehölze und die Ufer des Flusses und bringt die beiden Flüchtlinge an Händen und Füßen gebunden, aber lebend, zurück."

Während die drei sich noch verblüfft anstarrten, geriet das Lager in Aufruhr. Jeder wollte zuerst die Flüchtenden verfolgen.

„Tod und Teufel! Wenn der Oberst der Verfolgung entgeht und wenn die anderen den Unglücksboten nicht wieder erwischen können, dann gute Nacht mit allen meinen Plänen!" rief Bocadro.

Als Arroyos Frau aus dem Zelt trat, um den Abgang der Reiter zu beschleunigen, sagte Bocadro zu seinem Gefährten: „Wenn alles mißlingt, bleibt uns immer noch zur Entschädigung die Hazienda San Carlos."

„Ja, ich habe Zerstreuung nötig", entgegnete Arroyo mit einem wilden Lachen. „Heute abend wollen wir uns vergnügen, morgen aber einen heftigen Angriff auf die Höhle der spanischen Räuber unternehmen und keinen Stein dieser verdammten Hazienda del Valle auf dem anderen lassen."

„Ja, die ernsten Angelegenheiten morgen", sagte Bocadro und rieb sich die Hände. „Unsere Leute sind zum Aufbruch bereit", fügte er hinzu und warf einen Blick aus dem Zelt. „Wenn du meinem Rat folgen willst, so schick statt zwanzig nur zehn. Das ist genug, um die beiden Schurken aufzustöbern. Die Verstärkung, die sofort zur Hazienda del Valle geschickt werden muß, mit eingerechnet, bleiben uns zu wenig Leute im Hauptquartier."

Arroyo fügte sich der Ansicht seines Gefährten. Von den zwanzig Mann, die zum Aufbruch bereit waren, wählte er die zehn Bestberittenen aus. Die anderen erhielten den Befehl, sich nach del Valle zu wenden.

Da ihr Aufbruch aber weniger eilig war, sprengten die Reiter, denen die Verfolgung des Boten und Juan el Zapotes aufgetragen war, zu der Furt der Ostuta. Man vermutete, daß die Flüchtlinge eine Zuflucht in dem dichten Gehölz, mit dem das linke Ufer des Flusses bedeckt war, gesucht hatten, nachdem sie in der Nacht durch den Fluß geschwommen waren.

2

Der rasende Oberst

Der Teil des Berichts von Gaspacho, der sich auf den Oberst Tres-Villas bezog, läßt keinen Zweifel darüber aufkommen, warum die acht Reiter sich zu einer Beratung auf einer Lichtung am Ostuta zusammengefunden hatten.

Es waren die Soldaten Arroyos, die sich zu einer Verfolgung aufgemacht hatten. Während es aber, wenn man sich an die Worte Gaspachos erinnert, zehn sein sollten, waren es nur acht.

Bevor wir erklären, warum sich ihre Zahl so vermindert hatte, müssen wir bis zu dem Augenblick zurückkehren, in dem Don Rafael das Schlachtfeld von Huajapam verläßt.

Als die Siegesgesänge, die die Soldaten Trujanos angestimmt hatten, verstummt waren, überlegte Don Rafael, daß er einige Vorsichtsmaßnahmen treffen mußte, um gefahrlos das Land allein durchqueren zu können.

Seine gestickte Uniform, sein Helm, kurz seine ganze Ausrüstung waren ganz dazu angetan, die allgemeine Aufmerksamkeit auf sich zu lenken.

Zudem war er noch schlecht bewaffnet, sein langer Dragonersäbel war während des Kampfs zerbrochen, und es war dringend notwendig, sich neu einzukleiden und die Waffen auszutauschen.

Er konnte es aber nicht wagen, in sein Zelt zurückzukehren,

um sich neue Waffen zu holen und seinen Anzug zu wechseln. Er mußte damit rechnen, daß das Lager schon geplündert worden war. Dessen ungeachtet begab sich Don Rafael wieder auf das Schlachtfeld zurück und fand dort, was er brauchte.

Ohne den Rebellen zu nahe zu kommen, entdeckte der Oberst an der von Huajapam entferntesten Stelle, wo er und Caldelas dem Angriff Morelos' begegnet waren, einen zweischneidigen Degen.

Er vertauschte dann seinen Helm mit dem Filzhut eines Aufständischen, dessen Futter aus einem schmutzigen Lumpen bestand, auf dem die Worte standen: „Freiheit oder Tod!" Er zerriß den Lappen, wickelte ihn um die Füße und stülpte den Hut auf.

Statt der Uniform eines Kavallerieoffiziers zog er die Jacke eines Infanteristen an. Obgleich sein Aufzug ziemlich merkwürdig war und nachdem er sich davon überzeugt hatte, daß seine Pistolen und seine Patronentasche in Ordnung waren, bestieg er unverzüglich sein Pferd und ritt davon.

Wir übergehen die Einzelheiten aller Vorsichtsmaßregeln, die der Oberst treffen mußte, um nicht in die Hände der Rebellen zu fallen, erwähnen aber noch, daß er nur des Nachts ritt.

Aber selbst das bot kein hinreichendes Mittel für seine Sicherheit dar, und der Oberst hatte öfter seiner ganzen Kaltblütigkeit bedurft, um sich aus sehr gefährlichen Lagen zu befreien.

Am Abend des dritten Tages nach seiner Abreise war er in der Dämmerung in die Nähe seiner Hazienda gekommen und hoffte, in einigen Minuten in Sicherheit zu sein. Plötzlich bemerkten ihn zwei Posten der Bande Arroyos, die del Valle belagerte, und stürzten sich auf ihn, um ihn gefangenzunehmen.

Arroyo hatte befohlen, auf diese Weise mit jedem zu verfahren, der sich in der Nähe der Hazienda sehen ließ.

Ohne zu wissen, daß er es mit den Soldaten des Banditen zu tun hatte, den er töten wollte, war Don Rafael dennoch nicht der Mann, von irgend jemandem einen so ungestümen und unhöflichen Angriff hinzunehmen.

Wir wissen schon, wie es den beiden Angreifern erging, nur hatte El Gaspacho die Wahrheit in seinem Bericht ausgeschmückt.

Dem einen war die Schulter so nahe am Herz zerschmettert worden, daß er seinen Geist aufgab. Und was den andern betrifft, so hatte ihm der Oberst, bevor er ihn so unsanft zur Erde warf, seinen Dolch zwischen die Schultern gebohrt.

Um sich vor der Schwatzhaftigkeit der beiden Banditen zu schützen, hatte der Oberst aber unglücklicherweise durch das Abfeuern seiner Pistole Alarm geschlagen.

Da die Belagerer den Befehl hatten, Tag und Nacht eine Anzahl Pferde vollständig gesattelt und gezäumt bereit zu halten, so warfen sich ein Dutzend Reiter in den Sattel, als sie den Schuß hörten.

Der Oberst hatte einen Augenblick lang gezögert, ob er seinen Weg fortsetzen oder wieder umkehren sollte, um dann zurückzukehren, wenn die Nacht dunkler geworden wäre.

Dieser eine Augenblick der Unentschlossenheit war schuld daran, daß die Reiter, die sich zu seiner Verfolgung aufgemacht hatten, ihn bemerken konnten. Einer unter ihnen, Pepe Lobos, erkannte ihn trotz der ziemlich vorgerückten Tageszeit zuerst an seiner Haltung und seinem Wuchs, dann aber auch an dem Schnaufen seines Pferdes wieder.

Der Haß, den Arroyo gegenüber dem Oberst hegte, war dessen Rettung. Einige Karabinerschüsse hätten ohne Zweifel seiner Laufbahn ein Ende gesetzt, wenn nicht die Hoffnung auf eine ansehnliche Belohnung, die der wilde Bandit dem versprochen hatte, der ihm den Oberst lebend überlieferte, die Reiter zu dem Versuch bewogen hätte, Tres-Villas gefangenzunehmen.

Der Oberst ergriff bei ihrem Anblick die Flucht, um in der Mitte des Waldes, den er soeben verlassen hatte, einen für ihre Pferde undurchdringlichen Schlupfwinkel zu finden.

Er trieb sein Pferd heftig an, und so gelang es ihm, vor seinen Verfolgern die mitten durch den Wald führende Straße nach Huajapam zu erreichen.

Er jagte auf dieser Straße im gestreckten Galopp zurück. Als er glaubte, genug Vorsprung vor seinen Verfolgern erreicht zu haben, sprengte er so tief in das Dickicht hinein, bis es ihm nicht mehr möglich war, in dem Unterholz, das ihm den Weg versperrte, weiter vorzudringen. Er sprang nun vom Pferd, zog es hinter sich her und gelangte dann an ein sehr dichtes Gebüsch, wo er es anband.

Dann beschäftigte er sich damit, eine Stelle zu finden, die ihm als Lager dienen könnte, um sich, ohne von seinen Feinden bemerkt zu werden, einige Zeit auszuruhen.

Eine herrliche Zeder, deren dichtes Blattwerk für das Auge undurchdringlich war, befand sich in der Nähe. Er beschloß, hinaufzuklettern. Obgleich er den ungeheuren Stamm nicht umfassen konnte, um bis in die Zweige zu steigen, so gelangte er mit Hilfe einiger starker Lianen dorthin, die wie Taue vom Wipfel des Baumes bis auf die Erde herabhingen.

Der Oberst legte sich so bequem wie möglich zwischen zwei dicke Zweige und beschloß, dort den Tag zu erwarten, um einen Entschluß zu fassen. Er hoffte, daß entweder seine Feinde seine Spur verlieren und dann von seiner Verfolgung ablassen würden, oder daß sie, um ihn zu umzingeln und den Rückzug abzuschneiden, von den Pferden steigen und sich trennen würden.

In diesem letzteren Fall traute er sich, von Bäumen gedeckt und durch das Dickicht geschützt, genug Kraft und Mut zu, um sie Mann für Mann niederzumachen.

Die Nacht war angebrochen, und der Mond verbreitete vom Himmel herab seine Helligkeit. Einige Strahlen, die sich durch das dichte Laubwerk stahlen, warfen in das Versteck Don Rafaels ein schwaches Licht. Es war der Abenddämmerung ähnlich, wenn ihre letzten Lichtwolken im Begriff sind zu verschwinden.

Der Oberst horchte mit gespannter Aufmerksamkeit auf das leiseste Geräusch, das er zu hören glaubte, aber alles blieb still. Er vernahm nur das Säuseln des Windes in den Blättern der Bäume, das entfernte Bellen des Schakals und die Stimme des Spottvogels.

Die frische Luft, die Don Rafael einatmete, der Schleier der Nacht, der ihn rings umgab, diese großartige und feierliche Stille, die um ihn her herrschte, alles schien ihn einzuladen, beruhigt einzuschlafen.

Er fühlte seine Augenlider nach und nach schwerer werden, und bald spürte er eine unwiderstehliche Müdigkeit.

Derjenige, der an Körper und Seele erschöpft ist, bedarf der Ruhe. Die gütige Vorsehung sendet ihm den Schlaf, um seine Kräfte zu erneuern.

Ohne gerade sehr besorgt zu sein, glaubte der Oberst doch, daß es die Klugheit erfordere, wach zu bleiben. Lange Zeit kämpfte er gegen den Schlaf an, aber vergebens. Der Schlaf war der Stärkere.

Nun wickelte er um einen starken Zweig des Baums und um seinen Leib einen langen seidenen Gürtel, wie ihn noch heute in diesem Land die Offiziere tragen. Klugerweise hatte er sich diesen aufbewahrt und unter der Jacke verborgen. Kaum war es ihm gelungen, sich auf diese Weise gegen die Gefahren eines Sturzes zu sichern, als er auch schon in einen tiefen Schlaf versank.

Der größte Teil der Männer, die Arroyo befehligte, bestand aus Landleuten, die von klein auf gelernt hatten, Spuren zu lesen.

Wenn es nicht Nacht gewesen wäre, würden sie gewiß nicht an der Stelle vorbeigeritten sein, wo der Oberst plötzlich die Straße verlassen hatte, um sich in das Dickicht zu werfen.

Aber bei dem schwachen Licht des Mondes, das den Pfad nur durch die Lücken des Laubes beschien, waren der Oberst und die Spuren seines Pferdes für ihre Augen unsichtbar.

Schon waren sie eine tüchtige Strecke über die ersten Gebüsche hinausgeritten, hinter denen Don Rafael verschwunden war, als sie instinktmäßig anhielten. Wenn sie alle zusammen in den Wald eindrangen, beraubten sie sich jeder Möglichkeit, den zu finden, den sie verfolgten.

Deshalb trennten sie sich, wie es der Oberst vorausgesehen hatte, und ritten zu zweien in den Wald. Jede Gruppe sollte ein bestimmtes Gebiet durchkämmen, und nach einigen Stunden wollten sie sich wieder auf der Lichtung, nahe bei dem Weg, den sie eben verlassen hatten, treffen.

Wenn auch mit großer Vorsicht, die der schreckliche Ruf, den Don Rafael genoß, zu rechtfertigen schien, so erfüllten sie doch anfangs ihre Aufgabe ziemlich gewissenhaft. Nach und nach aber, als der erste Eifer ein wenig verraucht war, tauchte fast zu gleicher Zeit in allen derselbe Gedanke auf.

Alle hatten gesehen, mit welcher Leichtigkeit der Oberst zwei von ihnen überwältigt hatte, und sie sahen ein, wie falsch es war, ihre Kraft durch eine derartige Teilung zu schwächen.

Da sie nun aber nicht daran denken konnten, sogleich wieder zu der Lichtung, die ihnen zum Sammelplatze bestimmt war, zurückzukehren, bevor – um wenigstens den Schein zu retten – ein genügender Zeitraum verstrichen wäre, setzten sie ihre Verfolgung mit deutlicher Nachlässigkeit fort.

„Caramba! Der herrliche Mondschein!“ sagte Pepe Lobos zu seinem Gefährten. „Das läßt mich daran denken …“

„Daß uns der Oberst kommen sehen könnte?“ unterbrach ihn sein Gefährte.

„Ah bah! Dieser Teufelskerl ist nicht aufzufinden. Ich denke, da man hier wie am hellen Tag sieht, würdest du mir etwas beibringen, was du mir schon lange versprochen hast. Ich meine das Kartenkunststück. Ich habe gerade ein neues Kartenspiel in der Tasche."

„Das geht leichter mit einem ganz alten Spiel. Aber da ich dir gefällig sein will und da doch, wie du sehr richtig sagtest, der Teufelskerl unauffindbar ist, füge ich mich deinen Wünschen. Aber nur für einen Augenblick ..."

„Nicht länger als nötig ist, um die Karten zu mischen."

Die beiden Rebellen setzten sich in das weiche Moos, an einen Ort, wohin der Mond sein volles Licht warf. Pepe Lobos zog sein Kartenspiel aus der Tasche, und der Unterricht begann.

Er dehnte sich aber durch den Eifer des Lehrers und die Gelehrigkeit des Schülers so aus, daß dem Oberst in seinem luftigen Bett die Zeit blieb, von dem zu träumen, was seine Phantasie ihm vorgaukelte, ehe sie daran dachten, seinen Schlaf zu stören.

Zwei andere Banditen verfolgten den Oberst auf ihre Weise.

„Also, Suarez", sagte der erste der beiden Männer, „es sind ja wohl fünfhundert Piaster, nicht wahr, die der Kapitän dem versprochen hat, der den Oberst lebendig gefangennimmt?"

„Ja, fünfhundert Piaster, ein hübsches Sümmchen."

„Hat der Kapitän auch eine Belohnung versprochen für den Fall, daß man sich einen Arm oder ein Bein zerschmettern läßt, ohne seinen Zweck zu erreichen?"

„Davon weiß ich nichts. Wenn man ihm aber einen Beweis beibrächte ..."

„Vom Oberst?"

„Gewiß!"

„Höre, Freund Suarez! Du hast Familie, und ich bin Junggeselle. Ich glaube dir unrecht zu tun, wenn ich dir die Gelegenheit nähme, die fünfhundert Piaster zu verdienen. Ich überlasse dir als guter Kamerad die Möglichkeit ganz allein, diesen Teufelsoberst zu fangen, der einen Reiter zu Boden wirft wie ein anderer eine junge Ziege von sechs Wochen."

Bei diesen Worten warf sich der Bandit in das Gras.

„Ich habe nun seit zwei Nächten nicht mehr geschlafen", fügte er hinzu, „ich falle vor Müdigkeit um. Wenn du den Oberst gefangen hast, komm zurück und wecke mich, vergiß es aber nicht, sonst schlafe ich bis zum hellen Tag."

„Hasenherz!" erwiderte Suarez. „Ich werde mir den Preis ganz allein verdienen."

Suarez war noch nicht aus dem Gesichtskreis seines Gefährten verschwunden, als dieser schon wie eine Ratte schnarchte.

Von zehn hatten also jetzt schon drei die Verfolgung aufgegeben. An einem anderen Ort begann folgendes Gespräch: „Teufel! Das ist ein lächerlicher Mond mit seiner Helligkeit!" sagte der erste. Er verfluchte das Licht des Mondes, das Pepe Lobos für seinen Kartentrick so günstig fand. „Dieser verdammte Oberst brauchte uns nur zu sehen!"

„Die Wahrheit wäre", entgegnete der zweite, „daß wir dabei zu kurz kämen, denn er würde gleich Reißaus vor uns nehmen."

„Hm! Ich weiß nicht, er sieht mir gar nicht so aus, als ob er das Ausreißen liebte."

„Hast du gesehen, mit welcher Kraft er Panchito Jolas aus dem Sattel gerissen hat?"

„Ich bin schon oft mit dem Pferd gestürzt und weiß, wie weh das tut. Es läuft mir aber noch ganz eiskalt über den Rücken, wenn ich an den Sturz des armen Jolas denke. Heilige Mutter Gottes! Hast du nichts gehört?"

Die beiden Banditen spitzten die Ohren, konnten jedoch keinen verdächtigen Laut hören.

Sie hatten durch ihr ängstliches Benehmen deutlich den Schrecken verraten, den ihnen der mutige Oberst einflößte. Sie beschlossen, den Sammelplatz aufzusuchen, wo sie sich nicht der Gefahr aussetzten, den zu finden, den sie suchten.

Die vier anderen setzten ihre Verfolgung mit viel Nachlässigkeit fort, da auch sie sich vor dem Mut und der athletischen Kraft Don Rafaels fürchteten.

Nach drei oder vier Stunden fanden sich von den zehn Reitern acht wieder auf der Lichtung ein, ohne daß einer glücklicher gewesen wäre als der andere.

Der Grund für die Abwesenheit der beiden anderen war ganz

einfach. Als Suarez beschlossen hatte, ganz allein die versprochene Belohnung zu verdienen, hatte er darüber nachgedacht, warum er als Familienvater sein Leben aufs Spiel setzen sollte. Immerhin glaubte er, seinem Gefährten seinen Mut hinreichend bewiesen zu haben.

Etwa hundert Schritte von ihm entfernt, legte er sich auf den Boden und dachte in Ruhe an seine Frau. Er war froh darüber, daß er an diesem Abend ihre schlechte Laune nicht zu ertragen brauchte. Er nahm sich vor, seinen Gefährten später zu wecken und ihn wegen seiner Feigheit zu verspotten.

Unglücklicherweise hatte er die Rechnung ohne den Wirt gemacht, denn der Schlaf übermannte ihn. Die beiden Banditen schliefen nun tief und fest, während ihre acht Kameraden, nachdem sie vergeblich ihre Rückkehr erwartet hatten, eine Beratung abhielten, wie sie den Oberst am erfolgreichsten verfolgen könnten.

Der Mond, der seit einiger Zeit untergegangen war, beleuchtete die in der Lichtung versammelten Banditen nicht mehr. Ihre abgenutzten Kleidungsstücke, ihr halb militärischer, halb bäuerischer Anzug, sowie ihre finsteren Mienen boten beim Schein der Dämmerung einen schrecklichen Anblick.

Während die zehn Pferde um sie herum vergeblich ihren Hunger mit den wenigen Blättern der Gebüsche zu stillen versuchten, lauschten die acht Reiter, die Patronentasche am Gürtel, den Karabiner auf den Knien und den Dolch im Knieband ihres Stiefels, auf die Rede Pepe Lobos'.

„Suarez und Pacheco werden nie wiederkommen", sagte er. „Es liegt klar auf der Hand, daß dieser Oberst sie im Wald mit seinem Dolch erstochen oder zu Brei geschlagen hat wie den armen Panchito Jolas. Obwohl wir das Gehölz die ganze Nacht durchstreift haben, ohne etwas Verdächtiges zu finden ..."

„Wir haben mit dem größten Eifer gesucht", unterbrach ihn einer der beiden Rebellen, der so große Furcht gehabt hatte, mit dem Obersten zusammenzutreffen.

„Das haben wir alle getan, zum Donnerwetter!" erwiderte Pepe Lobos. „Fragt meinen Gefährten. Obgleich sich der Oberst unseren eifrigen Nachforschungen zu entziehen gewußt hat, so beweist doch die Abwesenheit von zwei Kameraden, daß er diesen Teil des Waldes, in dem er sich verborgen hält, noch nicht verlassen hat. Sobald der Tag anbricht, werden wir von neuem die Spur seines Pferdes suchen und genau den Ort erforschen, wo er die Straße verlassen hat. Ist das nicht auch eure Meinung?"

Ein allgemeiner Beifall antwortete der Frage Pepe Lobos'.

„Jetzt", fügte er hinzu, „vor allem Rache, Rache! Zum Teufel mit der Prämie von fünfhundert Piastern für den, der den Obersten lebend gefangennimmt. Wir müssen ihn finden, tot oder lebendig."

„Vielleicht bewilligt der Kapitän die Hälfte der Prämie", warf einer der Banditen ein.

„Wenn wir erst den Ort wissen, wo er den Weg verlassen und sich ins Dickicht geschlagen hat, teilen wir uns in zwei Gruppen von je vier Mann. Die erste verfolgt den Weg zu der Ostuta, die zweite kommt von der Ostuta herauf und wendet sich zu der Straße in einer vorher bestimmten Richtung. So nehmen wir den Mann zwischen uns, und der erste, der ihn bemerkt, soll auf ihn schießen wie auf einen tollen Hund. Wenn ihm dann noch ein Fünkchen Leben bleibt, so ist die Prämie unser."

Die Ansicht Pepe Lobos' erhielt einstimmigen Beifall. Man kam überein, daß mit Anbruch des Tages sich alle auf den Weg machen sollten, um das Terrain zu untersuchen und die letzten Spuren der Hufe des Pferdes Don Rafaels zu finden.

Der Aufgang der Sonne ließ nicht so lange auf sich warten wie die Rückkehr Suarez' und Pachecos, die noch immer schliefen. Ihre ersten Strahlen vergoldeten kaum die Gipfel der höchsten Palmenbäume, als die acht Banditen den ganzen Weg, der von Huajapam nach der Furt der Ostuta führte, nach den Spuren Don Rafaels absuchten.

Das war keine leichte Sache, denn auch die Hufe ihrer Pferde, die einige Stunden zuvor auf derselben Straße in rasendem Galopp dahingesaust waren, hatten auf dem Boden ihre Spuren hinterlassen.

Ein Europäer hätte es niemals unternommen, den Hufabdruck

eines Pferdes zu suchen, der mit so vielen anderen vermischt war. Für mexikanische Hirten oder für Landleute aus jedem anderen Teil Amerikas war dies nur eine Sache der Geduld.

Weniger als eine halbe Stunde genügte für Pepe Lobos, das zu finden, was er suchte. Er rief seine Kameraden herbei, um ihnen die Spuren zu zeigen, die er gefunden hatte.

Mitten unter den Spuren, aus denen jeder die seines Pferdes herauserkannte, hatte Lobos eine schräge, auf dem Boden ausgehöhlte Linie entdeckt. Ein zertretener Grashalm und ein in Mannshöhe abgebrochener Zweig ließen den Banditen keinen Zweifel mehr, daß genau an dieser Stelle der Oberst den Weg verlassen und sich in das Dickicht gewendet hatte.

In demselben Augenblick durchwatete die von Arroyo zur Verfolgung der beiden Flüchtlinge ausgesandte Truppe die Furt des Flusses und bezogen einige Minuten später auf dem linken Ufer Posten. Sie hatten bemerkt, daß vier Reiter auf dem Pfad, der das Gehölz durchschnitt, auf sie zukamen.

Diese vier Reiter waren die, die nach dem Vorschlag Pepe Lobos' die Spur des Oberst quer durch das Gehölz von der Ostuta bis zur Straße nach Huajapam verfolgen sollten.

Die beiden Truppen erkannten sich sogleich. Aber der Anführer der einen, ein alter aus Neumexiko gebürtiger Soldat, der lange Zeit hindurch dort die wilden Indianer bekämpft hatte und alle Kriegslisten kannte, hielt es doch für gut, sich das Losungswort nennen zu lassen.

Als ihm nun kein Zweifel mehr blieb, ließ er sich von den Neuangekommen berichten, warum sie zu dieser frühen Stunde die Wälder durchstreiften, anstatt sich auf der Hazienda del Valle aufzuhalten.

„Ah", sagte er, „ihr sucht den Oberst Tres-Villas! Drei Flüchtlinge statt zwei! Das wird ein lustiger Tag!"

Der alte Soldat billigte die Taktik Pepe Lobos' und bildete eine neue Truppe von fünf Mann, die in einer entgegengesetzten Richtung in den Wald dringen sollten. Er selbst wollte mit den fünf Mann, die ihm nun noch blieben, in einer allen drei Truppen entgegengesetzten Richtung vorrücken.

Von diesem Augenblick an hatten die Banditen einen Anführer, der ebenso gewandt wie unerschrocken war, der ihnen genaue Unterweisungen gab und bei ihnen den Mut wieder anfachte, der, wie wir gesehen haben, sie gänzlich verlassen hatte.

Der Befehl wurde aber beibehalten, den Oberst durch Schüsse zu töten, wenn es zu gefährlich würde, sich ihm zu nahen. Nur die beiden anderen Flüchtlinge sollten nach dem Willen Arroyos lebend eingefangen werden.

Nun wurde die Lage Don Rafaels gefährlich. Die geringste Gefahr, die ihm drohte, war fechtend zu sterben, wenn er nicht durch einen unglücklichen Zufall lebend in die Hände seiner unerbittlichen Feinde fiel.

Als Refino, das war der Name des alten Soldaten, seine Anordnungen getroffen hatte, erwachte Don Rafael. Seine Augen waren für einen Moment vom Glanz der Sonne geblendet, und er fragte sich noch, wo er sich befände, als er zwei Menschen bemerkte, die sich vorsichtig dem Baum näherten.

3

Die Flüchtlinge

Als der Oberst erwachte, fühlte er eine solche Müdigkeit in den Gliedern, daß er erstaunt war, in einer solchen Stellung länger als eine halbe Stunde geschlafen zu haben. Er verspürte ein heftiges Verlangen, vom Baum herabzusteigen, um seine Arme und Beine wieder gelenkig zu machen.

Aber beim Anblick der beiden Männer, die auf sein Versteck zugingen, hielt er es für ratsamer, ein wenig zu warten. Er wollte zunächst vorsichtig die Knoten seines Gürtels, der ihn festhielt, lösen, ohne aber die verdächtigen Ankömmlinge aus den Augen zu lassen.

Diese schlichen, ohne auch nur die Gegenwart eines lebenden Wesens in so großer Nähe zu ahnen, dennoch behutsam vorwärts. Sie blickten bald nach rechts, bald nach links, als ob sie gehofft oder gefürchtet hätten, einen noch unsichtbaren Gegenstand zu entdecken.

Ihr Anzug war ziemlich seltsam und sehr wenig geeignet, um durch Gebüsche zu gehen, denn er bestand einfach aus Unterhose und Hemd.

Diese leichte Kleidung schien ganz durchnäßt zu sein, obwohl die Nacht sehr trocken gewesen war, und jeder von ihnen trug ein großes Paket in der Hand.

Diese Leute, dachte der Oberst, suchen entweder jemanden oder fürchten, gesucht zu werden.

Er horchte und spähte noch aufmerksamer.

Das dichte Laubwerk der Bäume erschien ihnen als Versteck ebenso günstig wie Don Rafael, und sie hielten an.

„Bleiben wir hier", sagte der eine, „bis wir unsere Kleidungsstücke gewechselt haben."

„Einverstanden, aber wir müssen uns beeilen", entgegnete der andere. „Wir sollten schon lange auf der Straße nach Huajapam sein."

Beide setzten sich unter die Zeder, die dem Oberst als Versteck diente, und fingen schweigend und ohne Zögern an, ihre durchnäßten Sachen abzulegen. Sie zogen neue Kleidung an, die sich in einem der Pakete befand, die sie unter dem Arm getragen hatten.

„Also das da ist es, das uns Gold bringen soll?" fragte der eine und zeigte bei diesen Worten auf ein anderes Päckchen, das sein Gefährte sorgsam in der Tasche seiner Jacke verbarg.

„Ja. Du wirst sehen, daß du es nicht zu bedauern brauchst, mir gefolgt zu sein. Den Gewinn, den es abwirft, werden wir teilen. Die Hauptsache bleibt, ob uns die Flucht gelingt, denn man wird sich bald an unsere Verfolgung machen."

„Das stimmt, aber man wird uns nicht finden, wenn wir meine Kameraden treffen sollten, die die Hazienda del Valle belagern, so werden sie noch nicht von meiner Flucht unterrichtet sein. Ich werde ihnen weismachen, daß ich den Auftrag habe, dich zu begleiten, um mit dir das Lösegeld für einen Gefangenen einzutreiben."

„Und wenn man uns ins Lager zurückführt?" entgegnete der andere.

„So werden wir dort gehängt. Aber ob ein wenig früher oder ein wenig später, was tut's. Ist das nicht die Bestimmung des Menschen?" antwortete Juan el Zapote philosophisch. Er war der ehemalige Wächter des Boten Don Marianos und seiner Tochter. „Aber ich fühle mich kräftig genug, dich vor diesem Schicksal zu bewahren."

„Alle Teufel“, sagte Don Rafael nachdenklich zu sich. „Der Schurke denkt, daß es das Schicksal aller Menschen sei, früher oder später einmal gehängt zu werden. Er scheint seiner Sache so sicher zu sein, daß es ihm nicht viel ausmachen würde, auch mich an den Galgen zu bringen.“

Der Oberst ergriff, noch mit diesem Gedanken beschäftigt, eine der Lianen, die ihm beim Hinaufklettern auf den Stamm der Zeder geholfen hatte. Er sprang mit dem Risiko, daß ein Teil seiner Kleidung in den Zweigen des Baumes hängenbleiben würde, mit einem Satz vor die beiden verblüfften Abenteurer.

Unversehens befand sich nun Don Rafael dem Boten gegenüber, der einen Auftrag von Gertrudis an ihn hatte, den er nur zu gern erfahren hätte. Leider aber kannten sie einander nicht.

„Pst! Fürchten Sie nichts, ich biete Ihnen meinen Schutz an“, sagte der Oberst stolz. „Aber weg mit den Waffen!“

El Zapote hatte bereits seinen langen Dolch gezückt, den er immer in Bereitschaft hielt, um ihn dem ersten besten zwischen die Rippen zu stoßen.

Don Rafael hatte aber gleich sein Handgelenk gepackt und drückte die Faust seines Gegners, die den Dolch hielt, nach unten. Er zeigte den beiden Männern, daß er ein ebenso schrecklicher Feind wie mächtiger Beschützer sein könnte.

„Wer sind Sie?“ riefen die beiden Gefährten wie aus einem Mund.

„Ah, das ist eine neugierige Frage“, erwiderte Don Rafael. „Ich bin ein Mann, der von einem Baum springt. Ein Beweis dafür ist, daß mein Hut noch an diesem Zweig hängt.“

Und ohne die Hand Juans loszulassen, stellte der Oberst sich auf die Fußspitzen und holte seinen Filzhut mit der Spitze seines langen Degens von dem Zweig herab.

„Sie fliehen vor den Leuten Arroyos, ich auch. Das ist alles, was wir wissen müssen“, fuhr er dann fort. „Nun sind Sie zwar zu zweit und ich bin allein. Wenn Sie aber nicht gemeinschaftliche Sache mit mir machen wollen, steche ich Sie beide nieder. Entscheiden Sie sich.“

„Zum Teufel! Was für ein tüchtiger Geschäftsmann Sie sind!“

entgegnete Zapote, dem dieses freimütige Angebot nicht mißfiel. „Aber was soll ich für Sie tun?"

Sie sollen mich mit Ihrem Begleiter für Ihren Kameraden ausgeben, der wie Sie den Auftrag hat, den Betrag des Lösegeldes für einen Gefangenen einzutreiben. Das entspricht ja in etwa der Wahrheit, da Sie beide den Ertrag eines ..."

„Eines sehr einfachen Auftrags", unterbrach ihn Juan el Zapote, „teilen wollen ..."

„Ich hege keineswegs die Absicht, auch meinen Teil zu beanspruchen", fügte Don Rafael lächelnd hinzu. „Es liegt mir wenig daran, zu wissen ..."

„Sie sollen es aber trotzdem wissen, zum Teufel!" unterbrach ihn Juan. „Unter Freunden, denn das sind wir von jetzt an, ist rücksichtslose Offenheit notwendig."

„So lassen Sie hören", sagte der Oberst.

„Nun", antwortete der wahrheitsliebende Zapote, „es ist ein ordnungsgemäßes Testament eines unermeßlich reichen Onkels zugunsten eines Neffen, der sich enterbt glaubt. Dieses Testament sollen wir jetzt dem Neffen überbringen. Sie können sich das Trinkgeld vorstellen, das die Botschaft einbringen wird."

„Ist das Testament aber auch nicht falsch?" fragte der Oberst, durch das verdächtige Aussehen Zapotes mißtrauisch gemacht.

„Wir können nicht schreiben", erwiderte dieser offenherzig. „Aber wenn Sie uns folgen wollen, so machen wir uns alle drei so schnell wie möglich von hier fort. Wir haben schon zu viel Zeit verloren."

„Und mein Pferd", warf der Oberst ein, „was machen wir mit dem?"

„Ah, Sie haben ein Pferd! Nun, lassen Sie es nur hier. Es würde Ihnen nur hinderlich sein."

„Besonders wenn es ein Pferd ist, wie ich eins kenne", fügte der Bote hinzu und dachte an Roncador. „Es steht in dem Stall Don Marianos in Oajaca. Dieses Teufelsvieh, denken Sie sich ..."

Plötzlich erschallten zu gleicher Zeit vom Ufer des Flusses, von der Straße, die nach Huajapam führt, und von zwei entgegengesetzten Seiten des Waldes Rufe, die den Boten in dem Augenblick unterbrachen, als er Don Rafael die Sonderbarkeiten seines eigenen Pferdes erzählen wollte. Auf diese Weise hätten sich die drei Männer erst richtig kennengelernt.

„Teufel!“ sagte Zapote, die Sache wird ernster, als ich dachte.“

Die Rufe, die die Luft erfüllten, drückten die Zuversicht und den Eifer derjenigen aus, die die Verfolgung wieder aufgenommen hatten.

Juan starrte einige Sekunden lang den königstreuen Offizier, der den Hut eines Rebellen, die Jacke eines Infanteriesoldaten und die Hose eines Kavallerieoffiziers trug, voller Erstaunen an.

„Sie sind ein Mann, der von einem Baum herabgesprungen ist, das kann ich nicht leugnen“, sagte er. „Aber ich glaube, daß Sie der Königstreue sind, den man hier im Wald verfolgt.“

„Ich leugne nicht, daß ich der Sache des Königs diene“, antwortete Don Rafael.

„Diese Rufe, deren Bedeutung ich kenne, sagen, daß man sich tot oder lebendig des Königstreuen bemächtigen soll, der sich im Wald verborgen hat“, fuhr El Zapote fort. „Haben die, die Sie verfolgen, Sie schon einmal gesehen?“

„Ich tötete gestern zwei von ihnen, fast vor ihren Augen.“

„Dann habe ich keine Hoffnung, Sie mit durchzubringen wie meinen Begleiter. Er ist ein gewöhnlicher Gefangener und weder Königstreuer noch Rebell.“

„Zumindest ist es zweifelhaft.“

„Es ist ganz unmöglich. Ich kann Ihnen nur versprechen, Sie nicht zu verraten, wenn wir durchkommen. Ich kann außerdem versuchen, Ihre Verfolger von Ihrer Spur abzulenken, denn ich fange an, dieses Banditenleben satt zu bekommen. Aber unter einer Bedingung.“

„Und die wäre?“ fragte der Oberst.

„Die, uns jetzt zu erlauben, unsere Kameradschaft aufzukündigen. Ich kann Sie nicht mehr retten, Sie sehen es selbst ein. Sie würden uns nur mit sich zugrunde richten, ohne daß Sie den geringsten Vorteil davon hätten. Oder Sie würden uns daran hindern, dem die Botschaft zu überbringen, der darauf Ansprüche hat. Andererseits ist Ihr Schicksal seit einem Augenblick an das unsere geknüpft. Und Sie inmitten der Gefahr ohne Ihre Einwilligung zu verlassen, wäre eine Feigheit, für die ich von Ihnen Verzeihung erbitten müßte."

Es lag in den Worten El Zapotes eine Offenherzigkeit, die dem Oberst gefiel.

„Darauf soll's nicht ankommen, mein Freund", sagte Don Rafael entschlossen. „Ich erlaube Ihnen, Ihr Glück zu versuchen, so gut Sie können. Und ich wünsche sogar, daß Sie mit Ihrem Testament bis zu dem Neffen gelangen mögen, fügte er lächelnd hinzu.

Dann sagte er in einem Anflug von Schwermut: „Ich habe, wie ich glaube, ebensowenig Veranlassung, um mein Leben besorgt zu sein wie Sie. Ein wenig früher oder ein wenig später, was tut's? Nun", fuhr er plötzlich wieder aufgelaunt fort, „ich möchte aber nicht gehängt werden."

„Danke für Ihre Erlaubnis, Señor", erwiderte Juan. „Aber noch ein Wort, bevor wir uns trennen. Wenn ich Ihnen raten darf, so klettern Sie wieder auf den Gipfel des Baumes. Dort wird Sie niemand suchen."

„Auf keinen Fall. Dann würde ich dem von Hunden verfolgten Jaguar gleichen, ohne mich verteidigen zu können. Und ich will, wie die Indianer sagen, vor mir so viel Feinde wie möglich ins Jenseits schicken, damit sie mir den Weg in die ewigen Jagdgründe bahnen."

„Nun, wenn Sie es noch besser machen wollen",fuhr ElZapote fort, „gehen Sie zur Ostuta. Im Süden dieses Waldes sind an den Ufern des Flusses und in der Nähe der Furt so undurchdringliche Bambusdickichte, daß mein Begleiter und ich dort bis zum jüngsten Gericht eine Zufluchtstätte gefunden hätten, wenn uns nicht unsere Geschäftsangelegenheiten zwingen würden, uns auf den Weg zu machen. Wenn Sie die Dickichte erreichen können, sind Sie gerettet."

„Ah, das ist gut", sagte der Oberst, „obgleich ich es satt habe, mich nun schon drei Tage lang verbergen zu müssen. Leben Sie wohl! Gute Geschäfte!"

Juan und sein Gefährte schlugen, nachdem sie sich orientiert hatten, die Richtung ein, die sie auf einem ziemlich großen Umweg auf die Straße nach Huajapam führen mußte. Dort hoffte der Bote, den Oberst im königlichen Lager endlich zu finden. Er konnte nicht ahnen, daß er sich von dem Mann, den er suchte, immer weiter entfernte.

Einige Minuten später hatte das dichte Gehölz sie den Blicken des Oberst entzogen.

„Ich ärgere mich, ihn nicht nach seinem Namen gefragt zu haben", sagte der Begleiter Juans zu seinem Gefährten nach einer Viertelstunde, in der sie schweigend ihren Weg fortgesetzt hatten. „Er würde uns auch seine Herkunft nicht verschwiegen haben, denn er schien mir ebenso freimütig wie tapfer zu sein. Seinem ganzen Wesen nach muß er trotz seiner Verkleidung irgendein Offizier der spanischen Armee sein."

„Bah", entgegnete El Zapote, „der Name tut unter solchen Umständen nichts. Er ist ein verlorener Mann, und wir hätten nichts davon, wenn wir seinen Namen wüßten."

„Wer weiß?"

„Ich ärgere mich, daß wir ihm nicht haben nützlich sein können, das ist alles. Jetzt wollen wir an uns denken, das ist die Hauptsache. Denn siehst du, mein braver Gaspar, wir sind noch nicht außer Gefahr."

Die beiden Gefährten setzten ihren Weg fort und schlichen so vorsichtig wie möglich durch die Gebüsche, die die Sonne, die nun schon höher am Himmel stand, mit ihren Strahlen beschien.

So verrann eine halbe Stunde, ehe sie wieder die Stimmen derer hörten, die im Gehölz vorrückten und dicht nebeneinander gingen. Bald erstarben die Rufe wieder.

Mitten in der Stille, die nun herrschte, hörte Juan deutlich das Knacken eines Zweiges. Wenige Meter vor sich bemerkte er einen Mann, der vorsichtig vorwärts schlich, seinen Karabiner in der Hand.

Zehn Schritt von seiner Rechten und von seiner Linken entfernt, gingen zwei andere Männer mit derselben Vorsicht durch das Gehölz.

Alle drei suchten stets hinter einem Baum Deckung. Einen von ihnen erkannte Juan.

„He, Perico!“ schrie er.

„Wer ruft mich?“ fragte der Mann.

„Ich, Juan El Zapote.“

„Ah, wie kommst du hierher?“ fragt Perico.

„Das will ich dir gleich sagen“, erwiderte Zapote mit bewundernswerter Unverschämtheit. „Zuerst mußt du wissen, daß der Kapitän …“

„Woher kommst du?“ fragte Perico.

„Aus dem Lager von der anderen Seite der Ostuta.“

„Der Kapitän wußte es also, daß wir einen Königstreuen in diesem Wald verfolgen?“

„Wieso?“ fragte Juan.

„Denke dir, die ganze Nacht haben wir diesen Wald durchsucht, um den Schurken zu finden. Anfangs waren wir zehn, jetzt sind wir nur noch acht. Suarez und Pacheco sind getötet worden. Jetzt sind wir aber, nach den Rufen zu urteilen, die uns geantwortet haben, mindestens zwanzig.“

In diesem Augenblick gesellte sich zu den dreien, die Juan angetroffen hatte, noch ein vierter.

Ein glücklicher Zufall fügte es so, daß diese vier Männer gerade diejenigen waren, die Pepe Lobos beauftragt hatte, den der Straße nach Huajapam benachbarten Teil des Waldes abzusuchen.

Weil sie nicht mit dem alten Refino in Berührung gekommen waren, wußten sie nicht, daß auch Juan als Deserteur verfolgt werde.

„Nun aber“, fuhr Zapote fort, „da ich dir gesagt habe, daß wir uns als Abgesandte einer Mission hier befinden, die der Kapitän mir und meinem Begleiter Don Gaspar aufgetragen hat, habe ich große Eile …“

„Der Teufel soll mich holen, wenn du mir etwas von deiner Mission gesagt hast!“ rief Perico.

„Zum Henker! Eine geheime Mission. Vorwärts, auf Wiedersehen! Ich wiederhole es, ich habe es sehr eilig.“

„Bevor du weitergehst“, bemerkte einer der drei Männer, „sage uns, ob ihr jemandem im Wald begegnet seid.“

„Wem? Dem Königstreuen, den ihr verfolgt?“

„Gewiß, dem gefährlichen Oberst.“

„Ich habe keine Spur von einem Oberst gesehen“, antwortete Juan.

„Nun, zum Teufel, den Oberst Tres-Villas!“ schrie Perico. „Du spielst den Unwissenden. Hoffst du, ihn allein gefangenzunehmen und dir die Prämie von fünfhundert Piastern allein zu verdienen?“

„Der Oberst Tres-Villas?“ rief der Bote Gaspar aus.

„Fünfhundert Piaster Prämie?“ fügte Juan hinzu und fuhr sich mit den Fingern in die Haare, als ob er ein Büschel ausreißen wollte.

„Nun ja, zum Teufel, ihn suchen wir!“ sagte Perico. „Ein langer Kerl mit schwarzem Schnurrbart und einem Filzhut von derselben Farbe. Er trägt Hosen mit goldenen Streifen und die Jacke eines Infanteriesoldaten.“

„Er hat zwei Mann von euch getötet?“

„Vier, da Suarez und Pacheco nicht wieder zum Vorschein gekommen sind.“

Jetzt war kein Zweifel mehr, daß der Mann, den sie soeben verlassen hatten, derjenige war, den sie suchten, um ihm die Botschaft Gertrudis' zu überbringen.

Juan tauschte mit seinem Begleiter einen Blick aus, in dem sich der Schmerz seiner getäuschten Hoffnung widerspiegelte.

Einen Augenblick lang schien der ehemalige Bandit seine guten Vorsätze zu vergessen, aber die stummen Bitten Gaspars und die Erinnerung an seinen abgelegten Eid trugen in seiner Seele den Sieg über seine getäuschte Habgier davon.

„Ich habe nichts gesehen“, sagte er kurz, „und ich verschwende nur meine Zeit. Auf Wiedersehen!“

„Gott sei mit dir!“ sagte Perico.

Gaspar und Juan tauschten ein letztes Lebewohl mit den Gefährten Pericos aus und entfernten sich. Solange sie noch gesehen werden konnten, gingen sie mit raschen Schritten, dann aber liefen sie, so schnell sie konnten.

Die Hauptsache war nun, sich erst in Sicherheit zu bringen. Danach blieb es ihnen überlassen, so lange sie wollten, ihr Schicksal zu bejammern.

Als sie sich in dem Teil des Waldes, der an der anderen Seite der Straße liegt, in Sicherheit glaubten, warf sich Juan auf das Moos einer Lichtung mit einem Ausdruck vollkommener Verzweiflung.

„Was sollen wir nun machen?" stöhnte Gaspar kläglich.

Juan schwieg, dann aber erhob er sich.

„Ein herrlicher Streich!" rief er. „Ein seltener Streich! Eine lobenswerte Tat!"

„Bist du einer solchen fähig?"

„Wir sind beide ihrer fähig! Höre, Gaspar, ich bin denen bekannt, die die Hazienda del Valle belagern, du denen, die sie verteidigen. Laß uns aufbrechen. Sind wir erst einmal da, gibst du mich für einen Diener deines Herrn Don Mariano aus."

„Das ließe sich machen, lieber Juan", warf Gaspar treuherzig ein, „wenn du nicht ein so verteufeltes Gesicht ..."

„Ich werde es verstellen, das ist meine Sache, du sollst es sehen. Ich fordere eine Belohnung von tausend Piastern, wenn es mir gelingt, den Oberst unter Einsatz meines Lebens aus der Klemme zu ziehen, in der er steckt. Wir nehmen fünfzig Mann mit uns, ich befreie den Oberst, wir empfangen die versprochene Belohnung und noch dazu den Preis für die Botschaft. Was sagst du dazu? He?"

„Das wäre köstlich, wahrhaftig!"

„Ja, die Ehrlichkeit, siehst du! Es gibt nichts Einträglicheres."

„Aber bis dahin wird der Oberst entweder gefangengenommen oder getötet worden sein."

„Vielleicht auch nicht. Und dann, wenn er wirklich hat dran glauben müssen, versuchen wir Arroyo gefangenzunehmen. Koste es, was es wolle, ich muß eine Prämie ergattern."

„Vielleicht ist es dem Oberst gelungen, das Bambusdickicht am Ufer des Flusses zu erreichen", entgegnete Gaspar.

„In zwei Stunden können wir mit Verstärkung wieder hier sein. Beeilen wir uns also, die Hazienda zu erreichen."

Durch diese Hoffnung angefeuert, faßten die beiden Abenteurer wieder Mut und eilten, so schnell ihre Füße sie tragen konnten, zu der Hazienda, die der Leutnant Veraegui bewachte.

Kehren wir jetzt zum Oberst Tres-Villas zurück.

Allein geblieben, überdachte Don Rafael seine schwierige Lage. Er verheimlichte sich nicht, daß seine Aussichten auf Rettung sehr gering waren.

Er wußte, wenn ihm nicht irgendeine unerwartete Hilfe zuteil wurde, durfte er kaum hoffen, dem Schicksal, das ihm drohte, zu entgehen.

Die Sonne aber überstrahlte mit ihrem glänzenden Licht das ganze Gehölz, in dem er sich befand und das ihm als Versteck diente. Ihre fast senkrechten Strahlen drangen tief in den Wald hinein.

Don Rafael bedauerte es schmerzlich, sich dem Schlaf hingegeben zu haben, anstatt die Nacht dazu zu benutzen, einen verzweifelten Versuch zu seiner Rettung zu unternehmen. Nicht weniger bedauerte er es, den beiden Männern, mochte daraus entstehen, was da wolle, seinen Namen nicht genannt zu haben.

Vielleicht hätte sie die Hoffnung auf eine sehr ansehnliche Belohnung dazu gebracht, den Versuch zu machen, bis zur Hazienda del Valle zu gelangen und den Leutnant Veraegui über die Gefahr, in der sein Vorgesetzter schwebte, zu unterrichten.

Er war weit entfernt zu vermuten, daß ein Zufall es übernommen hatte, das für ihn zu tun, was eine zu spät gekommene Überlegung ihm jetzt eingab.

Trotz der Gefahr, in der er sich befand, verspürte Don Rafael, der seit langer Zeit nichts gegessen hatte, ein starkes Hungergefühl. Ihm fiel es nicht schwer, seinen Hunger zu stillen.

In den Wäldern, die sich unter dem heißen Gürtel Amerikas ausbreiten, tragen eine ungeheure Anzahl von Bäumen saftige Früchte, die dem Menschen als Nahrung dienen.

Als Don Rafael einige Früchte gegessen hatte, beschloß er zu handeln, denn er war nicht der Mann, der sich lange nutzlosen Klagen hingab.

Einen Augenblick lang war er noch unschlüssig, was er mit

seinem Pferd anfangen sollte. Fast war er entschlossen, es aufzugeben, bald aber gelangte er zu der Überzeugung, daß es ihm bei seiner Flucht nützlich sein könnte. Im Notfall würde er hinter seinem Körper Deckung suchen und wäre so vor den Kugeln seiner Verfolger geschützt.

Wenn er aber mit dem Pferd bis zum Waldrand gelangen sollte, konnte er sich auf seinen Rücken schwingen und so den Verfolgungen seiner Feinde entgehen, wie er es am Tage vorher gemacht hatte. Er beschloß nun, es zu suchen.

Das Gebüsch, in dem er Roncador angebunden hatte, war nicht weit von dem Stamm entfernt, auf dem er die Nacht zugebracht hatte. Die Stille, die im Wald herrschte, kam ihm verdächtig vor und veranlaßten ihn, mit Vorsicht vorzudringen. Das Knacken eines Zweiges konnte seine Gegenwart verraten.

Der Oberst schlich lautlos vorwärts, als er ein schwaches Geräusch hörte. Er lauschte einige Augenblicke, aber es herrschte wieder undurchdringliche Stille. Er setzte seinen Weg fort.

Endlich erreichte er das Gebüsch, in dem sein Pferd angebunden war. Das arme Tier hatte sich nicht losgerissen, obwohl es von Hunger und Durst geplagt wurde. Als es seinen Herrn erblickte, stieß es ein freudiges Gewieher aus, das weithin erschallte.

Ungeachtet dieses Lärms, der ihn verraten und ihm verhängnisvoll werden konnte, empfand der Oberst ein Gefühl der Freude, als er das treue Tier wiedersah. Er schämte sich nun des Gedankens, daß er es in dieser Wildnis hatte zurücklassen wollen.

Dennoch war dies einer der Fälle, in denen der Instinkt der Selbsterhaltung den Menschen oft veranlaßt, das zu tun, was sein Herz mißbilligt.

Um dem Pferd das Fortkommen in den von Bäumen und Lianen gebildeten Labyrinthen zu erleichtern, schnallte der Oberst den Sattel ab und ließ ihm nur den Zaum, um es an der Hand führen zu können.

Er ging dann entschlossen vorwärts, orientierte sich an der Sonne, um den südlichen Punkt des Gehölzes zu erreichen, der an die Furt der Ostuta grenzte.

Es schien ihm gut, dem Rat Juans zu folgen. Wenn er ihm tatsächlich gelänge, sich den Rest des Tages über in dem Bambusgebüsch am Fluß zu verbergen, würde es leicht sein, während der Nacht die Hauptstraße von Oajaca und dann die Hazienda del Valle zu erreichen.

Unterwegs warf Don Rafael noch die Säbelscheide und seinen Gürtel weg, die ihm eher hinderlich als förderlich waren. Er setzte dann, in einer Hand die blanke Klinge, in der anderen den Zügel seines Pferdes, seinen Weg so geräuschlos wie möglich fort. Er war fest entschlossen, sich seiner Pistolen nur im äußersten Notfall zu bedienen.

Bald jedoch kam der Augenblick, wo er gezwungen werden sollte, einen Umweg zu machen. Denn plötzlich hörte er in der Richtung, die er eingeschlagen hatte, menschliche Stimmen, die sich aufforderten, in derselben Richtung vorzurücken und ihre Entfernung beizubehalten, um einen größeren Kreis zu bilden.

Einzeln hätte ihm keiner seiner Verfolger ernstliche Besorgnis eingeflößt. Aber er wußte wohl, daß die ganze Meute der Banditen Arroyos sich auf einmal auf ihn stürzen würde und daß er dann unfehlbar unterliegen mußte.

Der Oberst verzichtete auf seinen verzweifelten Gedanken, seine Gegner anzugreifen und den, der ihm am nächsten war, ohne das geringste Geräusch niederzuhauen.

Er dachte mit Recht, daß ein entschlossener Mann in dem dichten Wald, in dem er sich befand, einige Vorteile gegenüber seinen Feinden habe. Denn die mußten sich durch Rufe verständigen, um zusammen vorzugehen und ihre Entfernung beizubehalten. Während sie den Ort, an dem sie sich befanden, verraten mußten, konnte er ihnen, indem er kein Zeichen von sich gab, seinen Zufluchtsort verheimlichen.

Die Stimmen näherten sich immer mehr, und Don Rafael lauschte angstvoll, ob sich nicht auch Stimmen von einer entgegengesetzten Seite vernehmen ließen. Es war zu befürchten, den einen nicht entfliehen zu können, ohne in den Hinterhalt der anderen zu geraten.

Der Oberst kannte zwar die Zahl seiner Feinde nicht, aber so groß sie auch sein mochte, hoffte er doch, daß der um ihn gezogene Kreis nicht ohne Lücke war, durch die er fliehen konnte. Er mußte wie ein Vogel durch eine Masche des Netzes schlüpfen, das der Vogelsteller ausgebreitet hat.

Während Don Rafael wie ein Mensch, dessen Leben von der Feinheit seines Gehörs abhängt, horchte, vernahm er einige Schritte von sich entfernt das laute Picken eines Grünspechts an einem abgestorbenen Baum. Dieses Geräusch hört man am häufigsten in den unermeßlichen Wäldern Amerikas. Der scheue Vogel ist fortwährend auf der Jagd nach Würmern, die sich in der Rinde der abgestorbenen oder kranken Bäume aufhalten. Mit den Schlägen seines Schnabels treibt er die Würmer unter der Rinde hervor.

Dieses Geräusch, das der Oberst hörte, kam ihm wie die Stimme eines Freundes vor, die ihm sagte, daß auf der Seite, von der sie herkam, kein menschliches Wesen die Einsamkeit des Waldes störe.

Don Rafael wandte sich nun, von dem taktmäßigen Picken des Vogels geleitet, in diese Richtung. Er war noch eine gute Strecke von dem Baum entfernt, auf dem der Grünspecht saß, als dieser, durch seine Gegenwart erschrocken, davonflog.

Don Rafael blieb stehen und lauschte. Zu seiner unaussprechlichen Freude hörte er die Stimmen seiner Feinde ganz aus der Ferne zu sich herübertönen.

Er war an ihnen vorübergegangen, und wenn sie nicht wieder zurückkamen, was aber nicht anzunehmen war, so suchten sie ihn in der Mitte des Waldes, von wo er eben herkam.

Um sie noch mehr zu täuschen und sie in die falsche Richtung zu lenken, griff er zu einer indianischen Kriegslist. Er hob zwei dürre Zweige auf und ahmte, indem er sie gegeneinander schlug, täuschend das taktmäßige Picken des Grünspechts nach.

Don Rafael schlug nun wieder den Weg zu der Furt der Ostuta ein, blieb aber von Zeit zu Zeit stehen, um das Picken des Grünspechts nachzuahmen.

Nach ungefähr einer Stunde hielt der Oberst an, um einige wilde Früchte zu pflücken. Aus Furcht, die kostbare Zeit für seine Rettung unnütz zu vergeuden, hatte er bisher darauf verzichtet.

Während er so Hunger und Durst mit einer Anzahl Früchte wenigstens für den Augenblick befriedigte, lauschte er mit Entzücken auf die tausendfachen Geräusche des Urwalds, die die Stille, die um ihn herrschte, nicht störten.

Der Mittag war schon vorüber, und die Sonne begann ihre Strahlen in schrägerer Richtung der Erde zuzusenden, als Don Rafael sich erhob und seinen Weg weiter fortsetzte.

Bald bemerkte er durch die letzten Bäume des Waldes hindurch den ruhigen Wasserspiegel der Ostuta, die fast geräuschlos zwischen hohen Bambusbüschen, die an ihren Ufern wuchsen, dahinfloß.

Der Wind bewegte leise die schlanken Stiele und die Blätter dieser grünen Dickichte, in denen sich am Tag die Kaimane im Schlamm des Flusses wälzten und die angenehme Kühle der Nacht erwarteten.

Und hier wollte sich auch Don Rafael bis zu dem Augenblick verstecken, in dem die Dunkelheit ihm gestattete, seinen Weg wieder fortzusetzen.

Der Oberst dachte nicht daran, die Rückkehr seiner Verfolger im Wald abzuwarten, und einmal am Ufer des Flusses angelangt, beobachtete er aufmerksam den träge dahinfließenden Strom.

Er bemerkte die gelbliche Farbe der Gewässer, die kleinen Schaumwirbel, die der Fluß bildete, und die zahlreichen Wasserpflanzen, deren Blumen und breite Blätter sich behaglich auf seiner Oberfläche wiegten.

Die Wellenkreise, die sich um einige Felsbrocken im Strom bildeten, zeigten ihm an, daß er in der Nähe der Furt war, die er früher bei der Verfolgung Arroyos so oft durchquert hatte.

Durch die langen Stiele der riesigen Schilfstengel vollständig geschützt, konnte er von weitem die Zelte des Rebellenlagers erkennen und seine Reiter auf dem gegenüberliegenden Flußufer dahinsprengen sehen.

Bei diesem Anblick erwachten seine wilden Leidenschaften, und er streckte drohend seine geballte Hand in die Richtung des

Ortes, wo der Bandit, der der Gegenstand seines glühenden Hasses war, sein Lager aufgeschlagen hatte.

Plötzlich hörte er Rufe und Pferdegetrappel aus dem Wald zu sich herübertönen. Es waren die Leute Arroyos, die in das Lager zurückkehrten.

Sie hatten zwar nicht den Oberst gefunden, aber Suarez und Pacheco. Ihre Verwunderung war groß, ihre beiden Kameraden lebend wiederzufinden.

Es war keine Minute zu verlieren, und Don Rafael stürzte sich, mit der Hand die Bambusstengel auseinanderbiegend, in das verworrenste Dickicht des feuchten Schilfs, das sich sogleich wieder über seinem Kopfe schloß.

Und als einige Augenblicke darauf die Reiter im Galopp in geringer Entfernung an seinem Versteck vorübersprengten, bewegte der Wind ruhig die grünen Kolben des Bambus, ohne auch dem schärfsten Auge die Gegenwart des Flüchtlings, den sie unter ihrem undurchdringlichen Mantel verbargen, zu verraten.

Don Rafael hörte bald darauf die Pferde der Banditen die Gewässer des Flusses durchwaten, dann erstarb jedes Geräusch und machte der tiefsten Stille Platz.

Jetzt verstrich in tödlicher Langeweile eine Stunde nach der anderen bis zu dem Augenblick, in dem die Sonne wie zu einem letzten Lebewohl ihre langen Strahlen blitzend wie feurige Schwerter auf das Schilf des Flusses warf.

Nachdem die Wasseroberfläche einige Augenblicke lang die letzten Lichtstrahlen der untergehenden Sonne widergespiegelt hatte, verfinsterte sich der Fluß. Bald funkelten die Lichter der Sterne, die am Himmel aufgingen, in seinen Wellen.

4

Don Cornelio glaubt seinen Kopf eingebüßt zu haben

Wenn der Leser mit einigem Interesse den Irrfahrten des Kapitäns Don Cornelio Lantejas gefolgt ist, so wird er sich zuerst nach zwei Dingen fragen: Erstens, ob es wirklich der Kopf Don Cornelios war, der nach der Aussage Gaspachos vor dem Tor der Hazienda del Valle aufgespießt worden war. Zweitens, wie es ihm seit seiner Abreise aus dem Lager des General Morelos vor Huajapam ergangen ist.

Wir haben unterlassen, die Anwesenheit Don Cornelios an den Ufern der Ostuta gleichzeitig mit der Don Rafaels, Don Marianos und seiner Tochter zu schildern.

Da er einige Stunden nach den angeführten Personen aufgebrochen war, konnte er nicht denselben Weg in einer kürzeren Zeit als sie zurücklegen.

Der Nachmittag desselben Tages, an dem Don Rafael auf so merkwürdige Weise den Nachstellungen seiner Verfolger entgangen war, machte der Exstudent der Theologie in Begleitung Costals und Claras in geringer Entfernung von der Hazienda del Valle halt.

Während ihre abgezäumten Pferde grasten, hatte sich Costal für einige Augenblicke entfernt, um die Umgebung zu erforschen.

Clara seinerseits röstete einige grüne Maisähren und einige Stücke an der Sonne getrockneten Fleischs, das er aus seinem Reisesack genommen hatte, über einem Kohlenfeuer. Der Kapitän war dabei, dem Neger etwas einzuschärfen, auf das er ganz besonderes Gewicht zu legen schien.

„Hören Sie, Clara", sagte er, „wir sind mit einer Mission beauftragt, die die allergrößte Vorsicht erfordert. Ich meine jetzt nicht den gefährlichen Auftrag, dem Kapitän Arroyo die Drohungen des Generals auszurichten, sondern den, uns in Oajaca einzuschmuggeln. Dort machen die Spanier nicht mehr Umstände mit dem Kopf eines Rebellen als mit einer Ähre, wie Sie sie da rösten. Legen Sie daher, darum bitte ich Sie, diese häßliche Gewohnheit ab, mich bei meinem Namen Lantejas zu nennen. Der hat mir bis jetzt nur Unglück gebracht. Unter dem Namen Lantejas bin ich geächtet, und ich bin von jetzt ab für Sie und Costal nur noch Don Lucas Alacuesta. Dieser Name ist mein Name mütterlicherseits, und ich bin berechtigt, mich so zu nennen."

„Gut, Kapitän", entgegnete Clara, „ich werde Ihre Befehle nicht vergessen, selbst wenn ich den Kopf unter dem Beil des Henkers hätte."

„Ich rechne damit, jetzt können Sie mir, während wir die Rückkehr Costals erwarten, einige Stücke Rostbraten vorlegen, denn ich sterbe vor Hunger."

„Ich auch", fügte der Neger hinzu.

Clara breitete nun vor dem Kapitän eine Steppdecke, die gewöhnlich unter den Sattel gelegt wurde, als Tischtuch aus und legte, in die Blätter der Maisähren gewickelt, Stücke seines Rostbratens darauf. Sie sollten das Mittagessen Don Cornelios sein.

Nachdem dies geschehen war, setzte sich der Neger mit gekreuzten Beinen neben die halbausgebrannten Kohlen, aus deren Mitte er das Fleisch mit seinem Messer herausfischte.

„Wenn Sie weiter so viel essen", sagte der Kapitän, „muß Ihr Kamerad hungern."

„Costal wird vor morgen nichts essen", entgegnete Clara ernst.

„Das glaube ich sehr gern, er wird nichts mehr finden", sagte Don Cornelio.

„Deshalb nicht, Señor Capitano. Wir haben heute den dritten Tag nach der Sommersonnenwende und zugleich Vollmond. Das ist der Grund, weshalb Costal nichts essen wird. Er will sich durch Fasten darauf vorbereiten, mit seinen Göttern zu sprechen."

„Unglücklicher Narr, der Sie an die gottlosen Geschichten Costals glauben!" rief Lantejas.

„Ich habe gelernt, daran zu glauben", erwiderte der Neger. „Der Gott der Christen wohnt im Himmel, die Götter Costals im See Ostuta. Ilaloc, der Gott der Berge, wohnt auf dem Gipfel des Monapostiac und Matlacueze, seine Gemahlin, die Göttin dieser Gewässer, badet sich in dem See, der den verzauberten Berg umgibt. Der Vollmond nach der Sommersonnenwende ist die Mondperiode, in der sie alle beide dem Abkömmling der Kaziken von Tehuantepec erscheinen, der das fünfzigste Jahr überschritten hat. Und heute abend werden Costal und ich hingehen, um sie zu beschwören."

Als der Kapitän den Mund öffnete, um den Versuch zu machen, den Neger auf vernünftigere Gedanken zu bringen, kam Costal zurück.

„Nun, Costal", fragte er, „sind unsere Erkundigungen richtig, und hat Arroyo wirklich sein Lager an den Ufern der Ostuta aufgeschlagen?"

„Das ist die reine Wahrheit", erwiderte der Indianer. „Jemand aus meiner Bekanntschaft und meinem Volk hat mir gesagt, daß Bocadro und er die Furt des Flusses versperren. Sie können ihm also heute abend Ihre Botschaft überbringen. Dann werden Sie uns, mir und Clara, die Erlaubnis geben, die Nacht am Ufer des heiligen Sees verbringen zu dürfen."

„Hm! So nahe sind sie?" sagte der Kapitän gedehnt und mit einem Gefühl der Unbehaglichkeit, das ihn daran hinderte, seine Mittagsmahlzeit in Ruhe zu beenden.

„Ja. Sie sind gieriger denn je, der eine nach Blut, der andere nach Beute", entgegnete Costal in einem Ton, der wenig geeignet war, Don Cornelio zu beruhigen.

„Zum Teufel mit der Mission!" sagte er leise zu sich. Dann fragte er lauter: „Wir müssen also zur Furt der Ostuta reiten?"

„Wenn es Ihnen beliebt.“

„Wir haben noch Zeit. Ich habe den Wunsch, mich hier einige Stunden auszuruhen. Was haben Sie von Ihrem früheren Herrn Don Mariano Silva gehört?“

„Er hat schon seit langer Zeit die Hazienda las Palmas verlassen und sich nach Oajaca zurückgezogen. Die Hazienda del Valle hält aber noch eine spanische Garnison besetzt.“

„So sind wir also ringsum von Feinden umgeben!“ rief der Kapitän.

„Arroyo und Bocadro können doch keine Feinde sein für einen Offizier, der ihnen Nachricht vom großen Morelos überbringt“, sagte Costal. „Außerdem sind Sie, Clara und ich keineswegs Männer, die sich von Banditen einschüchtern lassen.“

„Das ist richtig. Gewiß ... Trotzdem, mir wäre es lieber ... Ah! Wer ist der Reiter, der mit dem Karabiner in der Hand auf uns zusprengt?“

„Wenn dieser Reiter im Dienst eines Herrn steht, und wenn man vom Diener auf den Herrn schließen kann, dann muß dieser Herr einer der größten Schurken sein, die ich kenne.“

Mit diesen Worten streckte Costal die Hand nach seinem alten Karabiner aus, der nur einmal bei fünf Schüssen versagte.

Der Reiter, der durch sein Aussehen ein so schlechtes Urteil über seinen Herrn hervorgerufen hatte, war tatsächlich kein anderer als Gaspacho. Er hatte Arroyo die Neuigkeiten über die Hazienda del Valle berichtet.

Der Schurke benahm sich wie ein Sieger im Feindesland und wandte sich an den Kapitän, den er als Weißer für den allein beachtenswerten Mann von den dreien hielt.

„Hören Sie, Freund!“ redete er ihn an, ohne sich die Mühe zu machen, die Hand an den Hut zu legen.

„Freund?“ rief Costal, dem die Gesichtszüge des Fremden plötzlich noch mehr mißfielen als seine respektlose Anrede. „Ein Kapitän der Armee des Generals Morelos ist nicht der Freund eines Schurken wie du.“

„Was sagt dieser Dummkopf von Indianer?“ erwiderte Gaspacho mit einer Miene der tiefsten Verachtung.

Costal wollte sich auf Gaspacho stürzen, aber Don Cornelio trennte die beiden Kampfhähne.

„Was wollen Sie?" fragte er den Soldaten Arroyos.

„Ich will wissen", antwortete der Reiter, „um meinem Freund Perico eine Gefälligkeit zu erweisen, ob Sie nicht irgendwo den Schurken Juan El Zapote und seinen Begleiter Gaspar gesehen haben?"

„Ich habe weder Juan El Zapote noch seinen Begleiter gesehen."

„Dann wird Perico ein schlimmes Viertelstündchen durchzumachen haben, wenn er ohne Sie vor dem Kapitän Arroyo erscheint."

„Ah, Sie stehen in seinen Diensten?"

„Ich habe die Ehre."

„Sie können mir dann auch sagen, und ich bitte Sie darum, wo ich ihn treffen kann", sagte Don Cornelio.

„Wer weiß? An den Ufern der Furt der Ostuta vielleicht. Und wenn er da nicht ist, so ist er anderswo. Vielleicht in der Hazienda San Carlos zum Beispiel."

„Gehört die Hazienda nicht den Spaniern?" warf der Kapitän ein.

„Dann irre ich mich vielleicht", erwiderte Gaspacho ironisch. „Jedenfalls, wenn Sie den Kapitän sehen wollen, was mich übrigens wundert, müssen Sie die Furt passieren, ungeachtet dessen, was Ihnen zustößt. Ei! Sie haben ja da eine prächtig gestickte Jacke an. Ausgezeichnet! Sie ist ein wenig zu weit für Sie, mir würde sie gerade passen."

Mit diesen Worten gab der Bandit seinem Pferd die Sporen und sprengte davon. Lantejas gefielen seine zweideutigen Antworten nicht, und seine Bewunderung für die Jacke ließ ein unangenehmes Gefühl in ihm zurück.

„Mir scheint es, daß wir uns hier in einer nicht beneidenswerten Lage befinden, mein lieber Costal", sagte Don Cornelio. „Sie sehen selbst, wieviel Notiz der Schurke von einem Offizier Morelos' zu nehmen scheint, und sein Chef wird noch respektloser sein. Um die Furt zu durchwaten, müssen wir dicht an der Hazienda del Valle vorüber. Wir müssen deshalb vorsichtig sein und die Nacht abwarten, ehe wir unseren Weg fortsetzen können."

„Die Vorsicht ist noch nie ein schlechter Führer des Mutes gewesen", erwiderte Costal mit salbungsvollem Ton. „Wir tun, was Sie wünschen, und gehen mit der größten Vorsicht weiter, damit wir weder in die Hände der Spanier fallen noch in die von Arroyos Banditen. Verlassen Sie sich auf meine Führung. Sie wissen, daß ich Sie niemals lange in einer üblen Lage gelassen habe."

„Sie sind meine Vorsehung!" rief der Kapitän. „Ich werde das nie leugnen."

„Schon gut, schon gut! Das, was ich für Sie getan habe, ist kaum der Rede wert. Clara und ich werden bis zum Einbruch der Dunkelheit schlafen, denn sobald es Abend geworden ist, werden wir beide kein Auge mehr schließen."

„Ich bin deiner Ansicht", fügte Clara hinzu.

Da die Sonne noch sehr heiß brannte, streckten sich der Indianer und der Neger einige Schritte von einem benachbarten Bach unter dem dürftigen Dach einer Gruppe Palmen auf dem Boden aus.

Beide fielen mit der Gleichgültigkeit gegen die Gefahr, die ein abenteuerliches Leben verleiht, in einen tiefen Schlaf. Clara gelang es, im Traum die Sirene zu fangen, die ihm nun den Ort unerschöpflicher Perlenbänke zeigte.

Den Kapitän Lantejas dagegen hielt seine Besorgnis wegen der Zukunft wach. Trotzdem ahmte er dem Beispiel seiner Gefährten nach, wenn auch oft ohne Erfolg.

Während diese drei Männer schlafen, kehren wir zu Don Mariano und seiner Tochter zurück.

Nach einem langen und heftigen Kampf zwischen ihrer Liebe und ihrem Stolz entschloß sich Gertrudis, Don Rafael das Zeichen zu senden, bei dem er geschworen hatte, ohne Zögern zu ihr zu kommen. Selbst wenn er den Arm erhoben haben würde, um seinem ärgsten Feind den Todesstoß zu versetzen, wollte er diesen Schwur halten.

Wir wissen, daß ihr Aufbruch von Oajaca gleich nach dem Abgang des Boten stattgefunden hatte.

Sie hatte sich mit dem Wunsch auf den Weg gemacht, Don Rafael wiederzusehen. Und geschähe es auch nur, um aus seinem Mund zu vernehmen, daß er sie nicht mehr liebe. Dennoch war sie weit davon entfernt, ein solches Geständnis von ihm zu fürchten.

Das Leben schien für sie von neuem zu beginnen. Sie war erstaunt, so lange gegen sich selbst gekämpft zu haben. Voller Vertrauen zweifelte sie nicht, daß Don Rafael ebensoviel Freude empfinden würde, ihre Botschaft zu erhalten, wie sie empfand, sie ihm zu übersenden.

Deshalb hatte sie in Gaspar, um sich seiner Treue zu versichern, die Hoffnung erweckt, daß der Oberst Tres-Villas ihn reichlich belohnen würde. In der schwierigen Lage, in der sich der Bote befand, war es ein Glück, daß sie ihm eine glänzende Belohnung in Aussicht gestellt hatte.

Denn sollte diese Botschaft den Oberst endlich erreichen, so konnte es allein aufgrund einer größeren Geldsumme geschehen.

Dennoch war die Freude Gertrudis' nur von kurzer Dauer. Bald traten an die Stelle der Gewißheit Zweifel und Mißtrauen. Zu lange hatte der Geliebte nichts mehr von sich hören lassen, zu viel Zeit war inzwischen vergangen.

Sie glaubte sich nicht mehr geliebt, die fernen Beweise des Andenkens waren ihr jetzt nur ein Spiel des Zufalls. Und wenn der Oberst sie aus seinem Herzen verbannt hatte, so war es nur darum geschehen, weil er eine andere liebte.

Von schmerzlichen Gedanken gebeugt, mit von Eifersucht zerrissenem Herzen trat sie ihre Reise an. Die Gefahren aller Art, denen ihr Bote in einem von Bürgerkriegen zerfleischten Lande ausgesetzt war, und die Ungewißheit seiner Rückkehr vermehrten noch ihre Unruhe.

Der Kummer zehrte sie auf, und ihr Herz brach. Ihre bleichen Wangen verkündeten, wie schrecklich die Qualen waren, die sie erduldete.

Don Mariano sah es mit Schmerz, wie seine Tochter unter ihrer unglücklichen Liebe zu leiden hatte. Bisher hatte er Don Rafael als Verräter seiner Geliebten und seines Vaterlands bezeichnet. Er versuchte seine Tochter dadurch zu trösten, daß er seine Vorwürfe zurücknahm und den Oberst verteidigte.

Der Adel und die Offenheit seines Charakters sollten ihn nun von jedem Verdacht der Treulosigkeit befreien. Sein Schweigen erklärte sich auf ganz natürliche Weise durch das Zusammentreffen mehrerer von seinem Willen unabhängiger Umstände und durch die Hindernisse, die die politischen Ereignisse unüberwindlich gemacht hätten.

Gertrudis lächelte schmerzlich bei den Worten ihres Vaters. Trotzdem blieb sie verbittert.

So verbrachten sie die drei ersten Tage ihrer Reise von Oajaca zu den Ufern der Ostuta. Sie erfuhren von den Raubzügen und Mordtaten des blutrünstigen Arroyo, die sie in beständiger Aufregung hielten.

Am dritten Tag ihrer Reise hatten sie gegen Abend den Ort erreicht, der in der Nähe der Furt der Ostuta lag. Don Mariano erkannte die Gefahren, die ihnen bei der Überquerung des Flusses drohten, und schickte einen seiner Leute aus, um die Ufer der Ostuta zu erkunden.

Zwei Stunden später war der Diener mit der Nachricht zurückgekehrt, daß auf der einen Seite der Furt zahlreiche Feuer brannten. Das waren die Lagerfeuer Arroyos und seiner Banditen.

Der Diener fügte hinzu, daß er glaube, bei seiner Rückkehr von jemandem verfolgt worden zu sein. Nach diesem Bericht nun hatte man sich beeilt, das Feuer auszulöschen, das man angezündet hatte, und brach eilig auf.

Sie bewegten sich am Ufer der Ostuta entlang, wollten den See umgehen, den sie bildete, und versuchten eine andere Furt zu finden.

Wenn sie den Fluß an einer anderen Stelle überqueren könnten, würden sie auf einem unbewachten Weg die Hazienda San Carlos erreichen. Freilich benötigten sie mit den Umwegen, die gemacht werden mußten, einen Reisetag mehr. Aber man konnte hoffen, so den Banditen Arroyos zu entgehen.

Der Weg zum See Ostuta war lang und mühselig. Die Schwäche Gertrudis', die Vorsicht, die man aufgrund der schlechten

Wege walten lassen mußte, auf denen sich die Maultiere kaum mit ihrer Last halten konnten, alles trug dazu bei, die Reise der Flüchtlinge zu verzögern.

Es war ungefähr zehn Uhr abends, als die Gruppe endlich an einen Ort gelangte, wo der See sein trübes Wasser vor ihren Augen ausbreitete.

Von allen Orten, an denen die Indianer ihren Kult pflegten, waren der See Ostuta und der Berg, der sich mitten in seinem Wasser erhebt, die traditionsreichsten.

Der Berg führt den Namen Monapostiac oder der verzauberte Hügel, dessen düsterer und eigentümlicher Anblick den Beschauer mit einem Grausen erfüllt, dessen er sich nicht erwehren kann.

Der Augenblick ist noch nicht gekommen, die Einzelheiten dieses schreckenerregenden Orts näher zu beschreiben. Wir begnügen uns zu sagen, daß das Gehölz, das den See umgibt, den Flüchtenden ein sicheres Versteck bot, aus dem man nicht vor Tagesanbruch aufzubrechen gedachte. Dann wollte man die Furt suchen, um den Fluß zu überqueren.

Wenden wir uns jetzt wieder zu dem Ort zurück, an dem der Kapitän Don Cornelio, Costal und der Neger ihr Mittagschläfchen ungefähr beim Untergang der Sonne beendeten.

Noch herrschte die kurze Dämmerung, die in den Tropengegenden üblich ist, als die drei Gefährten sich in den Sattel schwangen, um die Furt des Flusses zu erreichen. Das Schwierigste dabei aber blieb, die Hazienda del Valle zu passieren, ohne von den Schildwachen bemerkt zu werden.

„Versuchen wir während der Nacht vorüberzuschlüpfen, so erregen wir mehr Verdacht als am Tag“, sagte Costal. „Clara kann vorangehen. Wird er von einer Schildwache angehalten, so kann er für einen Kaufmann und seine Diener um die Erlaubnis bitten, vorbeireiten zu dürfen.

Bemerkt er niemand, so verfolgen wir unseren Weg ohne Aufenthalt.

Der Kapitän stimmte dem Vorschlag zu. Als sie eine Viertelstunde später vor der langen und geraden Allee von Eschenbäumen, an deren Ende die Hazienda lag, angelangt waren, blieben Costal und Don Cornelio zurück.

Obwohl niemand zu sehen war, betrat der Neger allein die Allee. Sie wollten kein Risiko eingehen.

Scheinbar war hier alles, wie auch im Gebäude, still und leer, genau wie vor zwei Jahren, als Don Rafael dort nur Verwüstung und Tod fand. Kaum hatte aber der Neger hundert Schritte gemacht, als sich hinter der Schießscharte der Ringmauer ein Soldat zeigte. Clara ging geradewegs auf das Tor zu.

Die Entfernung war zu groß, um das Gespräch zwischen Clara und dem Soldaten zu verstehen. Aber Don Cornelio und Costal bemerkten, daß der Soldat ihm einen Gegenstand zeigte, den sie nicht genau erkennen konnten.

Dieser Gegenstand schien die Heiterkeit des Negers zu erregen. Der Soldat verschwand wieder und hatte Clara zweifellos die Erlaubnis gegeben, vorbeireiten zu dürfen. Der Neger jedoch schüttelte sich immer noch vor Lachen.

Das schien dem Kapitän ein günstiges Zeichen zu sein, aber dennoch zögerte er, ihm zu folgen. Endlich winkte der Schwarze sie zu sich heran. Die beiden Gefährten beeilten sich nun, der Aufforderung Claras Folge zu leisten, der ihnen unter schallendem Gelächter einen Gegenstand zeigte, der seine Lustigkeit in so hohem Maß erregt hatte.

Der Kapitän sah ihn sofort, glaubte sich aber getäuscht zu haben. Und tatsächlich war das Schauspiel, das sich seinen Augen darbot, keineswegs geeignet, die Ausbrüche der ausgelassenen Freude Claras zu rechtfertigen.

Anstatt der Köpfe von Wölfen oder anderen wilden Tieren, die man zuweilen an die Tore einer Hazienda nagelt, waren hier drei Menschenköpfe, die noch nicht ausgedörrt waren, aufgespießt.

Don Cornelio, der glaubte, daß sie der Schwarze nicht bemerkt hatte, zeigte sie ihm mit entsetzter Miene.

Clara lachte nun aus vollem Hals.

„Elender“, rief Don Cornelio, „ist denn dieser Anblick geeignet, um in Gelächter auszubrechen?“

„Hm!“ machte dieser und hörte nicht auf zu lachen.

Dann fügte er ganz leise hinzu, um nicht von der spanischen Schildwache verstanden zu werden:

„Das ist ja Ihr Kopf!"

„Mein Kopf!" erwiderte der Exstudent erbleichend.

Lantejas griff sich unwillkürlich an den Kopf und glaubte nun, der Neger sei verrückt geworden.

„Wenigstens hat man es mir soeben gesagt", entgegnete Clara. „Sehen Sie, wenn Sie lesen können."

Der Kapitän konnte trotz der zunehmenden Dunkelheit lesen, was mit großen Buchstaben unter einen der Köpfe geschrieben war: „Dies ist der Kopf des Rebellen Lantejas."

Der Leser erinnert sich, daß Gaspacho seinem Kapitän Arroyo berichtet hatte, daß einer seiner Leutnants, der denselben Namen wie Lantejas trug, getötet und aufgespießt worden sei.

Don Cornelio wendete die Augen von dem scheußlichen Schauspiel ab und verwünschte von neuem den Namen Lantejas, der ihm nur Unglück gebracht hatte. Er ritt eilig davon, und als die Hazienda ein gutes Stück hinter ihm lag, lächelte er wehmütig über diesen unglücklichen Namensvetter. Clara jedoch lachte immer noch.

Inzwischen war die Nacht angebrochen, und die tiefe Stille, in der sie ihren Weg fortsetzten, und die Aussicht, in weniger als einer Stunde dem blutrünstigen Arroyo gegenüberzustehen, erfüllten die Seele des Kapitäns mit düsteren Gedanken.

Am liebsten hätte er die Begegnung mit dem gefürchteten Banditen auf den nächsten Tag verschoben. Aber der Indianer und der Neger zeigten eine so unbekümmerte Haltung, daß er sich schämte, weniger mutig als seine beiden Gefährten zu sein.

Am Ende eines Fußwegs, auf dem sie sich befanden, breitete sich der Fluß vor den Augen der drei Reiter aus.

So bevölkert die Furt der Ostuta morgens noch gewesen war, so still und verlassen war sie jetzt am Abend.

Von dem Lager Arroyos waren weiter keine Spuren mehr vorhanden als die Überreste von Leinwandresten, die auf dem von den Hufen der Pferde aufgescharrten Erdboden umherlagen.

„Wenn ich den Schurken, dem Ihre Jacke so gefallen hat,

richtig verstanden habe“, sagte Costal, „so sind wir jetzt auf dem Weg, der uns zu dem Mann führt, den wir suchen. Er muß mit seiner Bande auf der Hazienda San Carlos sein, obgleich der Schurke so tat, als wollte er daraus ein Geheimnis machen.“

„Und wenn nun die Hazienda San Carlos eine spanische Besatzung hat?“ warf der Kapitän ein.

„Gehen wir zuerst durch die Furt, dann werde ich ausgedehnte Erkundigungen einziehen.“

Der Vorschlag Costals wurde angenommen, die drei Reiter überquerten den Fluß, und der Indianer stellte seine Nachforschungen an.

„Seien Sie aber vorsichtig, Costal“, sagte der Kapitän, „die Gefahr bedroht uns von allen Seiten.“

„Costal und mich vielleicht, das bestreite ich nicht. Aber der Kapitän hat nicht das mindeste zu fürchten, vor allem jetzt, wo man ihm den Kopf abgeschnitten hat“, fügte der Neger hinzu.

Costal sprengte in scharfem Galopp voran und der Kapitän und Clara blieben zurück.

Bald darauf hörten sie hinter sich Pferdegetrappel, und zwei Reiter kamen auf sie zu. Der eine von ihnen hatte ein großes Leinwandbündel hinter sich festgebunden.

Ein kurzer Gruß wurde mit den Reitern gewechselt, die weiterritten, als der Kapitän, in der Hoffnung, von ihnen einige Nachrichten zu erhalten, ihnen zurief: „Ist die Hazienda San Carlos weit von hier entfernt?“

„Etwa eine Viertelstunde“, antwortete eine Stimme.

„Werden wir da freundlich aufgenommen werden?“

„Das kommt darauf an“, erwiderte der andere Reiter in einem Ton, dessen Ironie dem Kapitän nicht verborgen blieb.

Dann rief jener mit lauter Stimme vier Worte in die Nacht hinaus, von denen Lantejas nur die drei letzten Worte verstand: „Mexiko und Freiheit!“

„‚Es lebe Mexiko‘, hat er gerufen, nicht wahr?“ fragte der Kapitän.

„‚Nieder mit Mexiko’, hat er gesagt“, entgegnete der Neger.

„Sie täuschen sich.“

„Ich bleibe dabei, daß er ‚Nieder' gerufen hat."

Der Kapitän ärgerte sich, daß er von den beiden Reitern keine klare Antwort erhalten hatte, ob die Hazienda den Spaniern gehörte oder nicht.

Die Zeit verrann, und Costal kehrte nicht zurück.

„Ich werde in dieselbe Richtung reiten und sehen, ob ich ihm nicht begegne", sagte der Neger.

Der Kapitän war über das Ausbleiben Costals beunruhigt und stimmte daher zu, daß Clara sich entfernte. Er bat ihn aber, so schnell wie möglich zurückzukommen, wenn er den Indianer in einer Viertelstunde nicht gefunden hätte.

Don Cornelio begann die Minuten zu zählen, die seit dem Augenblick, als die letzten Hufschläge von Claras Pferd in der Ferne erstarben, vergangen waren. Die Viertelstunde war vorüber, der Schwarze kam aber nicht zurück.

Dem Kapitän wurde es unbehaglich in der Einsamkeit, die ihn umgab. Um sich die Zeit bis zur Rückkehr seines zweiten Kundschafters zu verkürzen, ritt er langsam auf dem Weg entlang, den dieser eingeschlagen hatte.

Eine zweite Viertelstunde verging, und der Kapitän wollte schon anhalten, als er durch die Blätter der Bäume Lichter kommen und gehen sah.

Das Terrain stieg einige Schritte vor Don Cornelio steil an. Nachdem er auf der Erhöhung angelangt war, erkannte er in der Tiefe eines Tals große Gebäude, deren Fenster so hell erleuchtet waren, daß das Innere in Flammen zu stehen schien.

Auf dem flachen Dach eines Gebäudes bewegten sich Fackeln und Lichter hin und her, und von ihnen stammten die Lichtstrahlen, die dem Kapitän von weitem aufgefallen waren

Don Cornelio blieb bei dem seltsamen Anblick wie angewurzelt stehen. Oben leuchteten die Lichter, die scheinbar in der Luft schwebten, und darunter sah er hinter den Fensterscheiben feurige Flammen, die ständig die Farbe wechselten.

Die abergläubigen Ansichten, mit denen der Indianer ihn während der ganzen Reise unterhalten hatte, tauchten plötzlich in seinem Gedächtnis wieder auf.

Er erinnerte sich an den Bannstrahl, den der Bischof von Oajaca gegen die Rebellen geschleudert hatte, die sein berühmter Hirtenbrief als Geister der Finsternis darstellte. Er glaubte nun an den Fluch des Bischofs, fühlte aber plötzlich eine seltsame Furcht.

Die so merkwürdig gefärbten Flammenzungen, die er hinter den Fenstern hatte abwechselnd sich bald vergrößern und wieder abnehmen sehen, ließen ihn einen Augenblick fürchten, an den Ort der Verdammten geraten zu sein.

Das Schweigen, das bei dem Anblick der Schreckensszene um ihn herrschte, bestärkte noch die Vermutungen Don Cornelios. Plötzlich sah er durch die Baumstämme hindurch ein weißes Gespenst über die Ebene huschen und fast in demselben Augenblick verschwinden.

Der Kapitän schlug, um für jeden Fall gerüstet zu sein, ein Kreuz und blieb unbeweglich im Sattel. Er wußte nicht, ob er sich zu den Ufern der Ostuta zurückbegeben sollte oder nicht.

5

Der Oberst der Obersten

Der Tag war für Arroyo nicht glücklich gewesen. Es schien, daß die plötzliche Rückkehr seines unversöhnlichsten Gegners, des Oberst Tres-Villas, das Signal zu einer Reihe von Unglücksfällen und vereitelten Hoffnungen gegeben hatte.

Zehn Mann seiner Bande waren bei einem Ausfall der Besatzung der Hazienda del Valle ums Leben gekommen. Don Rafael hatte zwei andere getötet und war allen Nachstellungen entgangen. Gaspar und Juan waren nicht wieder aufgegriffen worden.

Die schlechte Laune des Banditen wuchs. Um seinem Zorn Erleichterung zu verschaffen, hatte er beschlossen, sich ohne Zögern der Hazienda San Carlos zu bemächtigen.

Außer den Ratschlägen Bocadros, die in seiner Seele seine Habgier angefacht hatten, leitete ihn auch noch der Gedanke, daß die Hazienda für ihn eine uneinnehmbare Zufluchtsstätte werden konnte.

Arroyo kannte freilich den Widerstand nicht, der ihn vielleicht dort erwartete. Er war aber fest entschlossen, wenn er sich San Carlos bemächtigt hätte, mit allen seinen Kräften einen Angriff auf die Hazienda del Valle zu unternehmen.

Deshalb hatte er die Truppe, die sie belagerte, zurückgezogen.

Er war an der Spitze seiner ganzen Armee, die ungefähr hundertdreißig Mann stark war, nach San Carlos aufgebrochen.

Dadurch erklärt sich, daß sich der Kapitän Lantejas, ohne in die Hände der Banditen Arroyos zu fallen, del Valle hatte nähern und die Furt erreichen können, die von den Banditen verlassen worden war.

So zahlreich auch die Dienerschaft Don Fernando Lacarras war, so hatte er doch nicht daran gedacht, der Forderung, die Tore seiner Besitzung zu öffnen, den geringsten Widerstand entgegenzusetzen.

Der junge Spanier, der bisher in der strengsten Neutralität gelebt hatte und im ganzen Land wegen seiner Sympathie für den Aufstand bekannt war, hoffte mit einer beträchtlichen Lieferung an Lebensmitteln oder vielleicht auch an Geld davonzukommen.

Obgleich er nichts von den Anschlägen Arroyos gegen Donna Marianita wußte, so hatte er es doch für klug gehalten, sie in einem der abgelegensten Zimmer der Hazienda zu verstecken. Dort konnte man sie nicht finden, wenigstens so lange nicht, bis das ganze Haus durchsucht und geplündert wurde.

Zum Unglück für ihn hatten sich die Dinge aber anders entwickelt. Er wurde von den beiden Banditen überfallen, von denen der eine seine Frau, der andere sein Geld und sein Haus begehrte.

Gerade in dem Augenblick, als der junge Spanier vergeblich versuchte, seine Frau und seine Schätze den beiden Banditen zu entziehen, wurde Don Cornelio beim Anblick der sonderbaren Flammen von einem abergläubigen Schrecken erfaßt.

Noch war er damit beschäftigt, sich zu fragen, was das für unheildrohende Lichter und wer dieses weiße Gespenst sein könnte, das sich seinen Augen einen Moment lang gezeigt hatte, als die Fackeln plötzlich von der Terrasse der Hazienda verschwanden.

Zugleich stürzten vier oder fünf Reiter im Galopp aus dem Tor, das geöffnet wurde. Die Reiter stießen ein wildes Geschrei aus.

Einer von ihnen hatte gewiß den Kapitän Lantejas bemerkt,

denn es blitzte auf, ein Knall folgte und Don Cornelio hörte eine Kugel dicht an seinem Kopf vorübersausen.

Bis jetzt war der Kapitän noch unschlüssig gewesen, ob er fliehen oder ob er auf jede Gefahr hin die Ankunft seiner Gefährten abwarten sollte. Nun aber wußte er, was er zu tun hatte.

Seit seinen schrecklichen Erlebnissen, die wegen der Sparsamkeit seines Vaters eingetreten waren, hatte Don Cornelio eine unbeschreibliche Abscheu gegen mittelmäßige Pferde. Er war deshalb vorsichtig und hatte sich bei seinem Aufbruch ein herrliches Tier ausgesucht.

Da er sich auf dessen Schnelligkeit verlassen konnte, gab er ihm die Sporen und jagte in die den Reitern entgegengesetzte Richtung, die ihn jetzt unter wütendem Geschrei verfolgten.

Er vergaß Costal und Clara und ritt schnell wie der Wind davon.

Ohne Zweifel wäre er den Verfolgern entkommen, wenn sein Pferd nicht in der Dunkelheit über eine hervorstehende Wurzel eines dicken Baumes gestolpert und dann gestürzt wäre.

Der Sturz war so plötzlich und heftig, daß Don Cornelio über den Kopf seines Pferdes hinweggeschleudert wurde und es nur der Weichheit des Bodens zu verdanken hatte, daß er sich nicht alle Knochen brach.

Unglücklicherweise konnte er sich nicht schnell genug aufraffen, so daß einer der ihn verfolgenden Reiter Zeit gewann, ihm sein Lasso um den Leib zu werfen.

Wessen Gefangener war nun der Kapitän? Er war ahnungslos, weil er nicht wußte, in wessen Besitz die Hazienda San Carlos war. Als er sich wieder aufrichten konnte, hörte er eine Stimme, die ihn fragte: „Spanien oder Unabhängigkeit?“

Während sich Don Cornelio die Antwort überlegte, hatten die drei anderen Reiter ihren Kameraden erreicht. Ein fünfter war damit beschäftigt, das durchgegangene Pferd des Kapitäns wieder einzufangen.

Ein drohender Kreis bildete sich nun um Don Cornelio. Die Männer hatten ein wildes und gefährliches Aussehen.

„Spanien oder Unabhängigkeit?“ wiederholte der eine.

Da er nicht wußte, wer die Unbekannten waren, hüllte sich der Kapitän in Schweigen.

„Gut“, sagte einer der Männer, „dieser ist hier ohne Zweifel der Kamerad der beiden anderen, wir wollen ihn auch zur Hazienda bringen wie sie.“

Bei diesen Worten wurde Don Cornelio an Armen und Beinen gefesselt.

„Seht“, rief plötzlich einer der Männer aus, „das ist ein Weißer!“

„Weiß, rot und schwarz, es fehlt uns nur noch ein Mestize in unserer Sammlung“, fügte ein dritter hinzu.

Auf diese Weise erfuhr der Kapitän, daß Costal und Clara, seine beiden Gefährten, in einen Hinterhalt gelockt und gefangengenommen worden waren wie er.

Noch immer wußte er aber nicht, ob er es mit Königstreuen oder mit Aufständischen zu tun hatte und beschloß, sich darüber Gewißheit zu verschaffen.

„Was wollen Sie von mir?“ fragte er mit zitternder Stimme.

„Sehr wenig“, antwortete einer der Reiter, „Ihren an die Stelle von Lantejas' Kopf nageln.“

„Zum Teufel!“ rief Don Cornelio, „ich bin der Rebell Lantejas, ein Abgesandter des General Morelos.“

Wildes Hohngelächter begleitete diese Erklärung.

„Hol mich der Teufel!“ sagte der fünfte Reiter, als er zu seinen Kameraden zurückkehrte. „Ich habe das verdammte Vieh endlich erwischt. Glücklicherweise hat es sich gelohnt.“

Der Ton dieser Stimme war dem Kapitän nicht unbekannt, und er hoffte einen Augenblick lang auf eine günstige Wendung seines Schicksals. Aber er mußte bald auf diese Hoffnung verzichten.

„Gott sei gelobt!“ rief der Reiter, „da ist ja meine Jacke.“

Don Cornelio erkannte den Schurken wieder, dem am Morgen seine gestickte Jacke so sehr gefallen hatte. Es war Gaspacho.

„Welch glückliches Wiedersehen! Diese Jacke ist zu groß für Sie, mein Freund“, sagte der Bandit von neuem.

Bei diesen Worten zog Gaspacho seine schmutzige Jacke aus, und Don Cornelio ahnte, was ihm bevorstand.

„Mir gefällt sie, so wie sie ist“, stammelte der Kapitän.

Gaspacho zog ihm, ohne daß er sich zu widersetzen wagte, die Jacke von den Schultern.

„In der Tat, wenn man keinen Kopf mehr hat, ist auch ein Hut überflüssig“, sagte ein anderer.

Der Hut des Kapitäns folgte seiner Jacke. Als diese beiden Gegenstände ihren Besitzer gewechselt hatten, wurde er, da er nichts mehr besaß, was ihre Habgier reizen konnte, von seinen

Fesseln befreit und erhielt den Befehl, ihnen zu folgen. Dies tat er gehorsam, und er dachte, daß die Gegenwart Gaspachos ein Beweis dafür sei, daß er von der Bande Arroyos überfallen worden war.

„Werde ich den Kapitän zu sehen bekommen?" fragte er.

„Welchen Kapitän?"

„Arroyo!"

„Ah so! Verlangt es Sie so sehr danach?" fragte Gaspacho. „Das wundert mich! Aber ja, Sie werden ihn noch früh genug zu sehen bekommen."

Die Banditen ritten zu der Hazienda, der Kapitän in ihrer Mitte, zurück.

Als sie sich dem Gebäude näherten, sah Don Cornelio hinter den Fenstern den sonderbaren Glanz leuchten, dessen Ursache er sich nicht hatte erklären können.

Tatsächlich war der Schein befremdend, denn ein Feuer im Haus hatte schon lange die Scheiben gesprengt und die Hazienda in einen Aschenhaufen verwandelt.

Es dauerte eine Viertelstunde, bis sie an Ort und Stelle waren.

Das Tor war wieder verschlossen, und einer der Reiter schlug mit dem Griff seines Säbels daran. Außerdem flüsterte er durch das Schlüsselloch ein Losungswort, das Cornelio nicht verstand.

Er begriff nur, daß der Augenblick gekommen war, wo er wohl oder übel Arroyo seine Botschaft vom General übermitteln mußte. Und wie es oft zu geschehen pflegt, daß einem die ferne Gefahr schrecklicher erscheint, als die, in der man sich befindet, fühlte er sich von einem Teil seiner Beängstigungen befreit.

Die Tür drehte sich in ihren massiven Angeln, um die Reitertruppe einzulassen, in deren Mitte Don Cornelio zuerst in eine finstere Vorhalle und dann in einen geräumigen Hof gelangte.

Vereinzelte Feuer brannten in dem Hof, und um sie lagerten sich ungefähr hundert Männer von abstoßendem Äußern. An der ganzen Mauer entlang standen gesattelte Pferde, denen man nur den Zaum abgenommen hatte, um sie bequemer ihre Ration Mais aus hölzernen Trögen fressen zu lassen.

Überall erleuchtete der Glanz des aufflackernden oder des

ersterbenden Feuers, Gruppen zusammengestellter Karabiner, Lanzen oder Degen. Don Cornelio konnte sich beim Anblick dieser Galgenvögel in ihrem schrecklichen und doch wieder malerischen Aufzug eines Schauders nicht erwehren.

Der größte Teil hielt es gar nicht erst der Mühe wert, sich bei der Ankunft eines neuen Gefangenen umzudrehen. Nur einer von ihnen stützte sich nachlässig auf den Ellbogen und fragte Gaspacho, weshalb man sie zu dieser Stunde ausgesandt habe, die Ebene zu durchsuchen.

„Man behauptete", erwiderte Gaspacho, „daß die Herrin dieses Hauses, von der ihr Mann behauptet, sie sei abwesend, aus dem Fenster entschlüpft sei. Wir haben sie gesucht, würden aber mit leeren Händen zurückgekommen sein, wenn wir nicht diesen Spion des Vizekönigs zu seinem Glück begegnet wären. Er gibt sich für unseren Kameraden Lantejas aus."

„Wie, zu seinem Glück!"

„Freilich! Da man ihn in das Paradies schicken wird, um für den Kapitän und seine Frau zu beten."

„Ah, das ist wirklich recht komisch."

Der Mann legte sich wieder nieder.

Die Gefährten Gaspachos gesellten sich zu den im Hof lagernden Soldaten, und Don Cornelio stieg mit dem Banditen die Stufen einer breiten Steintreppe hinauf.

Sie kamen an eine Tür, hinter der man verworrenen Lärm und Schmerzensgeschrei hörte. Gaspacho öffnete sie und stieß Don Cornelio rücksichtslos in die Mitte eines großen Saales, dessen glühende Luft ihn beinahe erstickte.

Zwei oder drei eiserne Fackelbehälter, die an der Wand befestigt und mit Harzfackeln versehen waren, verbreiteten nur ein mattes Licht. Denn der rötliche Schein, der von ihnen ausging, verblaßte vor der blendenden Flamme eines brennenden Branntweinfasses.

Die Hitze, der Blutgeruch und die Ausdünstung des brennenden Alkohols, dessen Flamme außerhalb des Gebäudes den sonderbaren Schein erzeugte, vermischten sich in diesem Saal auf unerträgliche Weise.

Das war es aber keineswegs, was dem Kapitän am meisten auffiel, nachdem sich seine Augen erst ein wenig an den Glanz des brennenden Branntweins gewöhnt hatten.

Durch ein Spalier von Zuschauern, die das größte Vergnügen bei dem Schauspiel, das vor ihren Augen aufgeführt wurde, zu empfinden schienen, erblickte der Kapitän einen Unglücklichen, der gänzlich entkleidet auf eine gegen die Mauer gelehnte Leiter gebunden war.

Ein Mann mit einem wilden Gesicht, dessen wüste Züge der violette Schein der Branntweinflamme färbte, schlug aus Leibeskräften mit einer Peitsche aus Rindsleder, die aus mehreren Riemen bestand, auf den Rücken seines Opfers ein. Von Zeit zu Zeit wischte er das Blut an der Mauer ab, das bis auf seine Hände spritzte. Man war versucht zu glauben, daß diese grausame Folter schon seit langer Zeit stattfand oder bereits an mehreren Opfern vorgenommen worden war.

Neben diesem Mann, den Lantejas für einen berufsmäßigen Henkersknecht hielt, schien eine Frau von fast noch scheußlicherem Aussehen ihn durch ihr Geschrei aufzufordern, seine Grausamkeit zu verdoppeln. Gott weiß es, ob der Unmensch noch einer Aufforderung bedurfte.

Da Gaspacho sah, daß man ihn nicht bemerkte, rief er nach einigen Minuten:

„Herr Kapitän, ich bringe Ihnen den Gefährten des Negers und des Indianers."

Zum großen Erstaunen Cornelios antwortete der, den er für einen Henkersknecht gehalten hatte, auf die Anrede Kapitän.

„Es ist gut, ich werde sogleich bei ihm sein, wenn dieser verdammte Spanier erst gebeichtet haben wird, wo seine Schätze und seine Frau sind."

Von neuem pfiff die Peitsche durch die Luft und fiel auf den Rücken des Opfers nieder, ohne daß dieser einen anderen Laut als ein dumpfes Seufzen hören ließ.

Der Leser hat gewiß ohne Mühe aus den Worten Arroyos erraten, daß das Opfer seiner Folterung niemand anders als der Schwiegersohn Don Mariano Silvas, Don Fernando Lacarra, war.

Tatsächlich war es der junge Mann, der sich eher von den Peitschenhieben töten ließ, als daß er den Ort verriet, wo er seine Frau und seine Schätze verborgen hatte. Nicht etwa, weil er auf die letzteren ebensoviel Wert legte wie auf seine Lebensgefährtin, sondern weil er beide an demselben Ort versteckt hatte.

Nachdem Gaspacho den Kapitän von der Ankunft Don Cornelios benachrichtigt hatte, verließ er den Saal, um sich wieder zu seinen Kameraden im Hof zu begeben.

Der Kapitän war so vom Schrecken überwältigt, daß seine zitternden Beine ihn fast nicht mehr aufrecht hielten.

Außer dem tiefen Mitgefühl, das ihm das schreckliche Schicksal Don Fernandos einflößte, dachte er, daß Costal, sein unerschrockener Verteidiger, ohne Zweifel tot sei, ebenso Clara, und daß er selbst auch nicht mehr lange am Leben bleiben würde.

Während er in trübe Gedanken versunken dastand, nahte sich ihm ein Mann, den er bis dahin, von dem ungewohnten Licht geblendet, noch gar nicht bemerkt hatte. Mit schielendem und grausamem Blick, gleich dem eines Schakals, kam er auf ihn zu.

Obgleich sein Anblick kein beruhigender war, schien er dennoch weniger unheilverkündend als der seiner wilden Gefährten, und Don Cornelio sah ihm freudig entgegen.

Doch sollte diese Freude nur von sehr kurzer Dauer sein.

Als der Mann mit dem schielenden Auge bei ihm war, sagte er: „Mein guter Freund, Ihr Anzug ist kaum geeignet, um Sie bedeutenden Persönlichkeiten vorzustellen."

Lantejas hatte bei dem Überfall nur sein Hemd und seine zerrissenen Hosen behalten.

Obgleich der heuchlerische Ton dieses Mannes ihn ebenso abstieß wie die empörende Grausamkeit Arroyos, so fühlte er doch, daß die Zeit zu kostbar sei, um noch länger zu schweigen.

„Herr Kapitän", begann er.

Aber der Mann mit dem Schakalgesicht unterbrach ihn.

„Mein Name ist Bocadro, aber nennen Sie mich Herr Oberst der Obersten. Das ist ein Titel, auf den ich um so mehr Recht habe, da ich ihn mir aus eigener Machtvollkommenheit zugelegt und niemand ihn mir streitig machen kann."

„Herr Oberst der Obersten“, begann der Kapitän daraufhin, „wenn Ihre Leute mich nicht ausgeplündert und mir meine gestickte Jacke und meinen mit goldenen Borten besetzten Hut genommen hätten, so wäre ich besser gekleidet. Doch darum handelt es sich jetzt nicht, ich habe ernstere Beschwerde zu führen.“

„Teufel, mein Freund, eine gestickte Jacke und ein Hut mit goldenen Litzen, das ist wichtig. Die Sachen müssen sich wiederfinden, das sind zwei Dinge, die mir gerade fehlen.“

„Ich habe mich über eine unverzeihliche Gewalttätigkeit zu beklagen. Ich heiße Lantejas und diene der Junta von Zittacuaro unter dem Befehle des berühmten Morelos, und ich bin Kapitän, was ich beweisen kann.“

Ein plötzlicher und schrecklicher Gedanke unterbrach Don Cornelio. Zum erstenmal erinnerte er sich seines Auftrags, seiner Depeschen und seiner Beglaubigungsbriefe, und all das befand sich im Futter seiner Jacke, die ihm genommen worden war.

„Sie nennen sich Lantejas, mein guter Freund!“ rief der Oberst der Obersten entzückt aus. „Das ist ein herrliches Zusammentreffen. Das ist ein großes Glück für uns, und Sie können sich sogleich davon überzeugen.“

Dieses Gespräch hatte an einem Tisch stattgefunden, der mit einem Leintuch bedeckt war, das der Banditenchef jetzt aufhob. Don Cornelio schauderte beim Anblick der drei auf diesem Tisch aufgestellten Köpfe.

„Hier, mein Freund, ist der Kopf unseres Freundes Lantejas, den unsere Leute soeben mit den zwei anderen vom Tor der Hazienda del Valle herabgenommen haben. Begreifen Sie nun, wie froh wir sind, an die Stelle des Kopfes des Rebellen Lantejas den des königstreuen Lantejas aufhängen zu können?“

„Aber das ist ein Mißverständnis!“ rief der Kapitän und wischte sich mit dem Handrücken den kalten Schweiß ab, der von seiner Stirn rann. „Ich habe die Ehre, der Sache der Unabhängigkeit zu dienen.“

„Bah! So redet jeder, mein Freund, und ohne Beweise ...“

„Die Beweise sind im Futter der Jacke, die man mir gestohlen hat.“

„Wer hat die Jacke gestohlen?“ fragte Bocadro.

„Gaspacho“, erwiderte der Kapitän und war froh, den Namen gehört und behalten zu haben.

„Das ist ein schreckliches Unglück!“ rief der Oberst der Obersten. „Gaspacho hat soeben den Befehl erhalten, unverzüglich nach Las Cruces zu reiten. Wer weiß, ob er in acht Tagen zurück sein wird. Bis dahin werden Sie Ihren Kopf und ich meine Jacke los sein, die mir so gut gepaßt haben würde, denn wir haben dieselbe Figur. Gehen Sie, mein guter Freund, ich verliere dabei mehr als Sie!“

Ein fürchterlicher Schrei ertönte in dem geräumigen Saal. Es war der letzte des Unglücklichen, den man so grausam marterte. Er konnte die Schmerzen nicht mehr ertragen und sank in Ohnmacht.

Zugleich verbreitete das brennende Branntweinfaß einen letzten blendenden Schein, dann erlosch die Flamme. Bei dem roten Glanz der Fackeln, die noch brannten, sah der Kapitän nur unbestimmte Schatten, die wie Teufel aussahen.

Mitten in der von dem verbrannten Alkohol erhitzten Luft und unter den Schatten erblickte er den wilden Kapitän, der auf ihn zuschritt wie ein Jaguar, der seine blutigen Lippen leckt.

„Bringt den Spion her“, rief er „inzwischen wird der andere wohl wieder zu sich kommen.“

„Hier ist er“, erwiderte Bocadro, und Don Cornelio ging auf den Banditen zu.

„Vorwärts, mein guter Freund“, sagte Bocadro, „jetzt ist die Reihe an Ihnen. Die Peitsche wird Sie zu dem Geständnis bringen, daß Sie ein Spion des Vizekönigs sind. Deshalb ist es nur natürlich, daß man Sie einen Kopf kürzer machen wird. Ich rate Ihnen daher, es gleich einzugestehen.“

Während Bocadro so sprach, starrte Arroyo Don Cornelio mit funkelnden Augen an.

„Gestehen Sie“, sagte er, „damit wir zu einem schnellen Ende kommen. Ich bin müde.“

„Señor Arroyo“, rief Don Cornelio, „ich bin Kapitän und von Morelos abgesandt, um Ihnen zu sagen …“

Der Kapitän wagte nicht, den Teil seiner Botschaft, der die beiden Banditen beschuldigte, auszusprechen.

„Die Beweise?“ sagte Arroyo.

„Man hat mir meine Papiere gestohlen.“

„Desto schlimmer für Sie. Heda, Frau“, fuhr der Chef fort, „komm hierher. Du kannst es übernehmen, diesem Spion mit der Peitsche das Geständnis der frevelhaften Absichten, die ihn hierherführten, zu entlocken.“

„Sogleich“, erwiderte das Scheusal, das Don Cornelio bei seinem Eintritt bemerkt hatte und das die Frau Arroyos war. „Der verdammte Spanier kommt zu sich und gesteht.“

„Bringe ihn hierher“, befahl der Bandit.

Man beeilte sich, seinen Befehl auszuführen und band das unglückliche Opfer los. Man mußte Lacarra tragen, denn er konnte sich nicht auf den Beinen halten. Es war ein junger Mann von ungefähr dreißig Jahren, dessen edles Gesicht ein grausamer Schmerz entstellte.

„Wo sind deine Schätze?“ fragte das Scheusal.

„Wo ist deine Frau?“ brüllte Arroyo.

Bei diesen Worten schleuderte seine häßliche Frau einen Blick eifersüchtigen Hasses auf ihn, worauf er fortfuhr: „Die Frau wird mir von ihrem Vater ein reiches Lösegeld einbringen und deshalb will ich sie.“

Der junge Mann beschrieb mit fast unartikulierten Lauten ein versteckt gelegenes Zimmer der Hazienda, das bisher den Nachforschungen der Fackelträger, die die Terrasse und den Korridor durchstöberten, entgangen war.

Man kümmerte sich nun nicht mehr um den Kapitän, sondern alles stürzte zu dem bezeichneten Zimmer. Einige Augenblicke darauf war Bocadro zurückgekehrt und kündigte den Fund eines Fasses mit Piastern an, aber die Frau war verschwunden.

Bei dieser Nachricht zuckte ein Blitz unendlicher Freude über das krampfhaft verzerrte Gesicht des jungen Mannes, der sich um seine Schätze wenig zu kümmern schien, wenn nur seine Frau den Brutalitäten der Banditen entging. Die Aufregung machte ihn von neuem ohnmächtig.

Cornelio aber erinnerte sich des weißen Gespenstes, das er durch die Bäume hindurch hatte fliehen sehen, und zweifelte nicht, daß dies die Beute sei, der man vergebens nachspürte.

Seit einigen Augenblicken ging mit ihm eine Veränderung vor.

Verwirrten ihn die starken Ausdünstungen des Branntweins, die den Saal erfüllten, oder stieg ihm der beißende Geruch der Harzfackeln in den Kopf? Wir wissen es nicht. Er fühlte sich aber plötzlich von einem Funken des Feuers belebt, das ihm sonst die flammenden Augen Galeanas mitzuteilen pflegten, wenn er an seiner Seite und unter dem Schutz seiner furchtbaren Lanze kämpfte.

„Señor Arroyo!" rief Don Cornelio mit einer Stimme, deren Klang ihn selbst erstaunte. „Sie, der Sie sich Oberst der Obersten nennen lassen, Sie werden den Gesandten Morelos' respektieren, der den Auftrag hat, Ihnen folgendes zu sagen: Wenn Sie fortfahren, die heilige Sache der Unabhängigkeit, für die wir als Christen und nicht als Räuber kämpfen, zu entehren, dann läßt Morelos Sie in vier Teile hauen."

Bei dieser fürchterlichen und beleidigenden Drohung funkelten die Augen Arroyos vor Zorn. Bocadro aber zitterte und erbleichte beim Namen Morelos'. Der Kapitän, zunächst von seiner eigenen Kühnheit erschrocken, fuhr mit fester Stimme fort:

„Lassen Sie den Neger und den Indianer hierherkommen, die Sie ebenfalls gefangengenommen haben. Und wenn sie nicht bestätigen, daß ich Don Cornelio Lantejas bin, willige ich ein ..."

Arroyo stürzte auf den Kapitän zu und brüllte ihn mit vor Wut erstickter Stimme an:

„Wehe Ihnen, wenn Ihre Zunge gelogen hat! Ich reiße sie heraus, um die Wange eines Lügners damit zu ohrfeigen."

Der Kapitän war selbstbewußt und mutig. Er antwortete auf diese Drohung nur mit einem stolzen Lächeln.

Eine Minute später trat Clara in den Saal.

„Wer ist dieser Mann, du schwarzer Hund?" brüllte der wütende Arroyo.

Der Neger lächelte über die Schlauheit, mit der er zu Werke gehen würde, und zeigte grinsend seine weißen Zähne.

„Zum Teufel, es ist der Señor Don Lucas Alacuesta", erwiderte er.

Arroyo brach in ein wahrhaftes Freudengebrüll aus, als Clara, der diesmal zu gewissenhaft die Befehle des Kapitäns befolgt hatte, den Namen nannte, den Don Cornelio an Stelle des für ihn immer verhängnisvollen ‚Lantejas' angenommen hatte.

„Ich führe aber noch einen anderen Namen", sagte er, ohne den Stolz in seiner Haltung zu verlieren.

„Don Cornelio Lantejas", bestätigte Clara.

„Die Beweise! Die Beweise!" schrie der Bandit und ging im Saal auf und ab wie ein Tiger im Käfig beim Anblick des Zuschauers, den er nicht zerfleischen kann. „Ich will sie auf der Stelle!"

Ein heftiger Lärm brach vor der Tür aus, und durch verworrenes Geschrei ertönte die Donnerstimme Costals. Die Tür öffnete sich, und der Indianer stürzte bis in die Mitte des Saals. Er hatte ein blutiges Messer in der rechten Hand, während er sich ein Kleidungsstück, das man nicht genau erkennen konnte, wie eine Art Schild um den linken Arm gewickelt hatte.

Costal sah sich zu seinen Verfolgern um, von denen einer rief, daß der Indianer soeben einen ihrer Kameraden erdolcht habe.

„Ich habe es getan, um wieder zu dem Eigentum des Kapitän Lantejas zu gelangen", sagte Costal.

Mit diesen Worten wickelte er von seinem Arm die Jacke, deren Verlust Don Cornelio in Schwierigkeiten gebracht hatte. Dieser empfing diese unerwartete Gunst des Schicksals mit einer Freude, die man ihm wohl gönnen konnte.

„Hier sind meine Beweise!" rief er und beeilte sich, seine Papiere aus einem klaffenden Riß in seiner Jacke herauszuziehen, den der Dolch Costals verursacht hatte.

Der Dolch war durch die Papiere hindurchgedrungen, und sie waren noch von dem Blut Gaspachos besudelt. Trotzdem konnte Don Cornelio mit ihnen seine Behauptungen beweisen.

Die Namen Galeana und Morelos sprachen für ihn in der Höhle der Banditen wie der Hauch Gottes für Daniel in der Löwengrube.

Die beiden wilden Banditen respektierten diese gefürchteten und geachteten Namen.

„Ziehen Sie in Frieden", sagte Arroyo. „Aber ich rate Ihnen, rühmen Sie sich niemals, mir gegenüber diese anmaßende Sprache geführt zu haben. Was den General Morelos angeht, so sagen Sie ihm nur, daß jeder auf seine Art kämpft und daß ich mich trotz seiner Drohung nicht ändern werde."

„Sie können doch mit dieser Jacke nichts mehr anfangen", fügte Bocadro hinzu. „Aber ich werde sie mir ausbessern lassen."

Arroyo schleuderte einen Blick der tiefsten Verachtung auf seinen Gefährten und gab den Befehl, den drei Gefangenen die Waffen und die Pferde, die man ihnen abgenommen hatte, zurückzugeben. Dann fügte er hinzu: „Sechs Reiter sollen aufsitzen und die Frau des verdammten Spaniers suchen. Mein Pferd soll ebenfalls gesattelt werden, denn ich will selbst dabei sein. Auch Bocadro kann uns begleiten."

Bocadro schwieg, aber Arroyos Frau schrie: „Was hast du mit dieser Landstreicherin zu schaffen? Haben wir nicht das Faß mit den Piastern?"

„Ich habe dir schon gesagt, weshalb ich sie haben muß", entgegnete Arroyo mit vor Zorn und Begierde leuchtenden Augen. „Um ein Lösegeld von ihrem Vater zu erpressen. Du bleibst hier, um den Schatz zu bewachen. Ich werde gehen", fügte er mit einem Fluch hinzu, „und du wirst gehorchen, wenn nicht ..."

Der Bandit zog seinen Dolch mit einer so drohenden Gebärde, daß die Frau es nicht wagte, sich seinem Willen zu widersetzen.

Inzwischen beeilten sich Don Cornelio und seine beiden Gefährten, die Hazienda zu verlassen, um den See Ostuta zu erreichen. Denn es war zehn Uhr abends.

Was den unglücklichen Don Fernando betrifft, so dachte niemand daran, seine schweren Wunden zu verbinden.

Kehren wir jetzt, ehe wir Don Cornelio zu dem geheimnisvollen See und dem verzauberten Hügel begleiten, zu Gaspar, dem Boten Gertrudis', seinem Gefährten Juan und dem Oberst Tres-Villas, den wir im Bambusdickicht des Flusses verlassen haben, zurück.

6

Juan el Zapote wird in Versuchung geführt

Wir haben schon erwähnt, daß Caldelas und Don Rafael die Hazienda del Valle derartig befestigt hatten, daß sie jedem Angriff der Rebellen standhalten konnte. Der Gouverneur von Oajaca hatte ihnen drei Kanonen geliefert, und die spanische Regierung hatte Don Rafael versprochen, den Sold für die hundert Mann starke Besatzung zu bezahlen. Er selbst wurde zum kommandierenden Offizier ernannt.

Obwohl Don Rafael über ein nicht unbeträchtliches Vermögen verfügte, wäre er nicht imstand gewesen, den Unterhalt seiner Soldaten zwei Jahre lang selbst zu bestreiten. Der Vizekönig war jedoch reich genug, um die Mannschaft zu bezahlen.

Der Sold selbst war sehr gering, aber der Kommandant der Hazienda war berechtigt, den Handel zwischen Puebla und Oajaca mit einem Zoll zu belegen. Auf diese Weise konnte er seine Einnahmen verdoppeln, und auch die Soldaten wurden an dem Gewinn beteiligt.

Der Leutnant Veraegui, ein tapferer und fleißiger Mann, der das Kommando während der Abwesenheit des Oberst führte, hatte sich bisher auf die Verteidigung der Hazienda beschränkt.

Als er aber erfahren hatte, daß die Bande Arroyos in die Provinz zurückgekehrt sei, nahm er sich vor, sie anzugreifen.

Aber er ließ sich viel Zeit mit seinem Plan. Er wollte, daß sich Arroyo bereicherte, damit er aus der Niederlage des Banditen Nutzen ziehen konnte.

In seiner Eigenschaft als Spanier kümmerte es ihn wenig, daß die Kreolen gebrandschatzt wurden, wenn nur Arroyos Gewinn seine Beute vergrößern konnte. Seine Soldaten teilten seine Ansichten, und das erklärt, warum sie sich bis jetzt auf den einen Ausfall beschränkten, bei dem sie ungefähr zehn Banditen gefangengenommen oder getötet hatten.

Es war an demselben Morgen, an dem Don Rafael sich bemühte, den Verfolgungen der Leute Arroyos zu entgehen, als Veraegui von einem Boten des Gouverneurs von Oajaca den Befehl erhielt, so schnell wie nur möglich die Banditen zu vernichten.

Zugleich wurde ihm mitgeteilt, daß eine Verstärkung von sechzig Mann an demselben Abend bei ihm eintreffen würde.

Der Katalonier tobte zwar ein wenig beim Empfang dieses Briefes, der ihn zwang, die Banditen sofort anzugreifen und damit verhinderte, daß seine Beute noch größer würde. Aber er dachte keinen Augenblick lang daran, sich zu widersetzen. Er war schlecht gelaunt, und seine Soldaten hüteten sich, in seine Nähe zu kommen.

Gleichzeitig mit diesem Befehl wurde Veraegui davon unterrichtet, daß die Spanier in Huajapam besiegt worden waren und daß Morelos nun wahrscheinlich Oajaca angreifen würde.

Ungefähr eine Stunde, nachdem der Kapitän Lantejas an der Hazienda del Valle vorbeigekommen war, und nur einige Minuten, nachdem im Schutz der Dunkelheit die am Tor aufgehängten Köpfe auf Befehl Arroyos weggenommen worden waren, näherten sich zwei Gestalten dem mit Schießscharten versehenen Haus Don Rafaels.

Die beiden Gestalten waren der Bote Gaspar und sein Gefährte Juan el Zapote, die die Dunkelheit abgewartet hatten, um sich bis zur Hazienda zu schleichen. Sie wollten nicht in die Hände der Banditen fallen, die die Hazienda belagerten.

Beide hatten sich bis zum Untergang der Sonne versteckt gehalten, da sie nicht wußten, daß Arroyo seine Leute von der Hazienda del Valle zurückgezogen hatte, um mit seiner gesamten Streitmacht die Hazienda San Carlos anzugreifen.

„Ich sehe weit und breit keinen Menschen. Alles wie ausgestorben“, sagte Juan, als beide die lange Eschenallee, die zur Hazienda führte, erreicht hatten. „Aller Wahrscheinlichkeit nach haben meine ehemaligen Kameraden die Belagerung aufgehoben. Warum?“

„Das soll uns wenig kümmern“, erwiderte Gaspar. „Die Hauptsache ist, daß wir unter diesen Bäumen in Sicherheit sind, und in einer Minute werden wir die Hazienda erreicht haben.“

„Ich möchte trotzdem gerne wissen, warum sich Arroyos Leute zurückgezogen haben.“

„Bah! Machen wir lieber, daß wir schnell fortkommen“, sagte Gaspar.

„Langsam, mein Freund. Wir müssen vorsichtig sein. Wenn die Ehrlichkeit auch einträglich ist, so muß man sie dennoch mit Bedacht ausüben. Mein militärisches Aussehen könnte der Schildwache verdächtig erscheinen. Ein Flintenschuß ist schnell abgefeuert!“

„Die Wahrheit ist, mein lieber Juan, daß du ein wenig vertrauenerweckendes Gesicht hast. Du solltest freundlicher dreinschauen.“

„Das kommt von der schlechten Gesellschaft, die auf mich abgefärbt hat. Ich habe so viel Unglück gehabt.“

„Nun, ich will allein gehen und mich den Schildwachen zu erkennen geben. Dann werde ich dich als einen Don Rafael Tres-Villas sehr ergebenen Mann vorstellen, der sich anbietet, ihn zu befreien.“

„So ist's recht, vorausgesetzt, daß der Oberst noch lebt.“

„Wer da?“ rief die dröhnende Stimme der Schildwache.

„Ein Freund!“ antwortete Gaspar und trat vor. Sein Gefährte versteckte sich hinter dem Stamm einer dicken Esche.

„Schert euch zum Teufel!“ erwiderte die Schildwache.

„Ich überbringe dringende Nachrichten vom Oberst Tres-Villas“, sagte Gaspar.

„Und wir wollen sie dem Leutnant Veraegui mitteilen“, fügte Juan hinzu, ohne sich zu zeigen.

„Ah! Und wieviel seid ihr?“

„Zwei“, erwiderte Gaspar.

„Dann kommt ohne Furcht näher.“

Die beiden Männer schritten durch die Eschenallee, hinter der sich das Tor der Hazienda öffnete. Juan konnte nun als einziger seiner ehemaligen Waffengefährten, die vor kurzem noch die Gebäude belagert hatten, das Innere der Festung sehen.

Erdsäcke, die hinter den Ringmauern aufgestapelt waren, bildeten einen Wall von zehn Fuß Dicke. Er war hoch genug, so daß die Belagerten auf ihm stehend kämpfen konnten und zugleich vollständig vor dem Feuer ihrer Angreifer geschützt waren.

Mauerzinnen, die weiter nichts als Verlängerungen der Pfeiler der Ringmauer waren, trugen mit dazu bei, der Hazienda del Valle das Aussehen einer Festung zu verleihen.

Eine einzige Kanone war auf den inneren Wall hinaufgeschafft worden. Die beiden anderen standen geladen auf ihren Lafetten hinter dem massiven Tor. Wenn es den Angreifern gelang, das Tor aufzubrechen, so konnten diese beiden Kanonen die Eschenallee unter Beschuß nehmen. Außerdem waren am Tor Schießscharten angebracht, die es fast unmöglich machten, die Hazienda zu stürmen.

Der Leutnant Veraegui spielte gerade mit seinem Unterleutnant in einem Zimmer des Erdgeschosses Karten. Auf einem Tisch an seiner Seite stand eine große Flasche Branntwein, daneben zwei Gläser und nicht weit davon lagen einige Havanna-Zigarren.

Juan el Zapote konnte sich eines unbehaglichen Gefühls nicht erwehren, als ihn der Leutnant, dessen Haar und langer Schnurrbart bereits anfingen grau zu werden, durchdringend musterte.

Der Katalonier verdankte seinen militärischen Rang seinem persönlichen Verdienst. Er war derb und grob, von untersetzter Figur und von einem Körperbau, der eher dazu geschaffen schien, eine Rüstung als eine Uniform zu tragen.

Nach der Musterung Juans schweiften die grauen Augen des

Leutnants zu Gaspar, an dessen Gesicht er sich sogleich wieder erinnerte.

„Ah, Sie sind's!“ sagte er. „Sie haben den Oberst gesehen und bringen mir Nachricht von ihm? Gehört er zu denen, die bei Huajapam mit dem Leben davongekommen sind?“

„Ich weiß nicht, wovon Sie sprechen. Alles, was ich zu sagen weiß, ist, daß er vor einigen Stunden im Wald auf dem Weg zwischen Huajapam und der Ostuta von den Banditen Arroyos umstellt war.“

„Und Sie kommen erst jetzt nach mehreren Stunden zu mir, da doch eine Stunde genügt hätte, um von dort bis hierher zu gelangen?“ fuhr der alte Leutnant zornig auf.

„Ich und mein Begleiter wurden ebenfalls von den Banditen verfolgt, und wir haben nicht eher entwischen können.“

„Ah! Ich verzeihe Ihnen wie auch Ihrem Begleiter, den ich übrigens eher für einen Freund als für einen Feind Arroyos gehalten hätte. Wo zum Teufel habe ich denn Ihr Gesicht schon gesehen, mein Lieber?“

„Ich bin viel in der Welt herumgereist“, erwiderte Juan, „und es ist daher nicht verwunderlich ...“

„Hat der Oberst Sie ersucht, zu mir zu kommen?“ unterbrach ihn Veraegui.

„Ich bin ihm begegnet, ohne ihn zu kennen. Ich habe es leider zu spät erfahren, daß er es war.“

„Das ist seltsam“, erwiderte der Katalonier, der immer mißtrauischer wurde.

Gaspar erzählte nun dem Leutnant, wie der Oberst von einem Baum vor ihnen auf die Erde gesprungen sei und wie sie sich getrennt hätten, ohne ihn zu erkennen.

Bis dahin ging alles gut. Aber der Erzähler hatte sich auf ein für Juan gefährliches Gebiet verirrt. Er mußte nun erklären, wie dieser von seinen ehemaligen Kameraden erfahren hatte, daß der Mann, dem sie begegnet waren, Don Rafael selbst gewesen sei.

Gaspar stockte, und die mißtrauischen Blicke des Leutnants schweiften von einem zum anderen. Juan kam seinem Begleiter entschlossen zu Hilfe.

„Mein Gefährte“, fiel er ein, „wagt aus Rücksicht auf mich nicht, die ganze Wahrheit zu enthüllen. Ich werde an seiner Stelle fortfahren. Mein Begleiter war, als er von hier fortritt, um den Señor Don Rafael vor Huajapam aufzusuchen, den Kundschaftern Arroyos in die Hände gefallen. Er wurde in dessen Zelt gebracht und schwebte in großer Gefahr, sein Leben zu verlieren. Aber ich habe ihn unter Einsatz meines eigenen Lebens gerettet.“

„Sie waren also im Lager Arroyos?“ schrie der Leutnant.

„Man sieht manchmal ein Lamm unter Wölfen“, erwiderte Juan zerknirscht.

„Ja, vor allem, wenn das Lamm dem Wolf ähnlich sieht.“

„Für jede Sünde gibt es Verzeihung. Ich war ein verirrtes Lamm, und das ist alles.“

„Hm, ein heulendes Lamm mit Klauen und scharfen Zähnen! Aber fahren Sie fort.“

„Ich habe immer die Ehrlichkeit geliebt“, entgegnete Juan, „und in meiner Eigenschaft als tugendhafter Mann war ich unter den Banditen durchaus fehl am Platz, als mir mein Freund die Gelegenheit bot, auf eine tugendhafte Weise zu entfliehen.

Das große Wort Tugend klang aus Juans Mund wenig überzeugend, so daß der Katalonier ausrief: „Zum Henker, diese Tugendhaftigkeit mußte sehr einträglich sein!“

„Nichts ist einträglicher als die Rechtschaffenheit, das ist mein Grundsatz. Wenn ich nicht unter Arroyo gedient hätte, würden mir meine früheren Kameraden nicht gesagt haben, daß der Flüchtling, den wir nicht kannten, kein anderer als Don Rafael war. Ich wäre nicht zu Ihnen gekommen, um Sie von der Gefahr, in der der Oberst sich befindet, zu unterrichten, und mein Freund wäre gehängt oder erschossen worden.“

„Das alles ist wahr wie das Evangelium“, sagte Gaspar.

„Außerdem“, fügte Juan hinzu, „wenn es dem Oberst gelungen sein sollte, sich zu retten, wie ich hoffe, so verdankt er es nur meinem Rat, sich in den Bambusgebüschen der Ostuta zu verstecken.“

„Wo?“ fragte Veraegui.

Juan beschrieb nun genau den angegebenen Ort. Dann fügte er hinzu: „Übrigens werde ich die Ehre beanspruchen, Sie selbst dorthin zu führen."

„Sie und Ihr Begleiter werden als Geißeln bis zur Rückkehr des Oberst hierbleiben. Ich traue den Lämmern nicht, die zu lange Umgang mit den Wölfen gehabt haben. Wenn der Oberst lebt, bleiben Sie beide am Leben, wenn er tot ist ... Bringt die beiden Leute fort und bewacht sie scharf", sagte der Leutnant, ohne seinen Satz zu vollenden.

„Was, ich auch?" rief der ehrliche Gaspar mit einem für seinen Begleiter wenig schmeichelhaften Erstaunen.

„Sie auch. Man muß sich immer des Sprichwortes erinnern: ‚Es ist besser, allein zu gehen, als in schlechter Gesellschaft.' "

Die Soldaten führten Gaspar und Juan el Zapote ab, der darüber verstimmt war, seine erste gute Tat so schlecht belohnt zu sehen.

Der Leutnant trank ein Glas Branntwein in einem Zug aus.

„Bei den Wunden Christi!" rief er, „ich werde in dieser Nacht ein Ende mit den Banditen Arroyos machen und den Schakalen und Geiern einen Fraß verschaffen, der für vierzehn Tage ausreichen soll."

Auf seinen Befehl warf der Unterleutnant die Karten weg und stürzte in den Hof der Hazienda, um eine Truppe von dreißig Mann zusammenzustellen, die dem Oberst zu Hilfe eilen und die Ufer des Flusses durchsuchen sollten.

In diesem Augenblick wechselte die angekündigte Verstärkung mit der Schildwache, die auf dem Wall stand, das Losungswort. Der Gouverneur hatte sein Versprechen gehalten.

Dieser neue Zwischenfall verzögerte den Abmarsch der Truppe, und während Veraegui seine Vorbereitungen zu einem Generalangriff trifft, wollen wir erzählen, wie es Don Rafael ergangen war.

Von dem Dickicht aus, in dem der Oberst sich versteckt hatte, konnte er zwischen den Bambusstengeln hindurch alle Bewegungen im Lager Arroyos beobachten. Er sah, wie das Lager abgebrochen wurde und wie die Banditen das Flußufer räumten.

Als die Nacht hereingebrochen war und die Sterne am Himmel glänzten, verließ er vorsichtig seinen Zufluchtsort. So weit sich der Fluß ausdehnte herrschte die tiefste Stille.

Bald aber wurde dieses Schweigen von drei Männern, die durch die Furt ritten, unterbrochen. Danach kamen zwei andere Reiter, die denselben Weg einschlugen.

Die ersten waren der Kapitän Lantejas und seine beiden Gefährten, die anderen die beiden Banditen, die dem Kapitän Arroyo die Köpfe seiner drei Soldaten brachten, die sie vom Tor der Hazienda del Valle abgenommen hatten.

Die erste Sorge des Obersten war, als er sich allein sah, zu der Stelle des Waldes zurückzukehren, wo er Roncador angebunden hatte.

Wie sein Herr so war auch das Pferd den Nachforschungen der Leute Arroyos glücklich entgangen. Aber das arme Tier war so

durstig, daß der Oberst es zum Flußufer führen mußte, um es zu tränken.

Obwohl die Ostuta verlassen war, wußte Don Rafael nicht, ob die Zugänge zur Hazienda del Valle noch bewacht würden.

Während das abgezäumte Pferd an den Ufern des Flusses graste, bemerkte Don Rafael, der sich von neuem hinter das Schilf gekauert hatte, einen Mann, der die Furt des Flusses zu Fuß durchwatete.

Der Mann war allein, und Don Rafael nahm sich vor, ihn nicht vorüberzulassen, ohne ihn auszufragen.

Als der Mann das Ufer betrat, schritt der Oberst mit dem blanken Degen in der Faust auf ihn zu und befahl ihm zu warten. Er versicherte ihm, daß er nichts zu fürchten habe.

Trotzdem schien der Mann sehr erschrocken über diese Aufforderung, denn der Oberst mit seinem langen Degen und den zerrissenen Kleidern machte keinen vertrauenserweckenden Eindruck.

„Herr Gott!“ schrie er. „Lassen Sie einen Diener vorüber, der Hilfe für seine Herrschaft sucht.“

„Wer ist Ihre Herrschaft?“ fragte Don Rafael.

„Die Besitzer der Hazienda San Carlos.“

„Don Fernando Lacarra und Donna Marianita Silva?“

„Sie kennen sie?“

„Sind sie in Gefahr?“

„Leider ja!“ rief der Diener. „Ihr Haus ist ausgeplündert worden, und ich habe das Schmerzensgeschrei meines armen Herrn unter den Peitschenhieben Arroyos ...“

„Was, schon wieder dieser Bandit!“ unterbrach ihn Don Rafael heftig.

„Wenn hier ein Verbrechen geschieht, dann ist er der Übeltäter.“

„Und Donna Marianita?“

„Um ihr Versteck zu erfahren, peitschte Arroyo meinen Herrn aus. Aber mir ist es gelungen, ihr zur Flucht zu verhelfen. Dann habe ich nach ihr das Haus verlassen und will nun Hilfe von der Hazienda del Valle holen, deren großmütige Verteidiger nicht gestatten werden, daß man ungestraft die Gesetze des Krieges verletzt."

„Sind die Zugänge dahin unbesetzt?" fragte der Oberst.

„Ohne Zweifel. Die ganze Truppe der Banditen ist nach San Carlos marschiert."

„Nun, kommen Sie mit mir!" rief Don Rafael. „Ich verspreche Ihnen eine ebenso schnelle wie blutige Rache!"

Ohne seinen Namen zu nennen, zäumte der Oberst sein Pferd, schwang sich in den Sattel und half dem Diener, hinter ihm aufzusitzen. Dann sprengten sie zu der Hazienda del Valle.

„Wohin wird Ihre Herrin geflohen ein?" fragte Don Rafael nach einigen Minuten des Stillschweigens.

„In meiner Verwirrung habe ich nicht daran gedacht, sie zu der Hazienda zu schicken, wohin wir uns jetzt begeben. Ich habe ihr den Rat erteilt, sich in den bei San Carlos liegenden Wäldern ein Versteck zu suchen. Aber das Wichtigste ist, daß sie Arroyo und seinen Banditen entkommen ist. Arme junge Frau! Sie war an diesem Morgen noch so glücklich!" fügte der Diener mit einem Seufzer hinzu. „Sie erwartete den Besuch ihres Vaters und ihrer Schwester, die sie seit beinahe einem Jahr nicht gesehen hat."

Der Oberst konnte sich eines Zitterns, das ihm durch den ganzen Körper lief, nicht erwehren.

„Wissen Sie genau, daß Don Mariano und Donna Gertrudis kommen sollten?" fragte er mit einer gewissen Beklemmung.

„Ein Brief kündigte ihre Ankunft für heute an. Wenn sie nur nicht in die Hände der Banditen gefallen sind! Dabei muß man noch bedenken, daß dieser Arroyo ein ehemaliger Diener des Vaters meiner unglücklichen Herrin ist."

„Hoffen wir!" sagte der Oberst mühsam beherrscht.

„Vielleicht hat auch eine Unpäßlichkeit Donna Gertrudis' einen Aufenthalt von zwei oder drei Tagen nötig gemacht. Wenn es so wäre, könnten sie von Glück sagen."

„Was sagen Sie? Donna Gertrudis ist krank?"

„Ei was!" erwiderte der Diener Don Fernandos. „Sie scheinen sie doch zu kennen und wissen nicht, daß ein geheimer Kummer sie verzehrt? Aber warum zittern Sie so?" fügte er hinzu.

„Es ist nichts“, antwortete Don Rafael hastig. „Sagen Sie mir, kennt man die Ursache dieses geheimen Kummers?“

„Wer sollte ihn nicht kennen? Donna Gertrudis liebte einen jungen Offizier so sehr, daß sie ein Gelübde ablegte. Sie schwor, sich ihr herrliches Haar abzuschneiden, wenn der, den sie liebte, einer großen Gefahr entginge. Das Opfer ist vollbracht worden, und nun, da er vielleicht nur ihren Gebeten das Leben verdankt, hat er sie vergessen, während sie immer an ihn denkt und ...“

„Nun!“ rief der Oberst mit zitternder Stimme.

„Nun, das junge Mädchen stirbt langsam dahin, das ist alles. Aber Sie sind ja ganz blaß und zittern am ganzen Körper. Wir sollten langsamer reiten.“

„Es ist wahr, mir ist nicht gut“, erwiderte Don Rafael mit gepreßter Stimme.

Der Oberst wankte auf dem Pferd, und sein Gefährte mußte ihn stützen, damit er nicht fiel.

„Danke, mein Freund, Danke!“ sagte Don Rafael mit schwacher Stimme. „Ich fühle mich besser. Fahren Sie mit Ihrer Erzählung fort, sie interessiert mich. Hatte denn dieser Mann zu Donna Gertrudis gesagt, daß er sie nicht mehr liebe? Liebt er eine andere?“

„Ich weiß nicht.“

„Konnte sie es ihn nicht durch eine Botschaft wissen lassen, daß er zu ihr zurückkommen solle. Vielleicht wäre dann ...“

Don Rafael wagte nicht weiterzusprechen, denn eine lange unterdrückte Hoffnung fing an, sein Herz mit so großer Gewalt zu erfüllen, daß er fürchtete, sie plötzlich zerstört zu sehen.

„Sie fragen mich mehr, als ich von der Angelegenheit weiß. Ich habe Ihnen bereits alles gesagt, was ich weiß.“

Der Oberst unterdrückte einen Seufzer und drang nicht weiter in ihn. Unter dem Druck seiner Schenkel jagte Roncador trotz der doppelten Last im vollen Galopp zu der Hazienda del Valle.

„Kennen Sie den Namen des Offiziers, den Donna Gertrudis liebt?“ fragte er nach einigen Minuten.

„Ich kenne ihn nicht. Aber ich an seiner Stelle, ich ließe ein so schönes Mädchen nicht vor Liebe sterben.“

Das waren die letzten Worte, die die beiden Reiter wechselten. Einige Augenblicke später erreichten sie den Eingang zur Eschenalle, wo die Stimme der Schildwache sie anhielt. Don Rafael rief:

„Meldet dem Leutnant Veraegui, daß der Oberst Tres-Villas angekommen ist."

Gleich darauf erklang das Schmettern der Trompeten im Inneren der Hazienda zum Zeichen der Freude über die Rückkehr des Kommandanten. Der Diener Don Fernandos sprang vom Pferd und entschuldigte sich tausendmal, den Rang seines Gefährten verkannt zu haben.

„Ich bin vielleicht derjenige, der Ihnen verpflichtet ist", erwiderte der Oberst, „denn ich werde Ihnen eine wichtige Botschaft anvertrauen."

Der Diener verbeugte sich und hielt ehrfurchtsvoll den Zügel des Pferdes. Leutnant Veraegui kam mit zwei Unterleutnants und Soldaten, die Fackeln trugen, näher, um den Befehlshaber der Garnison zu begrüßen.

Don Rafael betrat den Hof der Hazienda, in dem die Soldaten Aufstellung genommen hatten.

7

Der hochwürdige Kapitän

Der mexikanische Unabhängigkeitskrieg bildet einen merkwürdigen Abschnitt in der Zeitgeschichte. Auf beiden Seiten schlug man sich im Namen der bedrohten Religion, ohne daß auf einer Seite eine religiöse Meinungsverschiedenheit bestanden hätte. Jede Partei erkannte die heilige Jungfrau als Generalissimus an, und Priester machten sich zu Divisionsgeneralen.

In vielen Städten hatte man schon, sei es zugunsten des Aufstands, sei es gegen ihn, Regimenter von Mönchen aller Orden gebildet. Und der Bischof Bergosa unterließ nicht, diesem Beispiel auch in Oajaca nachzueifern.

Um die geringe Zahl der Truppen, die sich in der Hauptstadt aufhielten, zu verstärken, hatte er ein Regiment zusammengestellt, das ausschließlich aus Priestern bestand. Aber der Gouverneur Bonavia traute diesen Priestern wenig zu und erhielt die Erlaubnis, sie mit einigen Regimentern militärisch geschulter Arbeiter unter der Bedingung zu verstärken, daß die Offiziere nur aus den Priestern und Mönchen gewählt werden dürften.

Ein solches Regiment schickte Bonavia an diesem Abend auch dem Leutnant Veraegui. Die Truppe hatte sich im Hof aufgestellt, als Don Rafael eintraf, begleitet von seinem Leutnant, seinen Unterleutnants und den Soldaten, die die Pechfackeln trugen.

Der Oberst, obwohl ein strenger Katholik, war vor allem doch Soldat und teilte das Mißtrauen Bonavias gegen dieses Priesterregiment. Er mußte sich dazu zwingen, um den Chef des Regiments höflich zu empfangen, der auf ihn zuschritt.

Dieser war ein großer, magerer Dominikaner in halb schwarzer, halb weißer Kutte. Auf den Schultern trug er dicke Quasten und um den Leib einen Gürtel, in dem sein Degen und zwei Pistolen steckten.

Was den Oberst am unangenehmsten berührte, obwohl schon an solche Wunderlichkeiten gewöhnt, war eine Kokarde, die den schwarzen Hut des Dominikaners zierte.

„Zum Teufel, was tragen Sie denn für eine Kokarde, hochwürdiger Kapitän?“ fragte Don Rafael etwas unwirrsch den Mönch, der ihm als Fray Thomas de la Cruz vorgestellt wurde.

„Das hier?“ entgegnete der Priester und nahm seinen Hut ab, um die Verzierung im Schein der Fackeln besser zeigen zu können. „Das sind ganz einfach die Ohren eines indianischen Schurken, dem ich unterwegs begegnet bin.“

„Glauben Sie, die Indianer auf diese Weise für unsere Sache zu gewinnen?“

„Dieser hier“, erwiderte der Mönch mit einem wohlgefälligen Lächeln, „dieser wenigstens wird seine Ohren der guten Sache geliehen haben.“

Don Rafael schenkte dem Dominikaner einen verächtlichen Blick, beherrschte sich mühsam und begnügte sich, mit strengem Ton zu dem Mönch zu sagen: „Sie sind ohne Zweifel bereit, aufzubrechen?“

„So lauten die Befehle des Gouverneurs“, antwortete der Priester.

„So lauten die meinen, hochwürdiger Kapitän, und ich bitte Sie, nicht zu vergessen, daß Sie hier nur meinen Befehlen zu gehorchen haben“, sagte der Oberst.

Der Dominikaner, der fühlte, daß er hier nicht der Stärkere war, verbeugte sich, ohne zu antworten.

„Wir waren gerade im Begriff, uns zur Verfolgung der Banditen Arroyos auf den Weg zu machen“, sagte der Katalonier.

„Wissen Sie, wo sie sind?"

„Die Spur Arroyos ist immer leicht zu finden."

„Ich kenne den Aufenthaltsort der Banditen", erwiderte der Oberst. „Dieser brave Diener, der den Zügel meines Pferdes hält, kommt, Ihre Hilfe anzuflehen, um seine von den Räubern fürchterlich mißhandelte Herrschaft zu rächen. Jetzt haben wir Gelegenheit, sie in der Hazienda San Carlos zu überrumpeln. Leutnant Veraegui, nehmen Sie so viele Stricke mit, wie Sie finden können. Heben Sie ein Geschütz von seinen Lafetten und legen Sie es auf den Rücken eines Maultieres. Wir werden ès brauchen, um das Tor einzuschießen."

„Und was werden wir mit den Stricken anfangen?" fragte der Leutnant mit verschmitztem Lächeln.

„Wir werden diese Räuber bis auf den letzten Mann aufhängen, mein lieber Veraegui."

„Diesmal aber an den Füßen. Wahrhaftig, wenn ich an meine törichte Nachsicht denke ..."

„Sie haben also einige laufen lassen?" unterbrach ihn der Oberst.

„Vier von ihnen, die ich gestern gefangengenommen hatte, habe ich nur am Hals aufgehängt. Da sind übrigens noch zwei Kerle, die behaupten, mit Ihnen sprechen zu müssen."

„Ich werde sie später anhören", entgegnete Don Rafael, der nicht wußte, daß ein Bote von Don Mariano unter ihnen war. „Ich habe schon zu viel Zeit verloren, während die unglücklichen Besitzer der Hazienda San Carlos mit Angst jede Minute zählen. Ich werde nicht einmal meine Kleidung wechseln. Legen Sie den ersten besten Sattel auf mein Pferd, wir brechen gleich auf!"

Die Trompeten schmetterten von neuem in der Hazienda, und während man die Befehle des Obersten ausführte, entfernte er sich unter dem Vorwand, einen Augenblick lang allein sein zu wollen.

Er ging in den Garten und begab sich an die Stelle, wo er vor zwei Jahren den Leichnam seines Vaters bestattet hatte.

Noch war seine Seele von den Entdeckungen, die ihm der Diener Don Fernandos anvertraut hatte, stürmisch bewegt, und er hatte einen Augenblick zur Sammlung und zum Gebet nötig. Der

Tod seines Vaters war ein für ihn doppelt verhängnisvolles Ereignis gewesen.

Die Zeit hatte die erste Bitterkeit seines Schmerzes gelindert, aber die hoffnungslose Liebe zu Gertrudis war in seinem Herzen nicht erloschen. Auch Gertrudis liebte ihn noch, so hatte man ihm wenigstens gesagt. Und in der schmerzlich süßen Freude, die diese Nachricht in ihm erregt hatte, war er fast bereit zu vergessen, daß sein Vater noch nicht gerächt sei, wie er sich geschworen hatte.

Einer seiner Mörder befand sich nur wenige Schritte von ihm entfernt, und dennoch empfand er weiter nichts, als das unwiderstehliche Verlangen, sich zuerst auf die Straße nach Oajaca zu begeben. Er wollte zu Getrudis gehen, um ihr zu sagen, daß er nicht mehr ohne sie leben könne.

Deshalb suchte Don Rafael am Grab seines Vaters die nötige Kraft, um nicht den Eid zu brechen, den er bei seinem Haupt geschworen hatte.

Gaspar und seinen Begleiter Juan El Zapote hatte man inzwischen in eine abgelegene Kammer geworfen, die Tür verschlossen und eine Schildwache davor gestellt, um sie zu bewachen.

Es ist wahrscheinlich, daß die Melancholie der beiden Gefangenen sich gelegt hätte, wenn sie sich nur gegenseitig hätten betrachten und das große Erstaunen, das sich auf ihren Gesichtern zeigte, hätten sehen können. Aber die tiefe Finsternis, in der sie sich befanden, raubte ihnen auch diesen letzten Trost.

Beide verharrten daher eine Zeitlang in tiefem Stillschweigen. Endlich ergriff Juan das Wort.

„Zum Teufel“, rief er, „siehst du jetzt ein, daß es ebenso schädlich ist, zu viel zu sprechen, als sich zu wenig zu kratzen?“

„Ist es denn meine Schuld“, entgegnete Gaspar verbittert, „wenn dein militärisches Aussehen, wie du es nennst, diese Wirkung hervorgebracht hat? Ich habe es dir gesagt, du solltest versuchen, ein anderes Gesicht zu machen.“

„Konntest du es denn nicht vermeiden, dich in deine endlose Geschichte zu verwickeln, die dem verdammten Katalonier Verdacht eingeflößt hat?“

„Dein Gesicht ist daran nicht ganz unschuldig. Bei allen Teufeln!"

„Ich habe ein militärisches Aussehen und verheimliche das nicht, und deine Einfalt hat das übrige getan. Du hast den Oberst gesehen, und dann wieder gesehen, ohne ihn zu erkennen. Wozu hattest du das einfältige Geschwätz nötig? Konntest du nicht die Sache anders erzählen. Du hättest sagen müssen, daß der Oberst sich in der größten Gefahr befinde, daß wir einige Mann getötet haben, um ihn der Verfolgung zu entziehen. Schließlich hat er uns hierhergeschickt, um Hilfe zu holen. Dann würde man uns freundlich aufgenommen und bewirtet haben. So aber ist deine Dummheit daran schuld, daß wir hier ohne Licht eingeschlossen sind und daß ich, wenn der Oberst tot ist, nicht nur die Belohnung meiner guten Tat verliere, sondern noch den Strick in Aussicht habe."

„Und ich?"

„Du! Das kümmert mich nicht, und ich begreife nicht, was mich zurückhält, dir so viele Faustschläge zu versetzen, wie du Worte zu viel gesagt hast."

„Ich bleibe dabei zu behaupten, daß dein Aussehen ..."

Der Klang der Trompete, der die Ankunft des Priesterregiments meldete, das unter dem Kommando des hochwürdigen Fray Thomas de la Cruz stand, unterbrach Gaspar.

Juans Zorn wurde abgelenkt, denn sonst hätten sich die beiden Männer sicher tüchtig verprügelt.

„Was ist das, mein Freund?" rief Juan der Schildwache durch das Schlüsselloch zu, deren abgemessene Schritte im Korridor dumpf erschallten.

„Es ist die Ankunft eines Regiments", erwiderte der Soldat.

„Ah! Ich hoffte, es wäre ein Zeichen der Ankunft des Oberst. Sie wissen doch, daß Sie uns dann sofort freilassen müssen?"

„Ich weiß es."

Die beiden Gefährten versanken dann wieder eine Zeitlang in Stillschweigen, das zuweilen nur durch gegenseitige Vorwürfe unterbrochen wurde, bis die Trompeten abermals erklangen.

Juan bückte sich wieder zum Schlüsselloch.

„Ah! Jetzt ist es unser vielgeliebter Oberst, davon bin ich fest überzeugt, mein Herz sagt es mir", sprach er mit zärtlicher Stimme. „Nicht wahr, mein Freund?"

„Ich weiß es noch nicht", antwortete die Schildwache. „Sie belästigen mich. Wenn er es ist, werde ich es Ihnen sagen."

Der Lärm, der in der Hazienda ausbrach, drang auch bis zum Korridor. Juan hörte die Schildwache mit einem Kameraden sprechen. Wieder bückte er sich zum Schlüsselloch.

„Mein Herz hat mich nicht getäuscht, nicht wahr?" flüsterte Juan von neuem durch das Schlüsselloch.

„Ja, es ist der Oberst", erwiderte der Wächter.

„Ah! Mein Herz täuscht mich niemals! Gaspar, hörst du? Es ist der Herr Oberst! Wir werden sogleich auf freien Füßen sein und mit Lob und Geld überhäuft werden. Ach, mein Freund, es ist eine herrliche Sache mit der Ehrlichkeit! Das ist mein Grundsatz!"

Einige Augenblicke lang gab sich Juan ganz den Ausbrüchen seiner Freude hin. Nach und nach legte sich seine Ausgelassenheit, und seine Freude wurde stillerer Natur, dann wurde er unruhig.

Die Ungewißheit steigerte sich bis zur Unruhe, und danach schlichen sich Zweifel und Entmutigung in sein Herz, denn die Zeit verrann und niemand kam, um sie freizulassen.

„Nun, mein Freund, da es der Oberst ist, so öffnen Sie uns doch", sagte Juan mit flehender Stimme.

„Geduld", antwortete die Schildwache, „ich habe noch keinen Befehl dazu."

Der melancholische Zapote aber fing an zu jammern. Vergeblich versuchte die Schildwache ihn zu trösten und versprach ihm schließlich, ihn laufen zu lassen, wenn der Oberst die Hazienda wieder verließe, ohne sie angehört zu haben.

Der Augenblick ließ nicht mehr lange auf sich warten, in dem die beiden Abenteurer ihre Freiheit wiedererhalten sollten. Denn es war alles zum Abmarsch der Truppen angeordnet, und der Oberst befand sich an der Spitze.

Ein Maultier trug die Lafette eines der kleinen Geschütze, während das Kanonenrohr quer über dem Sattel eines zweiten Lasttieres befestigt war.

Vierzig Mann, die aus den tapfersten Soldaten der Hazienda del Valle ausgewählt worden waren, bildeten mit den sechzig Leuten des Priesterregiments eine Truppe von hundert Soldaten, wovon ungefähr die Hälfte aus Infanterie bestand. Um die verlorene Zeit wieder einzuholen, nahm jeder Reiter einen Infanteristen auf sein Pferd.

Auf ein gegebenes Signal drehten sich die Torflügel knarrend in ihren Angeln. Schweigend, aber mit größter Eile, machte sich die Truppe auf den Marsch.

Ungefähr zehn Soldaten bildeten die Vorhut. Dann folgten an der Spitze der Truppe der Oberst Don Rafael und der Leutnant Veraegui, der mit wenigen Worten seinem Kommandanten Rechenschaft von dem ablegte, was sich während seiner Abwesenheit zugetragen hatte.

Don Rafael, von seinen Gedanken vollständig in Anspruch genommen, schenkte ihm kaum Aufmerksamkeit, und als der Leutnant seinen Bericht beendet hatte, empfing er die Befehle des Oberst.

So gelangte man zur Furt der Ostuta, die schleunigst durchritten wurde. Dann machte man so lange Rast, bis die letzten Soldaten wieder aufgeschlossen hatten.

Von nun ab marschierte man noch vorsichtiger weiter, und Don Rafael gab Befehl, den Diener Don Fernandos zu ihm zu schicken. Als dieser zu ihm kam, sagte der Oberst:

„Können Sie, da Sie die Gegend am besten kennen, uns nicht auf einem Seitenweg zu der Hazienda führen. Und wenn ein solcher existiert, kann auf ihm die Kanone transportiert werden, die wir bei uns haben? Sie sehen ein, daß das von Wichtigkeit ist. “

Der Diener versicherte, daß er die ganze Truppe auf einem Schleichweg bis dicht vor die Hazienda führen wolle, ohne daß ihre Annäherung von den Banditen bemerkt werden könnte. Aber mit der Kanone könne man diesen Weg nicht gehen.

„Dann begeben Sie sich an die Spitze der Vorhut“, fügte der Oberst hinzu. „Wir müssen die Banditen zu überraschen versuchen. Wir werden unsere Kanone erst zusammensetzen, wenn Sie es für gut befinden.“

Der Diener gehorchte und begab sich an die Spitze der Vorhut. Der Weg, den er einschlug, führte am Fuß der Höhen vorüber, auf deren Gipfel der Kapitän Lantejas wenige Stunden vorher die Hazienda und die Flammen bemerkt hatte, die hinter den Glasfenstern brannten.

Ein tiefes Schweigen herrschte, und kein Zeichen deutete darauf hin, daß die Ankunft der Truppe bemerkt worden war, als der Diener seinen Posten an der Spitze der Truppe verließ und sich Don Rafael näherte.

„Hier", sagte er, „kann die Kanone zusammengesetzt werden."

Man hielt an, und die Kanone wurde auf die Lafette gelegt. Dann wurde der Marsch fortgesetzt, aber man teilte sich in drei Abteilungen, da man sich in der Ebene befand, aus deren Mitte die Hazienda San Carlos hervorragte.

Der Oberst behielt sich das Kommando der ersten Abteilung vor, die in gerader Linie auf das Eingangstor marschierte. Veraegui und Fray Thomas de la Cruz befehligten die beiden anderen, um die Hazienda rechts und links zu umzingeln.

Jede dieser beiden letzten Abteilungen war mit Handgranaten ausgerüstet. Wenn eine Kanonenkugel das Eingangstor der Hazienda zerstört haben würde, sollten die Granaten dorthin geworfen werden, wo sich die Banditen verschanzten.

Deshalb war auch das Geschütz bei der Abteilung, die der Oberst befehligte. In seinem tödlichen Haß gegen Arroyo hatte er sich den Angriffsposten und die Ehre vorbehalten, zuerst mit dem Degen in der Faust einzudringen.

Die Dunkelheit und die Bäume verbargen den Wachtposten der Banditen, die auf der Terrasse der Hazienda standen, eine ganze Weile das Vorrücken des Feindes.

Bald aber hörten die Spanier Alarmschüsse, die die Banditen zur Verteidigung aufriefen.

Die Spanier hielten es nicht der Mühe wert, die Schüsse zu erwidern. Sie rückten eilig vor, während die Wachen ihre Gewehre auf sie abfeuerten.

Dann befahl Don Rafael den Soldaten, zur Seite zu treten, damit die Kanone abgefeuert werden könnte. Ihre erste Kugel riß einen Flügel des Eingangstores nieder.

Zu gleicher Zeit leuchteten die angezündeten Granaten in der Dunkelheit und fielen in den Hof, wo sich die Rebellen versammelt hatten.

Einige der Granaten konnten ausgetreten werden, die anderen aber explodierten mit gewaltigem Lärm in der Nähe der Pferde. Von panischem Schrecken ergriffen, gingen sie ihren Reitern durch. Sie traten alles nieder, was unter ihre Hufe kam. Das Geschrei der Verwundeten und die Verwünschungen der Banditen mischten sich mit den Gewehrschüssen und dem Kanonendonner.

Ein schrecklicher Knall ging einer weiteren Kanonenkugel voraus, die durch die Öffnung des Tores drang und in die zusammengedrängten Reihen der Banditen eine blutige Lücke riß.

„Noch einmal, noch einmal!" rief Don Rafael, „auch der zweite Torflügel muß zusammengeschossen werden."

Zwei Reiter wurden abgeordnet mit dem Auftrag, Fray Thomas und dem Leutnant Veraegui den Befehl zu überbringen, vor der Hazienda einen Halbkreis zu formieren.

Die Schnelligkeit, mit der die Artilleristen ihr Geschütz wieder bedienten, war so groß, daß die beiden Reiter kaum Zeit hatten, sich zu entfernen, als ein dritter Schuß durch die Luft donnerte und auch den anderen Torflügel aus den Angeln riß.

Von neuem fielen nun auch wieder brennende Granaten in den Hof, wo die Rebellen ohne ihre beiden Führer nicht wußten, was sie tun sollten.

Der Leser wird sich erinnern, daß Arroyo und Bocadro die Herrin von San Carlos verfolgten und nicht in der Hazienda waren.

Ohne ausdrücklichen Befehl wußten die Rebellen nicht, wie sie sich verteidigen sollten. Die untergeordneten Befehlshaber waren verwirrt und gaben widersprechende Befehle.

Die meisten Banditen wurden von panischem Schrecken ergriffen. Da sie die Stärke ihrer Angreifer nicht kannten, flüchteten sie sich, um den Granaten und Kanonenkugeln zu entgehen, in die höher gelegenen Stockwerke.

Nur wenige Rebellen waren entschlossen, den Gegner anzugreifen und kletterten über die Trümmer des Tores. Aber vor ihnen öffnete sich ein Halbkreis von Bajonetten, Lanzen und Karabinern, die zusammenrückten, um sie zu erdrücken.

„Wo ist der Hund Arroyo?“ rief der Oberst und griff mit gezücktem Degen die Rebellen, die sich vergebens bemühten, den sie umgebenden Kreis zu durchbrechen, an. Ohne die Antwort abzuwarten, spaltete er dem einen den Schädel und streckte einen anderen durch einen Stich seines langen Dragonersäbels nieder.

„Nicht ein einziger dieser Banditen will antworten!“ fügte der Oberst hinzu und setzte seine schreckliche Arbeit fort. „Weder Gefangene noch Schonung, meine Freunde! Haut sie nieder! Haut sie nieder!“

„Ich werde nur die bei den Beinen aufhängen lassen, die sich ergeben“, rief der Katalonier mit lauter Stimme.

Aufgrund dieses menschenfreundlichen Angebots ergab sich kein einziger Rebell, und bald gab es vor dem Tor und im Hof der Hazienda nur noch einen Hügel von Leichen, die unempfindlich für die Barmherzigkeit Veraeguis blieben.

Doch fand sich weder Arroyo noch Bocadro unter den Toten, die die Sieger gewissenhaft durchsuchten.

„Aber wo steckt denn der hochwürdige Kapitän Fray Thomas de la Cruz?“ fragte der Leutnant und näherte sich dem Oberst. Dieser überwachte die Suche nach den beiden Banditen.

„Mit Ihrer Erlaubnis, mein Oberst, ich glaube; hier ist er“, sagte einer der Soldaten. Er beleuchtete mit seiner Fackel einen Körper, der in eine lange, schwarzweiße Kutte eingehüllt war.

Tatsächlich war es der unglückliche Kapitän, dem eine Flintenkugel ein Ohr weggerissen hatte. Außerdem war sein Schädel so schwer verletzt worden, daß er starb.

„Möge Gott seine Seele in Gnaden aufnehmen“, sagte der Leutnant. „Wenn ich jedoch an seinen letzten Scherz denke, dann hat er sein Ohr für eine schlechte Sache hingegeben.“

Nachdem er mit diesen wenigen Worten die Leichenrede für den Dominikaner gehalten hatte, warf Veraegui einen traurigen Blick auf die vor ihm liegenden Leichname. Unter ihnen befand sich weder Arroyo noch sein Gefährte Bocadro.

Die Königstreuen glaubten nun, daß sich die beiden Anführer in eins der Gebäude der Hazienda zurückgezogen hätten, wo es gefährlicher war, sie zu verfolgen.

„Vorwärts!“ rief Don Rafael und rüttelte den Katalonier, der noch immer in seinen Betrachtungen versunken war, am Arm. „Wir müssen mit diesen Räubern, vor allem aber mit ihren beiden Anführern ein Ende machen. Wir haben jetzt keine Zeit, um lange nachzudenken.“

„Leider dachte ich eben daran“, erwiderte Veraegui mit einem Seufzer des Bedauerns, „daß dieser Vorrat an Stricken uns nichts helfen wird. Denn die hier sind tot, und was die anderen anbelangt, so werden wir sie in ihrer Räuberhöhle verbrennen müssen. Das ist betrüblich.“

„Tut das um Gottes willen nicht, Herr Oberst“, sagte der Diener Don Fernandos mit flehender Stimme. „Ist denn nicht mein armer Herr in der Gewalt dieser Banditen und muß er denn nicht, wenn er noch am Leben ist, wie sie verbrennen? Und sind nicht außerdem alle seine Leute Gefangene wie er?“

„Das stimmt", entgegnete Don Rafael. „Wir dürfen weder daran denken, den Opfern und den Henkern ein gleiches Schicksal zu bereiten, noch diese Banditen zu schonen. Wenn wir in das Haus eindringen, würden wir zu viele Verluste erleiden."

„Das ist eine schwierige Situation", sagte der Leutnant. „Ich sehe nur einen Weg, von ihnen die Herausgabe ihrer Gefangenen zu erlangen, und zwar den, ihnen entgegenzukommen. Ich meine damit, sie auf die gewöhnliche Weise zu hängen. Ei, mein Gott, ja, sie ohne weiteres beim Hals aufhängen. Für diese Schurken ist das eine große Gnade."

„Es ist aber zweifelhaft, ob sie Ihrem Anerbieten zustimmen, mein lieber Leutnant", sagte Don Rafael.

„Trotzdem ..."

„Wenn ich wagen dürfte, meine Meinung auszusprechen", unterbrach ihn der Diener, „so würde ich ein Angebot vorschlagen, das sie vielleicht annehmen würden."

„Sprich, mein Freund", sagte der Oberst.

„Wir wollen einmal ihr Angebot anhören, das besser sein soll als das, das ich vorgeschlagen habe", fügte Veraegui geringschätzig hinzu.

„Die Frau Arroyos befindet sich unter den Banditen", fuhr der treue Diener Don Fernandos fort, „und wenn sie auch nicht mehr wert ist als der größte Schurke unter ihnen, so ist sie doch eine Frau. Man könnte sie begnadigen, wenn sie einwilligt, uns meinen armen Herrn auszuliefern."

„Das ist ein armseliges Mittel, das nichts taugt", rief der Katalonier, „dann müßte man für jeden deiner Kameraden einen Banditen begnadigen."

Dieser Vorschlag war tatsächlich unausführbar, denn die Dienerschaft Don Fernandos war so zahlreich, daß die ganze Bande, die der Gouverneur mit Stumpf und Stiel auszurotten befohlen hatte, dann verschont geblieben wäre. Der Diener konnte auf diesen Einwand nichts erwidern.

In dem Konflikt zwischen Pflicht und Menschlichkeit entschied sich Don Rafael dafür, die Banditen in der Hazienda auszuhungern.

Es war klar, daß den Rebellen nur noch die Wahl blieb, entweder einen verzweifelten Ausfall zu machen oder die unnützen Esser wegzuschicken. In dem einen wie in dem anderen Fall war die Aussicht vorhanden, Don Fernando und seine Leute unversehrt aus den Händen der Belagerten zu retten.

Bis Sonnenaufgang entstand keine Schwierigkeit, diesen Entschluß zur Ausführung zu bringen, und Don Rafael gab demzufolge seine Befehle.

Als alle Maßnahmen getroffen waren, um niemand während der Dunkelheit entwischen zu lassen, erinnerte sich der Oberst daran, daß die Schwester Gertrudis' ohne Zweifel noch ohne Führer und Beschützer in der Gegend umherirrte.

Er beschloß, sich selbst mit einem halben Dutzend seiner berittenen Leute auf den Weg zu machen, um sie zu suchen.

Der katalonische Leutnant blieb, mit dem Kommando vertraut, zurück.

Kaum war der Oberst eine halbe Stunde fort, als die Schildwachen zwei Männer anmeldeten, die herbeigestürzt kamen.

„Was wollen Sie?“ fragte sie der Leutnant, vor den man sie führte. „Ei, das sind ja die beiden Kerle, die ich eingesperrt habe. Wer hat Sie denn in Freiheit gesetzt?“

„Unser Wächter“, erwiderte Juan el Zapote, „der uns gestattet hat, ihn aufzusuchen. Denn wir werden ihn nun doch endlich sprechen können.“

Bei diesen Worten wischte sich Juan, vielleicht um sein militärisches Aussehen zu verbergen, vielleicht auch, weil er in Schweiß gebadet war, das Gesicht mit seinem Taschentuch ab.

„Der Oberst ist nicht mehr hier“, sagte Veraegui.

„Fort! Alle Teufel, das ist ein Pech!“ rief Juan verzweifelt. „Und wo ist er?“

„Ungefähr eine halbe Stunde von hier, in dieser Richtung.“

Nachdem er ihnen mit dem Finger die Richtung gezeigt hatte, in die Don Rafael geritten war, drehte er den beiden enttäuschten Boten den Rücken zu.

Diese, zu glücklich, dem gefürchteten Katalonier entronnen zu sein, setzten mit Eifer die Verfolgung des Oberst fort

8

Der verzauberte Hügel

Die Gestirne zeigten ungefähr zehn Uhr an. Der klare Himmel wölbte sich über einer weiten Ebene, die bald bewaldet, bald ganz kahl und sumpfig oder auch mit dürftigen, den Dünen ähnlichen Hügeln durchzogen ist. Ein See liegt in ihrer Mitte. Das ist der See Ostuta.

Der See bietet den trostlosen Anblick dar, den nach den Aussagen der Reisenden das Tote Meer gewähren soll, seitdem der Zorn Gottes es verfluchte.

Seine trüben und dunklen Wasser spiegeln keinen Stern zurück. Ein Windstoß, der einer klagenden Stimme gleicht, spült das Wasser an ein sumpfiges Ufer, das mit Schilf, mit dürren Stengeln und verwelkten Rohrkolben bedeckt ist.

Im Norden bildet eine Hügelkette, die sich in der Ferne verliert, die Grenze des Sees, im Süden dagegen ein dichter Wald.

Im Osten dehnt sich die Ebene aus, in der die Gewässer rinnen, die dem See das Wasser zuführen, während im Westen ein Verhang von Zedern mit dunklem Blätterdach seine Wipfel in dichtem Nebel verbirgt.

In der Mitte des Sees erhebt sich ein Hügel, dessen schwarzgrüne Masse mehr einer ungeheuren Klippe als einer Insel gleicht. Dicke Dämpfe, die aus dem Wasser aufsteigen und die

die Nachtkälte noch mehr verdichtet, bilden einen Wolkenschleier um seinen Gipfel.

Die zahllosen Spalten, die seine Seiten durchziehen, deuten darauf hin, daß das Ganze nur ein verworrener Haufen von Schutt und Lavatrümmern sei, den vor vielen Jahren ein Vulkan ausgespien habe.

Bei Nacht verleiht der schräg auf die übereinandergelagerten Schichten fallende Mondstrahl ihnen eine entfernte Ähnlichkeit

mit den Schuppen, die den scheußlichen Panzer des Alligators bedecken.

Zugleich hört man auch, wie die furchtbaren Tiere sich in dem sumpfigen Schlamm an dem verlassenen Ufer des Sees herumwälzen und wie das Rohr unter dem zermalmenden Gewicht ihrer Körper bricht.

Der traurige Anblick des Sees, die trübe, dunkle Färbung der Landschaft, dieses ewige Stillschweigen, wirkt auf den Beschauer unheimlich. So ist es erklärlich, warum die alten indianischen Opferpriester die Wohnung ihrer blutrünstigen Götter hierher verlegt haben.

Und so gewaltig ist die Macht der Tradition, daß auch noch in unseren Tagen der See Ostuta und der Monapostiac, der verzauberte Hügel, ihren alten Ruf bewahren und für die unwissende Bevölkerung der Umgegend ein Ort schrankenloser und abergläubiger Furcht sind.

Der Diener Don Marianos ließ in dieser Einsamkeit haltmachen, da er davon überzeugt war, daß sie hier vor allen Gefahren geschützt wären. Und die Gruppe schlug am Waldesrand, der den See im Süden begrenzt, ihre Lagerstätte auf.

Um die trüben Gedanken seiner Tochter zu verscheuchen, hatte Don Mariano befohlen, ihre Sänfte am freundlichsten Teile des Waldes niederzusetzen.

Er wählte selbst den Ort aus, und zwar mit einer Sorgfalt, die gewiß von keiner anderen, selbst von der Don Rafaels nicht, hätte übertroffen werden können.

In der Mitte einer Gruppe dicker Bäume war eine schmale Lichtung, ein herrlicher, von der Hand der Natur geschaffener Raum, in dem das weiche und duftende Moos die Teppiche bildete.

Tausende von Lianen, die sich bis zu den Wipfeln der höchsten Palmen hinaufschlängelten und deren Blätter und Blumen sich in graziösen Windungen um sich selbst rollten, bildeten die Vorhänge.

Eine herrliche, prachtvolle Decke spannte sich über den Bäumen aus, ein Stückchen des mit unzähligen Sternen besäten Himmels, der sich über der kleinen Lichtung zeigte.

Dort hatte man die Sänfte niedergesetzt. Und in dem Augenblick, wo wir Gertrudis wiedertreffen, schlief sie einen kurzen und leisen Schlaf unter der Decke ihrer Sänfte. Durch die halbgeöffneten Vorhänge konnte man ihr bleiches und schönes Antlitz auf den Spitzen ihres Kopfkissens sehen.

Ihr Haar war inzwischen wieder gewachsen, aber ihr Lebensmut war gesunken. Gertrudis glich in ihrem Schlaf den weißen Passionsblumen, die um sie herum blühten.

Aber sie bot nur das Bild der vom Stengel gerissenen Blume, auf dem sie kurze Zeit vorher Leben und Kraft geschöpft hatte.

Don Mariano warf auf sie einen Blick voller Zärtlichkeit und machte vergebliche Anstrengungen, um den Gedanken an die genannte Ähnlichkeit von sich abzuwehren, der sein Herz zerriß. Denn er konnte sich nicht verhehlen, daß die zarte Blume, sobald sie gepflückt wird, unwiderruflich dem Tod geweiht ist.

In einiger Entfernung von Don Mariano und seiner Tochter saßen drei seiner Diener und hielten Wache. Sie versuchten, sich mit Plaudern die schlaflose Nacht zu verkürzen.

Der vierte Diener hatte sich entfernt, um die Furt zu suchen, die er hier zu finden hoffte. Seine Kameraden erwarteten seine Rückkehr.

Durch die letzten, am Waldrand stehenden Bäume erblickte man das schwarze und traurige Schattenbild des verzauberten Hügels.

In welchem Land man sich auch befinden mag, übt alles, was die gewöhnlichen Gesetze der Natur übersteigt, einen gewaltigen Eindruck auf die Einbildungskraft wenig oder gar nicht gebildeter Menschen aus. Und die Diener Don Marianos waren weit davon entfernt, eine Ausnahme von dieser Regel zu bilden.

„Ich habe gehört", sagte der eine von ihnen, „daß die trüben und schlammigen Gewässer dieses Sees vor langer Zeit von unübertrefflicher Klarheit gewesen sind und daß sich erst seit der Zeit, wo er dem Teufel geweiht wurde, seine Farbe geändert hat."

„Dem Teufel!" unterbrach ihn ein anderer. „Warum hat denn Castrillo diesen verfluchten Ort zu unserem Ruheplatz ausgesucht?"

„Weil sich die Banditen Arroyos nicht hierher wagen werden."

„Das ist ohne Zweifel der Grund", entgegnete ein dritter.

„Genau", begann der erste wieder, der mehr als seine Kameraden zu wissen schien. „Man sagt, daß sich auf diesem grünen Berg schreckliche Dinge zugetragen haben sollen. Damit niemand etwas davon sieht, hat der Gott der alten Indianer, der kein anderer als der Teufel selber ist, einen Nebelschleier um seinen Gipfel ausgebreitet."

„Wenn man hier nun auch keine Gefahr von Menschen zu befürchten hat, so gibt es doch andere Dinge, vor denen ein Christ schaudern muß? Was hat sich denn auf dem Gipfel dieses Hügels zugetragen, dessen Form und Farbe so seltsam ist?"

„Früher opferten dort die indianischen Priester an gewissen Tagen des Jahres eine große Menge von Menschen. Sie hatten ihnen das Herz ausgerissen, so daß das Blut häufig in den Spalten des Felsens dahinfloß wie Regenwasser bei einem Platzregen. Dann aber erzählt man sich noch, daß einer dieser Unglücklichen, dem man das Herz ausgerissen hatte ... Aber warum soll ich euch erschrecken. Glaubt mir, die Geschichte ist zu grausig."

„Erzähle nur!" riefen seine Kameraden. Sie erschauderten, denn in demselben Augenblick erklang ein fremdartiger Ton vom Schilf her. „Habt ihr das Geräusch gehört?"

„Ja, es ist ein Kaiman, der seine Kinnladen zusammenklappt. Nun, da ihr es wünscht", fuhr der Erzähler fort, „so hört. Es scheint, daß man eines Tages eben damit beschäftigt war, einem dieser Unglücklichen die Brust zu öffnen. In dem Augenblick aber, wo der Opferpriester ihm das Herz ausriß, sprang das Schlachtopfer auf, schlug es aus den Händen des verwirrten Priesters und versuchte, es wieder in die Brust zu stecken. Aber seine Hand zitterte, sein Herz entglitt ihm und rollte in den See. Das Opfer stieß einen furchtbaren Schrei aus und stürzte sich in das Wasser, um es zu suchen. Ein solcher Mann durfte nicht sterben, und nun irrt dieser Indianer seit ungefähr fünfhundert Jahren an diesen trostlosen Ufern mit offener Brust umher und sucht vergeblich sein Herz. Wie man mir gesagt hat, ist es kaum ein Jahr her, daß man ihn im See hat untertauchen sehen."

Der Diener schwieg, und seine schaudernden Zuhörer warfen einen angstvollen Blick auf den Hügel, den ehemals oft Menschenblut gefärbt hatte und dessen Gipfel von Wolken verhüllt war.

„Vielleicht verbirgt sich der Indianer, der sein Herz sucht, unter dem Nebelschleier", begann der Erzähler wieder, „denn man hat mir nicht berichtet, was dort vorgeht. Trotzdem ist es wahrscheinlicher, daß er seine Suche woanders fortsetzt."

„Wenn wir ihn nur nicht sehen!" sagte einer der Zuhörer. „Der

Teufel möge Castrillo in den Hals fahren, daß er uns hierher geführt hat.“

„Sprich nicht vom Teufel in seinem eigenen Haus“, warf der zweite Zuhörer mit leiser Stimme ein.

Ein plötzliches Krachen in den Gebüschen ließ die drei Diener gleichzeitig zusammenfahren. Castrillo kehrte von seinem Ausflug zurück.

Castrillo war offensichtlich sehr beunruhigt.

„Nun, was hast du gesehen?“ fragten ihn seine Kameraden.

„Ich bin fast bis nach San Carlos gekommen“, sagte er. „Die Zugänge dorthin scheinen frei zu sein, es brennt kein einziges Feuer mehr an den Ufern des Flusses. Ich würde mich sogar in das Haus gewagt haben, aber ich habe einen Feuerschein hinter den Fenstern leuchten sehen, daß mir der Mut dazu gefehlt hat.“

„Was war es denn?“

„Rote, violette und blaue Lichter, wie die Flammen sein sollen, die nie verlöschen“, erwiderte Castrillo in feierlichem Ton. „Und dennoch konnte ich es nicht recht glauben, denn Don Fernando Lacarra ist doch ein guter Christ. Aber dann sah ich plötzlich ein weißes Gespenst unter den Bäumen dahinschleichen, und da bin ich sofort hierher geeilt.“

Der Bericht des Kundschafters trug durchaus nicht dazu bei, die abergläubige Furcht der drei Diener zu zerstreuen.

„Habt ihr hier nichts gesehen, was euch beunruhigt hat?“

„Nein, alles ist verlassen und einsam“, erwiderte Castrillo, „und mit Ausnahme des Indianers, der sein ...“

„Sein Herz sucht!“ rief einer der Diener.

„Sein Herz? Du bist ein Narr! Nein, seinen Esel. Ich habe ihn unterwegs getroffen“, fügte Castrillo hinzu.

„Zum Teufel! Du hättest uns bald Furcht eingejagt mit deinem Indianer, nachdem uns Zefirino die Geschichte von dem erzählt hat, der seit fünfhundert Jahren in diesen See taucht“, sagte einer der Diener.

„Das schließt gar nicht aus, daß wir ihn auch nicht sehen werden“, erwiderte der andere. „Und ich gestehe, daß diese Flammen und dieses Gespenst nichts Gutes zu bedeuten haben.“

Castrillo ließ nun seine Kameraden nach Belieben ihre Mutmaßungen über die seltsame Erzählung, die er ihnen soeben mitgeteilt hatte, machen und ging zu seinem Herrn, um dem zu berichten, was er gesehen hatte.

Als Don Mariano den Kundschafter sah, ließ er die Vorhänge der Sänfte Donna Gertrudis' zurückfallen, um sie jedem unberufenen Blicke zu entziehen.

„Sprechen Sie leise, meine Tochter schläft."

Der Diener begann seinen Bericht mit leiser Stimme und wollte ihn soeben beenden, als Don Mariano ihn unterbrach.

„Die Furcht hat Ihre Vernunft verwirrt", sagte er, „und die Flammen haben aller Wahrscheinlichkeit nach nur in Ihrer Einbildung existiert."

„Oh, Señor, sie waren nur zu wahr. Wenn Sie sie wie ich hätten größer werden, sich zusammenziehen und jeden Augenblick die Farbe verändern sehen, würden Sie weder an Ihren Augen noch an Ihrer Vernunft gezweifelt haben. Gebe übrigens Gott, daß ich mich getäuscht habe."

In den Worten des treuen Dieners lag soviel Überzeugung, daß Don Mariano Silva sich einer gewissen Unruhe nicht erwehren konnte. Obwohl er die Furcht seines Dieners nicht teilte, erfüllten ihn böse Vorahnungen.

„Und Sie sagen, daß die Zugänge zur Furt jetzt unbesetzt sind?" fragte er von neuem.

„Die Zugänge zum Fluß sind unbesetzt, und dennoch wage ich nicht, Ihnen zu raten, vor Anbruch des Tages sich auf den Weg zu machen."

„Ich werde darüber nachdenken", entgegnete Don Mariano und verabschiedete seinen Diener.

Er blieb nun allein bei seiner Tochter, die fest eingeschlafen war, seinen trüben Gedanken überlassen. Mit Mühe nur gelang es ihm, den Gedanken von sich zu weisen, daß eine große Gefahr, fern von ihm, ihrer Schwester Marianita drohe.

Plötzlich wurden die Vorhänge der Sänfte geöffnet und dadurch die düsteren Gedanken Marianos für einen Augenblick unterbrochen.

„Der Schlaf hat mich gestärkt, sagte seine Tochter und stützte sich mit dem Ellbogen auf ihr Kissen. „Können wir uns nicht wieder auf den Weg machen? Der Tag wird bald anbrechen."

„Es ist erst Mitternacht", antwortete Don Mariano, „und daher noch lange bis zum Tagesanbruch."

„Warum schläfst du nicht, mein Vater? Wir sind, wie es scheint, hier in Sicherheit."

„Dem stimme ich zu, aber ich kann nicht schlafen. Ich werde erst dann wieder schlafen können, wenn ich mit dir und Marianita unter einem Dach vereint bin."

„Marianita ist sehr glücklich. Das Leben ist für sie bis jetzt nichts als einer dieser blumigen Pfade gewesen, die wir in diesem Wald gesehen haben", fügte Gertrudis bei dem Gedanken an das Glück ihrer Schwester lächelnd hinzu.

Don Mariano seufzte und antwortete: „Das Glück wird auch bei dir einkehren, Gertrudis. Es wird nicht allzu lange dauern, und du wirst Don Rafael wiedersehen."

„Ja, weil er bei seiner Ehre geschworen hat, bei dem verabredeten Zeichen zurückzukehren, das ist aber auch alles", versetzte Gertrudis mit schmerzlichem Lächeln.

„Er hat nie aufgehört, dich zu lieben, mein Kind!" sagte Don Mariano, obwohl er nicht mehr daran glaubte. „Es herrscht zwischen euch nur ein Mißverständnis."

„Ein Mißverständnis, an dem man stirbt, mein Vater!"

Gertrudis versuchte ihre Tränen zu verbergen, indem sie ihren Kopf auf das Kissen sinken ließ.

Es entstand eine kleine Pause.

Dann schien Gertrudis plötzlich wieder neue Hoffnung zu fassen.

„Meinst du, daß der Bote Don Rafael schon getroffen hat?" fragte sie.

„Er braucht drei Tage, um von Oajaca zu der Hazienda del Valle zu kommen. Seit seiner Abreise sind aber schon vier Tage vergangen. Wenn, wie man uns gesagt hat, Don Rafael sich vor Huajapam befände, so würde ihn unser Bote ohne Zweifel morgen dort erreichen. In drei, höchstens vier Tagen kann der Oberst in San Carlos sein, wohin, wie Don Rafael weiß, wir uns begeben."

„Vier Tage, das ist sehr lange!"

Gertrudis wagte nicht zu sagen, daß ihre Kräfte diesen Zeitraum vielleicht nicht mehr überdauern würden. Nach einem kurzen Schweigen fuhr sie fort: „Nun aber, wenn ich mit niedergeschlagenen Augen und vor Scham geröteter Stirn die Stimme Don Rafaels hören werde, die zu mir sagt: ‚Sie haben mich rufen lassen, Gertrudis, hier bin ich.' Was soll ich ihm dann antworten? Ich werde vor Scham und Schmerz sterben. Denn er liebt mich nicht mehr. Und wenn er mich so entstellt sieht, wenn er von der, die er blühend in Gesundheit und Jugendfrische verließ, kaum noch den Schatten wiederfindet, so wird er vielleicht aus Großmut eine Liebe zu heucheln versuchen, die er nicht mehr empfindet. Welchen Beweis wird er mir geben können, damit ich erkenne, daß er nicht nur Mitleid für mich empfindet?"

„Wer weiß", erwiderte Don Mariano, „vielleicht gibt er dir einen Beweis von Aufrichtigkeit, den du nicht in Zweifel ziehen kannst."

„Wünsche es nicht, wenn du mich liebst!" rief Gertrudis. „Denn wenn man den Beweis nicht mißdeuten könnte, würde ich vor Glückseligkeit sterben. Armer Vater!" fügte sie schluchzend hinzu und umarmte ihn. „Armer Vater, der bald nur noch ein Kind haben wird."

In diesem Augenblick trat der Mond voll und strahlend hinter einem Wolkenschleier, der ihn bisher verdeckt hatte, hervor. Alles schien sich unter seinen weißen Strahlen, die er über die Einsamkeit ausgoß, wieder zu beleben.

Der Wald wurde weniger düster, den steilen Seitenwänden des Monapostiac entströmte ein durchsichtiger, grünlicher Schimmer wie den Wogen eines stürmischen Meeres.

Die Oberfläche des Sees färbte sich mit bleichen Farben, schwarze und gräuliche Gebilde, ähnlich denen des Alligators, dehnten sich im Schilf aus. Dann ließ sich ein dumpfer, ferner Lärm in den angrenzenden Dickichten vernehmen.

Ein Schauer des Schreckens durchrieselte den Körper der vier

Diener, die unbeweglich, mit starr auf den See gerichteten Augen, dasaßen.

„Habt ihr nichts gehört?“ flüsterte Zefirino.

Alle horchten und erbleichten. Man hätte sagen können, daß eine menschliche, wenn auch undeutliche Stimme sich aus der Tiefe des Schilfs her in wunderlichen, langgezogenen Tönen vernehmen ließ.

Aber die Stimme verstummte plötzlich, so daß jeder glaubte, sich getäuscht und das entfernte Rauschen im Wald für eine menschliche Stimme gehalten zu haben.

„Es ist einerlei“, sagte einer der Diener, „ich wünschte, daß diese Nacht schon vorüber wäre. Aber es sind wenigstens noch fünf Stunden bis zum Morgen.“

„Vor allem“, begann der zweite, „da zu viele Zeichen angedeutet haben, daß sie nicht ohne irgendein Unglück vorübergehen wird. Ich rede nicht von den Flammen und den Gespenstern, die Castrillo gesehen hat, ich denke nur an die Seufzer, die wir unsere unglückliche junge Herrin eben haben ausstoßen hören.“

„Zu allen diesen Anzeichen fehlt weiter nichts mehr, als daß wir noch den Schrei einer Eule auf dem Wipfel irgendeines Baumes zu unserer Linken hören. Dann könnten wir für die Seele der armen Donna Gertrudis beten.“

Castrillo und Zefirino waren weniger furchtsam als ihre Kameraden, doch hatten auch sie Angst um ihre junge Herrin. Ihr Gesundheitszustand schien sich seit dem Tag der Abreise von Oajaca immer mehr verschlechtert zu haben.

Beide aber schwiegen, da auch sie dachten, daß dies tatsächlich keine gewöhnliche Nacht sei, die sie in der Nähe eines verrufenen Ortes zubrachten. Castrillo selbst wunderte sich, diesen Ort ausgesucht zu haben, wozu noch die sonderbare Erscheinung der Flammen kam, die er in der Hazienda San Carlos gesehen hatte.

„Donna Gertrudis schläft jetzt“, sagte Zefirino, „denn ich höre nichts. Uns täten ein paar Stunden Schlaf auch gut. Je zwei müßten sich abwechseln.“

„Auf die Weise können wir wenigstens jeder drei Stunden

schlafen“, fügte Castrillo hinzu, „ich bin auch der Meinung. Wer will zuerst wachen?“

„Das Los soll darüber entscheiden“, sagte Zefirino.

„Wenn Ambrosio nicht mehr Lust zum Schlafen hat wie ich“, sagte der dritte Diener, „wollen wir beide den Anfang machen. Wir werden während eures Schlafs Wache halten.“

„Ich wache mit“, sagte Ambrosio.

Das Schweigen der Nacht wurde durch nichts unterbrochen. Die beiden Wachen fragten sich, die Augen starr auf den Gipfel des verzauberten Hügels gerichtet, was für Geheimnisse diese Nebelschicht verbergen konnte. Plötzlich erstarrten sie, dennn sie konnten wieder diese wunderlichen Töne vom See her hören.

Nur war es unmöglich zu verstehen, was die Stimme sang. Es war eine vollkommen unbekannte Sprache. Sie klang wie die, in der dreihundert Jahre früher die indianischen Priester zu ihren Gottheiten gesprochen haben sollen.

Beide bekreuzten sich und tauschten einen erschrockenen Blick aus.

„Das ist vielleicht der Indianer, der sein Herz sucht“, sagte Ambrosio mit kaum verständlicher Stimme.

Sein Kamerad konnte nur ein stummes Zeichen mit dem Kopf machen, um anzudeuten, daß er derselben Meinung war.

Dann weckte er einige Minuten später einen der Schläfer.

„Was gibt's?“ fragte Zefirino verschlafen.

Der Diener erwiderte nichts, zeigte aber zitternd mit dem Finger auf einen Gegenstand, der im Schilf des Sees umherstreifte.

Es war ein Mann, dessen kupferrote Haut vom Mondlicht beschienen wurde. Er war fast nackt.

Der Indianer, den man wegen seiner Hautfarbe für nichts anderes halten konnte, schien etwas im Schilf zu suchen.

Bald darauf sahen ihn die beiden Diener im See schwimmen und gleich darauf in dem Schatten verschwinden, den der verzauberte Hügel auf die dem Mond abgewandte Seite warf.

„Gott im Himmel!“ sagte Zefirino mit leiser Stimme, man kann nicht mehr daran zweifeln, es ist der Indianer, der sein Herz sucht.

9

Die Wassergottheit

Kaum befand sich der Kapitän Don Lantejas mit seinen beiden Gefährten auf freiem Fuß und einige Schritte von der Hazienda, die ihm fast verhängnisvoll geworden wäre, entfernt, als er sich von einer Art nervöser Ohnmacht befallen fühlte. Diese Ohnmacht überkam ihn immer nach seinen vorübergehenden Anfällen von Heroismus.

Er folgte daher dem Indianer fast mechanisch, der den Fluß überquerte und sich zum See Ostuta wandte. Der See sollte nach seiner Aussage nicht weiter als eine Stunde entfernt sein.

Als sich Don Cornelio von der Räuberhöhle Arroyos entfernte, gewann er sein kaltes Blut wieder. Es entstand der Wunsch in ihm zu erfahren, auf welche Weise es dem Indianer gelungen sei, zu entwischen und sich der Papiere wieder zu bemächtigen, denen sie alle drei Freiheit und Leben verdankten.

Costal erfüllte sein Verlangen mit wenigen Worten. Denn alle seine Gedanken waren von der Nähe des wunderbaren Sees beansprucht, in dem er endlich die Wassergottheit, den Gegenstand seiner glühendsten Wünsche, zu finden glaubte.

Ohne die geringste Gefahr zu vermuten, war er, wie auch der Neger nach ihm, einem Vorposten Arroyos in die Hände gefallen. Von dort wurde er zur Hazienda geführt, ausgefragt und der Spionage verdächtigt. Denn der Guerillero hatte die Manie, in allen denen, die der Zufall in seine Hände lieferte, Spione zu wittern.

Für den Augenblick war Arroyo gerade beschäftigt, die Hazienda zu durchsuchen und den Besitzer derselben zu martern, um ihn zum Geständnis dessen zu zwingen, was er wissen wollte. Er hatte es daher auf eine spätere Zeit verschoben, über das Schicksal des Indianers zu entscheiden. Vorläufig hatte man ihn in der Mitte der Soldaten gelassen, die im Hof ihr Lager aufgeschlagen hatten.

Der Indianer war in der ersten Stunde seiner Gefangenschaft, da er in dem Augenblick, in dem er am Ziel aller seiner Wünsche zu sein glaubte, festgenommen worden war, von einem Anfall der Raserei und Verzweiflung ergriffen worden. Nach und nach gewann er seine gewöhnliche Ruhe wieder und hatte alle Quellen seiner List zu Rate gezogen, um zu entwischen, aber vergeblich.

Eine einzige Hoffnung war ihm noch geblieben. Wenn Don Cornelio in denselben Hinterhalt fiele wie er, würden seine Beglaubigungsbriefe, die er bei sich trug, nicht allein die Befreiung des Kapitäns, sondern auch die Costals herbeiführen.

Der Indianer berechnete angstvoll die Zeit, die verrann, als Gaspacho, bereit, an einem von San Carlos ziemlich entlegenen Punkt zu jagen, seinen Kameraden noch erzählte, wie er sich des Dolmans bemächtigt hätte. Den hätte er schon haben wollen, als er noch auf den Schultern seines Eigentümers hing. Der kam ihm gerade zur rechten Zeit, um seine zerlumpte Jacke zu ersetzen.

Durch diesen Bericht hatte der Indianer erfahren, daß der Kapitän ein Gefangener wie er sei, obschon er ihn nicht hatte eintreten sehen.

Seine Wächter, weit davon entfernt, seiner Kraft und Unerschrockenheit zu mißtrauen, ließen ihn unbeachtet umhergehen. Nun hatte sich Costal dem Banditen genähert, um den Dolman des Offiziers, den er begleitet hatte, zurückzufordern.

Gaspacho weigerte sich natürlich, ihn wieder herauszugeben, und warf ihn um seine Schultern, nachdem er ihn von seinen Kameraden hatte bewundern lassen. Schon hatte er einen Arm in den Ärmel gesteckt, als der Indianer ihn mit einem in seinem Gürtel verborgenen Dolch niederstieß und ihm das kostbare Kleidungsstück entriß.

Sobald er sich in dessen Besitz sah, wickelte er es um seinen Arm und machte sich aus dem Körper Gaspachos einen lebenden Schild. Er erreichte, indem er ihn mit bewunderungswürdiger Kraft auf seine bestürzten Feinde zurückstieß, den Saal, in den man den Kapitän geführt hatte. Das übrige weiß der Leser.

Der Indianer und der Neger, die nun noch zur rechten Zeit befreit worden waren, konnten den See vor Aufgang des Mondes erreichen. Sobald der Mond erschien, konnten sie ihre Beschwörungen der Gottheiten der Gewässer und der Berge beginnen.

Noch war aber ein delikater Punkt zwischen dem Indianer und dem Kapitän zu regeln.

So viel stand fest, es war vergebliche Mühe, den Indianer von seinen absurden und abergläubischen Grundsätzen abbringen zu wollen. Und Don Cornelio kannte Costal zu gut, um es auch nur zu versuchen.

Ihm aber den Vorschlag zu machen, ihn zu begleiten, war ebenso sinnlos. Die Gläubigen, zu welcher Religion sie sich auch immer bekennen mögen, finden sich in der Ausübung ihres Kults durch die Nähe Ungläubiger gestört.

Don Cornelio urteilte ganz richtig, daß in dem Fall, wo der Indianer seine Gegenwart duldete, er ihr allein die grausame Enttäuschung zuschreiben würde, die unmöglich ausbleiben könnte.

Der Kapitän mußte daher allein bleiben, und das war es, was ihm am wenigsten zusagte, da sie sich noch so nahe der Räuberhöhle Arroyos befanden. Als er sich aber über die Absichten Costals unterrichten wollte, kam ihm dieser schon zuvor.

„Es ist wenig wahrscheinlich“, sagte er, „daß Sie eine noch bewohnte Hütte so nahe bei diesem Räubernest antreffen werden. Die geringste Hütte muß verlassen sein, aber ich vermute, wenn Sie ein Dach fänden, um sich zu schützen ...“

Sie wünschen also nicht, daß auch ich zugelassen werde, um meine ehrfurchtsvollen Huldigungen Tlaloc oder seinen Gefährten darzubringen?“ antwortete der Kapitän.

„Es wäre mir viel lieber – viel lieber“, erwiderte der Indianer zögernd, denn er wagte nicht zu gestehen, daß ihm die Gegenwart Lantejas' eine Last sei, „wenn Sie anderswo wären. Und dann übrigens“, fügte er lebhaft hinzu, „ist es eine ernste Angelegenheit, mit Geistern einer übergeordneten Welt zu verkehren. Sehen Sie, hier steht der tapfere Clara, der schon bei dem bloßen Gedanken erbleicht.“ Der Kapitän machte der Unterhaltung ein Ende, indem er zu dem Indianer sagte, daß er seinen Widerwillen begriffe, Zeugen zu seinem abergläubischen Unternehmen mitzubringen. Daß er seinerseits ein zu guter Christ wäre, um einem Akt beizuwohnen, der gegen seine religiösen Prinzipien verstieße. Und daß endlich in Ermangelung einer Hütte, möge sie bewohnt sein oder nicht, die Nacht warm genug wäre, um sie unter dem bestirnten Himmel verbringen zu können.

Bald darauf hielten die drei Reisegefährten am Saum einer großen, grünen Savanne an. Einige Wasserlachen, die sich hier und da zerstreut fanden, glitzerten wie Spiegel. Eine Palmengruppe nahm, umringt von einer üppigen Vegetation, den Mittelpunkt der glänzenden Wasserflächen ein.

Don Cornelio war bereit, diesen Zufluchtsort in Ermangelung eines anderen einzunehmen. Er trennte sich zum zweitenmal von seinen beiden Gefährten, denen er mit den Augen so lange folgte, bis die Entfernung sie seinen Blicken entzog.

Unglücklicherweise war, wie leicht vorherzusehen, der Boden der Savanne so feucht oder vielmehr so aufgeweicht, daß sein Pferd, nach welcher Seite er sich auch wandte, bis an die Knie einsank und nicht mehr vorwärtsging.

Nach vielen vergeblichen Versuchen wurde Don Cornelio gezwungen, darauf zu verzichten, bis zu dem Palmenhain vordringen zu können – um so mehr, da ihm der Wind den stinkenden Bisamgeruch, den die Kaimane ausdünsten, zutrug.

Um sich aber nicht zu weit von seinen Reisegefährten zu entfernen, wandte sich der Kapitän in die Richtung, die jene eingeschlagen hatten. Er bemühte sich, irgendeinen anderen Punkt, der ebenso sicher war wie der, den er eben hatte verlassen müssen, aufzufinden.

Don Cornelio fürchtete, und gewiß auch nicht ganz ohne Grund, daß die untergeordneten Banditen Arroyos, die sicher den Tod Gaspachos rächen wollten, nicht dieselbe Achtung vor dem Abgeordneten Morelos' haben könnten wie ihr Chef. Er hatte nicht vergessen, daß dieser befohlen hatte, sich zur Verfolgung der Herrin der Hazienda bereit zu halten.

In Wirklichkeit glaubte er ein entferntes Geräusch zu vernehmen, was ihn beunruhigte und veranlaßte, sein Pferd anzutreiben.

Der Schwarze und der Indianer waren in ein Dickicht von ungeheuren Bäumen gedrungen. Als der Kapitän dies hinter sich hatte, befand er sich auf einer flachen Ebene, in deren Mitte er unbeschützt und der Gnade der blutdürstigen Leute Arroyos preisgegeben war.

Eine Kette kahler Berge begrenzte links das offene Terrain, und vor ihm zeigte sich nach einem Marsch von ungefähr einer Viertelstunde zuerst in der Entfernung, bald aber dicht vor seinen Füßen ein breiter, trüber und dunkler Wasserspiegel.

An diesem düsteren Anblick und beim Auftauchen eines von dichten Nebeln verhüllten Hügels, der sich aus der Mitte der Wasserfläche erhob, erkannte Don Cornelio, ohne ihn jemals gesehen zu haben, den See Ostuta.

Der Zufall hatte ihn gegen seinen Willen dorthingeführt, und seine plötzlich erwachte Neugierde wurde so übermächtig, daß er beschloß, ihr nachzugeben.

Ein etwas entferntes, finsteres und dichtes Gehölz, in dem Don Mariano sich gelagert hatte und über das er die Gipfel hoher Palmen sich erheben sah, schien dem Kapitän den günstigsten Punkt zur Beobachtung zu bieten.

Er konnte, indem er auf einen der Bäume stieg, die den Saum des Gehölzes bildeten, die ganze Ausdehnung des Sees überblicken. Und da er sich ruhig verhalten würde, glaubte er sich sicher.

Einige Augenblicke später ging der Mond voll und strahlend auf.

Wo befand sich Costal zu dieser feierlichen, von ihm so heiß ersehnten Stunde? So fragte sich der Kapitän, als er zu bemerken glaubte, daß bei der um ihn herum verbreiteten Helle plötzlich die Oberfläche des Sees, der Hügel, dessen Fuß die Gewässer bespülten, und der finstere Wald, den er überragte, neues Leben zu erhalten schienen.

Wunderbares Licht schien den Wänden des Hügels zu entströmen, und fremdartige Töne schlugen an sein Ohr.

Es gehörte nicht viel dazu, das Nervensystem des ehemaligen Studenten der Theologie zu erschüttern. Und er begann schon, freilich zu spät, zu bereuen, daß er sich an diesen einsamen Ort, dessen wilder Anblick die Seele unwillkürlich mit Schrecken erfüllte und wo sich vielleicht wunderbare Dinge zutragen konnten, gewagt hatte.

Plötzlich erbebte er, wie im Augenblick auch die beiden Diener Don Marianos, beim Anblick eines Menschen, eines Indianers, der am Ufer des Sees erschien. Sein Schreck war aber nur von kurzer Dauer, denn er erkannte in dem Mann, der mit seinen Händen das Schilf des Sees auseinanderschlug und der vom vollen Mondlicht beschienen wurde, seinen Gefährten Costal.

Von seinem hohen Standpunkt aus konnte er ferner, was den Dienern entging, noch einen anderen Mann sehen, der wie der Indianer ganz nackt war. Dies war ein Neger.

Diese beiden athletischen Gestalten trugen nicht wenig dazu bei, dies sonderbare Gemälde noch wunderlicher zu machen. Darauf schwammen beide durch den See und entschwanden bald seinen Augen, wie auch dem Blickfeld der Diener Don Marianos.

Obgleich er beinahe die Enttäuschung eines Zuschauers empfand, der plötzlich ein angefangenes Schauspiel verlassen muß, überlegte der Kapitän doch, ob er sich nicht während der Abwesenheit seiner Gefährten auf dem Gipfel seines Baumes mehr in Sicherheit befände als auf der freien Ebene. Schließlich blieb er an seinem Beobachtungsplatz.

Don Cornelio wollte dort bis zu dem Augenblick bleiben, wo er von neuem seine beiden Reisegefährten sehen würde. Er wollte ihnen dann Zeit zum Ankleiden und Aufsuchen ihrer Pferde lassen, selbst aber schleunig vom Baume steigen und ihnen folgen. Er nahm sich vor, ihnen, wenn er sie eingeholt hatte, irgendein

Märchen aufzubinden, dessen Erfindung er auf den Augenblick selbst verschob.

Die Zeit verrann aber, der Mond stieg immer höher, und weder Costal noch der Neger kamen zum Vorschein.

Während die Leute Don Marianos schwuren, sie hätten den Indianer gesehen, der seit fünfhundert Jahren sein Herz sucht, bildete sich der Kapitän mit mehr Grund ein, daß die beiden Abenteurer auf dem ehemals dem Tlaloc geheiligten Berg Fuß gefaßt hätten.

Bald gaben einige schwache und dumpfe Klänge, die die Stille der Nacht zu hören erlaubte, den Gedanken Don Cornelios eine andere Richtung. Er bemühte sich vergeblich, die Ursache der Geräusche zu erraten. Denn er war weit davon entfernt, den ungestümen Angriff Don Rafaels auf die Hazienda San Carlos zu vermuten, und noch weniger nahm er an, daß das Tor der Hazienda unter dem Kanonendonner, dessen Grollen er von weitem hörte, in Trümmer gesunken sei.

Der Kapitän zerbrach sich nicht lange den Kopf darüber. Da er einmal den ersten Schreck überstanden hatte, empfand er bald, beruhigt durch den Gedanken, daß er in der Nähe seiner beiden treuen Diener sei, wie der Oberst in der vergangenen Nacht eine unwiderstehliche Neigung, sich dem Schlummer in die Arme zu werfen. Seine Lider wurden in dem Maß schwerer, wie seine Phantasie ruhiger wurde.

Wie der Oberst Tres-Villas rechnete auch er auf den Zufall, dessen Gast er sozusagen war. Und ähnlich, wie es Don Rafael gemacht hatte, befestigte auch er sich auf dem Baum, der ihm als Asyl diente, und verfiel schnell in einen ruhigen Schlaf, in dem er die erste Stunde nicht gestört wurde.

Mit der zweiten sollte es nicht ebenso sein, denn sie bereitete ihm ein ebenso unvorhergesehenes wie schreckliches Erwachen.

Don Cornelio war nicht so fest eingeschlafen, daß nicht ein unerklärliches Getöse, das in der Stille der Nacht um so lauter war, sein Ohr erreicht hätte. Er erwachte plötzlich und glaubte ganz bestimmt, den Klang einer Glocke vernommen zu haben.

Der Kapitän horchte lächelnd, denn er glaubte, auf seinem

Baum von der Glocke seines Geburtsortes geträumt zu haben. Aber es war dies keineswegs ein Traum.

Der Klang wiederholte sich, und zu seinem großen Erstaunen zählte er zwölf deutliche und klare Schläge, wie sie der Hammer einer Uhr um Mitternacht angibt.

Das konnte in der Tat die Stunde sein, die auch der Mond andeutete. Don Cornelio konnte sich eines zweiten Anfalls von Schauder nicht erwehren. Denn in dieser schweigsamen und düsteren Landschaft, die ihn umgab, erblickte er nichts als die kahlen Hügel der Bergkette und eine flache Ebene, auf der sich kein Glockenturm einer Hazienda oder eines Dorfes erhob.

Noch zitterten die Schwingungen der Glocke in der Luft. Sie waren wirklich aus der Mitte des Sees, von den glasartigen Wänden des verzauberten Hügels ausgegangen.

Es klang wie ein Zeichen, von dem man hätte sagen können, daß es den indianischen Gottheiten gegeben wäre, um sie aus ihrem hundertjährigen Schlummer zu erwecken.

Das entfernte Geräusch, das Don Cornelio während seines kurzen Schlafes zu vernehmen geglaubt hatte, wurde nach seinem Erwachen immer stärker. Dann verwandelte es sich in ein lang anhaltendes Geheul, wie er es in seinem Leben noch nicht gehört hatte.

Die Töne schienen aus den ungeheuren Lungen irgendeiner unbekannten, riesenhaften Tiergattung hervorzugehen.

Diesmal zitterte der Kapitän an allen Gliedern und würde, hätte er sich nicht festgebunden, unfehlbar von der Höhe seines Sitzes auf die Erde gefallen sein.

Das Roß des Kapitäns teilte seinen Schreck. Es stampfte die Gebüsche in seiner unmittelbaren Nähe nieder, zerriß mit einem heftigen Ruck den Zaum, und Don Cornelio sah es im Galopp in das Gehölz fliehen, das so schreckliche Gäste zu bergen schien.

Erschrocken sah er dem Tier nach, das nicht eher stillstand, bis es die Pferde des Indianers und des Negers erreichte.

Dieses Geheul und diese Glockenschläge in der Einsamkeit verfehlten es nicht, Don Cornelios Glauben etwas zu erschüttern. Es gab sogar einen Augenblick, in dem er nicht anders glaubte, als die Stimme der Geister zu hören, die Costal anzurufen wagte.

Der Kapitän Lantejas war aber nicht der einzige, der erschrak.

Zwei Flintenschüsse von ihm entfernt, aber seinen Augen durch das Laub der Bäume verborgen, hatten sich die Leute Don Marianos auf einen Haufen zusammengedrängt und mit gleicher Überraschung und mit nicht geringerem Schrecken die zwölf Schläge der unsichtbaren Uhr gezählt.

Plötzlich erschien Castrillo in der Lichtung, in der sich Don Mariano und seine Tochter befanden. Entmutigung und Schrekken zeigten sich auf seinem Gesicht.

„Von welchem Unglück wollen Sie mir berichten?“ fragte Mariano, von der Blässe des Dieners betroffen.

„Von dem Unglück, Señor Don Mariano, daß wir uns an einem verfluchten Ort befinden, von dem wir so schnell wie möglich fliehen müssen.“

„Haltet eure Waffen bereit, denn es heulen Jaguare in der Nähe.“

„Noch nie hat ein Jaguar so geheult“, sagte der Diener und ließ den Kopf auf die Brust sinken. „Und Kriegeswaffen sind unnütz, wenn die Stimme des Geistes der Finsternis sich vernehmen läßt. Hören Sie!“

Das Gebrüll oder Geheul hatte, wie wir schon erwähnt haben, durchaus keine Ähnlichkeit mit dem der Tiere des Waldes oder der Savanne.

„Den Verlauf dieser Nacht haben zu viele sonderbare und befremdende Zeichen angedeutet“, begann Castrillo wieder, „als daß es nicht eine Torheit wäre, noch länger an einem Ort zu bleiben, an dem alle Gesetze der Natur über den Haufen geworfen zu sein scheinen; an dem die Toten aus ihren Gräbern erstehen, wo Glockentöne fern von jeder menschlichen Wohnung erklingen, wo endlich der Teufel in der Finsternis heult. Fliehen wir, Señor Don Mariano, solange es noch Zeit ist.“

„Aber wohin?“ rief Don Mariano voller Angst. „Ist denn dies Kind imstande, die Beschwerden des Marsches zu ertragen?“

„Während Sie zu Gott flehen werden, er möge gnädig die drohende Gefahr von uns abwenden, wollen wir schnell die Sänfte auf die Maultiere laden“, entgegnete der Diener. „Aber beeilen wir uns, wir haben nicht einen Augenblick zu verlieren. Denn ich werde meine Kameraden nicht länger von der Flucht zurückhalten können, und ich selbst …“

„Wir sollen allein hier bleiben!“ unterbrach ihn Gertrudis schaudernd. „Nein, nein, ich fühle die Kraft in mir zu fliehen, und sollte es auch zu Fuß sein.“

„Nun, wie du wünschst“, erwiderte Don Mariano. „Wir wollen versuchen, San Carlos zu erreichen.“

Castrillo stürzte fort zu seinen Kameraden. Als es sich aber darum handelte, die Maultiere und Pferde, die an einem etwas entfernteren Ort untergebracht waren, herbeizuführen, wagte keiner von ihnen, das Abenteuer zu unternehmen.

„So wollen wir alle vier gehen“, sagte Castrillo.

Seine Gefährten folgten ihm zitternd, indem sie das Zeichen des Kreuzes mit einer fast wahnsinnigen Schnelligkeit schlugen, als ob sie eine ganze Legion von Teufeln beschwören wollten.

Was Don Mariano und seine Leute unternehmen wollten, mitten durch die Finsternis sich einen Weg zur Flucht suchen, hätte Don Cornelio nicht für alles Gold der Erde gewagt.

Er fuhr fort, durch den Schrecken auf den Gipfel seines Baumes gebannt, wiederholt seine tolle Neugierde, der er nachgegeben hatte, zu verwünschen. Aufmerksam lauschte er auf das, was er für ein entsetzliches Zwiegespräch zwischen der indianischen Gottheit und seinem unerschrockenen Verehrer hielt, als plötzlich das Geheul wie mit einem Zauberschlag verstummte.

Auf diesen entsetzlichen Lärm folgte nun ein düsteres und beängstigendes Schweigen. Man hätte glauben können, das Entsetzen habe alle Stimmen der Natur zum Schweigen gebracht.

Kurze Zeit darauf wurde das Schweigen wieder durch verworrenes, von fern herschallendes Geräusch unterbrochen, das menschlichen Stimmen nicht unähnlich war, die man aus der Ferne hört. Die Stimmen schienen hinter der Hügelkette, die den See von der Nordseite begrenzte, hervorzukommen.

Don Cornelio zweifelte keinen Augenblick, daß dies die Stimmen Costals und Claras wären, die von dort her nach dem Gelingen ihrer Beschwörung zurückkämen. Denn das entsetzliche Geheul konnte von niemandem sonst kommen als von Tlaloc oder von Matlacuezc, die durch den Akt besiegt worden waren.

Bald aber erkannte der Kapitän, daß er sich getäuscht hatte.

In der Richtung des Weges, den er gekommen war, bemerkte er Lichter, die sich nach dem See zu bewegten.

Aus der Schnelligkeit, mit der diese Lichter ihre Stellung veränderten, zu schließen, wurden sie von Reitern getragen.

Der Kapitän bemerkte, einen halben Büchsenschuß von seiner Zufluchtsstätte entfernt, die Gruppe, die sein Pferd mit denen Costals und Claras bildete. Die Lichter konnten daher weder von dem Indianer noch von dem Neger getragen werden.

Es blieb kein Zweifel übrig, daß dies Arroyo und seine schrecklichen Banditen seien.

Kurze Zeit darauf wurde am Ufer des Sees eine Truppe Reiter sichtbar, von denen jeder eine Fackel in der Hand trug.

Don Cornelio erkannte darunter Arroyo und seinen Genossen Bocadro wieder.

Die Banditen wandten sich bald nach der einen, bald nach der andern Seite. Dann sah er sie nach der den Pferden entgegengesetzten Richtung reiten und neugierig den Wasserspiegel und das Schilf des Ufers betrachten.

Auf ein Signal erloschen die Fackeln, und alle Gegenstände sanken in eine für die Augen Don Cornelios undurchdringliche Finsternis zurück, da das Licht des Mondes nach dem Glanz der Fackeln sehr trübe erschien.

Der Kapitän hätte von Herzen gern seine beiden Gefährten von der Gefahr unterrichtet, die ihnen die Anwesenheit der Banditen Arroyos bereiten konnte. Aber auf welche Weise?

Die Leute Don Marianos standen bei dem Anblick der bewaffneten Männer, unter denen Don Mariano und seine Tochter ihre beiden früheren Rinderhirten erkannten, wie Bildsäulen da, obgleich die Sänfte Gertrudis' schon zum Aufbruch auf dem Rücken des Maultieres befestigt war.

Don Cornelio folgte allen Bewegungen Arroyos mit unruhigem Blick. Sein Herz wurde erst erleichtert, als er ihn mit seinen Reitern den See umrunden und sich entfernen sah.

Bei der nach und nach wieder eingetretenen Mondhelle konnte der Kapitän fast alles bemerken, sogar, was auf dem Grund des Schilfes vorging. Die Ufer des Sees waren wieder einsam geworden, seine Wasser waren schweigend und ruhig.

Plötzlich glaubte Don Cornelio eine leichte Bewegung unter den Wasserpflanzen, die am Ufer wuchsen, zu bemerken. Im selben Augenblick erhob sich ein unbestimmter Schatten in der Mitte des grünen Dickichts, und dieser nahm, indem er sich geräuschlos erhob, die Gestalt einer Frau an.

Sie trug ein weißes Kleid, lange, wirre Haare fielen auf ihre Schultern herab.

Kalter Schweiß rann von der Stirn Don Cornelios. Durch diese seltsame Erscheinung gebannt, blieben seine Augen auf ihr haften, ohne daß er imstande gewesen wäre, sie wieder abzuwenden.

Dies war, daran konnte er nicht mehr zweifeln, die Gefährtin Tlalocs, die furchtbare Matlacuezc, die den Beschwörungen des Nachkommen der alten Kaziken von Tehuantepec Gehör gegeben hatte. Sie war aus ihrem nassen Palast, den sie in den Tiefen des Sees Ostuta bewohnte, hervorgekommen.

10

Die Botschaft

Von dem Augenblick an, wo wir Costal und Clara verlassen haben, als sie das Schilf des Seeufers zerteilten, um die Kaimane daraus zu verjagen, und sich dann in seine schlammigen Wasser stürzten, ist der Leser im Ungewissen, was aus diesen beiden Personen geworden ist.

Wir führen sie auf den Schauplatz zurück, wo es nötig sein wird, ihnen einige Augenblicke zu folgen, um erklären zu können, wie das Phantastische dem wirklichen Drama als Einleitung gedient hat, dessen Entwicklung wir entgegengehen.

Als die beiden Abenteurer in dem Schatten, den der Hügel warf, verschwunden waren, beeilten sie sich, wie der Kapitän ganz richtig vermutet hatte, den Hügel selbst zu besteigen.

Der Monopostiac ist weiter nichts als ein ungeheurer Block von schwärzlich grünem Obsidian, der aus langen, senkrechten und unregelmäßigen, jedoch von einander streng geschiedenen Schichten gebildet ist. Das ist die Ursache der Spalten, die man in seinen Wänden sieht. Wird diese glasartige Masse von den Sonnen- oder Mondstrahlen beschienen, so erhält er eine Art trüber Durchsichtigkeit, die im Verein mit dem dichten Nebel, der den Gipfel des Hügels bedeckt, einen fremdartigen und melancholischen Gesamteindruck hervorruft.

Gewisse Teile dieses Felsenblockes, die Costal ganz genau kannte, erzeugen einen wunderbaren mystisch-hellen Klang, der für Don Cornelio, Don Mariano und dessen Leute von so besonderer Wirkung gewesen war.

Bald ganz diesen Betrachtungen hingegeben, bald aber mit leiser Stimme Gebete in der Sprache seiner Väter murmelnd, wartete der Indianer auf den Augenblick, in dem der Mond sich über dem Vorhang von Zedern zeigte, der die Ebene abschloß, um seine Beschwörung zu beginnen.

Es würde zu lang und zu ermüdend sein, dem Leser alle die seltsamen Zeremonien vorzuführen, mit deren Hilfe der Indianer den mächtigen Geist beschwor, dessen Erscheinen endlich für den Nachkommen der Kaziken von Tehuantepec den Glanz seiner Familie wiederherstellen sollte.

Wenn Beharrlichkeit und Mut von den indianischen Gottheiten die Gunst, die er erflehte, hätte erlangen können, so hatte sie Costal gewiß im vollsten Maß verdient.

„Clara“, sagte er mit ernster Stimme, „wenn die Götter meiner Väter, von dem Sohn der Kaziken gerufen, der fünfzig Regenzeiten gesehen, die Töne hören werden, auf die sie vor drei Jahrhunderten lauschten, so werden sie ohne Zweifel erscheinen.“

„Ich hoffe es auch“, sagte Clara.

„Ja. Aber wer weiß, ob es Tlaloc oder seine Gefährtin sein wird?“

„Das kümmert mich wenig.“

„Matlacuezc“, nahm der Indianer wieder das Wort, „ist in ein so klares Weiß gekleidet, wie das der Blume der weißen Seerose. Wenn ihr Haar nicht auf den Kopf gewunden ist, fällt es auf ihr Kleid herab, wie die Mantille einer Dame von hohem Stand. Ihre Augen sind glänzender als die Sterne und ihre Stimme sanfter als die des Spottvogels, wenn er die herrlichen Melodien der Nachtigall nachahmt. Und dennoch ist ihr Anblick schrecklich zu ertragen.“

„Ich werde ihn ertragen“, sagte der Neger.

„Aber Tlaloc hat einen riesenhaften Wuchs. Zusammengerollte Schlangen zischen in seinem Haar. Sein Auge ist wie das Auge des Jaguars, seine Stimme rollt wie die zweier Stiere. Überlege, so lange es noch Zeit ist."

„Ich habe dir gesagt, ich will Gold, und ich kümmere mich wenig darum, ob es Tlaloc oder seine Gefährtin ist, die mir es gibt. Bei allen christlichen und heidnischen Teufeln! Ich bin nicht bis hierhergegangen, um nun zurückzutreten."

„Nun", fuhr Costal fort, „so will ich meine Götter anrufen."

Mit diesen Worten ergriff der Indianer einen neben ihm liegenden Stein und schlug, nachdem er zum Hügel gegangen war, damit stark an eine der hervorspringenden Ecken. Der Schlag schallte weithin, gleich dem Klang des Erzes. Elfmal noch wiederholte er seine schreckliche Beschwörung.

Ein anfangs noch unbestimmtes Gemurmel schien den Schlägen zu antworten. Bald darauf aber erschallte, als ob Costal die Macht gehabt hätte, die schreckliche Stimme Tlalocs zu beschwören, fürchterliches Geheul und unterbrach die Stille des Waldes. Es war dies das gleiche Geheul, das auch den Kapitän und die Leute Don Marianos so sehr in Schrecken versetzt hatte.

Clara war eine Beute eben dieses Schrecks, aber dies dauerte nur einen Moment, denn er rief gleich darauf mit fester Stimme: „Läute noch einmal, Costal, Tlaloc hat geantwortet."

Der Indianer warf auf Clara einen forschenden Blick. Der Mond zeigte die grauschwarze Farbe seines Gesichts. Es war augenscheinlich, daß der Schwarze im Ernst sprach.

„Ei was", sagte Costal, „bist du denn so wenig mit den Geheimnissen des Waldes vertraut, daß du die Stimme eines Tiers mit der des Gottes der Berge verwechselst?"

„Ein Tier heult so?"

„Ohne Zweifel. Diese Stimme ist zwar schreckenerregend, aber nur für die, die das Tier nicht kennen, das hier so heult. Das ist die Stimme des Brüllaffen, den du mit einem Schlag deiner Reitpeitsche, die du am Sattelknopf gelassen hast, töten könntest. Nein, nein, die Stimme Tlalocs ist viel schrecklicher."

„Nun, es tut mir leid", antwortete der Neger.

Bald verlieh der Anblick der Reiter, die die Umgegend des Sees durchsuchten, ihren Gedanken eine andere Richtung.

Die Banditen Arroyos waren kaum hinter dem Schilf verschwunden, als aus der dichtesten Stelle des Ufergebüsches die weiße Erscheinung auftauchte, die der Kapitän mit Schauder anstarrte.

Beim Anblick dieser plötzlichen Erscheinung blitzten die Augen des unerschrockenen Costal triumphierend auf. Er ergriff mit einer Hand den Arm seines Gefährten.

„Die Zeit ist gekommen", sagte er, „der Glanz der Kaziken von Tehuantepec wird wiedererstehen. Sieh!"

Er zeigte mit der anderen Hand auf eine weiße Frauengestalt mit wallendem schwarzen Haar, die der Mond mitten im Schilf beleuchtete.

„Das ist Matlacuezc", erwiderte der Neger mit leiser Stimme.

Und obgleich sein Herz mit verdoppelten Schlägen in seiner Brust pochte, ließ Clara doch den geheimen Schrecken nicht erraten, den er der Gottheit gegenüber empfand, die sich endlich seinen Blicken darbot.

Beide stiegen geräuschlos vom Felsen in das Wasser und schwammen zum Ufer.

In diesem Augenblick verschwand die weiße Erscheinung, und die beiden Abenteurer verloren sie aus dem Gesicht, obwohl der Kapitän von der Höhe seines Verstecks sie noch hinter den grünen Saum der Schwertlilien gekauert erkennen konnte.

Aber der Indianer hatte die Richtung nicht verloren, und sein kräftiger Arm teilte das Wasser so schnell, daß der Neger, so sehr er sich auch anstrengte, zehn Längen hinter ihm zurückblieb.

Bald darauf sah Lantejas, dem vor dem übermenschlichen Mut Costals schauderte, ihn seine Arme ausstrecken, um sich der Göttin des Wassers zu bemächtigen, als eine Stimme rief: „Nicht auf den Neger! Zuerst auf den Mörder Gaspachos!"

Ein Schuß furchte den See. Don Cornelio verlor den Neger und den Indianer aus den Augen, da sie untergetaucht waren. Aber an dem Ort, den Costal eben verlassen hatte, sah er das Schilf sich schwankend bewegen. Er hörte etwas wie einen leisen Todesschrei. Die Schwertlilien hörten auf zu rauschen, und der Schrei erstarb.

Die Erscheinung im weißen Kleid und mit dem fliegenden Haar war verschwunden. Der See blieb öde, aber nur für einen Augenblick.

Costal und Clara erschienen wieder auf der Oberfläche und erreichten schleunig das Ufer, einen Büchsenschuß vom Kapitän entfernt.

Das wirkliche Drama mischte sich so eng mit dem phantastischen Anschein, daß Don Cornelio einen Augenblick lang verwirrt blieb.

Der Anblick der Gefahr, in der seine beiden treuen Gefährten schwebten, vermochte allein, ihn wieder zu sich zu bringen und ihm zu zeigen, daß das, was sich unter seinen Augen zutrug, mehr als ein Traum war.

Zwei Leute Arroyos, die plötzlich hinter dem Schilf, in geringer Entfernung von dem Ort, wo die Erscheinung sich für einen Augenblick gezeigt hatte, hervorsprangen, verfolgten Clara und Costal mit dem Degen in der Faust.

Bei diesem Anblick gewann der Kapitän seine Besinnung wieder. Er legte den Lauf seines Karabiners auf einen Zweig und gab Feuer. Einer der Banditen stürzte, der andere blieb erschrocken von diesem unerwarteten Schuß stehen.

Diese Verzögerung gab den beiden Abenteurern Zeit, zu ihren Pferden zu gelangen und sich wie zwei Gespenster, vom Wasser des Sees triefend, in den Sattel zu schwingen.

Auch der Kapitän stieg eilig vom Baum, indem er seinen Namen nannte und seine beiden Gefährten bei den ihrigen rief.

„Ah!“ rief Costal. „Ich machte mir schon Sorgen, als ich Ihr Pferd erkannte, daß Ihnen irgendein Unglück zugestoßen sei.“

Der Bandit, der allein geblieben war, ergriff während dieser Zeit die Flucht und lief zu der Stelle, wo er sein Pferd unter der Aufsicht seiner Gefährten gelassen hatte.

Er wurde aber von dem Indianer, der ihn in einigen Sätzen eingeholt hatte, niedergeritten, von den Hufen des Pferdes zermalmt und von Costal noch mit einen Degenstoß zu Boden gestreckt, ohne daß dieser den Sattel verlassen hätte.

„Jetzt schnell zum See!“ rief Costal, an den Neger gewandt.

„Sie können uns in diesem Gehölz erwarten, Señor Don Cornelio. Wir müssen jetzt allein sein."

Als er den Fuß schon auf die Erde setzte, veränderte ein neuer Zwischenfall die Lage der Dinge.

Fünf Reiter und eine von zwei Maultieren getragene Sänfte tauchten plötzlich am Ufer des Sees auf, fast am äußersten Ende des Waldes. Es waren dies Don Mariano an der Seite der Sänfte seiner Tochter und seine vier Diener.

Don Mariano hatte gehört, daß der Kapitän Lantejas seinen Namen nannte, indem er Costal und Clara bei dem ihrigen rief, und beeilte sich voll froher Zuversicht über die unerwartete Verstärkung, die der Himmel ihm sandte, sie zu erreichen.

Von der anderen Seite des Sees brach im selben Augenblick hinter der Zedernreihe eine zweite Truppe zu Pferd hervor, die ungefähr aus einem halben Dutzend flüchtiger Männer bestand. Sie wurden allem Anschein nach von einer gleichen Anzahl Reiter, die ihrerseits mit geschwungenen Säbeln erschienen, verfolgt.

„Was ist das", schrie Costal, wie ein Heide fluchend, der er auch in Wirklichkeit noch war, „daß diese Eindringlinge kommen und die Verehrer Tlalocs stören?"

Der Neger, der in diesem Augenblick seinen und Costals Namen rufen hörte, schlug sich auf die Brust vor Verzweiflung, indem er an die unwiederbringlich verlorene Gelegenheit dachte, die ihm dieser plötzliche Überfall des vorher so stillen Sees aus den Händen gewunden hatte. Es war die Stimme Don Marianos, die nun erklang. Er gab sich zu erkennen und nannte auch den Kapitän Lantejas bei seinem Namen, ohne aber zu wissen, daß es derselbe war, der den Vornamen Cornelio führte und der früher ein Gast der Hazienda las Palmas gewesen war.

„Ja, das bin ich, so wahr Gott lebt", erwiderte der Kapitän im höchsten Grad erstaunt, hier mitten in dieser bisher so traurigen Einsamkeit Bekannte zu finden.

Während dieser verschiedenen Zwischenfälle schienen die Flüchtlinge nicht recht zu wissen, wohin sie sich wenden sollten. Bald aber schlugen sie, indem sie wahrscheinlich nicht die am

Saum des Waldes versammelte Gruppe bemerkten, die Richtung dorthin ein.

Lantejas und seine beiden Gefährten, sowie Don Mariano und seine Leute behielten nur noch eben so viel Zeit, um schleunigst hinter den Bäumen in Deckung zu gehen, damit sie durch den stürmischen Galopp der Pferde, die mit verhängten Zügeln auf sie zusprengten und wie ein Wirbelwind an ihnen vorübersausten, nicht niedergetreten wurden.

Ungeachtet der Schnelligkeit, mit der sie vorüberhuschten, hatte doch das durchdringende Auge Costals unter den Flüchtlingen zwei Männer erkannt, die er nie verkennen konnte, denn sie waren wie er Diener Don Marianos gewesen.

„Wir sind in Feindesland", sagte er mit leiser Stimme zu Clara. „Da sind Arroyo und Bocadro. Sie werden ohne Zweifel von den Königstreuen verfolgt."

Er hatte kaum seinen Satz vollendet, als die sechs Reiter, die Arroyo verfolgten, in einem nicht minder wütenden Galopp wie der Blitz an ihnen vorüberjagten.

Einer von ihnen, so viel man beurteilen konnte, von hoher Gestalt, war seinen fünf Gefährten ein Stück voraus. Auf den Hals seines Pferdes niedergebeugt, schien er eher zu fliegen, als zu reiten. Und dennoch stieß er seinem Tiere ohne Unterlaß die Sporen in die Flanken.

Er griff krampfhaft nach seinem schwarzen breitkrempigen Hut, der ihm bei der Schnelligkeit des Rittes beinahe vom Kopf geflogen wäre. Dann setzte er ihn so auf, daß sein schon halb von der Mähne seines Pferdes verdecktes Gesicht fast ganz unsichtbar wurde.

Der Renner selbst machte in demselben Augenblick, entweder von der dunklen Masse der Sänfte Gertrudis' oder durch irgendeinen anderen Gegenstand erschreckt, einen Seitensprung und stieß aus seinen Nüstern ein fremdartiges und rauhes Schnaufen aus. Ein schwacher, unter den Vorhängen der Sänfte hervordringender Schrei antwortete.

Dieser Schrei ging ungehört an dem Reiter vorüber, der nicht einmal den Kopf wandte.

Gertrudis war aber nicht die einzige, die bei diesem so leicht kenntlichen Schnaufen erzitterte. Auch Don Cornelio erinnerte sich, das gleiche Schnaufen hinter sich gehört zu haben, und zwar auf dem Schlachtfeld von Huajapam, wenige Augenblicke früher, als er sich von dem kräftigen Arm des Obersten Tres-Villas aus dem Sattel gerissen fühlte.

Don Mariano hatte nicht die Eigentümlichkeit eines Pferdes wiedererkennen können, das so lange in seinem Stall gestanden hatte.

Der Reiter besaß auch den hohen Wuchs Don Rafaels. Sollte er es sein, er, den man bei der Belagerung Huajapams vermutete. Noch konnte man daran zweifeln.

Costal und Clara nahmen sich vor, ihre Beschwörungen zwar fortzusetzen, denn die Nacht war noch nicht zu Ende, dies aber auf eine günstigere Stunde zu verlegen. Sie hatten sich auf den Weg gemacht, ihre Schußwaffen und Kleidungsstücke wieder zu holen, und Don Cornelio blieb so lange allein mit seinem früheren Wirt und dessen Tochter.

Da man in völliger Ungewißheit schwebte, was man anfangen sollte, so erwarteten alle mit einer gewissen Beklemmung das Ende des Gefechts, das fast vor ihren Augen stattfinden mußte. Die Einzelheiten des Kampfes entgingen ihnen aber durch die Entfernung, ungeachtet des Glanzes, den der Mond auf den See warf. Die Ufer bildeten den Schauplatz, auf dem die Entscheidung fallen mußte.

Don Rafael, der seit der Zeit, wo wir ihn die Hazienda San Carlos haben verlassen sehen, sich immer mehr dem See Ostuta genähert hatte, ließ in seiner erbitterten Verfolgung nicht nach.

Von Minute zu Minute wurde der Raum, der ihn von Arroyo noch trennte, kleiner. Der Bandit, der trotz seiner Tapferkeit von einem wahnsinnigen Schrecken vor dem unerbittlichen und furchtbaren Feind, dem er zu entfliehen versuchte, ergriffen zu sein schien, mußte sich sagen, daß der schreckliche Arm des Obersten ihn bald erreichen würde.

Trotzdem hatte er einen Augenblick lang Hoffnung, denn die Soldaten im Gefolge Don Rafaels waren nicht so gut beritten wie ihr Anführer, der ihnen ungefähr vier bis fünf Pferdelängen voraus war.

Der Bandit konnte seine Begleiter eine Frontschwenkung machen und Don Rafael umzingeln lassen, bevor dessen Reiter Zeit hatten, ihn zu erreichen. Aber sein Mut war gebrochen, und so entging ihm diese letzte Aussicht auf Rettung.

Die unbändige Kraft des Obersten und sein blinder Mut waren ihm zu sehr bekannt, um hoffen zu können, ihm den Garaus zu machen, bevor seine Leute ihm zu Hilfe kommen konnten.

Arroyo war an das äußerste östliche Ende des Sees gekommen. In geringer Entfernung vor ihm breiteten sich die unermeßlichen Ebenen aus, in denen er glaubte den Verfolgungen seines Feindes entgehen zu können.

Er sprengte daher in der Richtung fort, fest entschlossen, nur im äußersten Notfall von dem gefährlichen Mittel einen Gebrauch zu machen, das ihm der Vorsprung des Oberst gewährte.

Don Rafael folgte aber trotz seiner flammenden Leidenschaften aufmerksam jeder Bewegung seines Feindes. Er schien seine Absicht zu erraten. Denn seit einigen Sekunden hatte er sich schon von der Krümmung des Sees entfernt, um ihm alle Hoffnung auf einen Rückzug zu seiner Rechten abzuschneiden. Und indem Arroyo, dem Bocadro dicht auf dem Fuß folgte, einen plötzlichen Seitensprung machte, war es schon zu spät.

Das Pferd stieß ein rauhes Schnaufen aus und sprengte mit seinem Reiter in gleicher Linie mit den beiden Banditen. Schnell warf Arroyo sein Pferd nach links herum. Das war es aber, was Don Rafael erwartete, der mit ihm die gleiche Absicht zu haben schien, die der Jäger mit dem Hirsch hat, dem, von den Hunden gehetzt, nur noch als Rettungsmittel der Teich übrig bleibt, zu dem er getrieben wird.

„Sieh dich vor!“ schrie Bocadro seinem Gefährten zu beim Anblick des Obersten, der mit einer plötzlichen Anstrengung an ihm vorübergesprengt war und sich auf Arroyo stürzte.

Arroyo feuerte seine Pistole ab, die er in der Hand hatte, und zog dabei unwillkürlich den Zügel seines Pferdes an. Der Schuß, der schlecht gezielt war, traf Don Rafael nicht. Sein Pferd warf

Arroyos Pferd über den Haufen, indem es mit der Brust gegen die Flanke des Tieres rannte.

Bocadro warf sich zwischen beide, um seinem Gefährten Zeit zu verschaffen, sich wieder zu erheben.

„Fort, stinkender Iltis!“ schrie der Oberst, indem er ihn durch einen Schlag mit dem Säbel aus dem Sattel warf.

Arroyo, von dem Sturz verwundet und zerquetscht, mit den Sporen unter dem Sattel festgeklemmt, machte vergebliche Anstrengungen, sich zu erheben. Schon umringten ihn der Oberst von der einen, seine Leute von der anderen Seite mit gezückten Säbeln, während die vier Aufständischen mit verhängten Zügeln davonritten und Bocadro mit zerbrochenen Rippen unbeweglich auf dem Sand lag.

Die Zuschauer hatten von dem Ort aus, wo sie standen, diesen doppelten Sturz gesehen, ohne aber wegen der großen Entfernung erraten zu können, auf wessen Seite der Vorteil war.

Nur von dem Wunsch beherrscht, daß die Ufer des Sees wieder einsam würden, kümmerten sich Clara und Costal wenig darum. Um so erregter verfolgte Don Mariano den Kampf.

Von dem Gedanken gequält, daß einer der Teilnehmer an diesem blutigen Kampf der Oberst Tres-Villas sein könnte, dessen Leben ihm jetzt so kostbar geworden war, da das Leben seiner Tochter an dem seinen hing, war Don Mariano in schmerzliche Ungewißheit versunken. Er hatte vom Beginn der fürchterlichen Szene an, die sich vor seinen Augen zutrug, tiefes Schweigen bewahrt.

Ein lebhaftes Gefühl der Neugierde hatte auch Don Cornelio und seine beiden Gefährten stumm gemacht.

Don Mariano wußte also noch nicht, daß die Hazienda San Carlos von der Bande Arroyos erobert und geplündert worden war. Und auch Gertrudis, die begierig auf das Schnaufen Roncadors gelauscht hatte, war in ihrer tödlichen Angst hinter den Vorhängen der Sänfte in tiefes Schweigen verfallen.

Costal war der erste, der dieses lange Schweigen brach, vom Verlangen getrieben, sich mit Clara wieder allein am Ufer des Sees zu sehen.

„Wie es auch immer kommen mag“, sagte er, „die Straße ist jetzt frei, und Señor Don Mariano kann ruhig seinen Weg fortsetzen, wenn er zur Hazienda las Palmas will.“

„Wir gehen nicht nach las Palmas“, erwiderte Don Mariano zerstreut und ging einige Schritte vor, wie um zu erspähen, was sich zutrug. Aber das verworrene Geräusch von Stimmen, das er in einiger Entfernung hörte, konnte seine Zweifel nicht lösen.

„An Ihrer Stelle würde ich nicht zögern, meinen Weg anzutreten“, sagte Costal. „Die Augenblicke sind kostbar. Bei allen Schlangen des Hauptes Tlalocs!“ rief er dann mit einem von Zorn gemischten Staunen aus. „Es ist noch einer im Wald!“

Man konnte tatsächlich ganz in der Nähe das Krachen des Gesträuchs und der Lianen hören. Dann erklang eine harte Männerstimme.

„Hierher, Freund, hierher! Ich höre da die Stimme dessen, den wir suchen. Schnell, bei allen Teufeln, damit er uns diesmal nicht wieder entschlüpft!“

Diese Stimme war keinem von denen bekannt, die sie hörten. Der Mann, zu dem sie sprach, war noch nicht sichtbar geworden. Das Geräusch der Schritte verlor sich nach und nach und erstarb in der Ferne.

Der Mond, der bald hinter den Hügeln verschwand, beleuchtete mit seinen schrägen Strahlen noch eine Gruppe Männer und Pferde, deren Schatten sich übermäßig in dem weißen Sand der Ebene verlängerten.

Was ging aber mitten in dieser Gruppe vor? Eine schreckliche Szene ohne Zweifel, wenn man nach einem furchtbaren Schrei urteilen durfte, der dem Besitzer der Hazienda das Herz durchschauerte.

War es der besiegte Don Rafael, der diesen Schrei ausstieß, ober übte er selbst einen Akt unerbittlicher Justiz an dem Mörder seines Vaters?

In dem Augenblick, wo Arroyo sich unter der Last seines Pferdes hervorwand, war Don Rafael von seinem Tier gesprungen. Seine beiden Eisenfäuste umspannten die Arme Arroyos, während er den Dolch zwischen den Zähnen hielt.

Vergebens versuchte der Bandit, sich mit seinen gebrochenen Muskeln den tödlichen Umschlingungen zu entziehen. Dann stemmte ihm Don Rafael mit dem ganzen Gewicht seines Körpers ein Knie auf die Brust. Das Knie war so schwer, als wenn ein Felsblock, der vom Monapostiac heruntergerollt war, auf der Brust des Banditen läge.

Arroyo, dem Schmerz unterworfen, blieb mit gekreuzten Armen unbeweglich am Boden, während Wut und Schrecken in schnellem Wechsel sich auf seinem Gesicht malten.

„Knebelt ihn!“ befahl Don Rafael.

Mit Blitzesschnelle schlang sich der Lasso einer seiner Reiter zehnmal um die Beine und Arme des am Boden liegenden Banditen.

„Gut“, sagte der Oberst, als Arroyo jeder Möglichkeit beraubt war, noch irgendeine Bewegung zu machen. „Bindet ihn an den Schweif des Roncador!“

Wie sehr auch die spanischen Soldaten an die furchtbaren Racheakte gewöhnt sein mochten, die fast jedem Sieg auf der einen wie auf der anderen Seite folgten, so führten sie diesen Befehl doch nur in tiefem Schweigen aus.

Als das äußerste Ende des Lassos, mit dem man den Banditen gebunden hatte, an der Schwanzwurzel des Roncador befestigt worden war, schwang sich der Oberst in den Sattel.

Er warf einen Blick voller Haß auf den Mörder seines Vaters, und ein Hohngelächter beantwortete Arroyos Bitte um Gnade.

„Wozu sollte das führen?“ rief er „Antonio Valdes ist auch so gestorben, und Sie werden sterben wie er. Ich habe es Ihnen in der Hazienda Las Palmas gesagt.“

Die Sporen des Obersten erklangen mit dumpfem Geklirr gegen die Weichen Roncadors. Das Tier bäumte sich heftig in dem Augenblick auf, als der Bandit den Angst- und Schmerzensschrei ausstieß, der Don Mariano so ergriffen hatte.

Bei einem zweiten Sporenstoß ließ der Roncador ein heiseres Wiehern hören, machte einen Sprung vorwärts und blieb dann unbeweglich und zitternd stehen. Arroyo, heftig vom Boden aufgerissen, fiel schwerfällig wieder zurück.

In diesem Augenblick liefen zwei Männer fast außer Atem herbei.

Der Mond beleuchtete das Gesicht des Obersten wie am hellen Tag.

Sobald die Männer ihn erreicht hatten, rief der eine: „Einen Augenblick, Herr Oberst, im Namen Gottes! Gehen Sie nicht wieder fort, wir haben zu viel erdulden müssen, um Sie aufzufinden, mein Begleiter und ich!"

Der Mann zog den Hut und zeigte die militärischen Züge des uns bekannten Juan el Zapote, während der ehrliche Gaspar ihn atemlos erreichte.

Der Oberst erkannte die beiden Männer sofort wieder. Auch hatte er nicht vergessen, daß einer von beiden ihm einen heilsamen Rat gegeben, indem er ihm den Ort genannt, wo er eine sichere Zuflucht gefunden hatte.

„Was wollen Sie?" fragte er sie. „Sehen Sie nicht, daß ich keine Zeit habe, Sie anzuhören?"

„Ja, ohne Zweifel, wir sind zudringlich. Oh, das ist der Kapitän Arroyo, mit dem Sie sich ein bißchen beschäftigen! Wir laufen Ihnen unausgesetzt seit vierundzwanzig Stunden nach, und immer entwischen Sie uns. Ich habe eine Botschaft auf Leben und Tod für Sie."

„Gnade! Herr Oberst!" rief Arroyo mit jammernder Stimme.

„Still doch!" sagte Juan.

„Eine Botschaft?" rief der Oberst, dessen Herz in süßer Hoffnung erbebte. „Eine Botschaft? Und von wem?"

Befehlen Sie Ihrer Mannschaft, sich zu entfernen", erwiderte Juan. „Es ist eine Botschaft vertraulicher Natur – eine Liebesbotschaft", setzte er leise hinzu.

Auf eine befehlende Bewegung des Oberst, denn die Stimme versagte ihm augenblicklich, entfernten sich seine Reiter so weit, daß sie nichts mehr hören konnten.

Und trotzdem neigte Don Rafael, als ob ihm diese Vorsicht noch nicht genüge, den Kopf zu dem Boten nieder.

Was sagte ihm Juan, der, nachdem er sich so geschickt für Gaspar eingeführt hatte, auch die Rolle des wahren Boten spielte?

Wir können wohl unterlassen, es hier mitzuteilen. Das Benehmen des Oberst allein ließ den Sinn der Worte erraten, die er hörte.

Mit der einen Hand auf die lange Mähne des Roncador wie auf einen Haltepunkt gestützt, den er brauchte, um sich im Sattel zu halten, unterdrückte der Oberst mühsam einen leidenschaftlichen Ausruf des Entzückens. Dann verbarg er hastig einen Gegenstand, den ihm der Bote überreichte, der seinerseits wieder auf ein Wort Don Rafaels einen bewunderungswürdigen Luftsprung zum Zeichen seiner ausgelassenen Freude machte.

Dann zog der Oberst seinen Dolch, und seine Reiter konnten ihn mit leiser Stimme zu Juan sagen hören: „Gott wollte noch nicht, daß dieser Mann stirbt, weil er Sie in diesem Augenblick zu mir gesandt hat.“

Und er vergaß, daß er nun endlich seinen ärgsten Feind, den Mörder seines Vaters, in seiner Gewalt hatte. Er vergaß seine Racheschwüre, um sich nur noch unter den köstlichen Gefühlen, die sein Herz erfüllten, an den Schwur der Verzeihung zu erinnern, den er vor Gertrudis abgelegt hatte. Don Rafael neigte sich auf die Kruppe seines Pferdes und durchschnitt die Bande, die den Elenden, dem die unerwartete Ankunft Juans das Leben rettete, an sein Roß fesselten.

Der Oberst verschmähte es, auf die Danksagungen zu hören, die der auf dem Boden unbeweglich liegende Bandit an ihn richtete, und wandte sich wieder zu dem Boten.

„Wo ist die, die Sie schickt?“ fragte er ihn.

„Dort“, erwiderte Juan und zeigte auf eine Sänfte, die, von fünf Reitern begleitet, näherkam.

Von seiner lebendigen Last befreit, die ihn erschreckt hatte, weigerte sich der Roncador diesmal nicht, in die Richtung zu jagen, wo sich die Vorhänge der Sänfte Gertrudis' in den letzten Strahlen des untergehenden Mondes bewegten.

11

Phantasie und Wirklichkeit

Es schien, als ob die noch vor kurzem so öden Ufer des Sees Ostuta plötzlich der Ort eines allgemeinen Wiedersehens geworden wären. Denn auch in der Ferne erglänzten Lichter, und in entgegengesetzter Richtung von der, die Gertrudis' Sänfte einschlug, wurde eine andere Sänfte sichtbar, die von Männern getragen wurde.

Ein halbes Dutzend Indianer gingen ihr voran und erhellten den Weg mit brennenden Kiefernzweigen.

Bei dem Klang der Stimme Don Rafaels hatte die Eskorte Gertrudis' halt gemacht. Fast im selben Augenblick wurde auch die am entgegengesetzten Ufer des Sees angelangte Tragbahre niedergesetzt.

Die Indianer, die sie geleiteten, begannen mit ihren Fackeln das Schilf zu durchsuchen.

Eine Entfernung von zwei- bis dreihundert Schritten trennte die Gruppe voneinander, die die beiden Sänften umgaben.

Costal war, aufgebracht, die Ufer des Sees von neuem besetzt zu sehen, nach jener Seite gelaufen und trieb, indem er einem Indianer seine Fackel entriß, sein Pferd schleunigst zu der Sänfte heran.

Die Träger erschraken beim Anblick des Reiters, der mit

zornigem Gesicht, den Zügel zwischen den Zähnen, in der einen Hand eine Fackel, in der anderen einen noch von Blut triefenden Degen hielt. Sie ließen ihre Bürde auf den Boden fallen und flohen, so schnell ihre Füße sie zu tragen vermochten.

Ein unterdrückter Schrei ließ sich aus der Sänfte hören, deren Vorhänge der Kapitän, der Costal gefolgt war, sofort öffnete.

Beim Schein der Fackel des Kazikennachkömmlings wurde ein blasses, mit Blut bespritztes Gesicht sichtbar, in dem Don Cornelio den jungen Spanier wiedererkannte, der das Opfer der Grausamkeit Arroyos und der Habsucht seines feigen Gefährten geworden war.

Der Sterbende schreckte beim Anblick des Indianers zusammen und sagte mit fast erloschener Stimme: „Oh, tut mir kein Leid, ich habe nur noch sehr kurze Zeit zu leben!"

Lantejas machte Costal ein Zeichen, sich zu entfernen, und beseitigte die Furcht des unglücklichen jungen Mannes mit tröstenden Worten.

„Dank! Dank!" flüsterte dieser, und indem er einen flehenden Blick auf den Kapitän richtete, fügte er hinzu: „Haben Sie sie nicht gesehen?"

Diese Worte waren ein Lichtstrahl für Don Cornelio. Das aus der Hazienda San Carlos fliehende Gespenst und die weiße Erscheinung im Schilf des Sees waren in seinen Augen jetzt ein und dasselbe unglückliche Geschöpf. Zweimal hatte er die noch lebend gesehen, die der Spanier ohne Zweifel nur tot wieder erblicken sollte.

Noch ganz von den letzten Vorgängen der Nacht verwirrt und in der Angst, die letzten Augenblicke eines Sterbenden zu verbittern, wußte Don Cornelio weiter nichts zu antworten als: „Ich weiß nicht, ich habe niemanden gesehen außer Räubern, von denen zwei getötet worden sind."

„Sucht sie, um Gottes willen!" entgegnete der Spanier. „Sie kann nicht weit von hier sein. Ich spreche von meiner Frau. Wir haben hier in der Nähe dieses seidene Tuch gefunden – noch mehr, diesen Schuh. Ach, wenn ich nur meine Marianita noch einmal umarmen könnte, ehe ich sterbe!"

Mit diesen Worten zeigte der junge Mann voll Angst und mit flehender Gebärde diese beiden Gegenstände, die der Frau gehört hatten, die er in dem Schilf des Sees wahrscheinlich leblos wiederfinden sollte.

Der Kapitän ließ die Vorhänge der Sänfte wieder zurückfallen und lief zu Costal, der bei dem Gedanken, seine Hoffnungen grausam enttäuscht zu sehen, vor Wut schäumte.

Don Cornelio wollte ihm seine Befürchtungen mitteilen, die die junge Frau betrafen.

„Sie sind ein Narr!" unterbrach ihn der Indianer in übelster Laune. „Die Frau, die Sie im Schilf gesehen haben, ist Matlacuezc. Und ich stand im Begriff, sie mit meinen Armen zu umschlingen, als dieser nichtsnutzige Bandit kam. Deshalb verschwand sie", fügte er voller Zorn hinzu.

„Sie sind der Narr, unseliger Heide! Das unglückliche Geschöpf, das wahrscheinlich die für Sie bestimmte Kugel durchbohrt hat, ist die Frau jenes bedauernswerten jungen Mannes."

Während der Kapitän auf die Sänfte sah und die Illusionen zu zerstören suchte, in denen Costal befangen war, hatten sich die Fackelträger Don Fernandos von ihrem Schrecken erholt und ihre Nachforschungen am Ufer des Sees wieder aufgenommen.

Plötzlich stieß einer von ihnen einen schrecklichen Schrei aus.

„Hier ist sie!" rief er.

Dann folgte diesem Schrei ein dumpfes Geheul nach indianischer Weise.

Dieses Geheul belehrte den Spanier über das Unglück, das man ihm hatte verheimlichen wollen.

Der Kapitän hörte, daß der junge Mann ihn rief und ging zu ihm. Er saß mit leeren Augen und offenem Mund auf seinen Kissen.

„Tot! tot!" stöhnte er.

„Der Mann täuscht sich vielleicht", sagte der Kapitän.

„Tot, sage ich Ihnen", flüsterte der Spanier, und nach einer kurzen Pause, als er wieder ruhig geworden war, fügte er hinzu: „Was konnte ich übrigens Besseres hoffen? Sie ist den Mißhandlungen der Banditen entgangen, und ich werde auch sterben.

Glaubt mir, mein Freund, der Tod ist für mich süßer als das Leben, denn er vereinigt mich wieder mit der, die ich mehr als mich selbst liebte."

Dann legte der junge Mann, als ob er sich zum Sterben vorbereiten wollte, seinen Kopf in die Kissen zurück. Er zog mit der einen Hand die Decke bis zu den Augen herauf und machte mit der anderen sorgfältig Platz neben sich, als hätte er das Leichenbett der Frau herstellen wollen, die er nicht mehr wiedersehen sollte.

Don Cornelio lief zu Costal und zog ihn zum See.

„Kommen Sie", flüsterte er ihm zu, „und Sie werden sehen."

Beide erreichten den Ort, von dem das Geschrei ausgegangen war.

Ein weißes, von den Sträuchern zerrissenes, mit Blut und einem grünen Schlamm bedecktes Kleid umhüllte wie ein Totengewand den leblosen Körper einer jungen Frau, die die Indianer auf ein Schilflager gebettet hatten. Einige grüne Blätter, die ihr Haupt wie ein Totenkranz umrahmten, bildeten ihren letzten Schmuck.

„Sie ist schön, wie die Göttin des Wassers", sagte Costal. „Armer Don Mariano", fügte er hinzu, das Opfer erkennend. „Er ist wohl weit davon entfernt, daran zu glauben, daß er nur eine Tochter hat."

Er entfernte sich, träumerisch den Kopf gesenkt. Der Kapitän folgte ihm.

„Nun", fragte er, „glauben Sie noch immer, die Gattin Tlalocs gesehen zu haben?"

„Ich glaube, was meine Väter mich gelehrt haben zu glauben", erwiderte der Indianer entmutigt. „Ich glaube, daß der Sohn der Kaziken von Tehuantepec sterben wird, ohne den alten Glanz seiner Familie wieder herstellen zu können. Tlaloc hat es nicht gewollt."

Man wird sich leicht erklären können, wie die junge hübsche Frau Don Fernandos aus Furcht vor den Banditen sich hierher verirrt hatte.

Am See angekommen, waren ihr die dichten Schilfhalme, die

am Ufer standen, als passender Zufluchtsort erschienen, in dem sie niemand auffinden würde.

Ebenso leicht wird man sich die Anwesenheit Arroyos am selben Ort erklären können. Der Spur folgend, die die unglückliche Frau hinterlassen hatte, war er zu ihrem letzten Zufluchtsort gelangt, indem er wieder seine eigenen Spuren zurückließ, die Don Rafael auffand.

Einer der Leute des Guerilleros hatte Costal im See schwimmend erblickt, als er im Begriff war, die zu erfassen, die ihm zufolge seiner tollen Hirngespinste die Göttin der Gewässer zu sein schien.

Vor Verlangen brennend, den Tod Gaspachos zu rächen, hatte der Bandit auf Costal gefeuert. Aber seine schlechtgezielte Kugel erreichte das unschuldige Opfer, das am Ufer des Sees ein verhängnisvolles Asyl aufsuchte und dort seinen Tod fand.

Die plötzliche Gegenwart des unglücklichen Don Fernando an den Ufern des Sees mag vielleicht um so weniger erklärlich erscheinen, da wir den jungen Mann als Gefangenen in seinem eigenen Haus, nahe daran, seinen Geist unter den Martern aufzugeben, die sein Henker über ihn verhängte, verlassen haben. Wenige Worte werden auch hier genügen, dem Leser den nötigen Aufschluß zu verschaffen.

Die Frau Arroyos, die die Eifersucht doppelt scharfsichtig gemacht hatte, war keinen Augenblick über die sträflichen Absichten ihres Mannes auf Donna Marianita im unklaren geblieben.

Im Glauben, daß Don Fernando, wenn er einmal in Freiheit wäre, vielleicht irgendein Mittel finden würde, seine Frau vor der Lüsternheit des Banditen in Sicherheit zu bringen, hatte sich das Mannweib beeilt, ihn und einige seiner Diener in Freiheit zu setzen, die übrigen aber als Geiseln zurückzubehalten. Außerdem hoffte sie, daß diese Tat, die sie wie eine Handlung der Menschlichkeit betrachtete, den Zorn der Sieger entwaffnen würde.

Eine tragbare Sänfte, in die man Don Fernando schaffte, hatte dazu gedient, ihn aus der Hazienda zu entfernen. Die Indianer, die vor der Sänfte hergingen, waren mit Hilfe ihrer Fackeln den

Spuren gefolgt, die die junge Frau auf ihrer Flucht hinterlassen hatte. Und diese Spuren, sowie die zwei aufgefundenen Gegenstände hatten sie natürlich an den See geführt.

Und dort verhauchten fast zu gleicher Zeit der arme Don Fernando und seine unglückliche Gattin ihr Leben, die ihm nur einige Augenblicke ins Jenseits vorangegangen war.

Es sind aber nicht die zu beweinen, die der Tod vereint, sondern nur die, die er trennt.

„Das ist eine brave Frau", sagte Veraegui, als er von der Freigebung des Spaniers erfuhr. „Deshalb will ich sie auch nur am Hals aufhängen lassen, wäre es auch nur des Anstands wegen."

Um jede Weitläufigkeit zu vermeiden, fügen wir noch gleich hinzu, daß der Katalonier mit Anbruch des anderen Tages die Hazienda im Sturm nahm. Er ließ alle Banditen, mit Ausnahme der Frau, die am Hals gehängt wurde, an den Beinen aufhängen, die Toten und die Lebenden.

Der unerbittliche Leutnant hatte geschworen, seinen ganzen Vorrat an Stricken zu verbrauchen, und er hielt seinen Eid heilig.

Das Schicksal hatte ohne Zweifel die Seele des Vaters gegen das Unglück vorbereiten und stärken wollen, das ihn in einer seiner Töchter traf. Zuerst machte es ihn zum Zeugen des unaussprechlichen Glückes des Mädchens, das später sein tröstender Engel wurde.

Gaspar hatte, als er nach San Carlos ging, um Don Rafael zu suchen, die Plünderung der Hazienda durch die Banditen, die Flucht Marianitas und das grausame Geschick Don Fernandos vernommen. Er hätte seinen Herrn davon unterrichten können, denn er hatte ihn bei seiner Ankunft am See im Mondschein erkannt. Aber er fürchtete, wenn er sich vor Don Mariano sehen ließe, könnte dieser seinen Befehl, Don Rafael die Botschaft Gertrudis' zu überbringen, zurücknehmen. Oder er würde doch von neuem aufgehalten. Deshalb war er mitten durch das Gehölz gelaufen, um den Ort zu erreichen, wo der Oberst sich befand. Und er hatte nur aus Furcht, daß man seine Stimme erkennen würde, unterlassen, auf den Zuruf Juans zu antworten.

Augenblicklich waren die Ufer des Sees, die noch vor kurzem

ein so belebtes Bild darboten, in düsteres Schweigen getaucht. Es nahte der Augenblick, in dem sie wieder ihre Einsamkeit erhalten sollten.

Don Cornelio und seine beiden Gefährten waren verschwunden.

Der Leichenzug setzte sich zur Hazienda San Carlos in Bewegung.

Ein Tod hatte die Seelen der beiden jungen Gatten vereint, ein und dieselbe Totenbahre sollte auch ihre entseelten Körper wieder vereinigen. Die Indianer, die sie trugen, schritten schweigend weiter.

Don Mariano, von seinen Dienern begleitet, zu den sich Gaspar und Juan gesellt hatten, folgte dem Zug.

Hinter ihnen kamen in großer Entfernung die Leute aus dem Gefolge Don Rafaels und schlossen zugleich den Zug. Das feierliche Schweigen des Todes herrschte überall.

Doch jetzt wollen wir dem traurigen Bild, das an uns vorüberzog, das der vollkommensten Glückseligkeit, die dem Menschen zu genießen erlaubt ist, vorziehen – die Entzückung einer erwiderten Liebe, der oft lange und grausame Martern vorangehen, die man aber niemals zu teuer erkauft hat.

Nur zwei Personen, die in gleicher Entfernung von Don Mariano und dem Gefolge des Oberst waren, wechselten mit leiser Stimme Worte, die kein unberufenes Ohr vernehmen konnte.

Seit ihrer Wiedervereinigung ganz in das Glück versenkt, von dem ihre Herzen überströmten, waren sie dem, was sich um sie zutrug, fremd geblieben. Don Mariano, der seinen Schmerz schweigend ertrug, hatte ihnen das doppelte Unglück, das ihn betroffen hatte, nicht mitgeteilt. Er kannte die innige Liebe Gertrudis' zu ihrer Schwester. Deshalb mußte er fürchten, ihr den Todesstreich zu versetzen, wenn er in dem Zustand der Schwäche, in dem sie sich befand, sie mit dem traurigen Ende Marianitas bekannt gemacht hätte, ohne sie vorher darauf vorzubereiten.

Don Rafael, der zur Seite der Sänfte ritt, neigte sich aus seinem Sattel, um kein Wort aus ihrem Mund zu verlieren. Er fing jeden ihrer Laute mit der Gier des Wanderers auf, den der Durst aufreibt und der sich endlich über die Quelle, nach der er so lange schmachtete, neigen und in vollen Zügen das klare, frische Wasser trinken kann.

Das unbestimmte Licht, dem die halbgeschlossenen Vorhänge kaum Eingang in die Sänfte gestatteten, erlaubte Don Rafael nur die unbestimmten Umrisse von Gertrudis' Gesicht zu erkennen. Dieses dem jungen Mädchen so günstige Halbdunkel diente auch dazu, ihre Verwirrung und das Glück, die Röte ihrer bisher so bleichen Wangen zu verbergen.

Von der Heftigkeit ihrer Leidenschaft erschöpft, warf sie heimliche Blicke auf den Geliebten, um sich zu überzeugen, ob der Schmerz der Trennung auch auf seinem Gesicht Spuren zurückgelassen habe.

Zwar hatte die unauslöschliche Liebe, von der er verzehrt wurde, seit langer Zeit die Spuren einer tiefen Schwermut auf seinem Gesicht kenntlich gemacht. Aber in diesem Augenblick strahlte es von Glück, weil Don Rafael nicht mehr an der Liebe Gertrudis' zweifelte, obwohl diese Zweifel in die seinige setzte.

Das junge Mädchen seufzte, und trotzdem hätte diese unwandelbare Liebe, deren Ausdruck sie bei den letzten Strahlen des scheidenden Mondes in jedem Gesichtszug ihres Geliebten wahrnehmen konnte, sie über ihren Argwohn beruhigen müssen.

„Ich kann Ihnen nicht glauben, Rafael", sagte sie. „Was aber die Aufrichtigkeit meiner Worte betrifft, so werden Sie nicht daran zweifeln, nicht wahr? Denn diese Botschaft sagt Ihnen schon deutlich, daß ich ohne Sie nicht mehr leben konnte. Sie sind nun gekommen. O Rafael", fügte sie mit einem Schluchzen schmerzlichen Glückes hinzu, „was wollen Sie mir anführen, um auch mich zu überzeugen, daß Sie mich immer geliebt haben?"

„Welchen Beweis ich dafür beibringen will? Keinen einzigen, Gertrudis. Sie haben von mir einen feierlichen Eid empfangen. Wenn ich auch den Dolch über meinen ärgsten Todfeind gezückt hätte, sollte mein Arm gehoben bleiben, ohne den tödlichen Streich auszuführen, um Ihrer Botschaft zu folgen. Ich bin gekommen und stehe vor Ihnen."

„Sie sind großmütig, ich weiß es, Rafael. Aber – Sie hatten es geschworen – ach, mein Gott!“ rief Gertrudis erschreckt. „Was höre ich?“

Ein entsetzlicher Hilferuf gellte über die Ebene und brach sich an den Felsen des Monapostiac mit grausigem Echo.

„Es ist nichts“, erwiderte Don Rafael, „es ist die Stimme Arroyos, eines der Mörder meines Vaters, auf dessen noch blutiges, vom Rumpf getrenntes Haupt ich geschworen habe, das Ungeheuer auf Leben und Tod zu verfolgen. Still, Gertrudis, fürchten Sie nichts“, fügte er hinzu, um auf eine neue Schreckensgebärde des Mädchens zu antworten. „Der Bandit liegt dort geknebelt am Boden. Jetzt hatte ich ihn eben in meiner Gewalt, den Mann, den ich seit zwei Jahren unablässig verfolgt habe. Da kam Ihre Botschaft – ich zerschnitt darauf die Bande, die den Räuber und Mörder an dem Schweif meines Pferdes festhielten, um so schneller zu Ihnen gelangen zu können.“

Gertrudis ließ halb ohnmächtig ihren Kopf auf die Kissen zurückfallen und sagte, als Don Rafael sich erschrocken zu ihr niederbeugte, mit schwacher Stimme: „Ihre Hand, Rafael, für das namenlose Glück, das Sie mir bereitet haben.“

Und Don Rafael fühlte, vor Glück zitternd, den Druck ihrer Lippen auf seiner Hand, die er ihr gereicht hatte.

Dann zog Gertrudis, beschämt über diese Offenbarung ihrer Leidenschaft, plötzlich die Vorhänge der Sänfte zusammen, um in der Dunkelheit unter dem Auge Gottes allein die höchste Glückseligkeit zu genießen – die, sich geliebt zu sehen, wie sie selbst liebte, eine Glückseligkeit, die ihr zwar fast das Herz sprengte, von der sie aber fühlte, daß sie ihr das Leben verdankte.

Die verschiedenen Personen, die wir im Verlauf der Erzählung haben leiden, lieben oder kämpfen sehen, Fernando und Marianita ausgestreckt auf der Leichenbahre, Gertrudis in ihrer Sänfte wieder zum Leben genesend, Don Rafael, Don Mariano und sein Gefolge – alle entfernten sich nach und nach vom Schauplatz, wie die Bilder, die uns manchmal die Phantasie vorzaubert oder die Träume vor unseren Augen vorübergleiten lassen und die dann allmählich vor unseren Blicken erlöschen.

Don Cornelio, Clara und Costal waren, wie wir früher gesagt haben, schon verschwunden. Und der letzte Reiter im Gefolge Don Rafaels, der den Trauerzug schloß, wurde auch hinter dem Zedernvorhang unsichtbar, der den See im Westen begrenzte.

Nur zwei regungslose Körper blieben allein an den verödeten Ufern des Sees zurück. Der eine, leblos niedergestreckt, war Bocadro, der andere noch lebende Arroyo. Dieser war dazu bestimmt, je nachdem seine Stunde geschlagen hatte oder nicht, den Geiern zur Nahrung zu dienen, seine verbrecherische Seele unter dem Dolch eines Royalisten auszuhauchen oder das Mitleid eines Aufständischen zu erregen.

Der Mond war hinter der Hügelkette verschwunden, und die glasartige Durchsichtigkeit, die dem bezauberten Hügel ein Scheinbild des Lebens verliehen hatte, war erloschen. Seine Strahlen beleuchteten nur noch die Gewässer des Sees. Der Monapostiac hatte seinen melancholischen Ausdruck, der See Ostuta seine finstere, beängstigende Ruhe wieder angenommen.

12

Der Sieg der Revolution

Der Autor hat sich eine doppelte Aufgabe gesetzt, die sich nun ihrem Ende naht. Er wollte einmal ein Stück der Geschichte schreiben, die durch die großen Ereignisse, die unseren eigenen Kontinent beschäftigten, so in den Hintergrund gedrängt worden ist, daß sie eigentlich nur dem Forscher oder dem Eingeborenen selbst bekannt ist. Und dann wollte er als Romanschriftsteller die Wirklichkeit mit den Gebilden seiner Phantasie ausschmücken.

Wir haben nur noch wenig hinzuzufügen, um unser Vorhaben zu ergänzen.

Sprechen wir zuerst von der Mission des Kapitäns Lantejas, die ihm auftrug, Oajaca aufzusuchen. Bei seiner Ankunft in dieser Stadt begab er sich zu seinem Onkel, der es für geraten gehalten hatte, seine Hazienda zu verlassen und sich in die Hauptstadt der Provinz zurückzuziehen.

In verschiedenen Unterhaltungen glaubte Don Cornelio an seinem Onkel eine gewisse Neigung, die Handlungen der Regierung einer scharfen Kritik zu unterwerfen, sowie auch eine gewisse Parteilichkeit für die Rebellion zu bemerken. Er hielt es deshalb für angemessen, sich seinem Onkel zu offenbaren und ihn von dem Zweck seiner Sendung in Kenntnis zu setzen. Aber er sah nur zu bald, wie bitter er sich getäuscht hatte. Er hatte kaum aufgehört zu sprechen, als sein Onkel aufsprang, sich bekreuzigte und ihm zornig befahl, mit seinen Begleitern, Costal und Clara, auf der Stelle das Haus zu räumen.

So war das Resultat seines ersten Werbungsversuches ausgefallen, das ihn lehrte, für die Zukunft besser seinen Mann anzusehen.

Kurze Zeit darauf befand sich Oajaca in den Händen Morelos', den diese letzte Eroberung zum friedlichen Eigner einer großen und reichen Provinz machte.

Das Glück des Expfarrers von Caracuaro hatte seinen Gipfelpunkt erreicht. Die Namen Morelos und Galeana erlangten den gigantischen Ruf, den diese beiden unerschrockenen Verfechter der Unabhängigkeit nur immer wünschen konnten.

Aber der Augenblick war nicht mehr fern, in dem beide von dem Schauplatz abtreten sollten, auf dem sie eine so große Rolle gespielt hatten.

Kaum sechs Monate später, am 5. Januar 1814, wurde die Schlacht bei Puruaran das Grab des militärischen Ruhmes Morelos'. Am 27. Juli desselben Jahres lieferte Galeana sein letztes Gefecht.

Es war ein erhabener Augenblick, als er, bereits durch die Übermacht der Feinde gebeugt, dennoch stolz seine Lanze schwang und seinen Gegnern seinen Kriegsruf entgegendonnerte: „Hier kommt Galeana!"

Er stürzte sich im Galopp auf sie, und zwei Kompanien öffneten sich vor der Brust seines Pferdes, um ihm Platz zu machen. Schon hofften die Seinigen auf den Sieg. Aber von seiner Hitze hingerissen, stieß Galeana, zum Angriff zurückkehrend, mit der Stirn heftig an einen Baumzweig. Der Held wankte im Sattel und stürzte vom Pferd.

Vierzehn Dragoner umringten ihn, und einer drückte den Karabiner auf seine kräftige Brust ab. Während der General mit schwacher Hand den Degen aus der Scheide zu ziehen versuchte, stieg der Dragoner vom Pferd und hieb ihm den Kopf ab.

Beim Tod Galeanas fand ein Zusammentreffen verschiedener Umstände statt, die nicht vergessen werden dürfen.

Galeana war in Teipam geboren, hatte einen Teil seines Lebens auf seiner Hazienda del Zanjon zugebracht und von hier aus die Kanone El Nino den Aufständischen zugeführt. Unbekannt war er auf den Schauplatz getreten. In der Schlacht bei Teipam, die nahe bei derselben Hazienda del Zanjon geschlagen wurde, starb er, aber ebenso berühmt, als er vor vier Jahren unbekannt gewesen war.

Das Schicksal schien sich dem verpflichtet zu halten, der, immer menschlich und barmherzig, nie einen Tropfen Blutes nach dem Sieg vergossen hatte. Es verhängte einen glorreichen Tod über ihn und gönnte ihm den Trost, in seinem letzten Augenblick in der Ferne den Ort zu sehen, wo er geboren worden war.

Ein gleiches Schicksal war Morelos nicht bestimmt.

Galeana, dessen Lanze und Schwert nur auf dem Schlachtfeld Leichenhaufen vor sich aufgetürmt hatten, beendete auch dort, als seine Stunde gekommen war, auf edle Weise sein Leben. Er starb den gleichen Tod, den er so vielen Feinden bereitet hatte.

Morelos dagegen, der so oft den Sieg gegen die Gefangenen gemißbraucht hatte, sollte nacheinander alle die Befürchtungen und Marter erdulden, die ein erbarmungsloser Feind seinem besiegten Gegner auferlegt.

Er wurde am 15. November 1815 in dem Treffen bei Tesmaluca gefangengenommen und, mit Ketten beladen, von einem Gefängnis in das andere geschleppt. Das Inquisitions-Tribunal verurteilte ihn als rebellischen Priester, der mit den Waffen in der Hand ergriffen worden war, zum Tod durch die Kugel.

Er hörte diesen Spruch mit Ruhe an, sein Mut und seine Seelengröße verleugneten sich keinen Augenblick. Aber sein physischer Tod, wenn man sich so ausdrücken darf, war grausamer als sein moralischer.

Von vier Kugeln getroffen, die ihn zu Boden warfen, stieß er einen ohrenbetäubenden Schrei aus und erhob sich, um wieder zusammenzusinken. Seine Glieder, die nach der zweiten Salve krampfhaft auf den Boden schlugen, zeigten an, wie schrecklich sein Todeskampf gewesen war und welche schwere Buße ihm der Himmel für seine letzte Stunde bestimmt hatte.

Wenn er auch unnützerweise Grausamkeiten begangen hatte, wo die Menschlichkeit so leicht war und ihn nichts kostete, wenn er auch oft da keine Gnade übte, wo man ihn darum anflehte, so nahm er auch das Leben nicht an, das ihm ein treuer, ergebener Freund anbot. Er wollte nicht das Leben seines Kerkermeisters gefährden und seiner Familie die Existenzmittel entziehen.

Ein einziger Augenblick der Schwäche seinerseits hätte mehr als tausend Personen in Gefahr gebracht. Und sollte dies alles kein Ausgleich seiner Fehler sein? Verhinderten ihn die Flecken seiner militärischen und politischen Laufbahn, der größte Anführer der mexikanischen Unabhängigkeitsbewegung gewesen zu sein?

Nach dem Tod der beiden genannten Anführer, die Lantejas bei ihren Lebzeiten nicht verlassen wollte, hatte der ehemalige Student der Theologie den aktiven Dienst aufgegeben, ohne aber die Amnestie des spanischen Gouvernements anzunehmen.

Unter dem Namen Alacuesta, den er angenommen hatte, nahm er bald in dieser, bald in jener Provinz das Asyl an, das ihm die Nachfolger Morelos' anboten, und wandte sich seinem seit länger als fünf Jahren vernachlässigten Studium wieder zu.

Nach vielen Schwierigkeiten und Widerwärtigkeiten ließ er sich die Weihen erteilen und genoß endlich eine süße Ruhe, die so sehr mit seinem Geschmack für die Studien und den Frieden harmonierte. Er wurde Kanonikus zu Tapic.

Costal träumte unausgesetzt von dem alten Glanz seiner Väter, verließ aber, ziemlich häufige Ausflüge in die Umgegend abgerechnet, seinen früheren Kapitän nicht. Er war der Gast, Tischgenosse und Freund des guten Kanonikus.

Was Clara betrifft, so hatte dieser die Gastfreundschaft, die ihm der Kanonikus anbot, ausgeschlagen. Sein Hang zum Vagabundieren überwog jede andere Rücksicht, und sein ehemaliger Kapitän sorgte wenigstens für die Befriedigung seiner dringendsten Bedürfnisse.

Don Rafael befand sich nach der Vereinigung mit der Frau, deren Besitz so viele Jahre hindurch sein heißester Wunsch gewesen war, auf dem Gipfel des Glückes.

Sein Eid, den mexikanischen Aufstand niederzukämpfen, nötigte ihn, im Dienst zu bleiben. Der Generalsrang, den er, obgleich spät, erhalten hatte, war die wohlverdiente Belohnung seiner Tapferkeit und seiner Aufopferung für die königliche Sache.

Die Wechselfälle des Krieges hatten sein Leben geschont, das zu verlieren ihm jetzt so schmerzlich gewesen wäre, wo er in gewissen Zwischenräumen, wie der Seefahrer nach langer, gefährlicher Fahrt, die zu kurzen Augenblicke des Glückes in seiner Hazienda del Valle bei seiner Frau Gertrudis genießen konnte.

Einige Tage vor der letzten Niederlage Morelos' wurde Arroyo, der schon lange Zeit in sicherer Ruhe seine Verbrechen trieb, von einem der Banditen seiner Schar ermordet.

Als man den Aufstand für unterdrückt hielt, verließ Tres-Villas, der somit seines Eides entbunden war, den Dienst.

Aber die Ruhe, die fast überall die Wiederherstellung der königlichen Autorität zurückgeführt hatte, war nur trügerischer Schein. Der für einen Augenblick unterdrückte Aufstand sollte von neuem auflodern, denn Morelos hatte durch seine zahlreichen Erfolge dem mexikanischen Volk seine Kraft erkennen gelehrt. Und auf diese unzerstörbare Grundlage sollte sich später die Befreiung des Landes stützen.

Zwar niedergetreten, erhob die Rebellion um so kühner ihr Haupt. Der ausdauernde Mut der Massen, verbunden mit den Heldentaten der einzelnen, schüttelte endlich das lästige und unnatürliche Joch der spanischen Despotie ab. So hatte jene denkwürdige Revolution nach einem erbitterten und blutigen Kampf, der mit Erfolgen und Verlusten untermischt war, endlich für ewige Zeiten die mexikanische Nation der Herrschaft Spaniens entrissen. Sie hatte die Völker befreit, die jenen unermeßlichen Teil des spanischen Festlands bewohnen, in dem seit drei Jahrhunderten stolz die iberischen Farben flatterten.